目次

Witch and Hound
-Bad habits-

ブルハ
BRUJA

いかにも。
あたしは強欲な魔女で、海賊さ。

魔女と猟犬

Witch and Hound
– Bad habits –

III

カミツキレイニー

Illust LAM

CHARACTER
登場人物

テレサリサ・メイデン	“鏡の魔女”。鏡の魔法を使う魔女
ファンネル・ビェルケ	“雪の魔女”。氷の魔法を使う魔女
ヴィクトリア・パブロ	キャンパスフェロー＜鉄火の騎士団＞の副団長
ブルハ	“海の魔女”。海賊団の頭
パニーニ	海賊団の一員
リンダ	海賊団の一員
ザリ	ルーシー教の司祭
マテオ	ルーシー教の助祭
ウィロー	ルーシー教の助祭
テディ	ルーシー教の守門
ハンバート	ルーシー教の侍祭

< CAMPUSFELLOW >
CAMPUSFELLOW
キャンパスフェロー城
ブラッディ・リバー（血塗れ川）
BLOODY RIVER
< PRINCIPALITY OF LOWE >
LOWNSTEIN CASTLE
レーヴェン
シュテイン城
ガリカの水門
騎士の国
レーヴェ
LADY AMELIA'S CASTLE
< KINGDOM OF AMELIA >
レディ・アメリア城
竜と魔法の国
アメリア
KINGDOM OF AMELIA
TREMOLO
SAUL
SEA OF INATELLA
イナテラ海峡
< REPUBLIC OF INATELLA >
海と太陽の国 イナテラ
WORLD
Witch and Hound

序章

侍祭ハンバートの告白

僕の死体はタールを塗られ、港口の門に吊《つる》された。

彼女をおびき寄せるため。彼女の心を砕くために。

1

痛みにぼんやりと痺《しび》れた頭で、甲板を打つ雨の音を聞いていた。

目隠しをされていたから見て確認することはできなかったけれど、部屋の外で、雨が降り始めているのだと気がついた。最悪だ。雨は縁起が悪い。暗澹《あんたん》とした空色が――肌を刺す冷たい空気が、僕に死を連想させる。雨は死の臭いがする。

だから覚悟した。恐らく今日が、十八年間生きてきた僕の最期の日だと。

「……ああ、残念だよ。ハンバート」

耳元にザリ様の声を聞く。

ふいに何かが頬《ほお》に触れて、ヒリついた痛みに顔を背ける。殴られた傷口に当てられたのは、ザリ様の摘《つま》んだハンカチだろう。見えなくともわかる。片隅に〝ＺＡＲＩ〟と刺繍《ししゅう》のされた、白いレースのハンカチだ。

目隠しをされていても、恩師であるザリ様の顔を思い浮かべることは容易《たやす》い。

青筋の浮かんだ白すぎる肌に、綿毛のように柔らかな金髪。眉毛《まゆげ》も同じくらい薄い金色だったから、まるで剃《そ》っているかのようだった。けれどそれで人に威圧感を与えるかといえば、その印象はまったく逆で、白肌に映える青い瞳は人懐っこく、少年のように笑う人だった。

そんな彼が、今はまるで震える仔犬を撫《な》でるみたいにそっと僕の頭に触れて、憐れみに満ちた声を上げている。

「これが最後のチャンスだと、言ったはずだよねえ、ハンバート。なのに君はまた嘘をついた……この島に集落はないそうだ。これ以上、僕の時間を無駄にしないでくれるかな」

僕はいわゆる〝お誕生日席〟に座らされていた。ロングテーブルの端っこだ。

テーブルの上に出した両手は、拷問器具によって押し潰されている。

二つ揃《そろ》えた手のひらを、右手の端から一まとめにして噛《か》んでいる鉄製のワニだ。

それはザリ様が人知れず集めた拷問器具コレクションのひとつだった。造形が甘すぎてワニのようにしか見えないけれど、これでも罪人を裁く聖竜〝ドラゴニア〟を模している。上あごにちょこんとネジがついていて、ツマミを捻《ねじ》ればキリキリと口内が締まり、ギザギザの歯が手を押し潰すといった仕様だ。その名称を〝一口目《ファースト・バイト》〟という。

ザリ様がツマミを捻るたび、僕は激痛に奥歯を噛みしめる。もはや痺れるばかりで感覚はない。自分の両手が、いったいどんな状態になっているのか。ぐちゃぐちゃに壊された両手を想像すると、涙が溢《あふ》れた。

「ふっ……うぅ……」

ブーツが床板の上を移動する。ザリ様の気配が背後に回る。

「僕は宣教師《ミッショナリー》であって、尋問官《インクイジター》じゃあない。だからこういうのは苦手なんだ。つい、優しくしてしまう。ましてや君は、僕を慕う愛弟子《まなでし》だからね。この優しさが、君に嘘をつかせるのかな？　ねえ、ハンバート。聞いてる？」

「……うぅ……ザリ様、僕は——」

「聞いてるッ？」

直後にドンッ、とテーブルが叩かれた。ワニのすぐそばだ。

その振動を受けて、噛《か》まれた両手に激痛が走る。反射的に声が上がる。

「あぁぁあッ！　聞いてる！　聞いてます。ザリ様、どうか」

テーブルを叩かれただけでこの痛みだ。両手を噛むこのワニ自体を叩かれたら、いったいどれほどの激痛に見舞われるか。どうか、それだけはやめてもらいたい。

「次の言葉は慎重に選んだ方がいいよ、絶対にね。〝人魚の棲《す》む入り江〟は、どこだ？」

「ふっ……は、それは。話します、話しますから」

何とか、話さずにこの拷問を終わらせる方法はないか、そればかりを考えていた。

だがすでに誤魔化《ごまか》しの虚偽で二か所、関係のない島へ上陸させている。ザリ様の僕に対する信用は今、ゼロに等しい。次に何と言えばこの拷問をやり過ごせるか。どうすれば彼の元から逃げられるか――。

　僕の背後から、テーブルへ腕が伸ばされる気配。

　コツンとワニの鼻先が、軽く指で弾かれた。怖い。何かを言わなくては。

「……実は、もう記憶が、曖昧《あいまい》で」

「そう。なら鮮明になるまでやろう」

「ちょ待っ……――」

　ワニの頭へ、ザリ様の拳が振り下ろされる。そのあまりの激痛に声を枯らしながら、僕はザリ様の表情を想像する。見えなくともわかる。こんなにも恐ろしい行為に手を染めながら、それでもやっぱりこの人は、少年のような笑みを浮かべているのだろうと思った。

2

　僕はたぶん、敬虔《けいけん》なルーシー教徒《ルシアン》ではなかった。両親が信仰熱心なルシアンだったから、自然と教会へ通うようになったというだけだ。

　けれどそれを不満に思ったことはない。僕は両親に愛されていた。兄や妹からも、教会の神父様や村の人々からも。誰からもたくさんの愛情を注がれて、何不自由なく暮らせていた。

　僕の周りにいたのは、優しい人たちばかりだったから。

家は貧しい農家だったけれど、収穫の乏しい時期などは、隣人が食料を分けてくれた。屋根に穴が開けば村の男たちが総出でこれを直してくれるし、僕が病気に罹《かか》れば、村の女たちが交代で看病してくれる。

なぜ彼らはこんなに優しいのか、疑問に思って母に尋ねたことがあった。僕を膝《ひざ》に乗せた母は僕の頭を愛しそうに撫《な》でながら、「あなたが選ばれた神童だからよ」と言った。

その意味を理解するのは、僕が村の学《まな》び舎《や》に通うようになってからだ。

なるほど村の人々や教師たちは、僕が好成績を修めれば「天才だ」「秀才だ」と誉めそやす。どうやら僕は、頭がよかった。運動神経も抜群で、容姿もそれなりに悪くなかった。

さらには教会で素質を認められ、魔法学校への編入を勧められた。

順風満帆な人生だ。我らが貧しい農村から魔術師《ウィザード》になる子が現れたと、村中から寄付金が集められた。お金は、魔法学校のある王都アメリアまでの旅費や学費、それから向こうでの僕の生活費として使われた。

両親は僕をさぞ誇りに思ったことだろう。王都アメリアへの出発を翌日に控えた深夜、彼らは自分たちの息子が、どんなにか立派な魔術師になるだろうと、競い合うようにして話していた。

「きっと誰よりも大きな火の球を生み出して、戦場で敵を焼き尽くすことだろう！」

父がそう夢想すれば、母は「いいえ、あの子は優しい子よ」と言葉を重ねる。

「癒やしの力を持っているわ。私にはわかる。きっとたくさんの人を癒やして、英雄になるの」

両親が誇らしげに話す声を、僕は隣の部屋で、藁《わら》のベッドに横になりながら聞いていた。

彼らの期待には応えたかったし、応えなくてはならなかった。都会への不安はあったけれど、魔法使いになれることへの期待の方が大きかった。神童たる僕は、いったいどんな魔術師になるのだろう。僕自身も楽しみだった。

けれど魔法というのは運命みたいなもので、努力以上に持って生まれた才能によるところが大きい。僕たちは魔法に六つのスタイルがあることを知らなかったし、望む魔法を獲得できるとは限らないということを、知らなかった。結果的に僕は火球を生み出すことなんてできず、誰かを癒す力も持っていなかった。そして僕には、魔術師としては致命的な欠点があった。


魔法は六つの種類に分けられる。

――魔力の質を変化させる変質魔法。

――魔力で肉体を強化する強化魔法。

――魔力でものを錬成する錬成魔法。

――魔力で精霊を操作する操作魔法。

――魔力で精神を侵食する侵食魔法。

――魔力で魔獣を召喚する召喚魔法。

魔術師《ウイザード》の〝型〟とはつまり、魔法の使用スタイルだ。

これら六つの魔法のうち、どれを中心に習得するかによって分かれる。

魔法使いは魔法使用時、多かれ少なかれ、魔力を全身に纏《まと》うことになる。これが最もニュートラルな状態。例えばその魔力を、様々な性質のものに変化させて使うのが変質魔法だ。

敵を焼き尽くす炎に変えて放ったり、味方を癒す光に変えて傷を治したり。

ただしどんなものに変質させられるかは、魔法使いの個性によって違う。

その個性が、固有魔法の基礎となるのだ。つまり魔力を炎に変える魔法使いが、同じようにしてその魔力を、癒しの光に変えることはできない。少なくとも僕は、そんな器用な魔法使いを見たことがない。どちらにせよ、身体《からだ》に纏った魔力を変質させて使うこの魔法の使い手が、〝変質型〟と呼ばれている。

ではこの、ニュートラルな状態時に纏った魔力を身体の外ではなく、身体の内側で作用させたとしたら？　それが強化魔法だ。パンチ力や機動力、回復力など、肉体の様々な機能を魔力で強化する。これを得意とする魔法使いが〝強化型〟と呼ばれる。

このように、魔法使いにはそれぞれ魔法の適性があって、六つの中から自分に最も合うスタイルを習得することが、魔術師になるための第一歩と言える。

もちろん僕のように、本人の希望するスタイルとは違う適性が見出《みい》だされるなんてこともざらにある。自分の希望を優先して、適性とは違うスタイルを学ぼうとする学生もいるけれど、学校からは、自身の適性に従うことを強く推奨される。適性外の型はよほど器用でなければ習得するのは難しいし、うまく習得できたとしても、ムリに使用されるその魔法は、適性者の使うそれに比べどうしても劣る傾向にあるからだ。

そして何より〝魔法〟とは、竜からのギフトである。それに異を唱えるのは余りに傲慢《ごうまん》。どんな適性が見出だされようとも、竜の御心のままに受け入れるというのが、敬虔《けいけん》なルシアンとしての在り方だった。

剣が得意な者が剣士を目指すように、弓が得意な者が射手を目指すように、魔法学校に入学した学生たちはまず、自分たちの適性を見出だされ、クラスを振り分けられる。

最も人気が高く、エリートと称されるのが〝召喚型〟のクラスだった。

純度の高い魔力と引き換えに、人知を超えた召喚獣を呼び寄せる召喚魔術師――いずれそうなる可能性を秘めた学生たちが集うクラスである。

危険な召喚獣を従えるという魔法はリスクが高いけれど、その分、強力な召喚獣と契約することができれば、現役の魔術師さえ凌《しの》ぐ力を得ることもある。だからこそ、召喚クラスの学生は他クラスの生徒たちからも一目置かれ、憧憬の眼差《まなざ》しを向けられる。

〝錬金型〟のクラスもまた、人気の高いクラスだった。

様々な武具やアイテムに属性や特殊効果を〝付与《エンチャント》〟させたり、魔力を粘土のように一から捏《こ》ねて、アイテムを〝創造《クリエイション》〟したりする。彼らが使うのは錬成魔法だ。

錬成魔法を使うのだから〝錬成型〟と呼ばれそうなものだけど、敢《あ》えて〝錬金型〟と呼称されるのは、かつてこの錬成魔法を極めた大魔術師が魔力から鉱物を生み出し、〝錬金魔術師〟を名乗ったからだと言われている。

そのため彼らの作ったアイテムは、〝錬金物〟と呼ばれていた。

彼ら〝錬金型〟は〝変質型〟のように、魔力を腕に纏《まと》って剣や盾《たて》にするのではなく、本当に剣や盾を生み出してしまう。もちろん作れる武具やアイテムの種類は、魔法使いそれぞれの固有魔法に依拠するけれど、唯一無二の〝錬金物〟を生み出す錬金魔術師たちは、戦場でも最高のサポート役として重宝されていた。

錬金型クラスとの人脈は、学校を卒業してからも、魔術師《ウィザード》にとって武器となる。だからこそ、他クラスの者たちは、在学中に錬金型と仲良くなろうと躍起になっていた。

では僕はと言えば〝侵食型〟。六つある型のうち最も地味で、嫌悪されるスタイルだ。他のクラスから忌《い》み嫌われてさえいた。便利さで言うならば、侵食魔法だって使い勝手はいいはずなのに、だ。

攻撃対象の精神へ干渉し、影響を与える侵食魔法。愉快な幻覚を見せたり、穏やかな眠りに誘《いざな》ったり、痛覚に作用し、痛みを和らげる魔法を使う者もいた。

こんなに便利なのに避けられる理由は、ひとえに、この魔法の得体《えたい》の知れなさにある。

侵食魔法は、攻撃されていることがわからないケースが多い。いつの間にか幻覚を見せられていたり、いつの間にか夢の中に誘われていたり、もしかして和らいだその痛みだって、元々が侵食魔法の精神作用によるものかもしれない。

陰湿で陰険、姑息《こそく》で卑怯《ひきょう》。それが魔術師たちの持つ、侵食型に対するイメージだ。

侵食魔法はこっそり掛ける。時に相手を欺かなくてはならない。この、相手の隙《すき》を突くようないじわるな使用スタイルのせいで、僕たちは常に猜疑心《さいぎしん》を向けられていた。

――『侵食魔法の最も有効な防ぎ方。それは侵食型の使い手と接触しないことである』

指導書にもそんな一文が載っているくらいだ。

僕たちと相対する者は、常に僕たちの一挙手一投足に目を配り、僕たちが魔法を使用するための〝トリガー〟を警戒しなくてはならない。

侵食型の魔法使いが、対象に魔法を作用させるための〝トリガー〟だ。

それは火球を放ったり、傷を癒したりなど一方的に使用できる魔法と違って、相手に魔法を掛けるための大切な生命線。〝触れる〟〝指差す〟〝言葉を交わす〟――いったい何が〝トリガー〟となるのかは、魔法の性質や術者の個性によって異なる。だからこそ厄介なのだ。

だからこそ得体が知れず、同じ侵食型クラスの生徒同士でさえ、警戒心を拭って付き合うのは難しい。この〝トリガー〟こそが僕たち侵食型にとっての攻撃の要であり、弱点でもあるのだから、普通は友人や恋人、クラスメイトにだってお互いの固有魔法や〝トリガー〟を明かすことはない。

例えば、会話することで魔法を掛けてしまう凄腕の魔術師《ウィザード》でも、話すことが〝トリガー〟だと情報が漏《も》れてしまえば、誰も口を利かなくなって、魔法を掛けることなんてできなくなってしまう。〝トリガー〟とは、侵食型の魔法使いにとってそれほど大切なものだった。

そして僕の魔術師としての欠点は、この〝トリガー〟に起因する。

僕は編入時、学生の中でも珍しく、すでに固有魔法を会得《えとく》していた優等生だったけれど、そのコントロールができなかった。つまり〝トリガー〟が常にオンの状態だったのだ。

教師は教卓の前に立たせた僕の肩に手を置いて、「こいつの目を見つめるなよ」と言った。

「こいつの〝トリガー〟は壊れているから、危ないぞー」と。

僕の魔法からクラスの皆を護《まも》るために、僕の目が〝トリガー〟であることを、暗に漏らしてしまったのだ。そしてそれがコントロールできない欠陥品であるということを。

その瞬間に僕は村の神童から、落ちこぼれへと転落した。

魔力を封じるアイテムに、指輪の形をしたものがある。学校では基本的に、その白い魔導具を常時つけているよう強制された。魔力のコントロールができない僕だけに課せられた規則だ。けれど、竜からのギフトである魔力を封じるタイプの魔導具は、竜の御心に背くものであるため、ルシアンから最も忌避されているアイテムだ。そんなものをつけて魔力を抑えなくてはならない僕は、編入初日から教室で孤立することとなった。

僕が顔を上げると、皆慌《あわ》てて目をそらす。指輪をつけてはいるけれど、視線を合わせることが〝トリガー〟だとバレてしまったのだから、皆過剰に僕の視線を警戒していた。

席は常に一番前だ。視線を恐れ、僕の前に立つものはいない。

僕も指輪をつけることに引け目があったから、周りに誰もいない時は、こっそり外すこともあった。指輪を外せば瞳の色が変わる。そんな状態を運悪くクラスメイトたちに見つかってしまった時は、「気持ち悪い目の色だ」「こっちを見るな」と罵られて、ペナルティとして麻袋を被《かぶ》せられた。

誰かと会話する必要が生じた時は、相手の足先を見て話すように心がけた。背は高い方だったけれど、目を伏せて過ごすようにしていると、自然と猫背になっていった。誰もが僕の視線を恐れるように、僕もまた、自分に向けられる侮蔑の視線に怯《おび》えていたのだった。

故郷の村では誰からも愛されていたのに。学校での僕は、誰からも忌避されていた。

授業の合間や、お昼時。クラスメイトたちがリラックスして過ごす時間帯が、僕には苦痛で堪《たま》らなかった。だから人目を避けて教室の隅で、座学の復習や読書をして時間を潰した。文字の書けない両親から、教会の神父様に代筆してもらった手紙を時々もらっていたので、それに対する返書もこの時間に書いた。

――『新しい生活には慣れましたか』『お友だちはできましたか』

――『あなたは少し引っ込み思案なところがあるから、都会でも遠慮ばかりしていないか、心配しています。困っていることや悩みがあったら、何でも手紙に書いてくださいね』

両親は〝落ちこぼれ〟としての僕を知らない。

僕に期待を寄せる彼らからの手紙は、僕の気をそぞろにした。

――『あなたが立派な魔術師《ウィザード》になるのを、村のみんなも楽しみにしています』

悩みを持たない十代なんているまい。だからといって手紙に何と書けばいい？　あなたたちの誇れる神童は、学校でいじめられていますとでも？　彼らに僕の悩みを打ち明けたところで、何の解決にもならないことくらい、わかっていた。僕に期待し、学費や生活費を工面してくれた彼らに、教室の隅で麻袋を被《かぶ》せられている姿など、とても見せられない。

だから僕は、手紙に架空の学園生活を創作した。手紙の中の僕は、両親や村の人たちの期待どおりに神童のままだ。右手から放つ火球で敵を焼き、左手から放つ光で人々を癒す。ついでに空を高く舞い、神童は教師やクラスメイトたちを驚かせてみせた。

皆の支援のおかげで日々順調に魔術を習得し、楽しい毎日を過ごしています。そう書き連ねた後に、いつも支えてくれてありがとうと結んだ。もう若くないのだから、どうかお身体《からだ》には気をつけてください、と。これだけが僕の本当の言葉だ。

何度か創作混じりのやり取りを交わすうち、僕はいつも読んでいた童話の挿絵を真似して、手紙に絵を添えるようになった。描くのは主に魔法使いである。右手から火球を放ち、左手は癒しの光で輝いている。大きな襟つきのマントを羽織った、いかにも立派な大魔術師様だ。あまりにもクラシカルで仰々しすぎて、逆に間抜けにも見えるけれど、都会を知らない両親や村の人々の期待に応えるには、これくらい派手な方がいいだろう。

大魔術師様の舞う空に、雨模様なんて似合わない。街の絵具屋で手に入れた高級な顔料をふんだんに使って、挿絵に色を着けていった。理想の魔術師像を夢想し、殴るように筆を動かしていた——その時だ。

「君は、絵を描くのかい」

突然声を掛けられて、僕はハッとして顔を上げた。

僕の席の前に、純白の法衣を着た教師が立っていた。

綿毛のように柔らかな金髪に、不健康そうな青白い肌。僕が塗りたくっていた顔料よりももっと鮮やかな水色の瞳で、座る僕を見下ろしていた。着ているのは教師用の白い法衣だが、初めて見る顔だった。

彼が机上の僕の絵へと視線を落としたので、僕は咄嗟《とっさ》に突っ伏して絵に覆い被さった。けれど彼は「見せてごらん」と、僕の腕の下から手紙を奪い取ってしまう。

「……なるほど君の目にこの世界は、こんなにも美しく映っているんだね」

妄想に塗《まみ》れた僕の絵に、彼はそんな感想をくれた。

「……いえ」と僕は思わず言葉を返す。「嘘っぱちの絵です」

恐る恐る彼を見上げた。彼の持つ手紙の端から、少年のような青い瞳が覗《のぞ》く。

視線がぶつかり、僕は魔力を封じる指輪を外していたことを思い出した。慌《あわ》てて目を伏せ、机の脇に外して置いていた指輪を嵌《は》めようとする。僕にとっては、これを嵌めることが誰かと対面するための条件のようなものだ。

けれど彼は僕の手の甲に指を触れ、僕の動きを制止する。

「……？」

「……君は、今自分の置かれている環境を理不尽と感じるかい」

質問の意味がわからず、僕はうつむいたまま沈黙してしまう。彼は続けた。

「感じるのなら、感謝なさい。この学校に来るまで自身を育ててきた、心地のよい環境に。恵まれすぎていた生活に。この理不尽こそが、この世界の〝通常〟なのだから」

「………」

「人間には〝弱き者〟と〝強き者〟がいると思われがちだが、実はそうじゃない。人間はみな弱い。いるのは〝弱き者〟と〝強くあろうとする者〟だけさ。この世界は基本的に理不尽なんだよ。それは生きていれば誰もがいずれ気づくこと。ここからが分かれ道なんだ。この理不尽を嘆き教室の隅でひっそりと生きるか、覚悟を持って抗うか……」

彼の話は難しくて、僕にはよくわからなかった。黙ったままの僕に彼は尋ねた。

「君の〝トリガー〟は、目かな？」

伏せた視線を泳がせる。

「どうして」

「わかるさ、その仕草を見ればね」

彼が手紙を返してくれたので、僕は厳かにそれを受け取った。その時にちらりとまた目が合った。慌《あわ》てて視線を逸《そ》らす。彼は僕の仕草を楽しむように、ふっと笑う。

「君は少し……魔法使いとしては、優しすぎるね」

それが臨時講師として魔法学校を訪れていた、ザリ様との出会いだった。

3

学生たちは在学中に、〝固有魔法〟の作成を義務づけられる。

自身の型に基づいた、オリジナルの魔法だ。この固有魔法の善し悪しは、魔術師《ウイザード》としての価値となる。使い勝手のいい固有魔法ならどこへ行っても重宝されるだろうし、複雑で誰も真似できないような魔法なら、他の魔術師たちからだって一目置かれることだろう。

学校では、自分の固有魔法に必ず名称をつけるようにと教えられた。何も、魔法使用時に声高に叫べというわけではなくて、魔法に名称をつけることで、その発動に必要な魔力のさじ加減や、使用感覚を固定させることが目的らしい。

「君の魔法には、もう名称があるのかい」

在学中のある日、僕はザリ様に尋ねられた。

コントロールはできなくとも、忌《い》み嫌われるこの力だって一応は僕の固有魔法だ。三日三晩うんうんと唸《うな》って考えて、とある名称をつけていた。魔法名は自分で自由に決めていいものだけど、通常、人に教えるものではない。間抜けな魔法使いなんかは、その名称に固有魔法の性質や〝トリガー〟のヒントなんかを織り交ぜてしまうことがある。僕がまさにそうだった。

「えと……一応、〝私を見つめないで《ドント・ステア》〟って名前が」

「ふうん。バレバレだね」

ザリ様は腕を組み、しばらく眉間《みけん》を人差し指で擦る。

そして僕が三日三晩掛けて考えた魔法名を、三十秒で改名した。

「〝世界よ変われ《チェンジ・ザ・ワールド》〟にしなさい」

ザリ様は僕の目を見つめない。ただ警戒しながらもこの魔法を過剰に恐れず、僕をそばに置いてくれることが、僕にはとても嬉《うれ》しかった。

一般的に魔法学校の生徒は、十五歳で卒業を迎える。そこから先、魔術師《ウィザード》になる見込みのある者は、修道院にて〝修道士《モンク》〟としてさらなる研鑽を積むことになる。

一人前の魔術師になるには、先に活躍している魔術師に奉侍して認められ、その者から洗礼を受けなくてはならない。なので誰からも認められず、生涯修道士として修道院で働き続ける者もいるし、優秀な魔法の使い手なら、修道士をすっ飛ばして、卒業後すぐに洗礼を受け、若くして魔術師となる者もいる。

僕の場合は幸運にも、卒業後すぐにザリ様から仕事を手伝わないかと誘われた。僕はザリ様を慕っていたし、修道院に居場所もなかったので、二つ返事で彼に仕えることにした。

ザリ様の主な仕事は、〝地ならし〟だ。

近隣諸国との戦争が絶えない宗教国家アメリアは、新たに属国とした国々や土地に、ルーシー教を広める必要があった。戦争が終わったばかりの土地へ赴き、信徒を増やすこと。それが宣教師《ミッショナリー》であるザリ様の使命。魔術師の仕事は、戦場に出るばかりではないのだ。

ザリ様に仕え、大陸のあちこちを巡るようになってからも、僕は赴任先から両親へ手紙を送り続けた。自然とその手紙の中に、ザリ様の登場する頻度は多くなっていく。

彼がどれほど立派な魔術師様か、どれだけの功績を残してきたか。手紙に描くザリ様が聖人であればあるほどに、そんな彼に仕える僕自身も、立派な存在になれているような気がしていた。

素晴らしい魔術師様に奉侍している僕を『誇らしく思います』と、両親からの手紙にそんな一文を見つけるたびに、親孝行をしている気分になって頬《ほお》が緩む。

――「私たち弱き人間は、竜の加護を受けてこそ生きていくことができるのです」

ザリ様は、戦争で疲弊した相手国の人々に、そう教えを説いた。

「諍いを忌み嫌いなさい。傲慢《ごうまん》を悔い改めなさい。そうすれば必ず、竜が私たちを護《まも》ってくださる。付き従いなさい。竜の御心のままに」

侵攻は終わった。争いはもう起こらない。ルーシー様が平和へ導いてくださると、戦争で傷ついた人々の心にそう語りかけ、慈愛をもって寄り添った。

もちろん、敵国であった王国アメリアの魔術師《ウィザード》に対し、憎しみばかりを抱く住民たちも多かった。ならば、とザリ様は竜からの賜り物である〝奇跡〟――つまり、魔法を披露《ひろう》してみせたり、〝ランチパーティー〟に招いて説得したりする。そして最後には、必ず彼らをルーシー教に入信させた。

ザリ様の布教活動は順調に進んでいた。王国アメリアが領域を広めていくに従い、ザリ様の活動も忙しくなっていった。僕も侍祭《アコライト》としてザリ様に付き従い、王国アメリアが属国とした国々を巡った。そんな日々が二年ほど続いたあと、功績を認められたザリ様に、大きな仕事が舞い込んできた。大陸南部に位置する〈港町サウロ〉の改宗運動だ。

〈港町サウロ〉は古い町だった。はるか昔――四獣《しし》戦争が始まるよりも前の時代。その町は、大陸を支配する僕たち〝トランスマーレ人〟によって築かれた。

けれど今は、〈イナテラ海峡〉を挟んだ先にある大国〈海と太陽の国イナテラ〉の一部となってしまっている。南の海を越えてやって来た〝オマール人〟たちによって、奪われてしまったのだ。

昔から南の島々に住むオマール人たちは、かつて〝王国イナテラ〟という巨大国家を築き上げ、南の海全域を支配していた。けれど彼らも一枚岩ではなかったようで、オマール人同士でも住んでいる島や部族が違えば諍いが絶えず、やがて王国は崩壊した。

この辺りは、大陸で領土を巡って争いの絶えない、僕たちトランスマーレ人と似ている。僕たちは未だ戦争ばかりしているが、彼らオマール人の選んだ道は〝共生〟だった。

一度崩壊した〝王国イナテラ〟は、〝共和国イナテラ〟として復興を遂げた。

現在は君主のいない共和制を取り、その広大な領土はいくつかの州に分かれている。それぞれの州には民から選ばれた首長がいて、政は原則として、彼ら首長同士の話し合いによって行われるという。

部族の違いや、過去の遺恨を超えての共生。それを可能にしているのが、彼らオマール人が厚く信仰する〝シャムス教〟である。『よき隣人がよき街を作る』――そのように歌われた〝太陽神アッ・シャムスの唱歌〟に則って、彼らオマール人たちは〝よき隣人〟になろうと日々努力している。

〈港町サウロ〉は、〝共和国イナテラ〟という大国の一部ではあるものの、数多くある州のうちの一つでしかなかった。しかも〈イナテラ海峡〉を挟んだ大陸側にあって、他の州からは孤立している。

つまり、いずれ王国アメリアが海峡を渡り、南の島々へ勢力を伸ばすための足掛かりとして、ちょうどいい位置にあるのだ。遅かれ早かれ侵略を免れない重要な立地。ただし現状、王国アメリアに武力闘争を仕掛ける予定はなかった。

オマール人たちは〝よき隣人〟になろうとしていたため、戦う必要がなかったのだ。

現在〈港町サウロ〉の南側は、オマール人たちの住む街として栄えている。対して北側には、まだ多くのトランスマーレ人たちが残っていた。北と南の間に壁や国境などなく、人種や宗教の違いにかかわらず行き来も自由だ。オマール人たちはトランスマーレ人の信仰する〝ルーシー教〟をも許容し、共生を望んでいる。ならばわざわざ刺激して、大国イナテラを敵に回し、兵や物資を消耗させる必要はない。

かといって王国アメリアは、このまま共生に甘んじるつもりもなかった。

今は勢力拡大の下準備を行う時期だ。ルーシー教は街の北側を中心に、時間を掛けてゆっくりと改宗運動を行っていた。やがてシャムス教徒であったオマール人でさえ、竜の奇跡に魅せられて、改宗する者が出てくる。

その動きに気づいたシャムス教にもまた過激派が生まれ、宗教活動を活発化していく。

ルーシー教とシャムス教……二つの文化と宗教が混ざり合う〈港町サウロ〉は今、静かなる宗教戦争の真っ只中にあった。

ルーシー教陣営による信徒獲得に向けた次なる一手、それが〝サザンクロス大聖堂〟の建設だ。町の中央付近に置かれる予定の大聖堂は、どこにいても目に留まるよう、町のどの建造物よりも高く設計されていた。完成した暁《あかつき》には町の象徴として、また改宗運動の象徴として華々しくそびえ立つことだろう。

　ただしその建設には、莫大《ばくだい》な資金と時間が必要だった。シャムス教による妨害工作だって予想される。建設の指揮は難しい任務だ。それを任されたのが、誰あろう、我らがザリ様であった。

「〝話し合い〟か……痛快だね」

〈港町サウロ〉へ向かう馬車の中で、ザリ様はイナテラの共和制という在り方を話題に出した。

「民とは迷える仔羊だよ、ハンバート。彼らは前の羊の尻しか見ていないから、先頭の羊が崖から飛び降りると、追い掛けて飛び降りてしまう。そこが崖だと知りながらね。いとも簡単に全滅してしまうんだ。誰かが導いてあげなきゃ」

　揺れる馬車の中で、足を組んだザリ様は、斜向《はすむ》かいに座る僕へ顔を向けた。

「最もうまく剣を作るのはいったい誰か、わかるかい？　ハンバート」

「うまく……ええと、職人でしょうか？　武器職人……とか」

「だろうね。では最もうまく料理を作るのは？　最もうまくブーツを磨けるのは？」

「……えと、それは」

「それは料理人だし、毎日ブーツを磨いてきた靴磨きの少年さ。つまり、それぞれのプロに違いないんだよ。人間とは、何もかも上手にこなせるほど器用じゃない。だから僕たちは分業し、助け合わなきゃ」

ザリ様は再び窓外へ視線を戻した。流れる景色を見つめながら、独り言のように続ける。

『靴磨きの少年が作った料理など、誰が食べたい？　それはあまりに歪《いびつ》だろう。人には適材適所がある。では次の質問だよ、ハンバート。民衆を最も統治できるのは、誰だ？」

「王様……？　いや、君主でしょうか」

共和制の話をしているのだから、この答え方が正しい。

「正解」

ザリ様が深く頷《うなず》いたので、僕は彼に認められた気になって嬉《うれ》しくなった。

「だがイナテラには君主がいない。仔羊たちに背中を押されて前に出たリーダーたちが、それぞれの意見を主張し合うだけだ。彼らもまた仔羊なんだ。羊に国が回せるものか。彼らを導くには俊敏な機動力と、叱りつける吠え声と、時には鋭い牙《きば》が必要なんだ」

「牧羊犬のように、でしょうか」

「正解。僕は君のその頭の回転の早さが、好きなんだ」

ザリ様は再び僕を見て、穏やかに一笑する。

「牧羊犬の役割を仔羊にさせようとするなんて、指導者としての怠慢だね。日和見のポピュリズムが衆愚政治を招くんだ。いずれ滅ぶよ、この国は。白き竜に食われてね」

ザリ様には、いつかルーシー教の最高峰である〝九使徒〟に名を連ねるという、野望があった。サザンクロス大聖堂の建設は、その足掛かりだ。大聖堂を完成させ、シャムス教を町から追い出すことができれば、さらなる出世が望めるだろう。やがて大司教となり、枢機卿《カーディナル》ともなれば、九使徒入りも夢ではない。

「さあ、哀れなシャムス教徒《シャムタン》どもに救いを与えよう。君の力が必要だよ、ハンバート」

ザリ様は僕に手を差し出した。

「僕のために、世界を変えてくれ」

「……はい」

僕もまた手を伸ばし、握手に応える。

僕は、自分の固有魔法が嫌いだった。けれどザリ様は、この魔法を素晴らしいものだと言ってくれる。自分の野心に必要だと求めてくれる。

ザリ様が、両親への手紙に書いたような〝立派な魔術師様《ウィザード》〟であることに違いはない。そんな人が必要としてくれて初めて僕は、自分を肯定することができた。彼に認められる自分に価値を感じていた。

だから僕は、ザリ様の力になりたかった。だから盲信的に彼に仕えた。

彼が両親への手紙には書けないような、悪党であることを知りながら。

4

ザリ様は常日頃から、純白の法衣やローブを好んで着用していた。

「白の法衣は汚れがよく目立つ。だからこそ白を着なさい」

そう言って、僕にも真っ白な法衣とローブをプレゼントしてくれた。

肌触りの柔らかなシルク素材で、襟元や裾《すそ》に刺繍《ししゅう》の施された高級品だ。侍祭《アコライト》という役職をいただいてはいても、まだ修道士《モンク》である僕には過ぎたる品だった。

「学のない仔羊たちは、わかりやすく汚れていないものに潔白を信じるんだ。僕たちは、彼らの望む指導者でなくてはならない――」ザリ様は僕にそう説いた。

「僕たちは聖職者だからね」と朗らかに笑って。

懇切丁寧に説得しても、魔法を披露《ひろう》してみても、入信や改宗に応じない相手に対して、ザリ様の改宗運動は時に〝粛清〟と名を変えたものになる。竜の御心に従わない彼らに対しては、何をしてもいい――もちろんそんなことを公に言いはしないけれど、そういった空気が一味の間には漂っていた。

僕たちは戦後の混乱に乗じて、改宗運動のために押し入った敵国の商人や領主の館から、彼らの財産を上納金として接収するようになっていった。そしていつからか目的は逆転し、金品を得るために裕福な異端者たちの館を選《よ》りすぐり、訪れるようになる。

〝粛清〟は、布教のために訪れたメインの街ではなく、必ずその街から少し外れた村々や荘園に置かれた館にて行われる。

　侵攻を受けた直後の国は、一時的に荒廃する。騎士《ナイト》や兵士たちに人々を守る余裕はなく、治安は著しく悪化する。都心を外れれば、それがより顕著だ。

　ザリ様は、そんな弱き立場の富裕層を狙った。

「必要なことなんだよ」

　ザリ様は言った。教会からの支給金はそう多くないから。布教を始めたばかりの土地で、信者からの寄付金は微々たるものだから。だから自らの手で、活動資金を集めなくてはならないのだと。

　敵国だった人々が隠し持っていた財産は、布教のための活動費となり、ザリ様たちの生活費となり、僕に渡されるお小遣いとなり、そして僕の両親への仕送り金となった。

　ザリ様の粛清は〈港町サウロ〉に移り住んでからも、人知れず行われていた。

　都心から外れた村へ赴き、奴隷を何人も所有しているような荘園領主の館を訪れる。

　粛清される側も抵抗するから、時には思わぬ血が流れることもあった。そこで行われる惨劇《さんげき》は、とても両親への手紙に書けるようなものではない。

　異教徒の館内に響く悲鳴が耳にこびりついて、眠れない夜を過ごすこともあった。

　部屋に充満した血の臭いが思い出されて、食事が喉《のど》を通らなくなることもあった。

　できることなら僕は、そんな地獄のような光景を見たくはなかった。けれどザリ様は、僕の粛清への不参加を許さなかった。僕を感化させたかったのか、あるいは共犯者としての仲間意識を持たせて、密告を防止したかったのか。その意図はわからないけれど、ともかくザリ様は、僕を常にそばに置いた。僕はザリ様の〝お気に入り〟だった。

ザリ様と共に大陸を巡る一味の中に、僕のような〝お気に入り〟は他にも何人かいて、例えば〝助祭《ディーコン》〟のマテオもその一人だった。食欲や肉欲、支配欲など、あらゆる欲に正直な男で、幼稚な印象のある魔術師《ウィザード》だった。いつも大きなツバの左右を立たせた、奇妙な形の帽子を被《かぶ》っている。僕は彼と出会ったことで、聖職者に対する憧れを捨てた。

粛清中、訪問した館内のとある部屋の前で、彼に呼び止められたことがあった。

「おい、ハンバート。下からワインかエールを持ってこい」

ドア枠に肘《ひじ》をもたせ掛けて立っていた彼は、全裸だった。

一糸纏《まと》わぬ生まれ立ての姿で、あの奇妙な帽子だけを被っていた。

「……酒があるわけないじゃない。ここは〝シャムス教徒《シャムタン》〟の館ですよ」

シャムス教は厳格な宗教だ。肉や音楽など、あらゆる娯楽を禁止していて、酒もその一つだった。この男は、自分が異教徒の館にいるという自覚さえないのか。

僕の言葉にイラ立ったマテオは、廊下の絨毯《じゅうたん》に唾を吐いた。

「じゃあ水持って来いよ、使えねえなッ」

開きっぱなしのドアからは、ベッドに横たわる褐色肌の裸足が覗《のぞ》いていた。気を失っているのか、ぴくりとも動かない。まさか、殺してはいないと思いたい。

「…………」

「何見ていやがる」

舐《ねぶ》るような視線に当てられて、僕は思わず視線を逸《そ》らした。早足でその場を立ち去る。

僕たちは全くもって気が合わなかった。マテオが、おどおどした僕の態度にイラ立っていたのはわかっていたし、僕も彼が心底嫌いだった。


〝守門《ポーター》〟を任じられた魔術師テディもまた、ザリ様の〝お気に入り〟の一人だ。

守門とは、教会の出入り口を守る門番のことで、普通は神父にではなく、各教会に仕える。けれどザリ様は彼を旅に同行させて、出張先の教会や、自身の住まいを守らせていた。

門番だけあって大きな体格をしていたけれど、彼はだらしのない肥満体だった。でっぷりと腹が膨れていて、法衣の前襟を重ねられず、常に焦げたように黒い肌を胸元から覗かせていた。

共和国イナテラの出身で海を渡って大陸へやって来たのだと聞いたけれど、テディはオマール人ではないらしい。オマール人と同じ源流を祖に持つ、また別の一族である。彼には奴隷出身者という過去があって、よく「トランスマーレ人は俺たちを見下している」と憤っていた。白い肌の者たちにこき使われ死んでいった同胞のため、「俺は奴らを殺す時、一番苦しい方法を選ばなくてはならないんだ」と言っていた。

もちろんザリ様や僕を含め、多くの魔術師《ウィザード》たちは白い肌のトランスマーレ人だったけれど、テディがその残虐な攻撃性を発揮するのは、僕たちルシアン以外の異教徒に対してだ。

彼には目も当てられない悪癖があって、粛清に抵抗する者たちが現れた時、彼は嘆くどころかむしろ喜んだ。その太い指で、堂々と人の首を絞めることができるからだ。粛清はあくまで改宗運動の一環であって、虐殺ではない。だから基本的に押し入った先の館の住人は殺さない。けれど執拗《しつよう》に首を絞め続ければ、うっかり殺してしまうケースも出てくるわけで、ザリ様もさすがに「やめなさい」と叱りつけたけれど、それからも何度か、言いがかりをつけられた哀れな住民が〝事故死〟するのを僕は見ている。

その残虐な行為が理解できず、広い背中に尋ねたことがあった。

「……どうしてそんな酷《ひど》いことができるのですか」

振り返ったテディは質問の意図がわからなかったのか、目を丸くした。

「え、だって楽しくない？」

〈港町サウロ〉に来てから首を絞められていたのは、主にトランスマーレ人ではなく、オマール人だ。つまり彼の残虐性は、トランスマーレ人に限って発揮されるわけではなかった。

彼はただ、弱いものに強いだけ。ただサディスティックなだけだ。笑うテディは黒い肌に白すぎる歯が浮きだって見えて、まるで人ではないような印象を受けた。

「……ね、ねえ、ハンバート兄さん」

粛清中の館の廊下にて、ウィローに声を掛けられたことがあった。彼女は僕と同じ修道士《モンク》であり、ザリ様に奉侍する〝侍祭《アコライト》〟だった。同じ人物を師として仰ぐ、言わば妹弟子だ。彼女もまた、ザリ様から白い法衣を贈られていた。

ウィローは背が僕と並ぶほどに高く、スラリとしたスレンダー体型で手足は枯れ枝のように細かった。〝柳《ウィロー》〟というその名のとおり、しな垂れた柳の木みたいにどんよりとした暗い子だ。前髪を長く伸ばして、左頬《ほお》にある火傷の跡のケロイドを覆い隠していた。

「あの、ザリ様はどっちが好みかしら？」

「……好みって、何が」

「ほら、ウィローのこの髪、もうすぐ肩につきそうじゃないですか……？」

ウィローは黒髪の毛先を人差し指に巻きつけながら、上目遣いで言う。

「迷ってて。髪、切ろうか。伸ばそうか。ザリ様はどちらがお好みかしら？」

「……わからないよ」

それは異教徒の館で粛清中の今、尋ねることなのだろうか。僕は廊下の一番奥にある執務室を後にした直後だった。背後にするドアの向こうからは、異教徒の言葉で唱えられる歌が聞こえてくる。

ウィローは細い身体《からだ》のせいか、よく法衣の胸元が着崩れていた。僕が目のやり場に困って視線を逸《そ》らすと、彼女は目を薄い三日月みたいに歪《ゆが》めて、前襟を重ねる。

「……あ、あー♡　今胸見てました？　ダメですよー……ウィローはザリ様のものなんだから。ザリ様に言いつけちゃいますよー？」

ザリ様から、いったいどんな甘言をもらったのか。彼女は事あるごとに、ザリ様からの寵愛を僕に当てつけるような態度を見せる。この陰気な妹弟子は、僕よりも後からやって来たくせに僕よりも一味に馴染《なじ》んでいたし、明らかに僕のことを見下していた。

「……ご本人に尋ねてみたら？　ザリ様は〝ランチパーティー〟の最中だよ」

僕は廊下の窓際に寄って、背後のドアへと続く道を開けた。

「きっとこれから、君の魔法も必要になる」

負のオーラをまとった陰気な佇《たたず》まいから、最初僕はてっきり彼女を僕と同じ、侵食魔法の使い手だと思っていた。侵食型のクラスには、あのような陰湿な性格の生徒が多かったから。けれど彼女が得意とするのは変質魔法だった。

彼女の固有魔法は、ザリ様の催す〝ランチパーティー〟に必要不可欠なものだ。ザリ様はウィローを……いや、ウィローの魔法を気に入っている。ウィローもきっと僕と同じで、ザリ様に必要とされるのが嬉《うれ》しいのだろう。そう思えば、この妹弟子の鼻につく態度も可愛《かわい》いものだと許せる。

ウィローは僕の言葉にニンマリと笑って、僕の前を通り過ぎていく。

ドアをノックして、ガチャリと開けた直後に振り返った。

「あー……ちなみに兄さんは、どちらが好みかしら？　髪。長いのと、短いのと」

心底どちらでもよかった。適当に答える。

「……敢《あ》えて言うなら、長い方かな」

「じゃあ切ろぉ！」

「…………」

バタン、と乱暴にドアは閉じられる。まるで僕をのけ者にするみたいに。

だが僕は自分から部屋を出たのだ。あのむごいパーティーに、参加し続けることは耐えられない。そんな僕の精神的な弱さも、ウィローが僕を軽んじる原因の一つなのだろう。

ウィローがドアを開いた時に、一瞬だけ、この館の主人の姿が見えた。

執務机に座らされ、机上に出した両手をワニに噛《か》まれたご主人は、目を閉じて〝太陽神アッ・シャムスの唱歌〟を唱えていた。信心深く、辛抱強いものを相手にするほど、パーティーは凄惨《せいさん》を極めることになる。

僕はつい先ほどまで参加していたパーティーの光景を思い返してしまい、目眩《めまい》を覚えた。

額に汗を浮かべながら、一心不乱に唱歌をつぶやくご主人に、ザリ様はこう問い掛けた。

「人間の手のひらには、いくつ関節があるかご存じですか？　ご主人」

ザリ様は手に銀のハサミを持っていて、その尖端でワニに挟まれたご主人の指先をなぞった。

「――難しい質問じゃない。例えばこの親指は二か所、曲がるところがあるね。人差し指を見れば、おや？　やったね、こちらは三か所もある。それらが小指に掛けて計四本。つまり、関節の数は親指のと合わせて、計十四か所だ。それに手首も加えよう。十五か所。手は左右についているから、カケル二倍とする。これが何を意味しているか、わかりますか？　ご主人」

ザリ様はご主人の耳元に囁き、ハサミをシャキンと鳴らしてみせた。

「計三十回は切り落とせる」

ご主人の唱歌が止まった。

「さて、一人につき三十だ。奥様の分も合わせればカケル二。お嬢さんと娘婿の分も合わせてカケル四。二人にはお子様がいましたね。彼の分も合わせれば――」

「子供まで……手に掛けるつもりか」

ご主人は静かに目を開いた。ザリ様は眉間《みけん》にしわを寄せ、辛そうな表情で首を振る。

「あなたの選択です」

叱責するように一度だけ、語調を強くする。そして再び静かに囁く。

「僕だってこんなことしたくない。あなたはご家族を救えるんだ。竜の御心に寄り添えばいいだけ。なのにあなたは激しく抵抗し、ご家族を危機に晒《さら》している。なぜだ？　〝よき隣人〟よ。あなた方の信じる神は――その祈りは、あなた方を救えていますか？　そうは見えないんだけど」

「……我々が祈るのは、今をよりよく生きるためではない。今世を終えた後に――」

「失笑。死んでからしか助けてくれない神なんて、必要ですか？」

くるりとハサミを手の中で回転させて、ザリ様は開いたその刃を、ご主人の小指の先に添えた。ハサミを閉じれば、第一関節から先が落ちる。

「つまりあなたの神は、あなたを護《まも》らない。その無能さを今、証明してみせましょう」

「待てわかったッ。わかりました。財産ならすべて差し上げよう。好きなだけ持って出ていってくれ……！」

「違う違う違う、お金などいらない。やめてくれ、それではまるで僕がお金を目的にこんなことをしているみたいじゃない。僕の使命は、あなたを改心させること。あなたを邪教から救うこと。もちろん改宗の証として、資金面で貢献していただけるというのであれば、受け取らないわけにはいきませんが……」

「ふざけるな……！　何が改宗だ。太陽神は見ているぞ。こんなやり方がまかり通るはずがない。このような非道に私は……私たちは決して屈しない」

「はい。じゃあ早速一本目――」

聞くに堪えない悲鳴が執務室に響き渡り、僕は思わず目を背けた。

もしかしてザリ様は、僕の精神性を強くするために、敢《あ》えて僕をあの凄惨《せいさん》なパーティーへ同席させようとしていたのかもしれない。

けれど僕には理解できない。何度あの場に立ち合っても、あのような光景を見慣れることはできなかったし、いつまで経《た》っても、あのような暴力を許容することはできなかった。

また一本指が落とされたのか、ドアの向こうから聞こえていた唱歌が悲鳴に変わる。

僕はドアに背を向けて、早足でその場を立ち去る。見たくない。聞きたくない。断末魔に耳を塞《ふさ》ぐ。心が掻《か》かれる。嗚咽《おえつ》が漏《も》れる。視界が涙でぼやけていた。なぜ涙が溢《あふ》れるのかわからない。痛いのは僕ではないはずなのに。なのに、苦しい。気持ちが悪い。

胃の中のものが逆流し、僕は廊下に膝《ひざ》を曲げた。

吐瀉物《としゃぶつ》を絨毯《じゅうたん》にぶちまける。すえた臭いが鼻を突いた。

ザリ様はあれだけの行為を、淡々《たんたん》と行う。切り分けたパイを「美味《おい》しいかい？」と尋ねるみたいに、「痛いかい？」と指を切り落とす。いつもの口調で、いつものように。薄ら笑いを浮かべながら。まるでいたずらで虫を殺す少年みたいに。

ザリ様にとってあの〝ランチパーティー〟は、日常の中にあるのだ。

哀れな招待客は命を賭けて抵抗する。その懇願も、人間としての尊厳も、ザリ様は当たり前のように無視し、蹂躙《じゅうりん》する。『理不尽こそがこの世界の〝通常〟だよ』と、かつてそう言ったご自分の言葉を体現するかのように。

彼は悪だ。極悪だ。けれどなるほど誰も助けてはくれない。理不尽を正そうとするような力は、どこからも作用しない。世界はこの理不尽を許容したまま、成り立っているのだ。

僕はザリ様に付き従うことで、痛いほどそれを思い知った。

ザリ様から贈られた白い法衣を、僕は撥《は》ねた自身の吐瀉物で汚してしまった。

——「白の法衣は汚れがよく目立つ。だからこそ白を着なさい」

ザリ様は僕にそう説いた。

「僕たちは聖職者だからね」と。確かに彼は、いつだって清潔感に満ちていた。

どんなに汚いことをしても、不思議なことにその白い法衣には、返り血一つついていない。

ずっと彼をそばで見ていて、いつの間にか僕は純白に対して、恐怖を抱くようになっていた。生きている人間が、染み一つ作らないなんて不自然だ。

白は、汚れを塗り隠すのに最も適した色。白は最も、醜《みにく》い色だ。

5

活動の拠点を〈港町サウロ〉に移してから、粛清の回数は目に見えて増えていった。

主な要因は、教会への上納金を工面するためだ。

〝サザンクロス大聖堂〟は巨大な建造物だけあって、完成するまでに多大な建設費用が必要だった。そのため教会は資金集めに苦慮し、各地から寄付を集っていた。その貢献度によって、教会での立ち位置も優位に変化する。出世を目論むザリ様としては、大量の寄付で自身の優秀さを教会の者たちへ知らしめるチャンスだったのだ。

そんな中、サウロに向かっていた貿易船が町に辿《たど》り着く直前で座礁し、沈んでしまうという事故が起きた。船は大きな商談を成立させた帰りで、船内には大量の金貨が積まれていたという。

情報を得たザリ様はすぐに捜索隊を組織し、誰よりも先に海底に沈む難破船を見つけた。ところが、船は綺麗《きれい》な状態で沈んでいたというのに、金貨の積まれた宝箱だけが、あるべきはずの所にない。すでに何者かによって持ち出されてしまっていたのだ。いったい誰が？　噂として囁かれていたのは、近海で目撃される〝マー族〟の存在だった。

マー族は貿易商人や漁師たちの間では有名な一族だったけれど、その住処《すみか》を知っている者は誰一人としていなかった。なぜなら目撃された場所のほとんどが、海の上であるからだ。

噂話に登場するそのほとんどが、見目麗《うるわ》しい女性だった。彼女たちはまるで魚のように優雅に泳ぎ、水面から顔を出して、船上の男たちを誘惑するのだという。共和国イナテラの公用語——オマール語で歌われる美しい歌声を聞いたという船乗りもいれば、「嵐が来る」と忠告を受けた船乗りもいた。そして実際に天候は急転し、彼らは遭難しかけたのだという。

集めた情報の中には、真偽が疑わしいものも多かった。特に不気味な情報は、彼女たちが半魚人であるというものだ。何でも彼女たちの海中に隠した下半身は、鱗《うろこ》に覆われた尾ヒレの形をしているのだという。

見目麗しい女性の上半身に、グロテスクな魚の下半身。そんな怪物染みた姿が町では常識として語られ、彼女たちは〝人魚〟と呼称されていた。

その人魚たちの姿を、生き残った難破船の乗組員たちが目撃している。

泳ぐのが得意な一族なのだから、難破船からお宝を引き上げることなど簡単だろう。宝を奪ったのは彼女たちに違いないと、ザリ様は調査を開始した。そして〈イナテラ海峡〉に浮かぶ諸島の沿岸で、水浴びに興じる半裸の女たちを目撃したという情報を得る。

ただし沿岸の明確な位置はわからず、大小合わせて百以上もある島のうちのどれかであろうとのことだった。持ち出された金貨を回収するため、僕たちは少ない情報を照らし合わせ、十八か所の入り江をピックアップした。

かくしてマテオ、テディ、ウィローを含めた僕たち四人は、〝人魚の棲《す》む入り江〟を捜して船に乗り込み、〈イナテラ海峡〉へ出たのだった。

ザリ様には宣教師《ミッショナリー》としての職務があり、教会を離れることができなかった。

ザリ様はそれを非常に残念だと嘆き、僕たちの無事を願っていると言った。そして僕たちの旅路に幸運が訪れますようにと、祈りを込めたお守りをくれた。糸のように細くした銀を一つ一つ丁寧に編み込んだ、フィリグリー細工のブローチだ。ラッパみたいに大きく花弁を広げた、ユリをモチーフにして作られていた。

港で僕たちを見送る際、ザリ様はそれを自ら僕たちの襟元に留めて、「気をつけなさい」だとか「信じているよ」と声を掛けた。

けれど結果的に僕たちは、ザリ様の期待に応えることができなかった。

サウロの港を出て四日目の朝、僕たちを乗せた船は、嵐に遭遇してしまったからだ。


雨は嫌いだ。縁起が悪い。雨は、死の臭いがする。

あの嵐の日も、甲板から見上げた空には、厚い雲がうごめいていた。

パタタタッと激しい雨音が甲板を打つ。床が大きく傾いて、手すりに摑《つか》まっていなければ、立っていることさえ難しい。船首の向こうで、大きなしぶきが上がっていた。

帆を畳もうとした船乗りが何名か、ロープを握ったまま暴風に煽《あお》られ、宙へと舞い上がった。哀れな船乗りたちは悲鳴を上げながら、黒々とした海へと投げ出される。

「気をつけろォ、愚図《ぐず》どもがッ！」「反対側を摑めッ！」「走れ走れッ！　急げッ！」

休む間もなく走り回る船乗りたち。年老いた甲板長が、荒ぶる波の音に怒号を重ねる。

帆柱はギギギ……と不気味な音を上げて軋《きし》んでいた。

そんな中、僕は愚かにも甲板に出ていた。少しでも彼らの手伝いができればと思ったのだ。

けれど当然ながらこの嵐の中では、海の素人など邪魔になるだけだ。揺れ動く甲板で手すりにしがみついたまま、激しい雨に打ちつけられて、目を開けることさえままならない。

船内に引き返そうと顔を上げた、その時だ。

「おいあんた、伏せろォッ！」

誰かの怒声を聞いた直後、風に暴れたロープが顔面に飛んできて、僕は鼻先を強い衝撃で弾かれた。船の縁に足首を打ちつけた直後、僕は海の上へと弾き飛ばされていた。

聞こえていた激しい雨風の音は、ドポン、と着水と同時にくぐもった。

固く目を閉じる。海水を飲む。鼻の奥がつんと痺《しび》れる。ゴポゴポとうるさい泡の音。冷たい水の感触が肌を刺す。僕はがむしゃらに両腕を掻《か》いた。早く海上に出なくては。早く、早く。しかしどれだけ掻いても海面に行き当たらない。苦しい。死ぬ。わからない。寒い。寒い。寒い……！　荒波に揉《も》まれ、上も下もわからなくなって、僕は死を覚悟した。

いったいどれほどの間、溺れていたのか。

長かったのかもしれないし、刹那《せつな》ほどに短かったのかもしれない。

気づけば僕は、穏やかに静まった水中に漂っていた。両頰《ほお》を誰かに触れられている。柔らかくて小さな手だ。二つの手で頰を挟まれているその感覚に、僕は目を閉じたまま、顔を上げた。

チリチリと眩《まぶ》しい光が、まぶたを刺激している。僕は死んだのか。恐る恐る、目を開いた。

海中に漂っていたのは、一人の少女だった。

僕の頰を両手で挟んで、真正面から僕を見つめている。

緩やかにカーブした長い髪が、穏やかな波にゆらりとたゆたい、彼女の頭の後ろに広がっていた。海面から差し込む陽光が、その滑らかな肌に光波の影を揺らめかせている。

ふっくらとした頬《ほお》のまだ幼げな少女だ。丸い鼻に厚い唇。好奇心たっぷりにまたたいた瞳は、差し込む陽の光を受けて緑色に煌《きら》めいてた。それはまるで翡翠《ひすい》のように――。

ゴポゴポッ……と僕の口から湧き上がった大量の泡の向こうで、少女が目を見開く。それから僕の頭を抱き寄せて、僕の口に厚い唇を押し当ててきた。

柔らかな感触に唇が潰れる。空気を口移しされて、僕のパニックは少しだけ収まる。コポコポと湧き上がる泡の向こうで、彼女の瞳が僕を見つめていた。

僕たちが出会ったあの日のことを話すと、ハルカリはいつも「大げさだなあ」と笑う。あなたは海に落ちてすぐ、あたしたちに助けられた。あの日に晴れ間なんてなかったし、あなたはずっと気絶していたよ、と。

けれど僕は覚えている。触れた唇の感覚を。海中に煌めく翡翠の瞳を。

なるほど彼女は〝人魚〟だった。嵐を呼び、歌が上手で、海中をまるで踊るように泳ぐ。そして僕が見てきたどの女性よりも美しかった。ハルカリ。今でもその名前をつぶやけば、胸が強く締めつけられる。

無邪気に笑うあの顔を思い返せば、僕も嬉《うれ》しくて仕方がなくなる。

あの嵐の日。彼女に救われたことは間違いなく、僕の人生において最大の幸運だった。

6

船の甲板や海面を打つ雨音が、激しくなっていた。

ザリ様は僕があの嵐の日、彼女たちにどこへ連れて行かれたのかを知りたがっている。

「癒しが欲しいかい？」

ザリ様の声がくぐもって聞こえる。

あまりの激痛に、僕は気絶していたのかもしれない。彼の声を聞き、船内での〝ランチパーティー〟はまだ続いているのだと気づく。知らぬ間に、僕は嗚咽《おえつ》をこぼしていた。

指先が熱を帯びている。じんじんと痺《しび》れて異様に熱い。視界を塞《ふさ》がれているため、指が何本残っているのかもわからない。

シャキン、と耳元にハサミの閉じられた音がした。シャキン、シャキン――。

「君が望むのなら、その痛みから解放してあげてもいいよ。ねえ？　ウィロー」

「もちろんっ、もちろんです」

少し離れたところから、妹弟子であるウィローの声がした。

「ザリ様がそうしろって仰るのなら。ウィローの魔法はザリ様のものだし……」

「いやまだ早くねえですか？」

コツ、コツと足音が近づく。

助祭《ディーコン》のマテオだ。十中八九、今もあの奇妙な帽子を被《かぶ》っていることだろう。

「指はまだ残ってるじゃない。もう治しちゃうの、もったいなくね？」

「いいじゃん別に、また落とせば！」

くちゃくちゃと肉を噛《か》みながら応えたのは、守門《ポーター》のテディだ。黒肌の肥満体姿が脳裏に浮かぶ。彼は常にベルトから〝スペアリブ袋〟を提げていて、骨つき肉を携帯している。信じられない感覚だけど、僕の拷問を眺めながら食事を楽しんでいるらしい。

「ウィロー」

ザリ様は鉄製ワニの〝一口目《ファースト・バイト》〟から僕の両手を解放し、ウィローをそばに呼んだ。

「はい」と従順な足音が近くへとやって来て、テーブル上に揃《そろ》えられた僕の手に触れる。

彼女はきっと、テーブルの切り落とされた僕の指先を拾い、切断面に宛てがっている。そんな光景を、僕は今まで参加してきたランチパーティーで見ている。

彼女に触れられた指の根元から、じんわりと心地のいい柔らかな熱を感じた。

思わず吐息が漏《も》れる。切断された指や砕かれた甲が治癒され、痛みが徐々に引いていく。

ある程度、指先の感覚が復活してくると、ウィローは両手で上下に挟み込むようにして僕の手を包んだ。そっと優しく、慈愛に満ちた仕草だった。

「ふっ……はっ……」

ウィローの魔法名は〝ｘｏｘｏ《ハグ&キッス》〟——纏《まと》う魔力を癒しの力に変質させて、対象の傷を治すというものだ。誰もが欲しがる回復系の魔法。特に戦場で重宝されるその魔法を、僕は〝ランチパーティー〟でこそよく目にしていた。僕の母親が僕に切望した癒しの魔法は、皮肉にも拷問に使用される。

　ウィローのこの魔法のせいで、パーティーは終わらない。地獄は延々と繰り返される。

　――キリキリキリ。鉄製のワニはまた僕の手を噛み砕き、僕は悲鳴を繰り返す。

「……ああっ、やめて、あ……。んあああッ……！」

　回復した僕の小指の先に、ザリ様はそっとハサミの刃を当てる。

「君が海に消えてから二週間あまり。君が〝人魚の棲《す》む入り江〟に滞在していたことはわかっているんだ。さあ、いい加減にその場所を教えてくれないか」

「……うぅ。はッ……はッ……覚えて、ないです」

「驚いたなあ！　ハンバート。誰より苦痛を恐れる君が、これほどの痛みに耐え続けるとは。そこまでして護《まも》りたい女性なのかい？　その〝ハルカリ〟という子は」

「……はァ……はァ……」

　わからないことがある。僕は彼女たちマー族の暮らす集落のことを一切話していない。当然、ハルカリの名前も出していない。なのにザリ様は、彼女の名を知っていた。

　いったい、なぜだ。

「俺も会いてえなあ！　その〝ハルカリ〟ちゃんってのによう」

　足音と共に、マテオの軽薄な声が近づいてくる。

「相当な美人なんだろうな？　あの歌声を聞きゃあ、わかる」

「…………」

彼らが把握しているのは、名前だけではなかった。マテオはハルカリの歌声にまで言及する。誰か僕以外に捕まった者がいるのか？　あるいは何かの魔法か？

ではなぜ彼らは、ハルカリの名前を知っているのに、集落の場所は把握できていない？

「……美人ですよ。おっしゃる、とおりに」

確かめる必要があった。彼らが何を知っていて、何を知らないのかを。

「無邪気で……世間知らずで。僕のくだらない話にも、コロコロとよく笑う。その目は……まるで宝石みたいな……翡翠《ひすい》色で——」

「おいおい、詩人かよ」と、マテオの嘲笑が僕の言葉を遮る。

「いや……〝童話作家見習い〟だっけか？」

動揺した。それはハルカリに対してだけついた嘘。

連れて行かれた集落の、幽閉された石造りの工房で、彼女と二人きりの時に僕は、素性を隠してそう偽った。なぜそれをマテオが知っている？　ハルカリを捕まえ拷問したのか？　そうしておいて惚《とぼ》けているのか？　吐き気を催す想像に、動悸が激しくなる。

「……わかり、ました。すべて話します。あの日、僕がどこへ……連れて行かれたのか」

僕は観念した。

「ただ……あまりに、不思議な体験すぎて……信じてもらえるか」

「構わないよ。話してごらん」

ザリ様は先を促す。かくして僕は語り出す。とつとつと、ハルカリとの物語を。

摩訶不思議《まかふしぎ》な『人魚姫』のおとぎ話を。

「あの日……海で溺れた僕は、石造りの部屋の中で、目を覚ましました」

僕は、シルクのシーツをかけたベッドに寝かせられていた。

海へと投げ出された時にぶつけた右脚が異様に腫《は》れていて、床に足をつけただけで激痛が走った。壁に手をつきながらゆっくりと時間を掛けて立ち上がり、辺りを調べる。

広くない部屋だ。片脚を引きずりながらでも、すぐに一周できた。石壁に添ってベッドが一つ置かれていて、小窓には格子が嵌《は》められている。戸口は開かない。ドアの隙間《すきま》から覗《のぞ》くと、外からかんぬきがされているのを確認できた。

見るからに独房だ。けれどベッドと反対側の壁には机や椅子が置かれていて、机上にはホタテの貝殻が何枚も積み重ねられている。他にも貝殻の削りカスや石板、文字を書くためのろう石が、作業途中のまま無造作《むぞうさ》に転がっていた。

鉄格子の嵌められた小窓から、外を見渡すことができた。この部屋のある建物は岩の剝《む》き出した丘の斜面に建っているらしく、眼下に石造りの家々が並んでいるのを見つける。

不思議なのは、その形だ。どれも砂浜に転がる珊瑚《さんご》のように真っ白で、見たことないドーム型をしている。岩場に生えた辺りの木々は、見るからに海藻である。赤や緑の海藻が、風もないのにゆらゆらと揺れている。

見上げた先に浮かぶ太陽は霞んでいた。

呆然と仰ぎ見る僕の頭上に影が掛かり、大きなシャチが横切っていく。シャチの腹を見上げるなんて経験は初めてのことだった。僕が連れて来られたそこは、何と海底だったのだ。

「はあ……？」

マテオが話の腰を折る。

「お前ふざけてんのか！　真面目に話しやがれっ」

早足でブーツの音が近づいてくる。

僕は殴られるのを覚悟して、椅子に座りながら身構えた。

「待ちなさい、マテオ」

けれどザリ様がマテオを制止した。すぐそばに声を聞く。

「海中だって？　ハンバート。おかしいじゃないか。どうして息ができる？」

「それが……説明のしようがありません。非常に不思議な……場所なのです。そこは……海と陸とが半分ずつ、入り交じったような空間でした。だから……水中にいるように、身体《からだ》はふわりと浮かび上がるけれど、息が苦しくなるようなことはありませんでした」

「……………」

「……海中なのに、僕はコップに注がれた真水を、飲むことさえできたのです。かんぬきで閉ざされた部屋の扉は、石でできていたけれど……床に敷かれていたのは、木です。古く劣化したその木の床は、陸で見られる床板と同じように、歩く度にギシギシと鳴りました」

「信じられねえ！」

マテオは叫ぶ。僕は応える。

「ほらね……ほら、だから言いたくなかったのです。こんな証言をすれば、きっと誰もが僕を、頭のおかしくなった変人だと指差すでしょう。けど僕は……いたって真面目です。僕だってこの目で見た光景を……信じることなんてできなかった、けど。一つだけ……合点がいくことがある」

「合点……？」

ザリ様はマテオと違って、冷静だ。

「陸と海とが混じり合う場所……たぶん、そんなところだったから、あんなものが生まれたのだと思うのです」

「あんなもの、とは……？」

「〝人魚〟です。決まっているじゃ、ないですかだって僕たちは、それを捜していたはずでしょう……？」

僕は、ザリ様の声が聞こえた方向を向いて続けた。

「そこに住む人々は……いや、人と言っていいものか。彼女たちは上半身が人間で、下半身は魚の尾ヒレのようになっていました」

「……〝ハルカリ〟も？」

「もちろんです」

波にたゆたう金色の長い髪。光波の影を映す白い肌。そして宝石のような翡翠《ひすい》の瞳。下半身を覆う青い鱗《うろこ》は太陽光に反射して、キラキラと眩《まぶ》しく煌《きら》めいていた。

異形とはいえ、海中を優雅に泳ぐその姿に、僕は目を惹《ひ》かれた。

ハルカリは六人兄姉の末っ子で、十五歳になったばかりだった。明るくて無邪気で、元気いっぱいで、集落の誰からも愛されていた。

「幽閉されていた間……僕の世話をしてくれたのが、ハルカリでした」

ここが〝人魚〟の里だと確信していたからこそ、部屋に閉じ込められた僕は焦っていた。声を揃《そろ》えて嵐を呼ぶだとか、生きたまま人を食うだとか——サウロの港で集めた人魚の情報には、そんな恐ろしいものも多々存在していた。だから彼女たちはもしかして、僕を生きたまま食べるためにここへ閉じ込めたのかもしれない。

ただ、それにしてはちゃんとしたベッドに寝かせてくれているし、折れた足には添え木がされていた。何よりハルカリはかんぬきを外し、無防備に尾ヒレをくねらせて、部屋の中にまで泳いで入ってくる。彼女は銀のトレーの上に、魚の切り身を載せていた。

「陸の人間って〝焼く〟んでしょ？　ここじゃそのまま食べるんだけど、あなたの口に合うかしら？」

「……僕を太らせてから食べるつもりか？」

警戒心たっぷりに尋ねると、ハルカリはからからと声を上げて笑った。

「どうしてあなたを食べなきゃいけないの。魚の方がよっぽど美味《おい》しそうなのに」

ハルカリは切り身を一つ摘《つま》み取り、口を大きく開けて頰張《ほおば》ってみせた。

ハルカリはふわふわの長い髪を後ろに結んで、甲斐甲斐《かいがい》しく僕の世話をしてくれた。海藻を煎じ、傷の経過を看てくれた。僕の身体《からだ》を拭き、足の包帯を替えてくれた。

初めこそ僕を警戒していた他の人魚たちも、日が経《た》つにつれ、格子の嵌《は》まった小窓の向こうに姿を現すようになっていった。

特に人魚の子供たちにとって、僕はよほど珍しい生き物であったようだ。彼らは僕に敵意がないとわかると、毎日のようにやって来ては小窓を覗《のぞ》き込む。独房での時間を持て余していた僕にとって、子供たちとの会話はマー族を知る大切な情報源だった。

話を聞くと、彼らは海中で生活していることと、足が魚の形をしていること以外、その暮らしぶりはほとんど僕たちと変わらない。歌で嵐を呼ぶことなんてできないし、陸の人間を生きたまま食べるなんてこともしない。ただ生食を好むというのはその通りで、彼女たちは魚を切り身にしてよく食べていた。他にもカキやサザエなどの貝類や、カニやタコなどの海鮮類を主食としていた。

陸にある潮風の吹きつける洞穴で塩を作り、魚を燻製《くんせい》にしたりもしていた。驚いたことに、〈港町サウロ〉の商人につてがあって、彼女たちの獲った魚や塩を買いつける業者もいるらしい。サウロでも使用される貨幣を貯め込んでいると聞いた。

海で目撃されるのが女ばかりだったのは、マー族は一概に女が強く、漁に出るのが女の仕事だったからだ。集落にはちゃんと男たちもいて、彼らが家を護《まも》り、育児を行っていた。

マー族の女たちは働き者だ。実に元気で逞《たくま》しい。サウロの商人たちと交渉するのも彼女たちの役目であったため、オマール語だけでなく、サウロでよく使われるトランスマーレ語にも精通していた。

ハルカリと僕の会話も、トランスマーレ語で行われた。

「あなたは何をしている人なの？」

そう尋ねられたのは、目が覚めてから五日ほど経《た》った頃だ。

ハルカリはその時、僕が溺れた時に着ていた冒険服を大人たちの手から回収し、持ってきてくれていた。その襟元についていたブローチに、ハルカリは興味津々だった。ザリ様につけてもらった、ラッパみたいに花開いたユリのブローチだ。

襟元についたままのそれを摘《つま》んで、ハルカリは尋ねた。

「……綺麗《きれい》なブローチだね。恋人にもらったの？」

「まさか。そのようなものではありません」

「じゃあ……奥さん？」

僕が首を横に振ると、ハルカリは「そうなんだ」と冒険服をテーブルの上に置いた。

そして質問を重ねたのだ。陸でのあなたはいったい何者なのか、と。

「……僕は」

ルーシー教の侍祭《アコライト》であることは、言いたくなかった。彼女たちが魔術師《ウィザード》に対してどんな想いを抱いているか、わからない。人里離れた荘園を狙うザリ様の粛清が、その耳に届いている可能性だってある。あの蛮行に自分も参加していたと知られ、幽閉されているこの状況がより悪化するのは避けたかった。幸いにも、僕は遭難時、冒険者の格好をしていたため、ザリ様にもらったあの白い法衣を着ていなかった。

「僕は〝童話作家〟……見習い、です」

見習い、としたのは、嘘をついたことへの罪悪感からだと思う。

「どおわ？」

ハルカリは小首を傾《かし》げた。彼女は〝童話作家〟を知らなかった。

海で暮らす彼女にどう説明してやればいいか迷って、ふと壁際の机の上に――積み重ねられた貝殻のそばに、立て掛けられている石板が目に入った。

「それを取ってもらってもいいかい？」

ろう石の欠片《かけら》で、メモなどを記しておくための薄い石板だ。

ハルカリによれば、この独房は元々工房として建てられたものらしい。閉じ込める者がいない時は、工房として使用されている。積み重ねられたホタテの貝殻は、アクセサリーを作るための材料だった。そしてそのような工房には、必ず石板やろう石といった、メモを取るための道具が置かれている。それは海中にある工房でも変わらないらしい。ハルカリからろう石と一緒に差し出された石板を、僕はベッドに腰掛けたまま受け取った。

「そこに座って」

ハルカリは頭を下にして泳ぎ、椅子にちょこんと腰掛けた。

石板にろう石を走らせる僕を見つめる。

「何を書いてるの？」

「動かないで」

描いたのは文字や数字ではない。人魚ハルカリの似顔絵だ。

水中にたゆたう長い髪と、好奇心たっぷりに開かれた目。柔らかな頰《ほお》にはまだ、あどけなさが残る。輪郭には線を重ね、肌には敢《あ》えて線を入れず、その滑らかさを表現してみた。

渡された石板を見て、ハルカリは息を吞《の》んだ。表情豊かな彼女の感情はわかりやすい。傍目《はため》から見ても、僕の絵に感動してくれているのがわかった。

「すごい……とても上手。あなた、画家なの？」

僕は首を横に振る。

「ううん、〝童話作家見習い〟だ。挿絵も自分で描くんだよ」

両親への手紙に挿絵を添えていてよかった。おかげでハルカリを、実物どおりに可愛《かわい》く描けた。

「……白一色で、翡翠《ひすい》の瞳を表現できないのは残念だけど」

「充分だよ。ありがと。宝物にするっ！」

ハルカリは椅子から浮かび上がり、僕の見上げた先で石板を胸に抱き締めた。

けれどすぐに「あっ」と慌《あわ》てて身体《からだ》から離す。

「消しちゃうところだった。あっぶな！」

「ろう石で描いた絵なんだから、きっとすぐに消えてしまうよ」

「何とかする。ニスでも塗ろうかしら……？　どこかにあったかなあ」

難しい顔をして石板を睨《にら》みつけていたハルカリは、ふと視線を僕に向けた。

「見習いってことは、まだなってないの？　ならあなたはきっと将来、立派な〝童話作家〟になるね！」

僕は曖昧《あいまい》に笑った。どう答えたらいいかわからなかった。

「どうかな……。わからないけれど」

「絶対になれるよ！　だってあなたの絵は、こんなにも人の心を動かせるんだから！」

「……うん。ありがとう」

あの不思議な海底で過ごした二週間は、まるで夢のようだった。

このままここでハルカリと暮らしていけたら、どんなに楽しいだろうかと夢想した。

けれどその幸せは長くは続かない。僕はザリ様に仕える侍祭《アコライト》だから。

僕は彼女たちを捕らえるために、海へ出たのだから。


別れは突然訪れた。ある夜ハルカリの兄が慌《あわ》てた様子でやって来て、ハルカリを工房の外へ連れ出した。この頃になるとハルカリは完全に僕に心を許していたから、兄に連れ出されていったその扉には、かんぬきがされていなかった。だから僕はそこから顔を覗《のぞ》かせて、彼らの話す声を聞くことができた。

「……あいつは魔術師《ウイザード》かもしれん。俺たちの住むこの集落を、捜しにきたんだ！」

何でも〈港町サウロ〉へ出た集落の者が、僕たちを乗せた船の乗組員から、僕たちが教会の者であることを聞いたらしい。彼らは気づいてしまった。僕が〝人魚〟を狙う魔術師の一人であることを。ハルカリの兄は続けた。今現在、僕の処遇を巡って大人たちによる会議が行われているという。

兄の話を聞いたハルカリは動揺していた。その横顔を僕は扉の隙間《すきま》から覗いていた。

正体がバレてしまった以上、もうここにはいられない。僕はその場で工房を抜け出して、一目散に海面を目指した。折れた足は完治していなかったけれど、残った足をがむしゃらに振って、月明かりを頼りに夜の海を泳ぎ続けた。

海面に出てからは近くの島を目指し、そこから小舟を乗り継いで、向かった先は〈港町サウロ〉の教会だ。僕がザリ様に与えられた使命は、〝人魚の棲《す》む入り江〟を見つけること。またそこに暮らす人魚たちが、疑惑どおり難破した貿易船の宝箱を持ち出したのかを調べることだ。

けれど僕は、ザリ様の暴力が、あの人魚たちに及ぶことを恐れた。〝ランチパーティー〟に招かれ、痛めつけられるハルカリの姿を想像すると、恐怖に身体《からだ》がこわばった。

だから礼拝堂に辿《たど》り着いた僕は祭壇の前で、ザリ様に結果を尋ねられ、こう報告したのだ。

「……いいえ。あの辺りに〝人魚の棲む入り江〟はありません」

なぜかその報告が虚偽だとバレていて、僕は〝お誕生日席〟に座らされている。

7

「……まるでおとぎ話のようじゃないか」

雨音に混じって、ザリ様のつぶやく声を聞く。

「ただ反証できる情報もないか。今のところは」

「海と陸が混じる場所って……もしかして〝マナスポット〟でしょうか？」

ウィローが尋ねた相手はザリ様だろう。だが応えたのはテディだ。

「あり得るかもね？　何かしら強大な魔法が作用し続けてるとかさ。とにかく早く行ってみようよ、そこ！　俺も魚食べたァい！　人魚って食べれるかな？」

「いや嘘だね。コイツの話には粗があるぜ」

目隠しをされたまま、耳を澄ませる。突っかかってくる声はマテオだ。

「海中だと？　おかしいな、俺は確かに雨音を聞いた。雨音に重ねて、女が歌うのをよ」

「………………」

「海の中に雨は降らんだろうが。こいつは嘘を言っている！」

──なるほど、音だ。

彼らが知っている情報をまとめてみる。マテオは、あの工房で交わされた僕とハルカリの会話を知っていた。ハルカリの歌声を聞いていた。けれど僕がおとぎ話に織り交ぜた、いくつかの嘘に気づかないのは、実際にその目で見ていないから。つまり彼らが情報源にしているのは、音。そして冒険の最中、僕の周りで発生した声や言葉だ。

ではいったいどうやって僕の周りの音のみを、遠く離れた〈港町サウロ〉で聞くことができたのか。超常には魔法がつきまとう。思い当たるのは海へ出る直前、旅に同行できないザリ様が、僕たちの襟元に留めたブローチだ。

ユリをモチーフにしたフィリグリー細工のブローチは、まるでラッパみたいに大きく花弁を広げていた。もしもあれが錬成魔法によって作られた〝錬金物〟であったとしたら。

錬成魔法の使い手は、魔力を練って様々なアイテムを作り出す。学生時代、二つセットの巻き貝を錬成し、一方からもう一方へ、声を届けるという魔法を見たことがある。〝錬金物〟を使って音を飛ばすことができるのだから、ブローチの拾ったその音を、遠く離れたザリ様のもとへ飛ばす魔法があってもおかしくはない。

工房に幽閉されている間、僕はハルカリの用意してくれた布の服に着替えていた。けれど襟元にブローチのついた冒険服は、滞在中にハルカリに回収してもらい、工房内に置いたままだった。ハルカリに童話作家の話をしたのも、その時だったはずだ。ハルカリという名前や、工房での会話を彼らが知っていたのは、ブローチを通して盗み聞きしていたから……そう考えれば辻褄《つじつま》が合う。

「信じているよ」と一人一人の目を見つめながら、ザリ様は僕たちの襟元にブローチを留めた。教会にいながら僕たちの動向を監視するため、音を拾う〝錬金物〟を取りつけた。本当は僕たちのことなど、始めから信用していなかったのだ。

けれど音や会話から得られる情報だけでは、僕が人魚の住処《すみか》へ連れられたことはわかっても、肝心の位置がわからない。だからこうして僕を〝ランチパーティー〟のお誕生日席に座らせたのだ。痛みに朦朧《もうろう》とする意識の中で、僕はマテオの声を聞く。

「何とか言ったらどうなんだ、このホラ吹き野郎が！」

マテオは、僕の前にあったロングテーブルを蹴《け》り飛ばした。テーブル上に置かれていた僕の両手は、鉄枷《かせ》のように噛《か》みつく〝一口目《ファースト・バイト》〟をぶら下げたままだ。重さに引っ張られて激痛が走る。

「っ……！」

直後、太ももを刺されて僕はびくりと身体《からだ》を跳ねさせた。見えてはいないが、想像はできる。恐らくナイフを突き立てられている。鼻先にマテオの声を聞く。

「……おら、どうした？　反論してみろよ」

「……海底にも、雨は降ります」

「あァ？」

「海上に雨が降ると……水かさが増して、あの空間と海との境目から、水滴が落ちてくるのです。嵐の日には、嵐のごとく激しく……。小雨の日には、ポタポタと優しく。その光景はまごう事なく、雨……陸で降るそれとほとんど変わらない」

「は、口の回る野郎だな？　じゃあこれはどう説明する？」

マテオは僕の胸ぐらを摑《つか》んだ。

「お前は、足が魚の女とどうやってヤッてたんだ？　なあ？　ギシギシいうベッドの上でよォッ！　こちとら〝ハルカリ〟ちゃんの可愛《かわい》い鳴き声も聞いてんだよッ！」

「…………」

ハルカリが工房で僕との夜を過ごすたび、魔法のブローチを通して彼らが耳をそばだてていたのかと思うと、滑稽《こっけい》だ。竜の奇跡たる魔法を使って盗み聞きとは、聖職者のすることだろうか。

「……彼女は、特別なんです」

僕は目隠しをされたまま顔をあげ、目の前にいるであろうマテオに告げた。

「あの子は……〝魔女〟に足を、もらいましたから」

「……魔女、だと？」

視界を塞《ふさ》がれてはいても、部屋の空気が瞬時にして張り詰めたのがわかった。

魔女――学校や修道院に通うことなく、自然と魔力を使いこなしてしまう魔法の天才。竜の奇跡である魔法を乱用し、私利私欲を満たす彼女たちは、魔術師《ウィザード》に仇《あだ》なす異端者だ。ルーシー教は〝魔女〟を人々に不幸をもたらす厄災《やくさい》として、酷《ひど》く忌《い》み嫌っている。

「そうです。あの海の底には、魔女がいます」

「…………」

「乱暴者でわがままで、強欲な魔女です。黒髪をうねらせた若い女で、鼻は醜《みにく》く潰れていて色黒で。この世のものすべてを憎むような、鋭い眼光を放っているとか」

「その魔女もまさか――」と、ザリ様の声はマテオよりも向こうから聞こえた。

「人魚の一族……マー族なのかい？」

「……実は、わかりません。話でしか聞かなかったので。ただハルカリによると……魔女の下半身は魚の尾ヒレじゃなく、八本のタコ足で構成されていると聞きました。吸盤のついた足をうねらせて……気に入らない者を搦《から》め捕《と》り、食べてしまうのです」

「何それ、怪物じゃん……」

テディがつぶやく。一同は息を呑《の》んでいる。

雨音の満ちた静かな部屋に、僕はぽつりと言い放つ。

「その魔女の名は〝ブルハ〟」

「ブルハ……」

「強欲な彼女には〝悪い癖〟があって。気に入ったものがあれば何にでもタコ足を巻きつけて、自分のものにしてしまうんです。けど一方で優しいところもあって……奪ったものの代わりに、その魔法で願いを叶《かな》えてくれるのだとか。それでハルカリは、〝人間の足〟を得ました。あの魔女のおかげで、僕たちは――」

「魔女を称えるな、ハンバート」

ぴしゃりとザリ様が咎《とが》めるように言う。

「君の言葉が真実か否かは、その人魚の棲《す》む海底へと行ってみればわかることだ。もちろん君は僕たちをそこへ案内し、その言葉を証明してくれるんだろうね?」

「したいのは山々なのですが……残念ながら人魚たちに追われ、がむしゃらに海を泳いだものですから……その海底がどこにあるかなんて、僕には見当もつきません」

「んだと、テメェいい加減にしろッ！」

マテオはふいに僕の太ももから、ナイフを抜き取った。直後に頬《ほお》を弾かれる。僕は椅子から転げ落ち、床へと倒れ込んだ。鮮血で太もも周りが濡れていて、失禁したかのような不快感を覚える。

見えないというのは厄介だ。相手の動きがわからず、身構えることができない。突然、腹部を蹴《け》られて息が詰まった。マテオは何事かを叫びながら蹴り続けた。床で身体《からだ》をくの字に折り曲げる。

部屋の外に聞こえる雨音が、より激しくなっている。

僕が雨音に感じるのは、死への恐怖だ。村にいた頃からそうだった。思い出されるのは、庭に繋《つな》いでいた仔犬たち。大切に育てていたつもりだったけれど、雨漏《も》りする犬小屋の中で、四匹とも寒さのあまりひとかたまりに集まって死んでいた。

村一番の親友は、激しい雨に荒ぶる川で足を滑らせ、僕の目の前で流された。妹が飢餓で死んだ日も、木戸の外にはシトシトと陰鬱《いんうつ》な雨が降り続いていた。

嫌だ、嫌だ。

雨は怖い。雨は死の臭いがする。

マテオに語った通り、人魚たちの棲むあの集落にも雨は降った。

格子の嵌《は》まった小窓から外を見上げると、今にも落ちてきそうな重たい海中が広がっている。そこからザアザアと大粒のしずくが、地上と変わらない調子で降ってくる。

雨のせいか、子供たちも現れない。辺りはひっそりと静まり返っていた。風化してひび割れた天井からは、染み出した雨粒が、ポタリポタリと工房のあちこちに落ちていた。僕は雨粒を避けて、ベッドの隅でシーツを抱き寄せていた。

そこにハルカリがやって来る。

勢いよくドアを開けて、雨の日も変わらず、いつもの弾けるような笑顔で。

――「ねえ見て、足！　とうとうブルハにもらったんだ！　綺麗《きれい》でしょう？」

その日ハルカリは青い鱗《うろこ》のヒレじゃなく、人間の素足で立って歩いた。

短い布切れをスカート代わりに腰に巻いて、滑らかな太ももを惜しげもなく披露《ひろう》する。跳ねるように部屋の中央へ駆けて、片足立ちで一回転して見せた。

――「ああ本当だ。すごく綺麗な足だね」

僕はそう感想を述べて、ハルカリと喜びを分かち合う。けれどハルカリはああ見えて敏感なところがあるから、僕の笑顔の不自然さにも、すぐに気づいてしまう。

――「……？　顔色が悪いねえ、どうかしたの？」

僕は素直に告白する。――「実は、雨が怖いんだ」

雨は死を感じさせる。僕はそう伝えるけれど、ハルカリは小首を傾《かし》げるのだ。

──「あたしは結構好きだよ。雨音って、可愛《かわい》いし」

──「……可愛い？」

どこが、と僕は目を丸くする。するとハルカリは、机上に放置されたホタテの貝殻を、何枚か手に重ねた。ポタポタと雨漏《も》りする室内を見渡して、おもむろに一枚、裏返して床に置く。するとと貝の内側で雨粒が弾けて、跳ねるような音が鳴った。

ピン、ピン、ピン、ピン──。ピン、ピン、ピン、ピン──。

寂寞《せきばく》の工房に、雨粒の跳ねるリズムが浮きだって聞こえる。

ハルカリは部屋の中央に立ち、辺りを見渡す。少し考えてから、別の箇所に二枚目の貝を置いた。一枚目のリズムに、別のリズムが重なる。今度は少し高い音だ。

ピン、ピン、ピン、パ──。ピン、ピン、ピン、パ──。

続いて三枚目、四枚目と、ハルカリは雨漏りの音を跳ねるリズムに変えていった。

また彼女はホタテの貝殻だけでなく、工房内にある、あらゆる物に手を伸ばした。机上に置かれた僕のコップには水が少し残っていて、それは雨漏りの下に置かれると、ピチョン、と貝とはまた違った音を奏でる。

銀のトレーは使い古されてボコボコに凹んでいたけれど、しずくが当たればトン、トン、と愉快な音がする。工房に生み出されたリズムは次々と重なり、厚くなっていく。複雑になっていく。加えてハルカリは得たばかりの足で、ステップを踏んだ。


ピン、ピ、トントン、ツ、ピチョン、パ——。

ピン、ピ、トントン、ツ、ピチョン、パ——。


そして絶妙なタイミングで、床板のギシギシ鳴る箇所を踏み抜いた——ギッ。

その軋《きし》みさえ音楽に変えて、ハルカリは跳ねるリズムに声を合わせる。彼女たちが主に使用しているオマール語だ。僕はオマール語を話せない。けれど聞き取れる範囲で理解する。宗教的な音楽じゃない。訓戒の込められた歌詞じゃない。

これは愛する男に捨てられた、情熱的な女の歌だ。


〝ああ！　私はあなたに壊されたのよ〟〝初めからそのつもりだったの〟

〝今はただ〟〝憎しみで声を枯らして〟〝サウロの港で歌っている〟

〝今はただ〟〝呪って、呪って、呪って、呪って！〟

その歌声は工房内に響き渡る。自分を裏切った愛する人へ、憎しみをぶつける荒々しいメロディ。滾《たぎ》らせた憤怒の感情が工房内に満ちていく。
なのにその歌声には、やり切れない悲しみが込められていて、僕は胸を締めつけられた。

〝ああ！　あなたのキスも温もりも〟〝思い出すたびに胸が痛いの〟
〝今もまだ〟〝憎しみで胸を焦がして〟〝枯れた花を飾っている〟
〝今はただ〟〝呪って、呪って、呪って、呪って！〟

垂れる雨粒の向こうから、ハルカリが僕を見る。歌いながら、ステップを踏みながら。
僕を映した瞳を細めて、愉快に笑う。彼女は心から音楽を楽しんでいた。

〝私があなたを想う時、口ずさむのはこんな歌〟
〝あなたが私を想う時も、こんなふうに想って欲しいわ〟

恐ろしい雨音を音楽に変えて、ハルカリは即興で歌ってみせた。
彼女が僕の世界を変えたのだ。

「――落ち着きなさい、マテオ」ザリ様の声がする。

「僕に考えがある。テディ。彼を〝ギベット枠〟に嵌《は》めて、港口の門に吊《つる》しておきなさい」

「え、吊しちゃっていいの？」

ギベット枠とは、吊される者の寸法に合わせて作られる鉄の枠組みだ。直立の体勢のままガチガチに拘束されるため、中に入れられた者は背を曲げることは愚か、腕を持ち上げることさえできなくなる。辛く屈辱的な体勢のまま、人前に晒《さら》すための拘束具。主に海賊や重罪人に使われるものだ。

「反逆の異端者として吊すんだ。人魚の娘〝ハルカリ〟が彼に惚《ほ》れているのは間違いない。愛しい恋人が吊されていると知れば、必ず助けに現れるだろう。町の情報は、海底にも届くようだしね」

「あのっ、傷は？　治さなくて……いいんですか？」

ウィローが尋ねる。ザリ様は「瀕死のままで生かしておくんだ」と応える。

「人魚の住処《すみか》は、彼に会いに来た〝ハルカリ〟に直接聞けばいい――」

ハルカリがかつて僕に尋ねたように、僕も彼女に尋ねたことがあった。

「君は将来、何になりたいの？」

「あたしは」

ハルカリは少しだけ考えて、まるでとっておきの秘密を打ち明けるみたいに、目を伏せながら教えてくれた。

「……あたしはいつか町に出て〝歌歌い〟になりたい」

「〝歌歌い〟？」

「町には、そんなお仕事があるんでしょ？　あたしも歌いたい。みんなの前で」

「なれるよ、絶対に。だって君の歌声は、こんなにも人の心を動かせるのだから」

本心からそう思う。彼女はきっと、素晴らしい歌姫になる。

ハルカリは「にひひ」と歯を覗《のぞ》かせて、くすぐったそうに笑った。

彼女をおびき寄せるための囮《おとり》になるなんて絶対にごめんだ。それならば死んだ方がマシ。彼女がザリ様の手を逃れて生き延び、どこかで歌い続けてくれるなら。そのためなら僕はここで死を選ぼう。

——さようなら、ハルカリ。君の夢が叶《かな》うよう、祈っているよ。


「……彼女は、もういません」

ただ、何もせず舌を嚙《か》み切って死ぬのも癪《しやく》だと思った。だから僕は血だまりに正座した状態で身体《からだ》を起こし、亀のように背中を丸める。

これまでの声や物音で、彼らや自分の位置は把握している。お誕生日席に座らされていた僕は、部屋の一番奥にいるはずだ。マテオ、テディ、ウィロー。そしてザリ様の四人は、僕の背後に近づいている。

「あァ……？　いない？　どういうことだ」

マテオの声を背中に聞く。彼らから見えないよう、腹の下にワニの嚙《か》みつく両手を隠す。目隠しを外したいが、両手は潰れていて使えない。指がまだ残っているかさえわからない。だからこの手に嚙みつく鉄製のワニの、上あごについたネジを目隠しの布に引っ掛けた。六秒とほんの少し。僕が魔法を掛けるのに必要なものは、ただそれだけの時間とこの瞳。目隠しを僅かにずらし、視線を落とす。揃《そろ》えた両手は鉄製のワニに嚙まれている。その口からはみ出た血まみれの指先は、いくつか落とされ短くなっていた。

だがそれよりも目を引いたのは、欠けた中指にいつの間にか嵌《は》められていた白い指輪だ。見覚えがある。魔法学校で無理やりつけさせられていた魔導具である。竜からの賜り物である魔力を抑えるのはやめなさいと、そう言ってくれたのはザリ様なのに。彼は僕の魔法を恐れて、こっそりと指輪を嵌めたのだろうか。

その小さな指輪が彼の心底を現しているような気がして、思わず笑みがこぼれた。

「おい、何とか言ったらどうだ。ハンバート！」

「……ハルカリは、現れませんよ。彼女は、死んでしまったから」

「死んだ……？」

背中を丸めたまま、背後から聞こえたザリ様の声に応える。

「彼女は……僕を、僕が集落を抜け出した後を、追い掛けてきたのです。ザリ様の仰るとおり、ハルカリは僕のことを……愛していたから」

声が掠《かす》れているのが自分でもわかる。

話しながらワニに嚙まれたままの手を持ち上げて、口元に持っていく。

「……でも、彼女は、得たばかりの人間の足では勝手がわからずに……波に吞《の》まれて、溺れてしまいました。人の足を得たばかりに、泳ぐこともままならず。皮肉なものです」

指輪に嚙みつき、力任せに引き抜いた。

「――っ……！」

中指の先を落としておいてくれてよかった。おかげで、抜けやすくなった。

呼吸を整えながら上半身を起こして、背後の気配を探る。ずらした目隠しの隙間《すきま》から視線を落とし、床の血だまりを確認する。そこには、僕の背後に立つ四人のシルエットが映っている。

奇妙な形の帽子を被《かぶ》ったマテオ。スキンヘッドで巨漢のテディ。白の法衣を着たザリ様。そして枯れ枝のように細長いウィロー。四人が横並びに立ち、僕の背中を見下ろしている。かつての仲間を、憐れむような目で。

「こいつの言葉、どこまで信じられますか？　ザリ様」

マテオがテディ越しにザリ様を見る。

「……ふうむ。君はどうしたい？　ハンバート」

ザリ様は僕の後頭部を見下ろしている。

「このままパーティーを続けるか、サウロの港口に吊《つる》されるか」

「ふっ……ふっ……――」

「おい、ザリ様が尋ねてるだろうが。こっちを見ろッ！」

マテオの手が、僕の肩に触れた――その瞬間に僕は立ち上がった。

「こいつッ！　目隠しを外してっ……」

背後に並ぶ四人が一斉にのけ反る。僕が飛びついたのはウィローだ。

「きゃぁぁあああっ！」

叫ぶその首に腕を伸ばし、潰れた両手をワニごと当てて押し倒す。倒れ込んだウィローに馬乗りとなって、僕は彼女の額に額をぶつけて、目を見開いた。

「見ろっ……ウィロー。僕の目を見ろっ！」

ただそれ以上に、ザリ様の荒らげた声は大きかった。

「そいつの目を見るなッ！　ウィローッ！」

ザリ様は僕の髪を鷲《わし》づかみにし、ウィローから引き剝《は》がす。

そしてもう一方の腕を振りかぶった。彼の右手に構えられたハサミが魔力を纏《まと》い、白く発光している。鋭利に硬化させた魔力の白刃で、ザリ様は僕の両目を、ひと思いに斬《き》り裂いた。

「あぁぁぁぁあああああッ……！」

生温かな液体が顔面に溢《あふ》れる。それは口内にしたたり、鉄の味を覚えさせる。

あまりの激痛に、僕は身体《からだ》を振ってザリ様から離れ、床に倒れてのたうち回った。

「何秒だっ⁉」

叫ぶザリ様の声を聞く。

「いったい何秒、こいつの目を見た⁉」

「えっ……わかんない、ですっ。何秒……？」

ザリ様の焦燥にウィローが戸惑っている。彼女は僕の固有魔法の詳細を知らない。そしてそれは、他の二人も同じだった。マテオの声は、明らかにザリ様とは温度感が違う。

「たぶん、四、五秒でしょう。なあ？　テディ」

「うん。そんなに見てないよ、たぶん」

「……くそ」

少し間があって、ザリ様は落ち着きを取り戻したようだ。唾棄《だき》するように言い捨てた。

「……危なかった。先に目を潰しておくべきだった」

——……雨の音が遠くに聞こえる。

目隠しを外すことはできたが、両目は裂かれ何も見えない。僕は床の血だまりに横たわっているのだろうけど、もう温かさも感じない。血を流しすぎているのか、ただただ寒かった。雨の冷たさを感じる。

死の予感を覚える。

雨音はまだ怖い。けれど今の僕は、ハルカリの歌を思い出すことができる。

愉快に跳ねる雨音のリズムを。熱の込められた歌声を。楽しそうに笑う彼女の顔を。

ピン、ピ、トントン、ツ、ピチョン、パ――。

ピン、ピ、トントン、ツ、ピチョン、パ――。

リズムに合わせてハルカリが踊って、それを見ていると楽しくなって。

ああ、何て幸せなのだろう。願わくは、もう一度あの歌声が聴きたい。

――「〝トリガー〟が目だってのは聞いてたけど、こいつの魔法そんなやばいんですか？」

――「大した魔力量でもないけどなあ……こいつ」

マテオとテディ。雨音に重なり、遠くに聞こえる二人の声はくぐもっている。

――「これほど長く共に過ごして、まだ彼の恐ろしさに気づいてないのなら、君たちはよっぽど鈍感か、バカなんだろうね？　侵食型の脅威は魔力量では測れないんだよ」

それから二人を叱責する、ザリ様の声。いい気味だと思った。

――ハルカリ。君へ最後の告白をしなくてはならない。

あの石造りの工房で、僕は君に「愛している」と言った。

そして君も「愛してる」と応えてくれた。

あの嵐の日、君の瞳に心は揺れた。

あの日々の献身に、心を癒された。

あの雨の日の歌声に、心が躍った。

僕は今でも君を愛している。この感情は本物だ。

けれど君の〝愛している〟は、僕の侵食魔法によるものだった。


――「ハンバートの魔法〝世界よ変われ《チエンジ・ザ・ワールド》〟は六秒と少し、見つめ合った相手を強制的に恋に落とす。人種、性別、老いも若きも関係なしにだ。しかもそれは解くことができない」

――「解くことができない……？」

――「そうさ。彼は魔法使いとしてはぶっ壊れている。その魔法はまるで呪いだよ」

船から海へ投げ出された僕を、ハルカリ、君は救ってくれた。

あの時、僕たちは海中でいったい何秒、見つめ合っていた？

――「恐ろしいことに彼はこの魔法を、学校へ編入する以前から、無意識のまま発現させていた。それがいったい、どういうことかわかるかい？」

──「自然と魔法を使えてたってこと？　まるで……魔女じゃないですか」
──「そうさ。村の教会で彼を見出《みい》だした魔術師《ウイザード》は、その魔法の恐ろしさに震え上がったそうだ。ハンバート・ルバート……幼き彼はその時すでに、家族や友人、隣人、その他大勢の村人たちを虜《とりこ》にし、支配していた。魔術師はこう証言している。彼の生まれた小さな村は、まるで彼のためだけに存在しているようだった、と」
どこか遠くで、ザリ様が僕を褒《ほ》めている。今となっては彼と志を重ねることはないけれど、彼に認められるとつい口元が緩んでしまう辺り、僕もまたどうしようもない悪党なのだろう。
──「使い方を誤れば、僕の脅威にもなりかねない危険な魔法だ。けれどコントロールさえできれば、どんな人間を従えることもできる。そしてそれは乱用しては意味がないんだ。警戒されては使いにくい。こういう魔法は切り札として、ここぞという時に使用しなきゃ。だから僕は、彼に固有魔法の使用を禁じた」
ザリ様は最後に、こう結んだ。
──「彼は天才の類いだよ。……だからこそ、僕を裏切って欲しくなかった」
人仰《おおぎょう》な演技としてではない、彼の本心から漏《も》れた悲しい声を、僕は死ぬ間際になって初めて聞いたのかもしれない。
本当は魔法使いになんかなりたくなかった。修道士《モンク》のまま、魔術師になんてなれなくてもよかった。僕が望む生活は、素朴でも、魔法や戦争のない穏やかな暮らしだ。

そんな未来がよかった。そんな物語がよかった。けれどもう、さようなら。
聞こえてくる雨音が一層激しくなり、ハルカリの作ったリズムが掻《か》き消える。
あとはただ、ザーザーと無感情に降り続くだけ――。
願わくは〝歌歌い〟になりたいという君の夢が叶《かな》いますように。
願わくは、僕の紡いだおとぎ話が、君を護《まも》ってくれますように。

第一章 イナテラの海戦

〝ティンクル、ティンクル〟〝ともなる仔竜の産声よ、迷える我らを導きたまえ〟
〝ティンクル、ティンクル〟〝人は儚《はかな》き、罪科を恥じて、竜の御許に寄り添わん〟

1

日曜の朝であれば数千人ものルーシー教徒《ルシアン》が集い、がやがやと活気に溢《あふ》れる講堂が、今は静けさに満ちていた。広すぎる構内に参拝者はおらず、人気《ひとけ》のない中を、二十人ほどの修道女《シスター》たちが鍵盤の音色と共に賛美歌を響かせている。

ずらりと並んだ長椅子に座っているのは、一人だけだ。褐色肌の少年は、前席の背もたれに足を投げ出して、組んだ両手を枕にしていた。年の頃は十代の半ば。幼い顔立ちや小柄な身長は、それよりもさらに若い印象を与える。

頭をターバンで覆っていて、覗《のぞ》く黒髪からは、ビーズやコインを連ねた髪飾りを垂らしている。似たようなデザインの耳飾りをつけ、厚手のストールを幾重も首に巻いて、寒そうにしていた。

その衣装は土埃に汚れていて、一見して冒険者のようだ。ルーシー教総本山には相応《ふさわ》しいとは言えない格好をしているが、彼も歴《れっき》とした九使徒の一人。第三の使徒〝精霊魔術師《エレメンタラー》〟だった。

少年は目を閉じて、講堂に響く賛美歌を、むず痒《がゆ》そうに聞いている。

修道女たちは祭壇を正面に見て右斜め前方。ひな壇に並んで、声を揃《そろ》えて歌っていた。

指揮を取っているのは、ワインレッドの法衣を着た中年の男。白髪にカロッタと呼ばれる小さな帽子を載せて、顔の片側を黄金仮面で覆い隠している。第一の使徒〝枢機卿《カーディナル》〟だ。

目を閉じて指揮棒を振っていた枢機卿は、ふと神経質な仕草で指揮台を叩いて、鍵盤の演奏をやめさせた。指揮棒でぴしゃりと指し示したのは、最前列の修道女。

「あなた、愛が足りていませんね？」

仮面で覆われていない方の鋭い眼光に当てられて、修道女は身体《からだ》をこわばらせる。

「もう少し愛を強めてください。ではもう一度、二番の始めから。さん、はいッ――」

厳かな歌声が、再び講堂に響き渡る。

「賛美歌を子守歌にするなんて、罰当たりだな」

参列席で寝ている少年は、甘いムスクの香りに鼻をひくつかせた。

すぐ後ろに、一人の男が立っている。二十代後半の背が高い男だ。艶やかな毛皮のハットで目元を陰らせてはいるが、形のいい鼻に痩《こ》けた頰《ほお》、シュッと鋭いあごの形を見れば、整った顔立ちをしていることが窺える。長く伸ばした金髪が、肩の前に垂れていた。第八の使徒〝占い師《フォーチュンテラー》〟は、〝帽子屋〟と呼ばれている。その手にはステッキが握られている。

少年は姿勢を崩さないまま薄く片目を開けて、彼を見上げた。

「……俺が先だ。ここで寝てたら、奴らが勝手に歌い始めた」

「ふうん」

帽子屋は帽子のつばを摘《つま》み、祭壇そばの修道女《シスター》たちへ視線を送る。

「謝肉祭《カーニバル》のリハかな。今年も張り切ってるねえ、枢機卿《カーディナル》様は」

「付き合わされてる修道女たちが不憫《ふびん》でならんぜ」

少年の名はアラジンといった。前席へ足を投げ出したまま腕を組んで、あごをしゃくる。

「〝愛を強めろ〟って、どうすりゃいいのか、わかんなくね?」

「……愛ねえ」

帽子屋もまた床に突いたステッキの頭に両手を重ね、美しい歌声に耳を傾けた。

「それで、君は何をしているの。アラジン」

「何も。言ったろ。ここで昼寝をして――」

「ココルコの帰りを待っているのかい」

アラジンはムッと唇を結んだ。

――「その人、会ってみたい」

ルーシー教の生ける教祖〝竜の子ルーシー〟のその一言で、第七の使徒〝召喚師《サマナー》〟のココルコ・ルカは北へ向かった。ルーシーの会いたがった〝鏡の魔女〟を捕らえるために。だがあれから一か月以上も経《た》っているというのに、ココルコは未だ戻ってこない。ここティンクル大聖堂の窓から飛び立ったあの日から、消息は途絶えたままだ。

元々群れるタイプの人間ではないから、しれっと王国アメリアへ戻ってきている可能性もあったが、それにしてもルーシーには何かしら報告をするはずだろう。それなのに、待てど暮らせどココルコに関する情報が入ってこない。

アラジンはやきもきしていた。

「最近は、講堂に入り浸っているみたいじゃないか。情報が入ってくるのを待っているんだろう？　そんなに心配なら、君も北へ行ってみればいいのに」

「ヤだね。……恥を掻《か》かせることになる」

「恥……？」

ココルコは九使徒に数えられる一人だ。三体もの魔獣を従える最強の召喚師である。そんな彼女の安否を気遣う方がおかしいし、心配になって迎えに行くなど失礼に当たる。少なくともアラジンは、そう考えている。

「そもそも俺は寒いのが嫌いなんだ。行かねえよ、北へなんて」

アラジンは椅子に深く腰掛けたまま、ストールを摘んで口元を隠した。

目を閉じて、話は終わりだとの意思表示だ。

「……強情だなあ」

賛美歌は講堂に響き続ける。その神聖な雰囲気を打ち破ったのは、突如開かれたドアの音だった。広大な講堂だけあって、出入り口となるそのドアも見上げるほどに大きい。

左右二枚の扉が無作法に開かれ、駆け込んできたのは枢機卿《カーディナル》に仕える若い侍祭《アコライト》だ。

「枢機卿さまぁぁあっ……！」

走る姿さえ危なげな、小柄で痩せたシルエット。アラジンよりも少し歳下で、その名をハインリヒという。〝侍祭〟という教会に仕える役職に就《つ》いているものの、その少年はまるで執事《しつじ》のような格好をしていた。首回りにヒラヒラとヒダのついたレースのネクタイ――〝ジャボ〟を巻きつけ、丈の短いショートパンツからは、病的なまでに白い脚を覗《のぞ》かせている。

「大変です、枢機卿さまっ……！」

くるりとカールした灰色のくせっ毛を揺らしながら、ハインリヒは参列席に挟まれた、講堂中央に伸びる一本道を駆けてきた。ところがその途中で「あっ」とつまずき、長い絨毯《じゅうたん》の上に転んでしまう。

近くにいた帽子屋が歩み寄り、片膝《かたひざ》をついて手を差し出した。

「大丈夫ですか？　お怪我は」

「いいいいいっ……いえ、お気になさらず」

声変わり前の高い声。慌《あわ》てて身体《からだ》を起こしたハインリヒは、正座したまま背筋を伸ばし、顔をぶんぶん振って恐縮する。

ルーシー教徒《ルシアン》同士というのは、通常よほど気心の知れた者同士でなければ触れ合わない。

なぜならお互いに、魔法使いである可能性があるからだ。魔法とは、使い方によっては相手を攻撃する武器となる。特に侵食魔法の使い手ならば、触れることが攻撃手段となりかねない。侵食魔法はこっそり掛ける。それも、相手が掛けられたことに気づかないパターンもある。だから魔術師《ウィザード》同士というのは、基本的に警戒し合っている。もちろん、話すことや見ることが侵食魔法を作用させるきっかけ――〝トリガー〟にもなり得るが、そこまで過剰に警戒していては日常対話に支障をきたす。だからそこまではいかなくとも、せめて可能な限りムダな接触は避けるべきという風潮があって、握手もハグもする習慣がない。

九使徒に触れるなど、一修道士《モンク》であるハインリヒにとってはとんでもない罪である。

差し出された手を前に、ハインリヒは目に涙を浮かべる。

「いいいけません、わたくしめのような日陰のゴミ虫に、高貴、高尚たる九使徒様が触れてしまえば、触れたその先から徐々に、徐々にと腐ってってしまいます……」

「……えぇ？　君のそういう魔法なの？」

帽子屋は思わず手を引っ込める。

「いえいえ今のは例え、例えでして……」

とそこに枢機卿の怒声が響き、ハインリヒは身を縮めた。

「この痴《し》れ者がッ……！」

「ひぃっ！」

肩を怒らせた枢機卿《カーディナル》が、ずんずんと大股《おおまた》でやってくる。

「講堂では静かになさいと、いったい何度言ったらわかる⁉　私が指揮棒を振るっているのが見えんのか？　私に恥をかかせる気か？　この痴《し》れ者がッ、痴れ者がッ！」

「ごめんなさいっ、ごめんなさいっ……」

ハインリヒの灰色の頭を、枢機卿は指揮棒でバシバシと叩いた。

賛美歌のやんだ構内で今、最も声を響かせているのは枢機卿本人である。

帽子屋が見かねて二人の間に割って入った。

「まあまあ、それほどまでに大切な情報を持ってきたのでしょう」

「ああっ、そうですっ。大変なんです、枢機卿さま！」

ハインリヒは絨毯《じゅうたん》の上に正座しながら、二人を見上げた。

「魔女です！　〈北の国《ノース・ランド》〉と〈火と鉄の国キャンパスフェロー〉との間に設けられた関所に、〝鏡の魔女〟が現れました！」

〝鏡の魔女〟――その言葉に、我関せずと参列席で寝ていたアラジンが片目を開いた。

ここ〈竜と魔法の国アメリア〉から、大陸を〝血塗れ川《ブラッディ・リバー》〟添いに北上していくと〈火と鉄の国キャンパスフェロー〉が見えてくる。そこからさらに川を上っていった先にあるのが〈北の国〉だ。

　この二つの国を跨《また》ぐ川の国境に、〈冬への備え《ウインター・プルーフ》〉という関所が設けられていた。はるか昔、〈北の国〉の荒々しい戦闘民族ヴァーシア人の南下に備え、トランスマーレ人たちが築いた古い関所である。針葉樹林の生い茂る〈北の国〉へ入るには、河船でそこを通り抜けなくてはならない。

　関所は代々、辺境国であるキャンパスフェローが管理していたが、つい先日のキャンパスフェロー城陥落に伴い、領土と共に関所もまた、王国アメリアの占領下に置かれていた。

　キャンパスフェロー城の陥落直後、〝鏡の魔女〟を含むキャンパスフェローの残党たちが、北へ抜けていったという報告は受けていた。今回ハインリヒがもたらした情報は、その〝鏡の魔女〟を乗せたヴァーシア族の河船が、今度は南へ抜けていったというものだった。

「船は一隻だけ。中型のロングシップだったとのことです。関所を抜ける際、駐留していたアメリア兵との間で戦闘が発生しました――」

　ハインリヒは、懐から取り出した羊皮紙を読み上げる。彼は先ほど転んだ位置――講堂の出入り口から祭壇へ伸びる長い絨毯の上に、正座したままである。立てばいいのに、と帽子屋は小首を傾《かし》げたが、騒いだ戒めだと言って動こうとしない。彼の師である枢機卿が立たせようとしないのなら、帽子屋にこれ以上言えることはない。

「船に乗っていたのは、そのほとんどがヴァーシア人です。二十人から三十人程度……と、そう多くはないようですが、こちら側には甚大な被害が出ています。どうやら魔女が暴れ回ったようで……」

「関所に魔術師《ウイザード》は配備していなかったのでしょうか？」

帽子屋が尋ねる。彼はすぐそばの長椅子に腰掛け、通路側に投げだした足を組んでいる。

「はいッ。迂闊《うかつ》にも、派遣中の魔術師はすべて街か港の方にいたようです」

ハインリヒの背後で、枢機卿《カーディナル》は黄金仮面に覆われた頰《ほお》を撫《な》でた。

「キャンパスフェローと〈北の国《ノース・ランド》〉のヴァーシア人たちは、同盟を結んでいたそうだな」

ちなみに、賛美歌を歌っていた修道女《シスター》たちは休憩中。ひな壇からは降りていた。声の響いてしまう大聖堂で堂々とおしゃべりはできないが、それでも、枢機卿の指導から一時解放されてリラックスムードだ。

「――忌《い》まわしき〝鏡の魔女〟も、同盟に加わったということか……？」

「報告によれば」とハインリヒは、羊皮紙に視線を落としながら続ける。

「戦闘中にヴァーシア人を一人、捕虜とすることができたそうですが……」

「ほう。そいつから状況を聞き出せるではないか」

「そうしようと牢から出したところ、縛られたまま暴れ出したため、最終的に殺されたそうです。哀れな通訳官が一人と兵が四人、巻き込まれて死にました」

「ヴァーシアめ……とことん話が通じる相手ではないな」

枢機卿は嫌悪感たっぷりに顔をしかめ、やれやれと頭《かぶり》を振った。

「それからもう一点、気になる記載がございます」

ハインリヒは背後の枢機卿を見上げた。

「どうも、あと二人いるみたいなんですよね、魔女が」

「何だと？」

「〝氷を纏《まと》い、氷を放ち、跳ねた末に燃える女〟とあります。これ、魔女ですよね」

「何だそれは？　凍っているのか燃えているのか、どっちなんだ」

「それから……〝燃える剣を振るう女〟というのが、戦闘に参加してたみたいです」

「……いえ」

帽子屋が口を挟む。

「前者はともかく、後者は恐らく〝変形武器〟でしょう。キャンパスフェローの〈鉄火の騎士団〉に、そんな武器を使う女騎士がいるという話を聞いたことがある」

「んなことは、どうだっていい」

アラジンのイラ立った声が、構内に響き渡った。視線を向けた三人だけでなく、こそこそと話していた修道女たちまでもが口を噤《つぐ》み、辺りはしんと静まり返る。

「何で〝鏡の魔女〟が普通に南下してんだ。ココルコの情報はないのか？」

アラジンは、先ほどと同じ長椅子に腰掛けていた。一同からは少し離れた位置で、前の座席の背もたれに足を投げ出し、不機嫌に腕を組んだまま。

正座したまま背筋を伸ばしたハインリヒが、今一度手元の羊皮紙を確認する。

「そ、それが……もう十回くらい読み直しているのですがっ。召喚師様らしき情報は見当たらなくて、あの、ごめんなさい……」

必要もないのに恐縮し、謝罪するハインリヒ。アラジンは舌打ちをした。

ココルコは魔獣に飲まれて空を飛んでいったため、〈冬への備え《ウインター・プルーフ》〉を通る必要はない。当然関所から報告があるはずもない。それはアラジンにも理解できているが、〝鏡の魔女〟の目撃情報には納得がいかない。ココルコが捕まえに行ったはずなのに、彼女はなぜ自由に動けているのか。ならばココルコはいったい、どこで何をしているのだ？

「そのロングシップってのは、キャンパスフェローに戻ったのか？」

アラジンは長椅子から腰を上げた。

つられてハインリヒも立ち上がる。

「あ、いえっ。別の報告なのですが、キャンパスフェローの河港で、通り過ぎていったロングシップが目撃されております。推測するに、魔女たちは〈血塗れ川《ブラッディ・リバー》〉をそのまま南下してったんじゃないかと……」

「〈血塗れ川〉を南下……」

帽子屋は、頭に大陸の地図を思い浮かべた。

〈冬への備え〉を越えればすぐに、キャンパスフェローが貿易などに使用する河港が見えてくる。それを通り越し、さらに南へ下っていったとすれば、その先にあるのは――。

同じ地図を思い浮かべていたのであろうアラジンが、声を上げる。

「こっちに向かって来るつもりか？」

大陸を縦断する川は、ある部分から二叉に分かれていて、東へ舵を切るとここ〈竜と魔法の国アメリア〉に辿《たど》り着く。しかし帽子屋は首を横に振った。

「……いや、その前に〈ガリカの水門〉がある」

大陸に暮らす人々にとって、他国間との交流に必要不可欠な航路〈血塗れ川〉――そんな流通の大動脈に、王国アメリアが一方的に建設中の大きな関所が〈ガリカの水門〉である。

その目的は当然、川を往来する国々から通過税を徴収すること。そして大陸での存在感を強めることだ。この関所があることで、川を使って貿易を行う者たちは、女王アメリアに伺いを立てなくてはならなくなる。

武具貿易を主な収入源としていた辺境国キャンパスフェローにとって、戦《いくさ》の火種にもなった水門だ。まだ完成してはいないものの、女王アメリアたっての計画というだけあって、現在急ピッチで建設が進められている。

「建設中とはいえ、〈冬への備え〉以上に多くの兵士や魔術師《ウィザード》たちが駐在している関所だ。無視して通り過ぎることはできないんじゃないかな」

帽子屋の言葉を受けて、枢機卿《カーディナル》は腕を組む。

「まさか〈ガリカの水門〉でもまた、暴れ回るつもりではなかろうな？」

「わかった。奴らが次現れるとしたら、そこだな。ちょっと行ってくるわ」

アラジンが長絨毯《じゅうたん》の敷かれた通路へと出てきた。帽子屋も長椅子から立ち上がる。

「ならばアラジン。僕も行こう」

「ハァ？　いいのかよ、お前。アメリア様のそばについてなくて」

「お伺いを立ててみるさ。少しくらい離れても、たぶん大丈夫じゃないかな。王国レーヴェに引き続き、辺境国キャンパスフェローまで手に入って、ここ最近のアメリア様は機嫌がいいから」

帽子屋はアラジンへ、柔和な微笑《ほほえ》みを注いだ。

「それに君がルーシー様のご要望を覚えているか、心配だしね」

「はんっ。〝会ってみたい〟だろ？　わかってるよ、殺すつもりはない」

「ではルーシー様には、私から報告しておこう」

枢機卿《カーディナル》の言葉に、帽子屋は振り返った。「お願いします」と帽子のつばを摘《つま》んで会釈する。

そうして先に歩きだしたアラジンの背中を追った。

「けれどもし……」

アラジンは、横に追いついた帽子屋へ告げる。

「奴らがココルコに何かしてたとしたら。ルーシー様は死体とご対面することになるぜ」

「……その時は僕も一緒に叱られよう。あの人に限って、下手を打つようなことにはなってないと思うけど」

二人は並んで歩きながら、講堂の大きすぎる両開き扉を開いた。

2

テーブルの上には、ひび割れた丸いパンが置かれていた。

それが木皿に載せられたまま、すす、すすす……と、テーブルの上を滑っていく。直後、その丸いパンへどんッ、と乱暴にフォークが突き立てられる。まるで、逃がさないぞと言わんばかりに。

パンをフォークで持ち上げた少女は、大口開けてかぶりつく。ぐぐぐ……とフォークを引っ張り噛《か》み千切ると、パンはその固そうな見た目に反して、ぷるりんっと震えた。頬《ほお》を膨らませ、もぐもぐとよく噛んでパンを飲み込む。

「くっふぅ！　まずぅいッ！」

〝雪の魔女〟ファンネル・ビェルケ――通称ネルは二種の血を引き継いでいる。左の瞳は、北の戦闘民族であるヴァーシア人特有の薄いブルー。右の瞳は美形と名高いイルフ人らしく、エメラルドグリーンに煌《きら》めいていた。その右目には、竜に裂かれた三本の傷跡が縦に大きく走っている。

四十三年もの間〈北の国《ノース・ランド》〉の〝氷の城〟で、たった一人きりで過ごしていた少女。その肌は雪のように白く、顔立ちは氷像のように整っているが、鼻頭や目元は少し赤らんでいて、血の通った人間であることが窺える。しゃべればその表情は、ころころと変わった。

「わあっ！　これ見てみろ〝鏡の〟！　中身、銀色ッ」

ネルは、丸テーブルの向こうにいるテレサリサへ嚙《か》み千切ったパンの断面を見せた。

それは本物のパンではなく、テレサリサが魔法で手鏡の鏡面から生み出した銀色の精霊、エイプリルで映し取ったニセモノのパンである。その断面は銀色の光沢を放っている。

テレサリサは、ぎろりと不機嫌にネルを見返した。

「仕方ないでしょ。エイプリルが映せるのは外見だけなんだから、味や中身は映せないの」

「見た目こんなにもパンなのに、無味無臭とか意味わからんな。好き」

「そんなに不味《まず》いならムリに……って、好き？　じゃ不味い不味い言わないでくれる？」

「は？　言うが？　好きだが不味い。誇り高きヴァーシアは噓をつかんのだ」

「ほんとムカつく、こいつ」

ギギギ……と軋《きし》む音がして、部屋全体が傾いていく。

すると、すす、すすす……と、テーブルに置かれた木皿やコップ、燭台《しょくだい》などが卓上を滑っていく。丸テーブルを囲むテレサリサとネル、そして女騎士ヴィクトリアの三人は、それぞれ目の前の木皿などが滑らないよう、手で押さえた。

三人がいるのは、船内の乾物庫だった。非常に狭く、室内は廊下と似たような細長い作りをしている。壁の片側に並ぶ棚には、塩漬け肉やオートミールなど、保存食が入った大小様々な樽《たる》が収納されていた。また折りたたまれたハンモックや、なめし革の道具袋、ロウソクや石けんの木箱など、航海に必要な品々が積み重ねられている。天井付近に渡されたロープには、内臓をえぐり取られたタラの干物が並んでぶら下がっていた。

ここは船底に位置するため、ランタンがいくつか吊《つる》されているだけで窓はない。

ドア付近の狭いスペースに背の高い丸テーブルが一つだけ置かれていて、二人の魔女と一人の騎士は、これまた背の高いカウンターチェアーに座り、向かい合っている。

テーブルの上には、様々な料理が並んでいた。緑や茶色の豆類や、ぼこぼこと穴の開いたチーズ、根菜類のしょっぱいスープや、タラの干物をほぐした魚肉など。どれも長い船旅に備えて保存が利くような食べ物だ。

テレサリサは、目の前のひび割れたパンを二つに割ろうとして、「カタっ……」とつぶやく。ネルのためにエイプリルで映し取ったパンとは違い、本物のパンはカチカチで割ることさえできない。いっそそのままかじろうと口に運ぶも、前歯がコツンと当たるだけで、とても嚙み切れるものではない。テレサリサは小さくため息をついて、パンを諦めた。

切り揃《そろ》えられた前髪に、腰まで垂れる長い髪。その瞳は燃えるように紅く、ランタンの灯火に煌《きら》めいている。テレサリサ・メイデンは、王国レーヴェの元女王――正確に言えば女王になる寸前までいった〝鏡の魔女〟だ。魔女裁判に掛けられ、処刑される寸前でキャンパスフェローの暗殺者《アサシン》に救われて、彼らに力を貸している。

かつては〝赤紫色の舌の魔女《マゼンタ》〟と呼ばれ人々に恐れられてきた魔女だが、ここ数日はネルに振り回されっぱなしだ。手鏡を介して発現させるテレサリサの精霊エイプリルも、今やネルの主食と化してしまっていた。

ネルに魔力を供給する一方で、テレサリサ自身はここ数日、ろくにご飯を食べられずにいる。パンを諦め、干されたイノシシ肉へと手を伸ばしたが——「……カッタ」

そのイノシシ肉は、パンよりも固い。〈北の国《ノース・ランド》〉で〝氷の城〟に向かう途中口にした、凍った毛長鹿の干し肉の方がまだ食べられた。

船上の料理は長期保存に特化しすぎていて、どれも固すぎるか、塩漬けにされてしょっぱすぎる。テレサリサの口には合わなかった。蜜蠟《みつろう》でコーティングされた、王国レーヴェのカヌレが恋しい。サクサクでふわふわのカヌレを夢想する。

「食べないのですか?」

食の進まないテレサリサを横目に見ながら、ヴィクトリアが干し肉にかぶりつく。

片目が隠れるほど長い金髪が、ふんわりと肩に乗った麗《うるわ》しき女性だ。可憐なその見た目とは裏腹に、剣の腕は〈鉄火の騎士団〉随一を誇る。ヴィクトリアは、その騎士団の副団長である。

胸当ての装備こそ外しているものの、腹部にはキツくコルセットを巻き、腰には二本の鞘《さや》を帯びていた。ただし剣が入っているのは下の鞘だけ。内側に脂が塗されている上の鞘は、剣に炎を纏《まと》う時にのみ使用する。

ヴィクトリアは干し肉に歯を食い込ませ、ぐぐぐ……と力を込めて噛《か》み千切った。無表情のまま、もぐもぐと頬《ほお》を膨らませている。

「よく食べられるね、それ。固くない？」

「固くとも、食べられる時に食べておかねば、いざという時に戦えません」

「石を食べろと言われてるようなものだわ」

テレサリサは干し肉でテーブルを叩いてみせる。鋭利に尖《とが》ったそれは、まるで石槍《やり》の尖端についた刃のよう。叩けばコツコツと石のような音が鳴る。

「人が殺せそうね。壁に投げたら刺さるんじゃないの」

「まさか、そんな大げさな」

ヴィクトリアは干し肉を噛みながら、ネルへと身体《からだ》を向けた。

「それよりも、ネル様。早く引いていただけますか」

その指先には、三枚のトランプを立てている。

「ネル様の番です」

「あっ、そうだった。〝イチヌケ〟寸前だったのに！」

ネルは銀色のパンを木皿に戻し、卓上に伏せていた二枚のトランプを拾い上げて構える。

丸テーブルを囲む三人は、食事をしながらトランプゲームに興じていた。

ジョーカーの代わりに、先に一枚だけ抜いておいたクイーンを押しつけ合うという、真の〝ババ抜き〟だ。一枚残ったクイーンが、最後に手元に残った者の負け。この残されたシングルの女王を指して、〝オールドメイド《結婚適齢期をすぎた女》〟と呼ばれるゲームだった。

長い間、ネルが孤独に過ごしてきた〝氷の城〟にもトランプはあったらしい。ただし遊ぶ相手がいないため、〝一人神経衰弱〟ばかりやっていたという。そんなネルを不憫《ふびん》に思い、ならば相手してやろうと軽い気持ちで始めたオールドメイドだったが、負けず嫌いのネルが負けを認めなさすぎて終わらない。どうしても〝イチヌケ〟を達成したいと駄々をこねるため、これで最後だという約束のもと、ランチを取りながらのゲーム続行と相成ったのだ。

船上料理に囲まれた丸テーブルの中央には、ペアとなって捨てられたカードが山となっている。

「どれどれ……」

ネルはぺろりと舌なめずりをして、ヴィクトリアが指先に立てた三枚のトランプを睨《にら》みつける。ネルの手に残るトランプは二枚。ゲームは終盤だ。ここでペアを引き当てて、山に捨てれば残り一枚となり、それをテレサリサに引かせて念願の〝イチヌケ〟が達成される。ヴィクトリアの摘《つま》む三枚のカードのうち、果たしてどれがクイーン以外のカードなのか……。

透けるわけでもないのにカードの裏地を睨みつけて、ネルは真剣な眼差《まなざ》しで考えている。

　ヴィクトリアはカードを指先に立てながら、勝負の行方など興味なさげにもぐもぐと干し肉を嚙《か》んでいた。だが扇状に広げられた三枚のカードのうち、真ん中だけが他の二枚よりも頭一つ飛び出ている。あまりにも単純な誘導だ。だが世間を知らないネルには有効。先ほどからこのあからさまな誘導に、面白いくらいに引っ掛かる。負けると駄々をこねるのだから、一度くらい勝ちを譲ってやればいいのに、この女騎士もまた、負けず嫌いなのであった。

「よし、これだッ！」

　意を決し、ネルが引いたカードはやはり誘導どおり。真ん中のクイーンだった。ニヤリ、とヴィクトリアが肉を嚙みながらほくそ笑み、カードの絵柄を確認したネルは天井を仰いだ。

「つきゃあああああああっ！」

「リアクションが大げさすぎるんだってばっ。勝つ気あんの？」

　テレサリサが呆れて言うと、ネルはすん、と表情を消した。

「は？　引いてないが？」

「手遅れだから。誤魔化《ごまか》せてないから」

　ギギギギ……と部屋全体が軋《きし》んで揺れるたびに、吊《つる》されたランタンが一斉に揺れて、壁に映った三人の影が伸びる。そして部屋が揺れるたび、皆それぞれテーブル上に置かれた小皿や燭台《しょくだい》を手で押さえる。

　ネルは銀の肉が載った木皿を摑《つか》みながら、テレサリサへとトランプを立てた。

「さあ、引け。引いて悶《もだ》えるがいい」

「誰が悶えるか。あんたじゃないんだから」

ネルの立てたカードは三枚。そのうちの一枚が〝オールドメイド〟だ。

対して、テレサリサのカードは残り二枚。先ほどのネルと同じ状況である。つまり〝オールドメイド〟以外のカードを引き当てれば、ペアを完成させて残り一枚となり、それをヴィクトリアに引かせて見事〝イチヌケ〟となる。つまりここが勝負所。ただし、あまりにも簡単な勝負所だった。

ネルが勝てない大きな要因。それは感情が顔に出すぎるということ。

テレサリサが真ん中のカードに触れれば、ネルはさあ引け、引いてしまえと言わんばかりの凶悪な顔をする。反対に左端のカードに触れると、今にも泣きそうな表情になった。

「…………」

右端の一枚も同じように、悲しい顔。つまり彼女の引いて欲しくない〝オールドメイド〟は真ん中だ。もはや、カードに触れることがネルの表情を変えるスイッチのようだ。美少女がころころと表情を変える様は見ていて楽しいものがあるが、決着はつけねばなるまい。あえて〝オールドメイド〟を引いて勝利を譲る道もあったが、残念ながらこの魔女もまた、負けず嫌いなのであった。

テレサリサは左端の、クイーンでないカードを引き抜こうとした——が。

「くっ……え、何？」

抜けない。ネルがカードを摘《つま》む指に力を込めて、抵抗している。

ふるふると指先を震わせながら、ネルは不敵に微笑《ほほえ》んでみせた。

「くく、さっきまでの威勢はどうした……？　選べないのか？」

「選んでるでしょ……これだってば！」

こうなれば意地だ。テレサリサは椅子から立ち上がり、引き抜く指に力を込める。

「ちょっ……とっ。何なの⁉　これが精神年齢五十八歳のすることかしら⁉」

「ぶっぶー！　ネル様は凍ってるから、身も心も十五歳なんですぅー！　選ばないなら、お前が〝オールドメイド《結婚適齢期をすぎた女》〟でいいな？　今後そう呼ぶからな⁉」

「だから……これでしょってばっ。バレバレなのよ、あなた嘘が下手すぎる！」

「ふんッ……！　ヴァーシアは嘘がつけんのだ。誇り高いからな！」

「民族規模で向いてないわ、このゲームっ！」

ふと、辺りが急激に冷え込み始めた。ミシミシ……とテーブルの料理に霜が降りていく。

「え、冷たッ！」

摘んだカードが触れないほどに冷たくなって、テレサリサは反射的に指を離した。

「何してんの？　人から魔力奪っておきながら、しょうもないところで使わないで」

「しょうもなくない。お前が指を離さないからだ」

ぷい、とそっぽを向くネル。金色の毛先が揺れる。

再びギギギ……と部屋が軋《きし》んで、テレサリサは着席した。

「……こんなことに魔力を使うなら、エイプリルは返してもらうわ」

テレサリサが手を前に出すと、食べかけのひび割れたパンが、銀色の塊へと戻った。まるで光沢を放つスライムだ。ネルの木皿を離れ、テーブルの上をテレサリサの懐へと移動する。

「あっ」

慌《あわ》てたネルは声を上げた。

テレサリサから得られる魔力は、ネルにとってなくてはならない〝食事〟のようなものだ。〝氷の城〟を出たネルは、自分の肉体を自身の魔法〝枯れない花《プリザーブド・フラワー》〟で凍らせ続けなくてはならない。魔法を解いてしまうと、凍りついた城で止まっていた四十三年間もの時間が一気に動き出し、かつて心臓に突き刺された槍《やり》の炎が再燃してしまう。

肉体の成長が止まっているネルは、食物の摂取を必要としない。しかしこの〝時間を凍らせる〟という魔法は多大な魔力を消費するため、自身の魔力量だけでは賄えない。そのためテレサリサからの魔力供給が必要不可欠だった。それが途絶えることは、死に直結する。

テレサリサとしては、ネルが勝手に燃えるだけなら、好きにすればいいと思う。身を削って魔力を分けてやらなくてはならない義理もなければ、情もない。だがそれ以外の事情があった。

ネルはオッドアイの瞳を細め、テレサリサを睨《にら》みつける。

「ほーん？　いいのか？　私が魔力を食べないと、〝黒犬〟まで死んでしまうぞ？」

「…………」

〝黒犬〟――ロロ・デュベルは、一同が座る丸テーブルの下に寝かされていた。

まるでミイラのように幌《ほろ》で全身を包まれていて、その胸には、白く美しい装飾剣が突き刺さっている。狭い空間のため剣が邪魔で、カウンターチェアーに座るネルなどは、その柄に足を掛けていた。

召喚師ココルコとの激闘の末、ロロの負った傷は酷《ひど》いものだった。腹部は横一文字に裂かれ、右腕は肘《ひじ》から切り落とされていた。ココルコの装飾剣は、ロロの左肩から胸にまで食い込んでいる。普通であれば死んでいてもおかしくない状態。しかしロロはまだ生きている。

その肉体はネルの〝枯れない花〟によって、傷を負った状態のまま冷凍保存されていた。つまりネルへの魔力供給が滞ると、今は凍りついているロロの時間までもが動きだしてしまい、瀕死の重傷を負ったロロは死んでしまう。

テレサリサが、ネルに頭が上がらない事情というのが、これだ。

「ハァ……」

テレサリサはネルから視線を外し、脱力した。

「……この際だから、はっきりと言っておくわ。あなたはもっと、ちゃんと魔力の使い方を学ぶべきだよ。魔力の調節ができない今のままじゃ、あなたは戦力外だわ」

「何……だと……？」

突然の戦力外通告にネルは目を見開いた。大げさな仕草ではあるが、嘘のないリアクションだろう。戦闘民族であるヴァーシア人にとって、〝戦力外〟というのはそれほどダメージの大きな言葉。テレサリサはそれを知りながら、あえてその言葉を使った。

「このネル様が、戦力外……？」

「当たり前でしょ。〈冬への備え《ウインター・プルーフ》〉での戦闘を反省してないの？」

ネルが四十三年間を過ごした〝氷の城〟は、マナの湧き出る〝マナスポット〟にあった。

つまりネルは魔女になってから四十三年もの間、魔力の元となるマナを無限に得られるという潤沢な環境で過ごしてきたのだ。それが〝時間を凍らせる〟という、強大な魔法を使い続けられた原因でもあるのだが、そのせいでマナスポットを離れた今となっても、ネルは魔力の使い方がすこぶる荒い。

ただでさえ、自身とロロの二人分を凍らせるのに、テレサリサに補ってもらわなくてはならないほどの魔力を使用しているというのに、〈冬への備え〉での戦いでは、率先して前に出て氷を放った。ネルはマナスポットでの魔法の使用が常であったがために、後先考えず全力で魔法を使用してしまう。

結果、テレサリサの魔力供給が追いつかず、勝手に燃えて死にかけるという有り様だ。

ネルは〝魔法〟を城にあった本のみで学び、誰に師事することもなく、完全なる独学で使用していた。そのため知識に偏りがあり、〝魔力〟が枯渇するものだということさえ知らなかった。

魔力とは、自身の保持している量と使用量とを照らし合わせ、バランスよく消費するもの。そんな概念さえ知らないネルにただただ魔力を供給していては、いたずらに無駄遣いされてしまうばかりだ。テレサリサは必要に駆られ、魔力調整の基礎から教えてやっていた。

「ちゃんと練習してるの？　〝カウンティング・シープ〟はやってる？」

テレサリサもまた独学だ。魔法学校に通ってなどいない。ただ幼少期に〝放浪の民《ドリフター》〟の一員として過ごした環境が、魔法の習得には利点となっていた。〝放浪の民〟は、各地の様々な珍しい商品を取り扱う。テレサリサの育て親であるキャラバンの親方は、ルーシー教の宗教本や魔術書など、魔法関連の本を見つけると率先して手に入れ、幼いテレサリサに読ませていた。

〝カウンティング・シープ〟とは、それら魔法入門書のほとんど最初の項目にあった、魔力調節のための基礎練習だ。やり方はいたってシンプルで、魔力を発しつつ脳内に仔羊を思い描き、一匹、二匹と柵を跳び越えていくその数を数えるというもの。集中力を高め、魔力の放出を一定に保つための反復練習だ。

テレサリサは、時間が許す限りそれを練習するよう、ネルに課したのだが――。

「は？　やってるが？」

「やってないでしょ、絶対」

言い合う魔女二人のやり取りを、ヴィクトリアはまだ干し肉をもぐもぐ噛《か》みながら聞いている。固すぎてなかなか飲み込めなかった。

「あなたね、事の深刻さがわかってる？　魔法が使えてもただ闇雲に放つだけじゃあ、それもう魔獣と変わんないからね？　人間でありたいなら、ちゃんと方法を学ばないと」

「だって仔羊って、絵で見たことしかないから、よくわからんもん。想像ができん」

「じゃあ、あれでいいから。〈北の国《ノース・ランド》〉にいるやつ。毛が長い鹿の」

「え、ロフモフ⁉　仔ロフモフでもいいの⁉　何だ、早く言えそれを」

ネルが魔法を使いこなすようになるまで、先は長そうだ。テレサリサは観念して肩を落とし、ローブの隙間《すきま》から出した手をネルの方向へ振る。すると懐から飛び出した銀色のスライムが再びネルの木皿へと戻った。

「きゃ」と喜ぶネル。しかしまだ手をつけず、期待するようにテレサリサを見つめる。

テレサリサは今一度ため息をつき、人差し指を振る。味気ない銀色のスライムが、ひび割れたパンの形を映した。最近のネルは、少しでも食事を楽しみたいと、精霊エイプリルの形を変えるよう要求してくるようになっている。味自体は変わらないのに、ネルは嬉々《きき》としてそのニセモノのパンへとフォークを立てた。

「……〈冬への備え《ウィンター・プルーフ》〉には、魔術師がいなかったからまだよかったけれど、この先魔法戦があるようなら何か考えないと。このままじゃ、私の魔力までじり貧になっちゃう」

大陸を南下して、一行が向かっているのは共和国イナテラの〈港町サウロ〉だ。ルーシー教とシャムス教——二つの人種と宗教が入り交じった大陸最南端の町である。

その土地に伝わるおとぎ話——『人魚姫』は、テレサリサの口からすでに二人に話してある。

大切なものと引き換えに、どんな願いも叶《かな》えてくれる〝海の魔女〟が登場する物語だ。

イナテラの海に棲《す》む美しい人魚は、愛した人間の男のために、その魔女に頼んで二本の素足を獲得したという。〝海の魔女〟には、死にかけた男を蘇《よみがえ》らせたという逸話もあった。

肉体に何らかの変化を作用させる魔法の使い手なら、ロロの傷ついた肉体を癒し、瀕死の状態から復活させることができるかもしれない。そう期待しての南下ではあるが、先行きは不安ばかりだ。

「魔法戦とは、〝海の魔女〟を相手に想定しているのでしょうか」

かぶりついた干し肉を、その強いあごでぐぐぐ……と嚙《か》み切るヴィクトリア。

「……まだ食べてるの？　やっぱ固すぎるでしょ、それ」

テレサリサはヴィクトリアを横目に見ながら、小皿に入ったザワークラウトをフォークでつつく。何もかもが固い船上料理の中で、テレサリサが口にできるのは、酸っぱすぎるこの発酵キャベツの酢漬けくらいだ。

「あなたたちキャンパスフェロー陣営は〝海の魔女〟を味方に引き入れたいんでしょうけど、力を貸してくれるかどうかは賭けだわ。話を聞いてくれるかもわからない」

〝海の魔女〟は、イナテラ海で名を馳せる海賊の一人だった。海を行き来する貿易商人や探検家たちにとって、海賊船との遭遇は、難破や食糧不足と並ぶほどの厄災《やくさい》。海に携わる人々は、〝海の魔女〟率いる海賊団の掲げる深紅の帆を、何よりも恐れているという。

「下半身がタコ足と聞けば確かに……話が通じる相手のようには思えませんね」

「まあ足がタコってわけではなかったけど……」

「会ったことがあるのですか？」

「幼いころ、一度だけね」

その魔女の姿を目撃したのは、テレサリサが十二歳の頃だ。

大陸南部のオークション会場で、捕らえられた海賊王が耳や鼻を削《そ》がれ、それらをオークションに掛けられた。その海賊王ジョン・ボーンコレクターをステージ上にひざまずかせた褐色肌の女こそ、〝海の魔女〟――ブルハだった。

思い出されるのは、生命力に満ちた好戦的な眼差《まなざ》し。ブルハは、奴隷に扮《ふん》して鎖に繋《つな》がれたテレサリサをその漆黒の瞳に映し、「弱いヤツは嫌いだ」と言い捨てた。年齢は若く見えたから、今でも二十代の中盤を過ぎたくらいだろう。

「……ああでも、タコの足が絡みつくみたいなタトゥーはあったかも」

テレサリサは、七年前に見たその姿を思い返す。強い意志を湛《たた》えた凛々《りり》しい眉《まゆ》に、厚い唇。つんと上を向いた鼻の片側に、リングのピアスをしていた。チリチリと捻《ねじ》れて爆発したような髪が特徴的で、ついそこに目が行ってしまいがちだが、痩せた身体《からだ》の露出した部分――太ももや背中にデザインされたタトゥーは、タコ足のようだった気がする。

「……とにかく、もし戦闘になっても、ネル。あなたはしばらく戦わないで」

パンもどきの、銀色の断面をすすっていたネルが顔を上げる。

「はーん？　ヴァーシアであるこの私に戦うなと？　ムリな相談だな」

「じゃあせめて、戦闘に魔法は使わないでくれない？　あなたが魔法を使えば使うほど、足元で凍ってる彼も窮地に陥るってこと忘れないで。死ぬなら一人で焼け死んで欲しいわ」

「死なんし！　このネル様を殺すのは炎じゃない、最強の暗殺者であるこいつだ。こいつに殺されるまでは死なんし」

言いながらネルは、ロロの胸に突き立つ装飾剣の柄をゲシゲシと蹴《け》る。最強と一目置かれている割には、扱われ方が不憫《ふびん》だ。

「恐れながら」

ヴィクトリアが、片頬《ほお》を干し肉で膨らましながら口を挟んだ。

「ネル様が魔法を使わず、剣術のみで戦場に出るのは危ういかと」

「はあ!?　今何と言った、貴様。この私が危ういと？」

ネルはテーブルを叩きながら、カウンターチェアーの足置き部分に立ち上がる。

ギギギ……と部屋が傾いていく。ヴィクトリアはテーブル上のコップや木皿を押さえる。

「ええ、危ういです。ネル様の剣は直情に過ぎるがゆえ」

長い船旅で距離が縮まり、ファンネルを愛称の〝ネル〟と呼ぶことを許されていたヴィクトリアだったが、この魔女を敬っているわけではないようで、その言葉には遠慮がない。

「今まで戦えていたのは、氷を纏《まと》う魔法に相手が怯《ひる》んでいたからでしょう。ただイノシシのごとく突っ込んでいくだけの戦術では、敵の的《まと》になるだけです」

「ほうっ？　貴様つまりこの、私がッ――」

ネルは、椅子の背もたれにベルトで掛けていた片手剣を摑《つか》んだ。電光石火の素早さでシャラッ――と抜剣し、丸テーブルと水平に振るう。

その切っ先が間近に迫って、テレサリサは咄嗟《とっさ》に身を引いた。――「きゃっ」

直後にキィンッ――と金属の打ち合う音が、傾いた乾物庫に響き渡る。

「この私が、弱いとでもッ？」

ネルは椅子の足置き部分に立ちながら、座るヴィクトリアに剣身を押しつけていた。

対してヴィクトリアは椅子に座ったまま、身体《からだ》を後ろに引き、帯剣していた剣を根元だけ覗《のぞ》かせてネルの剣を受け止めている。手に持っていた干し肉は、口に咥《くわ》えたままだ。

「弱いですね。あなたは行動が読みやすい」

「っ……」

ピリッと瞬時に張り詰めた空気が、徐々に冷えていく。

ミシミシ……とまたもネルを中心にその剣や椅子、テーブルが料理ごと凍り始めた。

「ちょっとネル！　あんたまた、魔法っ」

　と、テレサリサが声を上げた次の瞬間、部屋全体が今度はさっきと反対側に傾いていく――

ギギギギギッ……。テーブルの上でコップが倒れ、エールビールがぶちまけられた。

　押さえる者のいなくなったいくつかの木皿が、テーブルの上を滑って落下する。

「んおっ……」

　カウンターチェアーの足置き部分に立ったまま、バランスを崩して倒れそうになったネルの手首を、ヴィクトリアが摑まえて支えた。――「っと……」

　乾物庫の奥の方でも、棚から積み荷が次々と崩れ落ち、大きな音が響き渡った。激しく揺れるランタンの灯火。並んで干されたタラの干物は、一斉に口先を斜め下に向けている。

　思わず壁に手を突いたテレサリサの膝《ひざ》に、何かがぶつかった。見れば、転がってきたロロの身体に突き立つ装飾剣の柄だ。

「さすがにこれ、揺れすぎじゃない……？」

　テレサリサは椅子を降りた。壁掛けのランタンから燭台《しょくだい》を取り出す。

「ちょっと見てくるわ」

　ドアを開けて二人にそう言い残し、乾物庫を後にした。

　窓のない船内の廊下にも、ランタンが連なっている。

ギギギギ……と傾いていく薄暗い廊下を、テレサリサは燭台《しょくだい》を手に早足で進む。

そして突き当たりの階段を上がった。乾物庫は船底に位置するため、甲板に出るには何度か折り返して上らなくてはならない。甲板へ続く階段の終わりには、天井蓋がされている。

テレサリサはそれを押し開けた――瞬間。ビョウッと凄まじい風が吹き込んできて、持っていたロウソクの火が掻《か》き消える。

「んなっ……嵐じゃない！」

テレサリサは甲板の床から頭だけを出して、辺りを見渡した。

今朝は晴れていたはずだ。それがたった数時間で急変し、まるで夜のように暗くなっている。見上げた空には、厚い雲がうごめいていた。板張りの甲板に、大粒の雨がバタバタと叩きつけられている。

荒波に揺られ傾いていく船上で、船乗りたちは慌《あわ》ただしく走り回り、風に暴れる帆を畳んでいた。船の縁の向こうには、荒れ狂う波がしぶきを上げているのが見える。

ここは川ではなく、海だった。テレサリサたちは〈血塗れ川《ブラッディ・リバー》〉ではなく、大陸そばの海路を南下して、〈イナテラ海〉へ向かっていたのだった。

大陸を縦断し、〈港町サウロ〉へ向かうには〈血塗れ川〉を真《ま》っ直《す》ぐに下るのが一番早い。だがその途中には、王国アメリアが建設中の関所〈ガリカの水門〉がある。〈冬への備え《ウインター・プルーフ》〉と違い、〈ガリカの水門〉は重要拠点で規模も大きい。魔術師《ウイザード》が多く駐在している可能性は充分に考えられた。強引に通過する方法も検討したが、いかんせんネルが戦力外である。そのためテレサリサたちは魔法戦を避け、〈冬への備え〉を抜けたあとすぐに、ヴァーシアのロングシップを降りたのだった。

ロングシップを用意してくれたヴァーシア人のアイテム士・ゲルダたちに別れを告げて、一行はキャンパスフェローを通り越し、大陸を横断して〈騎士の国レーヴェ〉へと戻っていた。キャンパスフェローの河港でアメリア兵に目撃されたロングシップは、ゲルダによる囮《おとり》だ。船にテレサリサたちは乗っていなかったのだ。

今や王国アメリアの属国に下った公国レーヴェには、次々と魔術師たちが入ってきている。常に魔法を使用してる状態のネルや、魔法で凍らされているロロの身体《からだ》は、魔力を感知されやすいという問題があった。だからこそ細心の注意を払いながら、テレサリサたちは公国レーヴェの港に停泊する船と交渉した。

そして〈花咲く島国オズ〉からの帰りだという貿易船に、乾物庫の空いたスペースでいいならという条件で、乗せてもらうことに成功したのだった。

一行は海路を使って〈港町サウロ〉へ向かう。ヴィクトリアが宰相《さいしょう》ブラッセリーから持たされた路銀を使えば、密航自体はそう難しいものではない。ただ、ひげもじゃの船長は言った。

「最近、オズからの貿易船を狙った海賊の動きが活発化してきている。無事サウロまで辿《たど》り着けるかどうか、安全の保証はできないからな」と。

その船長が、甲板の床板から顔を出したテレサリサを見つけ、怒号を上げた。

「中に入ってろ、あんたっ！　女の現場じゃねえ、ケガするぞ！」

と、その時だ。荒れ狂う波の音に混じって、甲高い鐘の音が船上に鳴り響く。

――カン、カン、カン！　カン、カン、カン！

見上げると、メインマスト上に設けられた見張り台で、若い船乗りががむしゃらに鐘を打ち鳴らしている。男は船の側方を指差して、声の限りに叫んでいた。

「海賊だァ！　海賊が向かってくるぞォ……！」

「何だと。こんな時にっ……」

船長のみならず、船乗りたちは皆手を止めて、向かい風の吹くその方向を見つめた。

「…………」

テレサリサもまた階段を上がって甲板に出た。バタバタとロープの裾《すそ》が風に暴れる。前襟を重ね、長い髪を手で押さえながら、ほの暗い水平線に目を凝らす。

うごめく厚い雲の中で、ピカピカッと鋭い雷光が走る。荒れ狂う波は、まるで生きているかのようにうねっている。そんな嵐の光景の中に、確かに一隻の船が見えた。

張られた帆の色は深紅。〝海の魔女〟ブルハの率いる海賊船であることの証だ。

「わお。ラッキー……」

雨風の吹きつける船上は、緊張感の漂う静けさに包まれていた。

逃げ切れる距離ではない。海賊船は追い風に乗って、間もなくやって来るだろう。略奪が始まる。深紅色の帆を見つめる船員たちは、恐怖に頬《ほお》を引き攣《つ》らせている。

その中でただ一人、テレサリサだけが静かに笑っていた。

〈港町サウロ〉へ向かうのは〝海の魔女〟に会うためだ。その魔女の方からやってきてくれるのだから、手間が省けたというもの。あとはどうやって交渉するか――。

「おーいっ。何だ、雨か？　早く戻ってこい」

足元から声がして、テレサリサは床板の穴から眼下を見る。階段の下からこちらを見上げていたネルは、指先に三枚のカードを立てていた。トランプだ。

「ゲームがまだ途中だったことを思い出した。お前の番だぞ、早く引け。〝オールドメイドの魔女〟」

「……誰が〝結婚適齢期をすぎた女〟よ」

あの子、まだトランプを続けるつもりなのか――。テレサリサは呆れて少し笑う。

「ちょっと野暮《やぼ》用ができたわ、あの騎士と遊んでて」

そう言い返して、床板のフタを閉じた。ネルは戦闘狂だ。間違いなく交渉の邪魔になる。あるならこのフタにカギを掛けたいくらいだ。

3

「剣を持て、野郎どもォ！　まさか俺の船に臆病者はいないだろうな？　生きて陸に戻りたければ戦え、戦え、戦えッ！」

ひげもじゃの船長は左手に握った剣の腹に、もう一本の剣を打ちつける。ガンガンガン、とまるで鐘を打ち鳴らすようにして、船乗りたちを鼓舞していた。貿易船側に降伏するつもりはないようだ。嵐の吹き荒れる甲板に、男たちの雄叫《おたけ》びが上がる。

彼らが頼りにしているのが、

最近は島国オズの発展が著しく、貿易船の往来が増えている。それに伴い、海賊たちの動きも活発化していた。となれば大量の輸入品を積んだ貿易船が傭兵を雇い、襲撃に備えるのも当然の流れだ。

いったいどこに乗り込んでいたのか——船内から三十人近い男たちが甲板に飛び出してくる。厳めしい顔つきをした、無骨な男たちだ。手に剣や手斧《ておの》を構え、チェーンメイルなどで軽武装していた。

その直後。背後から接近してきた深紅の帆の海賊船が、その船体を擦りつけるようにして、貿易船の側面へと衝突した。

ガン、ガガガガガガガ……——。

船と船とがぶつかって、嵐の空に耳をつんざく轟音《ごうおん》が響き渡る。

その衝撃に、海賊船の船首が大きく持ち上がった。

まるでこちら側の甲板へと、乗り上げんばかりに。

揺れる甲板から船首を仰ぎ見る男たちが、そのあまりの迫力に息を呑《の》む。翳《かげ》った頭上からは、船首にすくい上げられた海水が、雨のように降り注いだ。

高々と持ち上がった船の先には、裸婦の船首像が飾られていた。天を仰ぎ、嵐の空に歌っているかのような女性の像。その下半身は魚の尾ヒレのようになっている。人魚だ。

海賊船は船首を持ち上げた反動で、次にその尖端を海へと沈み込ませる。

大きなしぶきが発生し、押し寄せた海水がまるで津波のように甲板を走る。

足首を濡らした船乗りや傭兵たちが怯《ひる》んだところに、海賊船から野太い喚声が上がった。

「ウォオオオオオオオッ……！」

船員や傭兵たちもまた、負けじと声を張る。

「ウアアアアアアアアッ……！」

横付けされた海賊船の甲板には、長いはしごが三本立てられていた。

それらが一斉に横に倒され、こちら側の船の縁へと掛けられる。甲板と甲板とを繋《つな》ぐ簡易的な橋だ。命知らずの海賊たちは、そこから次々と乗り移ってくる。

一方で貿易船側の船乗りや傭兵たちは、彼らを乗り込ませないよう、はしごへと殺到した。

最初に切り込んできたはしごの上の海賊へ、剣を振るう。

テレサリサは甲板の中央辺りから、その様子を眺めていた。

船乗りや傭兵《ようへい》たちはよく抵抗しているが、乗り込んでくる海賊たちは移乗攻撃に慣れている。三本掛けられたはしごのうち、防衛の薄い箇所から早くも侵入を許してしまっていた。

深紅色のマストを張った帆柱にロープを括《くく》りつけ、その先端にしがみついて、振り子のようにしてこちら側へ飛び移ってくる猛者《もさ》たちもいる。

頭上から次々と海賊たちが降ってくる甲板を、テレサリサは歩いた。

あちこちで展開される白兵戦を横目に見る。

雨風が鬱陶《うっとう》しくフードを被《かぶ》りたかったが、乱戦中なので視界を狭めるような行為を避けた。代わりに自身のコルセットを締めつける紐《ひも》を一本抜き取って、風に暴れる長い髪を後ろで縛る。テレサリサは周囲に気を配りながら〝海の魔女〟を捜した。

海賊、と一括りに言ってもその姿は様々だ。見上げるほどの大男や、ドゥエルグ人と見られる小さな男、杖をついて剣を振るう義足の男もいる。何人か、女たちの姿もあった。

大陸の南側を拠点にしているからか、褐色肌の者がほとんどだが、白肌の者も何人かいた。皆一様に薄汚れていて、着ている服は擦り切れている。その荒々しい印象が、襲撃に手慣れた強者感を抱かせる。そして実際に彼らは強かった。

――武器は主にマチェーテ……厄介ね。

刀身の広い山刀マチェーテは、本来なら木々や藪を刈り取るために使われるものだ。軽量ながら殺傷力が高く、片手で扱うのに適している。海賊たちはマチェーテを振り回し、船乗りや傭兵たちの数を着実に減らしていく。

――特に、あの褐色肌の男女二人が厄介。

一人は上半身裸の、血管を浮き立たせた筋肉もりもりの男。非常に身長が高く、はち切れんばかりの大胸筋には、羽を広げたワシのタトゥーが彫られている。丸太のように太い上腕を躍動させて、二本のマチェーテを振り回していた。その迫力に怯《ひる》み、数で勝っているはずの傭兵たちも、彼を取り囲んでおきながら飛び掛かれずにいる。

もう一人は、黒髪を頭の天辺で団子にした、物憂げな眼差《まなざ》しをした女。振るうマチェーテは、とびきりデカい。こぼれんばかりの豊満なバストにくびれたウエストという、一見して戦闘に向かない体つきをしていながら、巨大な山刀をぶんぶんと振り回し、容赦なく船乗りや傭兵たちの手足を切断していく。長いスカートのスリットからは、コヨーテのタトゥーが覗《のぞ》いていた。彼女は肩から腰に掛けて、マチェーテの鞘《さや》をヒモで吊《つ》している。その大きな鞘には、ぐるぐると白い鎖が巻きつけられていた。

二人とも海賊だけあって、揺れる船上での戦い方を熟知している。戦いたくない相手だ。テレサリサは彼らを避けて甲板を見渡した。目的は戦闘ではない。貿易船の守備でもない。見つけるべくは〝海の魔女〟――この海賊団の船長だ。

記憶の中にある褐色肌の女を捜す。だがその姿はどこにも見当たらない。

「…………」

船長を出せと叫んだところで、簡単に出てきてはくれまい。ならば魔法を使って暴れれば、同じ魔法使い同士、向こうから接触してくるかもしれない。彼女の海賊団を攻撃し、話がこじれることは避けたいが——。

「……まずは会わなきゃ、話もできないか」

仕方がない、とテレサリサはローブの中で手鏡を握った。

——鏡よ……。

胸中に唱え、精霊エイプリルを発現させようとした、その時。

「魔法だッ！」

背後から声が上がった。まだ魔法は使っていないのに、だ。

「……なっ」

振り返ったテレサリサは青ざめた。確かにそこには魔女がいた。雨降る甲板を飛び回り、片手剣を振るう金髪の少女だ。発生させた氷の魔法で、海賊たちを弾いていた。

ネルだ。〝雪の魔女〟ネルが、満面の笑みで戦闘を楽しんでいる。

「あはははははっ！」

「あのっ戦闘バカ……」

これだけの合戦だ。隠しきれるとは思っていない。

遅かれ早かれネルの参戦は予想できていた。それはもう、仕方ないが――。

「あれほど魔法を使わないでって言ったのに！」

ネルは、当たり前のように魔法を使って戦っていた。氷を纏《まと》う白き少女に、否応なしに視線が集まる。突如甲板に現れた魔女へと、海賊たちはマチェーテを振りかざす。

だがネルの動きは俊敏だ。山刀の刃を容易《たやす》くかわし、次々と海賊たちを斬《き》っていく。暴れ回るネルを中心にして、辺りの空気が冷えていく。ミシミシ……と濡れた甲板に霜が降り、ネルに迫った者たちが、雨や海水で凍りついた甲板で足を滑らせる。

誰も魔女を止められない。海賊たちだけでなく、船乗りや傭兵《ようへい》たちもまた突然の魔女の参戦に戸惑っていた。

――と、その時だ。

その女は、上空から降って現れた。海賊船のメインマストからジャンプして、ロープを使って宙を滑り、ネルの頭上にマチェーテを振り下ろす。キィィイイン、と一際大きな剣の打ち合わされる金属音が、甲板上に響き渡る。

剣を横にしてマチェーテを受け止め、弾いたネルは、バックステップでその女と距離を取った。腰を落とし、剣を構え直す。瞬時にして相手の力量を推し量ったのか、笑みが消え、真剣な眼差《まなざ》しを相手に向けている。

甲板に降り立った女は若く、褐色肌だった。長い黒髪は編み込まれていて、テレサリサの記憶の中にある、爆発したような髪型のシルエットではない。だから彼女が〝海の魔女〟であるという確証はなかった。だが露出させた太ももやくびれた腹部には、タコの足をデザインしたようなタトゥーが見られる。

その立ち姿から、ビリビリとプレッシャーが伝わる。彼女の登場で、ネルに気圧《けお》されていた海賊たちの雰囲気が一変した。圧されていた空気が、どこか勝利を信じた安堵したものに変わっている。

その女が、魔女という確証はない。だがテレサリサは確信する。登場するだけで周りの士気を上げる彼女は、少なくともこの甲板上にいる海賊たちの中で、一番強い。

女は構えることもなく、脱力した状態から、ふいに足を踏み込んだ。

マチェーテを振り回してネルに迫る。その動きは大股《おおまた》で大雑把。だが速い。床板に張った薄氷を踏み砕き、ネルに氷を放つ隙《すき》を与えない。ネルは剣を立て、辛うじてマチェーテを弾くばかりだ。後退し防戦一方となっている。

「ネルッ！」

テレサリサは思わず声を上げた。

加勢するべく、胸中につぶやく。

――〝鏡よ、鏡《ミラー・ミラー》〟

ローブの隙間《すきま》から前に突き出した右手を、頭の上で大きく半回転させる。するとローブの中から溢《あふ》れ出た銀色の液体が、テレサリサの手先を追い掛けるようにして、弧を描いた。

液体は棒状となって硬化し、その先端に湾曲した鋭い刃が形成されていく。スコン――と小気味いい音を立て、甲板へ斜めに突き刺さったそれは、精霊エイプリルによって形成された、銀の大鎌。その刃や柄に、蔓《つる》や葉の絡み合うきめ細かなレリーフが施されていく。

テレサリサは甲板に突き立った大鎌を抜いて両手に構え、走りだした。

が、次の瞬間。

「――おいおい。この船、魔術師多くね？」

「魔術師じゃないわァ。この子、魔女よ」

「……っ⁉」

数歩、足を踏み出したテレサリサの左右に、褐色肌の男女が急接近していた。高身長の筋肉もりもり男と、物憂げな眼差《まなざ》しをした女だ。

背後の女から横薙《よこな》ぎに振られた巨大マチェーテの刃を、テレサリサはすんでの所でしゃがんでかわす。間髪《かんはつ》容れずに男から伸びてきたマチェーテは、銀の大鎌で弾いた。

同時にテレサリサは後ろに跳ねて、男女二人と距離を取る。

「魔女だと？　何でわかんだよ、リンダ」

「わかんないの？　パニーニ。鈍いわね」

リンダと呼ばれた黒髪の女は、すんすんと鼻を鳴らした。

「あの子からは魔術師みたいな、お上品な臭いがしないでしょォ」

パニーニとリンダ。男女二人は並び立ち、テレサリサとの距離を詰めてくる。

短く刈り上げられた側頭部に、整えられたあごひげ。改めて正面から見ると、パニーニの鍛《きた》え上げられた身体《からだ》は見事な逆三角形だ。一方のマチェーテを盛り上がった肩に担ぎ、もう一方のマチェーテは切っ先を下に垂らしていた。

彼らのケンカ殺法に型などない。正しく構えることもない。ただがむしゃらにマチェーテを振り回すだけ。だが野性的なフィジカルから繰り出される攻撃は、それだけで脅威だ。

リンダは尻の後ろにぶら下がる鞘《さや》へ、大きなマチェーテを収めた。代わりに手にしたのは、鞘に巻きつけていた白い鎖だった。その先端には分銅がついていて、ぶんぶんと身体の横で振り回す。

「嫌いな臭いじゃないわァ。まァ好きな臭いでもないけれど」

男女二人は、同時に駆けてテレサリサに迫った。

「ちょっと、待っ――」

問答無用で飛び掛かってくる。先に前へ出たのはパニーニだ。

見上げるほどの巨漢なのに、その動きは素早い。振り下ろされたマチェーテを弾けば、すぐにもう一方のマチェーテが迫る。両手に山刀を握っているだけあって、手数が多い。

加えて嵐の甲板という環境が、船上での戦いに慣れていないテレサリサにとって不利に働いた。傾いていく足元にバランスを崩し、ふらついたところに、巨体の影から分銅が飛んでくる。テレサリサは甲板の上に身を投げて、前転してそれを避けた。

追撃に走るパニーニ。起き上がったテレサリサが、大鎌を持っていないことに気づく。

「下よ、パニーニ！」

パニーニの向こうでリンダが叫ぶと同時に、テレサリサは右腕を頭上に振り上げた。

「捕らえて、エイプリルッ！」

瞬間、パニーニの足元に落ちていた銀の大鎌が液体化し、渦を描いて巻き上がる。その巨体を四方から包み込む――寸前。パニーニは驚異的な反射神経を発揮し、バク転して拘束を逃れた。

パニーニを拘束しそびれた銀色の液体は、そのまま人の形を作った。卵のようにつるりとした銀色の頭部に、グラマラスな女体。顕現した銀色の裸婦エイプリルを見て、パニーニは「わお」といったニュアンスで口笛を鳴らす。

「こっちにも魔女がいるぜェ！　ブルハッ！」

叫んだ相手は、ネルと戦闘中の女。やはり彼女が〝海の魔女〟だ。

ブルハは、マチェーテの峰でネルの剣身を弾いた。そのままの流れで切っ先を頭上で振り回し、空いたネルの肩口へと振り下ろす。

「くっ……かッ……！」

鋭利な刃がネルの肩へと食い込む。致命的な一撃。ブルハは、すかさずネルの腹部を蹴《け》り飛ばし、その身体に食い込ませたマチェーテを引き抜いた。

蹴《け》り飛ばされたネルは、船の縁にいくつか積み重ねられていた木樽《だる》へと突っ込む。破砕音が船上に響き、ガラガラと崩れ落ちる樽でネルの姿が見えなくなる。樽にはブドウ酒が入っていたらしく、甲板に紫色の液体が広がっていく。

「ネルッ！」

激しい戦闘でネルの魔力が尽きれば、ネルによって凍らされたロロも死んでしまう。

ブルハの追撃を止めるべく、テレサリサは大きく腕を横へ振った。その手先の軌道上には、精霊エイプリルが立っている。テレサリサが銀色の裸体へと手を突っ込んだ次の瞬間、女体は再び銀の大鎌へと姿を変えた。

テレサリサは一連の流れのまま踊るように回転し、横薙《よこな》ぎに一周、大鎌を振り回した。

弧を描いた大鎌の刃を、リンダは上半身を反らして避ける。──「っとォ」

一方でパニーニは大きく股を開き、身体《からだ》全体を伏せて避けた。──「おほっ」

銀の刃は二人を刈り取れない。だが怯《ひる》ませた。

テレサリサは二人が体勢を崩した隙《すき》に、ネルを助太刀するべく走りだした。

だがブルハはネルへの追撃に向かうのではなく、テレサリサへと踵《きびす》を返した。

駆ける二人の魔女は、雨降る甲板で衝突する。

金属音が雷のように響き渡り、マチェーテと銀の大鎌が打ち合わされた。

紅い瞳と漆黒の瞳。

二人は手に力を込めたまま、至近距離で睨《にら》み合う。

「……お前。どこかで見たことあるな？」

「……会ったことがあるわ。七年前、オークション会場で。あなたは海賊王の身体を生きたまま切り刻み、商品にした」

「……ああ、あの時の奴隷か」

ブルハはマチェーテを切り返し、大鎌を弾いた。だが攻撃の手を止めるつもりはないようで、息つく間もなくマチェーテを振り下ろす。テレサリサはその刃を弾いた。

ブルハは動きを止めない。一歩、二歩とテレサリサを追い詰めていく。

「変わったな。小汚いガキが成長して、いい女になった」

「……あの時は、奴隷に扮《ふん》してただけだわ」

金属音が響き続ける。テレサリサはその刃を受け流しながら、後退《あとずさ》っていく。

「あなたも変わった。あの頃はもっと、派手な髪型をしていたはずだけど」

今のブルハは、捻《ねじ》れて爆発したような髪型ではなく、鼻のピアスもしていない。だが凛々《りり》しい眉《まゆ》や厚い唇、つんと上を向いた鼻の形は健在だ。あの頃から少し大人になり、エキゾチックな色香は増したように思う。

「ハハ」と少しだけ笑ってブルハは、小首を捻った。

「若気の至りさ」

大きく足を踏み込んだ、横薙《よこな》ぎの一撃。テレサリサは後ろに跳ねる。だが左後方にはパニーニが、右後方にはリンダがいる。テレサリサもそれには気づいている。だから——。

「待って。私に戦うつもりはない……！」

テレサリサは背後に、エイプリルを発現させた。自身は銀の大鎌を構えながら、背中を銀色の裸婦に護《まも》らせる。だがこれはブラフだ。精霊エイプリルは、手鏡から発生させた、いわば人型の武器。テレサリサ自身で操作しなければならないため、自身が大鎌を振るって戦いながら、エイプリルも同時に動かすなんて器用な真似はムリだ。

背中合わせのテレサリサとエイプリルを、ブルハ、リンダ、パニーニが等間隔で取り囲む。

一見して二対三だが、エイプリルは数に入らないため、一対三という劣勢は変わらない。

だがそのブラフが功を奏したのか、ブルハは足を止めた。

「……その銀の大鎌。やっぱりお前が〝赤紫色の舌の魔女《マゼンタ》〟だったか」

左後方のパニーニが、その言葉に反応する。

「あぁん？　〝ダーコイルの皆殺し〟のか。こいつが？」

〝放浪の民《ドリフター》〟の一員として、大陸の南側を転々としていた幼少期のテレサリサは、キャラバンの親方の指示に従い、魔女としての力を、豪商や貴族屋敷の襲撃に使用していた。オークション会場で奴隷に扮《ふん》していたのも、富裕層に買われて屋敷内部からキャラバンの者たちを招き入れるためだ。〈港町サウロ〉にあるダーコイル家での惨劇《さんげき》も、その時期に行われた。

テレサリサの〝赤紫色の舌の魔女〟という名前は、大陸の南側でこそ広く知られている。

「〝トレモロの白昼夢《はくちゅうむ》〟も確か、彼女よねェ」

右後方のリンダは、分銅のついた鎖を身体《からだ》の横で振り回していた。

「この子が、魔術師を何人も惨殺《ざんさつ》した恐ろしい魔女？　案外普通の子ね」

甲板上のあちこちで繰り広げられる戦闘は激化している。海賊や船乗り、傭兵《ようへい》たちの悲鳴や喚声が入り交じり、野太い声が響き渡る。テレサリサは全方位に気を張りながら、構えている。

「……話がある。〝海の魔女〟、あなたは大切なものと引き換えに、どんな願いも叶《かな》えてくれるのでしょう？　瀕死の男を治したという話も聞いた」

「はーん？」

「助けて欲しい男がいるの。酷《ひど》いケガをしている。あなたの魔法で治して――」

「はははははッ。聞いたか？　〝赤紫色の舌の魔女〟があたしに頼みごとだとさ」

テレサリサの言葉を遮って、ブルハは大口開けて笑い出した。

背後のリンダやパニーニも、構えを解いて失笑している。テレサリサには、彼女たちの笑う理由がわからない。こちらは真剣に交渉しているというのに。

「……？　何？」

「魔女が魔女に頼みごととはな。情けねえやつだよ」

ブルハはゆらりと足を踏み込んだ。マチェーテを振り上げ、テレサリサに迫る。

「お前も魔女なら、自分の望みくらい、自分で叶《かな》えろっ！」

「……っ！」

テレサリサは反射的に大鎌を振った。しかしブルハは頭を低くし、大振りの横一閃《いっせん》を避ける。大鎌は懐に入られてしまうと不利だ。切り返しが間に合わず、テレサリサはブルハの膝蹴《ひざげ》りを腹部に食らった。

「くっ……」

咄嗟《とっさ》に背後のエイプリルを動かそうとした。

だがブルハと同時に、他の二人も距離を詰めている。甲板に膝をつき、振り返ったテレサリサの目の前で、エイプリルの首にパニーニのマチェーテが振り下ろされた。斬《き》る――というよりも弾き飛ばされて、首のへし折られた銀色の裸婦が、甲板を転がっていく。

「エイプリッ……んっ！」

シャラッ――と鎖の音を聞いた直後、首に鎖が巻きついて、息が詰まった。ぐぐ、と締めつける鎖に身体《からだ》が反る。あまりの苦しさに、テレサリサは鎖を掴《つか》む。そして気がついた。白い鎖には、赤い筋が入っている。魔導具だ。この材質は魔法使いの魔力を断つ。

手元の大鎌が銀色の液体に変わり、まるで甲板に吸われるようにして溶けていく。遠くに倒れたエイプリルもまた、同じようして溶けてしまった。

「たわいもないねえ。お前、ホントに魔女かよ」

膝をついたテレサリサを、ブルハが正面から見下ろす。その背後で声が上がった。

「頭《かしら》ァ！　来てください、宝の山ですよッ！」

海賊の一人が、船内へ続く階段から、嬉々《きき》として顔を覗《のぞ》かせていた。

振り返ったブルハへ、鎖を握るリンダが言う。

「行って。この子ならもう脅威じゃないわ。私たちだけで充分」

「ふん……。じゃあそうさせてもらう」

ブルハは腰に提げた皮の鞘《さや》にマチェーテを収めた。

「……奴隷のふりして館に入り込み、内部から襲う――お前たち〝放浪の民《ドリフター》〟みたいな汚い奴らは、海賊にもいるよ。商船のふりして近づいて、相手を油断させて襲うような奴らを、あたしたちは軽蔑している」

キッと見上げられた紅い瞳を、ブルハは余裕たっぷりに見つめ返す。偶然にも、七年前にオークション会場で会った時と同じようなシチュエーションだ。

ブルハはテレサリサのあごを掴み、くいと顔を上げさせた。そして無理やりに開かせた口を覗き込む。魔法で色を変えていないテレサリサの舌は、一般的な人と同じ赤だ。

「……ほうら、赤紫色《マゼンタ》じゃない。お前のそれは嘘つきの舌だ。何一つ信用できんな」

ブルハは言い捨て、去っていく。

「待ちっ……！　くっ」

立ち上がろうとしたテレサリサは、その背中をリンダに膝《ひざ》で抑え込まれた。後ろに縛った髪を引かれ、首に巻きついた鎖が締められる。屈辱の中、テレサリサは去りゆくブルハの太ももに絡みつくタコ足のタトゥーを、睨《にら》みつけることしかできなかった。

4

ブルハが海賊の手下に案内されたのは、テレサリサたちがいた乾物庫とは、また別の倉庫だ。乾物庫よりも広いが、吊《つる》されたランタンに火は灯《とも》されていない。暗い室内を照らすのは、五、六人の海賊たちが手に持つランタンだけである。

ぼんやりと頼りない灯りで、手下の一人が壁際に積まれた木箱を指し示す。

「あれです、頭。間違いねえ」

高さが腰の辺りまである、大きな木箱だ。すべての面に釘が打ちつけられ、厳重に閉じられている。いくつかは床に降ろされ、フタを無理やりこじ開けられていた。

ブルハはそのうちの一つを覗《のぞ》き込む。ぎっしりと詰め込まれていたのは、大量の麻袋だ。

「…………」

ナイフを取り出して、袋を縛る紐《ひも》を裂いた。中には、鉛色の玉がたっぷりと入っている。ブルハは一粒を摘《つま》み取り、品定めをするように目前で眺めた。ランタンの灯火に煌《きら》めく鉛玉が、ブルハの笑みを歪《ゆが》めて映す。

「……でかした」

わっと声を上げる手下たち。ブルハはつぶやいた。

「……〝ポケットの中の象男《エレファントマン・イン・ザ・ポケット》〟」

ブルハの太ももに巻きついていたタコ足のタトゥーが一本、ペリペリと剝《は》がれていく。魔法だ。周りにいた男たちが慌《あわ》ててブルハと距離を空け、息を呑《の》んでそれを見つめた。

剝がれたタトゥーは鈍く発光しながらその形を具現化していく。背中の尾てい骨辺りから、まるで尻尾のようにうねるそれは、タトゥーのモチーフと同様の巨大なタコ足である。灰色に艶《つや》めくその内側には、本物のタコと同じように、吸盤がびっしりと並んでいた。

ランタンの灯火を受けてぬめり輝くタコ足は、上段に積まれた木箱の一つを搦《から》め捕《と》った。まるで獲物を摑《つか》まえるかのように木箱へと巻きつき、重たいそれを悠々《ゆうゆう》と吊り上げる。するとミシミシ……とタコ足に囚《とら》われた木箱は、徐々に圧縮されていく。やがて艶めくタコ足に包み込まれ、完全に見えなくなってしまう。

「おおっ……」

海賊たちの間から感嘆の声が上がった。

　ブルハは手のひらを返した。その上に、タコ足がポトリと何かを落とす。手のひらサイズにまで圧縮された木箱だ。ブルハはそれを、そばに立つ男へと投げ渡す。

「ほら。ポケットにでも入れて持っていけ」

「はッ、へいっ」

　男は恐縮しながらも、それを両手で受け取った。

　ブルハはタコ足をうねらせて、木箱を次々と圧縮していった。派手な服飾の折りたたまれた衣装箱や、見た目にも高価な宝石箱。貴族に売り捌《さば》くための上等な食材や調味料など、オズから運ばれる物珍しい輸入品を根こそぎ奪っていく。

　その最中、ブルハはふとタコ足の動きを止めて、部屋の隅へと振り返った。

「…………」

　奪う木箱の数や種類を石板に記していた手下の一人が、ブルハの異変に気づいて視線を追い掛ける。しかし彼女が見ているのは、ただの暗がりである。

「どうかしやしたか？　頭」

「いや……何でもない。奪える物はあらかた奪ったな。撤収だ」

　ギギギギ……。乾物庫は揺れる。ランタンの灯火に照らされて、壁に映る十字の影が伸びていく。凍ったロロの身体《からだ》に突き立つ、装飾剣の影である。

「……何だ、これ」

ブルハは、壁際に置かれた奇妙な物体に顔をしかめた。グルグルと幌《ほろ》に包まれたそれには、白く美しい装飾剣が突き刺さっている。

手下たちに撤収を命じ、自身は気になることがあるからと、一人船内の捜索を始めたのは、船底のどこかに魔力を感じ取ったからだ。異様に冷たいその魔力は、この奇妙な物体から放たれているようだ。

手を伸ばし、霜の降りた幌を捲ってみる。幾重にも巻かれたその幌もまた凍りついていて、ペリペリと音を立てて剝《は》がれていく。包まれていたのは男の死体。ブルハにはそう見えた。

黒髪で細身の若い男だ。肌が異様に白いのは、冷凍されているからか。薄く開いた瞳は力なく虚空を見つめ、どこか悲しげな表情で、口は半開きのまま固まっている。肩から食い込んだ剣身は、男の心臓辺りにまで達していた。

男の脇には、男と同じようにして布に巻かれた物体が同梱されている。

ブルハはそれを手に取った。先端を少しだけ捲ると、緩く開いた手が覗《のぞ》く。

「……腕か」

肘《ひじ》から先を切断された右腕だ。ブルハは小首を傾《かし》げる。魔法で凍らせて運ぶくらいだ。この死体は相当価値のあるものなのだろうか、と――。

「海賊、でしょうか？」

「……っ!?」

ブルハは振り返りざま、抜いたマチェーテを振るった。刃を寝かせ、背後に立った人物のこめかみを狙う――が、スコンッと剣身は小気味いい音を立て、ドア枠へと食い込む。

直後、ブルハは腹部に衝撃を受けて、息が詰まった。屈んでマチェーテを避けた人物が、避けたと同時に腰の剣を根元だけ抜き、その柄の先をブルハの腹へ当てたのだ。

後退《あとずさ》りしたブルハは丸テーブルを背に、マチェーテを前に突き出して牽制《けんせい》する。

出入り口付近に立った女は、剣の柄に手を添えながら、干し肉を口に咥《くわ》えていた。

「返していただけますか、それ」

ヴィクトリアがあごで指し示したのは、ブルハが手に持つ〝凍った右腕〟。

ヴィクトリアは構えながら、視線をブルハの太ももへと落とした。そこには、タコ足を模したようなタトゥーがある。それはつい先ほど、テレサリサとの会話に出てきた、ある魔女の特徴。

「……あなたはもしや、〝海の魔女〟ですか?」

一方でブルハは驚いていた。凍った死体に目を奪われていたとはいえ、こうも簡単に背後を取られるとは。ふんわりと柔らかな金髪に、涼しげな目元。一見して深窓の令嬢だが、気配の消し方や隙《すき》のない佇《たたず》まいを見ればわかる。騎士だ。それも相当な手練《てだ》れ。

丸テーブルの上には、ヴィクトリアが食べているのと同じ干し肉が木皿に載っている。なるほど、ここでランチを楽しんでいたと見える。

「ハハ……魔女かだって？」

ブルハは〝凍った右腕〟を丸テーブルに置いた。

空いた手で干し肉を一つ、木皿から乱暴に摑《つか》み取る。

「――どうだろうね。確かめてごらんよ」

そして石のように固いそれを、奥歯に含んで、嚙《か》み千切った。


「撤収だー！　撤収ッ！」

「さっさと船に戻れ、置いてくぞォ！」

船内から甲板に出てきた海賊たちが、声を荒らげ走り回る。彼らが手に持つのは、剣や斧《おの》などの武器だけだ。だがそのポケットの中には、ブルハの魔法によって圧縮された木箱の数々が入っている。

甲板にて展開されていた白兵戦は、佳境を迎えていた。倒れている者たちは、海賊よりも船乗りや傭兵《ようへい》たちの方が多い。甲板に流れた血が、雨や波に浚《さら》われていく。

「――で、こいつはどうするんだ？　殺さないのか？」

パニーニは、斬《き》り倒した巨漢の背中に腰掛けていた。胸当てを装備した傭兵だ。動かない男の背に座り、血に濡れた二本のマチェーテを、雨に当てて洗っている。

「もちろんよ。連れて帰るわ」

リンダはパニーニの正面だ。白い鎖の先端を握って立っていた。

「私の鎖で摑《つか》まえたんだから、私のものよ。誰にも渡さないんだから」

「はんッ。だからブルハを下に行かせたのか」

鎖の先には、依然としてテレサリサが繋《つな》がれている。首に巻きついた鎖が、腹の前に揃《そろ》えた両手首にも回されている。魔法が使えないので動けない。大人しく甲板に膝《ひざ》をつき、うなだれたまま、反撃するタイミングを探っていた。

「魔女を飼う気かよ。趣味が悪ぃな」

「あら、だって楽しいじゃない？　調教すれば、魔法でどんなイケないことだって――」

と、言葉を飲み込んだリンダの視線を追って、パニーニは振り返った。

崩れ落ちた木樽《だる》の中に、ブドウ酒にまみれた少女が立っていた。ふらり、ふらりと剣を手に、こちらへと向かってくる。ネルだ。ブルハによるマチェーテの一撃で、肩口が裂かれているようにも見える。ただしその衣装を赤黒く染めているのは血ではなく、ブドウ酒だ。

「……ブルハのやつ。殺し損ねてるじゃねえか。リンダ、あの魔女も鎖で――」

「捕まえらんないでしょ。鎖はこの子に使っているんだもの」

「あー……まじか」

「……ネル」

テレサリサが顔を上げたと同時に、ネルは走りだした。

迫る危険を察し、パニーニが立ち上がる。リンダもまた鎖から手を離した。

跳ねる二人の間を割って、ネルは剣を振り下ろす。その剣身がスコンッ、と縛られたテレサリサの背後にある、船の縁へと食い込んだ。

「そう言えばあなた、死なないんだっけ……」

「時間が凍ってるからな。それより〝鏡の〟……。ご飯が足りない」

「ご飯？　ああ、魔力」

縛られたまま立ち上がったテレサリサを、ネルはブドウ酒で濡れた前髪の隙間《すきま》からギロリと見た。肉体の凍りついたネルは、外傷や病気で死ぬことはない。その代わり魔力を摂取しなければ、凍らせる魔法が効力を失い、時間が動きだして死んでしまう。

ネルの表情に余裕は見られない。眉根《まゆね》を寄せて、下唇を噛《か》んでいる。

「ちょっと、大丈夫なの……？　魔力切れそう？」

「魔力はまだある。けどあいつを倒すには、もっと魔力が必要だ。私は負けてないからな！さっきのはっ、魔力抑えなきゃと思ったから、身体《からだ》が強張ったんだ。次は倒す。だからエイプリルをくれッ」

どうやらブルハに負けたことが悔しすぎて、怒り心頭に発しているだけのようだ。

テレサリサは「ああそう」と安堵して肩を落とした。

二人の正面に立つパニーニは、二本のマチェーテを手に戦闘態勢だ。並び立つリンダもまた、腰に提げた大きなマチェーテを抜剣する。

テレサリサはネルへ手首を差し出した。

「じゃあこの鎖外して。……あ、待って。素手で触っちゃダメかも。あなたの身体《からだ》は常に魔法が作用してる状態だから、魔力打ち消すこれに直接触っちゃうと――」

ガンッ――と唐突にテレサリサの手首の間へ、剣先が振り下ろされる。その衝撃で鎖の結び目がひしゃげた。危険極まりない外し方だが、拘束は解かれた。

「……礼は言うわ、ありがとう」

テレサリサは首や手首に巻きつく鎖を解き、海へと投げ捨てた。魔法の解禁だ。すぐに懐の手鏡から銀色の球体を発生させる。その見た目をひび割れたパンへと変える余裕はなかった。ずぞぞぞぞ――。球体を吸って魔力を補充しながら、ネルは周囲を見渡した。

「あいつはどこだ?」

〝海の魔女〟を捜しているのだろう。だがここにブルハの姿はない。

「知らない。船内に入ったみたいだけど」

テレサリサは大鎌を形成しながら首を横に振った。リンダとパニーニを正面に見据える。

「気をつけて。あいつら、魔法使いを相手に戦い慣れてる。魔導具はもうないと思うけど、一応警戒しながら――」

トタタッ……と、言葉の途中で足音がして、振り返るとネルが背を向け走り去っていく。

共闘する気は微塵《みじん》もなかったようだ。テレサリサは構えていた大鎌を下ろした。

「……別にいーけどさあ。何か一言ないの？」

5

狭い乾物庫では自由に剣が振れない。

ヴィクトリアは脇を締め、両手で握った剣を床と水平に倒して、突き主体の構えを取る。

次々と繰り出される鋭い突きに、ブルハは圧《お》されていた。その切っ先をマチェーテで横に弾き、カウンター気味にヴィクトリアの頭へと振り下ろす。

突きは可動域が狭い分、構え直すのも早い。マチェーテの刃は、ヴィクトリアの剣に受け止められる。それも剣身ではなく、剣の柄の、握っていない部分でだ。人並み外れた動体視力がなくては、指を落とされてもおかしくないような所行。

「ははっ」

ブルハは思わず吹き出した。下がったところに、またも突きが迫る。

ブルハは脇にあったカウンターチェアーを摑《つか》み、前に出して盾《たて》にした。四本の脚の間にヴィクトリアの剣身が突き入れられた瞬間、床に叩きつけるようにして椅子を下ろし、捻《ねじ》って剣身を固定させる。これで武器の動きは封じた――と思いきや、ヴィクトリアの剣は、その刃がギザギザと細かな歯のようになっている。ヴィクトリアが剣を引くと、それがまさにノコギリのように椅子の脚を削り、いとも簡単に拘束を逃れる。

ヴィクトリアはすかさず足を踏み込んで、部屋の頭上のスペースを使って剣を振り下ろした。ブルハはマチェーテを横にして剣を受け止める。キィイイン、と鈍い金属音が乾物庫に響いた。

「興味があるねえ、その奇妙な剣。もしかしてキャンパスフェローの〝変形武器〟か?」

「…………」

いかにも、〈鉄火の騎士団〉副団長のヴィクトリアが使う剣は、キャンパスフェロー産の変形武器だ。この〝背中の燃えたハリネズミ《ファイヤー・ヘッジホッグ》〟はギザギザした剣身に脂をまぶし、炎を纏《まと》わせることもできる。もちろん、木造の船内でそのような使い方はできないが――。

ヴィクトリアの剣を弾いたブルハは、さらに後退した。

距離を保つべく前に出たヴィクトリアだったが、丸テーブルを倒されて足を止める。料理の載った木皿やトランプが派手な音と共に散らばり、怯《ひる》んだところに投擲《とうてき》された〝何か〟を、反射的に身を引いて避けた。スコンッ――と小気味いい音を立てて、壁に突き刺さったのは、ブルハのかじっていた干し肉だった。

「……ええ?」

固すぎる干し肉だ。本当に壁に突き刺さるとは。

ヴィクトリアは改めて構え直した。

だが正面のブルハはなぜか、マチェーテを革の鞘《さや》に収めている。代わりに倒す前のテーブル上から取ったのか、エールビールの入った木のコップを手に持っている。

「……なるほど、強いね。騎士ってのは」

言いながらコップを傾け、ごくりと喉《のど》を鳴らした。それから手に取ったのは、壁に吊《つる》されていたランタンだった。ヴィクトリアには、余裕ぶったその行動の意図がわからない。

「だがお上品なあんたらは、あたしたち海賊の戦い方を知らない。そうだろ？」

ブルハはランタンを足元に落とした。そこにあったのは、揺れによって棚から飛び出した工具袋だ。ランタンが割れて、その麻袋が黒煙を上げて燃え始める。

「…………」

木造の船底で発生した炎は壁や床に延焼し、またたく間に広がってしまうだろう。一刻も早く、麻袋の火を消さなくてはならない。だがブルハは動かない。火を消すための水もない。

ブルハは悠々《ゆうゆう》とカウンターチェアーを引き寄せ、その座面にエールの入っていたコップを置いた。ヴィクトリアに訴えかけるように、コップの縁を指先でコツコツと叩く。明確な挑発だ。

火を消したければ、このエールの入ったコップを取ってみろと言っているのだ。

このまま手をこまねいて見ていても、火は確実に広がっていくばかりだろう。ヴィクトリアは、挑発と知りながら前に出た。

ブルハはコップを椅子の座面から持ち上げて、迫り来る突きを避ける。

ヴィクトリアの手首が返され、ギザギザした刃が上を向く。

振り上げられたその刃も、ブルハはすんでの所で避けた。

ヴィクトリアの剣は、先ほど以上に殺気を帯びている。火が大きくならないうちに決着をつけなくてはならない。ブルハは反撃する隙《すき》を与えられず、鬼気迫る剣を掻《か》い潜《くぐ》るだけ。

そのまま逃げ続けるかと思いきや、ブルハは手に持っていたコップをぽい、とヴィクトリアへ放った。

「！」

コップを受け取ったヴィクトリアは、すかさずその中身をぶちまけるべく、燃えた麻袋の上にひっくり返した。しかし出てきたのは、ほんの少しの水滴だけ。

「っ……!?」

罠《わな》だ。エールビールはすでに飲み干されていた。

「……〝朝は白金《モーニング・イズ・プラチナ》〟」

背後に禍々《まがまが》しい闘気が膨れ上がる。

振り返った次の瞬間、ヴィクトリアは腹部に強い衝撃を受けて弾け飛んだ。

「くぁっ……！」

ドン、と背中を打ちつけた乾物庫の壁に、亀裂が入る。ヴィクトリアは壁に背を擦りながら、床へと座り込んだ。反射的に剣を立てて盾《たて》にしたが、それでもこの衝撃だ。いったい何を打ち込まれたのか――。

「腹を貫いたつもりだったんだがな……。やるね」

顔を上げたヴィクトリアは息を呑《の》んだ。

立ってこちらを見下ろすブルハの腰の辺りから、まるで尻尾のように一本のタコ足が伸びている。吸盤のついた灰色の大きなタコ足だ。そのうねる先端が、白金色に輝いていた。

「魔女かと聞いたな？　いかにもあたしが〝海の魔女〟さ」

にんまりとブルハが笑ったその直後、乾物庫の室温が急激に下がっていく。

麻袋を燃やす炎が小さくなり、壁や床にミシミシ……と霜が降りていく。冷気は、開きっぱなしのドアの外から入り込んできている。ブルハは笑みを消し、視線を送った。

「……おいおい。お前はさっき、殺したはずだよなあ？」

冷気の中心にいたのは、一人の少女だ。廊下に姿を現したネルは、タコ足の魔女に目を見開き、嬉々《きき》として剣を構えた。

「見つけたっ！」

6

貿易船からの撤収は始まっていた。海賊たちは次々と戦闘を放棄し、横付けされていた海賊船へと去っていく。深紅の帆の海賊船は、すでに動き始めている。

パニーニとリンダにもこれ以上戦う理由はないようで、二、三度テレサリサの大鎌と打ち合ったあと、すぐに背を向けて走りだした。

「行くぞ、リンダ！　乗り遅れるッ！」

「ああんッ！　魔女ォ！　欲しかったのにィ」

リンダは名残惜しそうにテレサリサを見つめながらも、仕方なしとその大きなマチェーテを腰の鞘《さや》へ収めた。魔力を抑える鎖がなければ、魔女の拘束は難しい。

「……海賊。何て野蛮な人たち」

大鎌を構えるテレサリサは、拍子抜けだ。だが二人を追い掛け、海賊船にまで攻め込むつもりはない。目的はあくまで〝海の魔女〟だ。不要な戦いが避けられるのなら、それに越したことはない。

〝海の魔女〟はまだ船内にいるはずだ。ブルハとの再接触を果たすべく、甲板の下へ向かおうとしたその時。まさに、その船内から湧き上がる膨大な魔力に気づいた。だがこの冷たい魔力は、〝海の魔女〟のものではない。

「魔力使いすぎでしょ……ネルっ」

直後、甲板の階段に続く昇降口が砕け、〝海の魔女〟ブルハが飛び出してきた。腰の辺りから尻尾のように生えているのは、一本のタコ足。白い先端をうねらせている。

開いた甲板の昇降口からは、冷気が吹き出している。開いた穴を中心に、ミシミシ……と雨に濡れた甲板が凍りついていく。甲板へ飛び出したネルは、真っ直《ま》ぐ《す》にブルハの背中を追い掛けた。

横付けされた海賊船は前へと進み、貿易船から離れていく。だがブルハはそれに乗り込もうとしなかった。執拗《しつよう》に追ってくるネルを、撒《ま》こうとしているのか。

二人は魔力を脚に込め、強化した脚力で、貿易船を縦横無尽に飛び跳ねる。舵のそばや甲板の縁など、ブルハの駆け抜けたすぐその後をネルが追う。ネルの走り去る端からその軌跡に添って、霜が降りていく。

「ネル、落ち着いて！」

甲板からテレサリサが叫ぶも、ネルは止まらない。

その視線は、ブルハにのみ注がれている。

「逃げるな〝海の魔女〟！　私と戦えッ！」

「やだね。何なんだ、こいつ」

ジャンプしたブルハは、太い帆柱にタコ足の先端を突き刺した。

タコ足をムチのようにしならせて、帆柱の上へと跳ねていく。

当然ネルもそれを追う。帆柱の根元で膝《ひざ》を曲げ、力を溜めて大きく垂直にジャンプする。

帆柱の根元はその冷たい魔力に当てられて、一気に凍りついた。鍾乳洞で見られるクリスタルのような、大小様々な尖《とが》った氷の塊が、帆柱の根本付近に発生する。

ハイジャンプしたネルは、帆柱を駆け上がってブルハに迫る。使用配分を考えない、力任せで乱暴な魔力の使い方。その分、瞬間的に発揮されるパワーは強大だ。

ネルの剣は、いよいよ宙に跳ねたブルハの背中へと届いた。

空中で振り返ったブルハは、真下から放たれたネルの白刃を、タコ足の尖端で受けた。

キィイン、と嵐の空に金属音が鳴り響く。

剣に弾かれたブルハは、帆柱の上部で交差する横棒――ヤードへと着地した。

剣を打ち合わせたタコ足や、ブルハの褐色肌に霜が降りている。見れば受け流した冷たい魔力が飛び火したかのように、そばの帆も凍りついていた。

「はは、こいつは見事」

魔法の使い方は荒削りだが、その気性は面白い。

ネルもまた、細長いヤードへと飛び移った。横棒の上でバランスを取りながら、視線はブルハを見据えている。

「追い詰めたぞ、魔女め！」

「いやお前も魔女だろ」

ネルは問答無用と剣を振り上げ、横棒を駆けてブルハへと迫る。

テレサリサは甲板から帆柱を見上げ、顔を青ざめさせていた。ネルは明らかに魔力を使いすぎている。それもマトであるブルハに当たっていないのだから、無駄遣いである。

細いヤードの上にて、剣先を伸ばすネルの攻撃を、ブルハはタコ足で弾いていく。

焦れたネルが凍った魔力を剣身に纏《まと》わせ、放とうとした次の瞬間――。

いよいよ魔力が尽きてしまい、ぼうっとその胸から炎が湧き上がった。

「うあっ！」

「なっ……？」

「ぎゃーっ！　ネルッ！」

そのまま足を滑らせて、ヤードから転落するネル。

テレサリサは咄嗟《とっさ》に握っていた銀の大鎌を投擲《とうてき》した。

ネルは燃えながらも、回転して迫る大鎌を空中でキャッチし、その長い柄にかぶりつく。

ずぞぞぞ……と飲むように吸い込まれた大鎌は、ネルが甲板へと着地した時には、ただの鎌くらいの大きさになっている。

ネルの胸に発生した炎は消えていた。魔力が補充できたのだ。

テレサリサは肩を落とし、息をついた。

「危なっ……。見てらんないんだけど！」

だが当のネルは平気な顔だ。残りの鎌を食べ尽くし、その目はやはりブルハを捜している。

ダンッ、と大きな音を立てて、ブルハもまた甲板へと戻ってきた。

「うははっ！　凍らせようとして燃えるなんて、面白いな、お前」

駆けていくブルハの背中を追って、ネルはまたも足を踏み出した。

「このヴァーシアを笑うか、貴様ッ！」

懲《こ》りずにまだ追い掛けるつもりか。テレサリサは声を荒らげる。

「いい加減にしてよ……。戻ってこい、ネル！」

ブルハの向かった先は船首だった。船の尖端から、斜め上に伸びる長い棒――バウスプリットを駆け上がっていく。ネルもまた、がむしゃらにその背中を追い掛ける。

まるでジャンプ台のように上を向くバウスプリットの尖端から、ブルハは嵐の空へと大きくジャンプした。その向こうには、すでに出発した海賊船の船尾が見える。いよいよ海賊船へ飛び移り、去ろうというのだ。

だが――「逃がすかァッ！」

ブルハを追い掛けて、ネルもまた雨空へとジャンプした。

眼下にうごめく波を見て、暴風に金髪を躍らせる。空中でブルハの背中に迫り、そいつを海に叩き落とすべく、剣を振り上げた――その時。

「やっぱついてくるよなあ、お前はッ！」

眼下でブルハが振り返った。その笑みに嫌な予感を覚え、怖気《おぞけ》だった次の瞬間、「ぐふっ」ネルは腹部に衝撃を受けて、身体《からだ》をくの字に折り曲げる。

「みやげだ、パニーニ！　受け取れッ！」

タコ足の先端でネルの腹部を打ったまま、ブルハは空中で身体をきりもみ回転させて、ネルの身体を海賊船へと弾き飛ばした。

その甲板でパニーニは、頭上から落ちてくるネルを――避けて足を下げた。

「ぎゃんっ……！」

甲板の床板は派手に砕け、木片が舞い上がる。破砕音にネルの悲鳴が重なった。

直後にブルハが甲板へと着地し、開いた穴に駆け寄ってくる。

「パニーニ！　お前、みやげだっつうのに、何で受け取らねえ」

「受け取れるか！　そんな意味わからんもの。何なんだ、こいつあ」

「あーらら、死んじゃったんじゃない？　パニーニのせいね」

リンダもそばに寄ってきて、三人揃《そろ》ってネルの墜落した穴を覗《のぞ》き込んだ。

「ネルっ……！　嘘でしょ、あのバカッ」

テレサリサは船首に走り、去っていく海賊船を見つめる。

――〝鏡よ、鏡《ミラー・ミラー》〟

すぐさま胸中に唱え、懐の鏡から銀色の液体を放つ。細く長く真っ直《まっす》ぐに、海賊船へ伸ばしていくのは、銀色の紐《ひも》。何とかしてあの海賊船に乗り込まなくてはならない。ネルを取り戻さなくてはならない。だが、紐は海賊船に届く前に、ヘナヘナと海面に垂れて消えてしまった。

「……ヤバい」

ネルに分けすぎて、魔力が足りない。魔力の元となるマナは、豊かな自然から取り入れることができるものだが、長い船旅でそもそもリソースが少ない。またマナは食事からも取り入れることができるが、テレサリサはここ数日、満足にご飯を食べられていない。

そうこうしているうちに深紅の帆の海賊船は、どんどん小さくなっていく。

離れてしまっては、ネルに魔力を供給できない。一人では魔法を維持させられないネルは、このままだと燃えてしまう。ロロの冷凍保存も解けてしまう。重傷の彼を治す手立てはまだ見つかっていないというのに。

この状況を打開する方法が見つからず、テレサリサは青ざめた。

「……ヤバい。終わったんだけど」

一方その頃、乾物庫では、ヴィクトリアが身体《からだ》を起こしていた。ネルの激しい冷気に当てられて、麻袋の炎は消えている。室内はまだヒンヤリと冷たかった。

ヴィクトリアはまず真っ先に、壁際に寝かされたロロの様子を確かめた。霜の降りた幌《ほろ》を捲る。白い肌に虚空を見つめる瞳。どこか欠けた様子もなく、無事海賊の手から護《まも》ることができたようだ。ヴィクトリアはほっと息をついた――が、その直後。あることに気づいて、ロロの足元を捲ったり、その身体の裏を確かめたりした。やはり、ない。

「…………」

屈んだまま部屋を見渡す。戦闘の跡が残る乾物庫は酷《ひど》い有り様だ。丸テーブルやカウンターチェアーは倒れ、木皿やトランプが散乱している。だがどこにも見当たらない。

ヴィクトリアもまた、青ざめた。

「……右腕は、どこだ？」

「ん……ぅぐ……」

甲板に開いた穴の奥で、うつ伏せに倒れたネルがうめき声を上げて、ブルハは安堵した。

「ああよかった。生きてる」

リンダは腰に手を当てる。

「しぶといわねェ……。この子、斬《き》られてなかった？」

「ああ。なぜかコイツ、死なないんだ。面白いだろ？」

「ご機嫌じゃねえか、ブルハ。そんなに気に入ったのか？　こんな奇妙な女がよう」

納得できない表情で腕を組むパニーニに、ブルハは言う。

「こいつは氷の魔法を使う。つまり、船内にあった謎の凍死体とも関係してるかもしれない」

「凍死体？」

「そうさ。白い装飾剣の突き刺さった〝凍った死体〟だ。騎士に邪魔されたせいで、持ち出せたのはこれだけなんだけど……」

ブルハがポケットから摘《つま》んで取り出したのは、まるで布に包まれた小枝。

魔法によって圧縮されたロロの〝凍った右腕〟だった。

魔女と猟犬

Witch and Hound

– Bad habits –

第二章　海賊たち

1

深紅の帆が風に膨らむ。

パンッと弾けた雨のしずくが、澄み渡る空にきらきらと輝いた。

一昼夜続いた大雨も、翌朝にはからっと晴れ渡り、気持ちのいい青空が広がっている。

波は穏やかだ。深紅の帆の海賊船は、潮風を受けて海原を進んでいく。

船首辺りでは女たちが袖を捲り、水を張った桶《おけ》のそばに屈み込んでいた。桶の中に洗濯板を立て掛け、ゴシゴシと石けんで布地を擦っている。

一人が歌い始めれば、他の女たちが声を揃《そろ》える。楽器はなくとも擦る音が音楽となる。ゴシゴシ、ゴシゴシゴシゴシ。リズムに合わせて水を撥《は》ねさせ、服やシーツをギュウギュウに絞る。

そしてやって来た少女が両手に抱きかかえている、バスケットの中に入れていく。

「あいよっ！」「こっちも！」「あがりぃ！」「急いで！」

「ちょっと、多いですって！」

次々と洗濯物が放り込まれ、バスケットはすぐにいっぱいになる。

そばかすのある十五歳の少女は、あたふたとバスケットを胸に抱き寄せた。

黒髪を赤いバンダナでまとめ、スカートの下にはモンペを穿《は》いている。白肌の少女はトランスマーレ語しか話せないが、船には様々な人種が乗っており、トランスマーレ語も飛び交っているため問題はなかった。ただ小柄で細い少女の腕に、こんもりと盛られた洗濯物は重すぎるようで、よたよたと危なっかしい足どりで、甲板の上を歩いていく。

大型のフリゲート船は、まるで海を行く小さな村だ。

甲板は往来する海賊たちで賑わっている。

カンカンカン、カンカンカンカン──砕けた床板を補強して、トンカチを振り下ろす打音のリズム。そこに少年水夫たちが、モップで甲板を擦る音を重ねていく。抱いたバスケットで足元が見えず、彼らのバケツを一つ倒してしまい、少女は歩きながら振り返った。

「ああっ！　ごめんなさい、ごめんなさいっ」

足音をドシドシ打ち鳴らし、野太い声を上げて歌う男たちは、列になってロープを引っ張っている。「エイヤッ、ホ。ソイヤッ、ホ」とリズムに合わせて身体《からだ》を引き倒し、メインとは別に畳んでいた前方の帆をフォアマストに広げていく。

船には帆がいくつかあるが、そのどれもが深い赤だ。帆が広げられた瞬間に突風が吹いて、少女のそばでロープを引いていた男たちが、一斉につんのめる。前を横切っていく彼らを避けて、少女はバスケットを頭上に掲げた。

「ひゃあっ！」

危うく屈強な男たちに轢《ひ》かれるところであった。

すぐにバタバタと他の海賊たちが加勢するべく駆けつけて、改めてロープが引かれる。つんのめったまま倒れた者や、踏まれて悲鳴を上げる者。わちゃわちゃと騒々しい中でも、ハプニングを楽しむような笑い声と、彼らの歌声がやむことはない。

「〝キャプテン・ブルハは鼻を削《そ》ぎ、高値をつけて売りに出した〟」

「〝キャプテン・ジョンは泣き出した。だがお前の涙に価値はないッ！〟」

少女はピンと張ったロープを潜り、早足で先を急ぐ。目指すは船尾の上甲板である。舵が設置されたその区画は、今いる甲板よりも一段高く、船上がよく見渡せる。

甲板の階段を上がろうとした少女は、その脇に立っていた男にすれ違い様、尻を叩かれた。

「きゃっ！」

反射的に背筋を伸ばすが、両手がバスケットで塞《ふさ》がれているため、尻を護《まも》ることができない。男の方を向き、後退《あとずさ》りするように階段を上っていく。

「やめてくださいっ。言いますから！　頭《かしら》に言いつけてやるっ」

「ハハハ！　小娘が生意気言ってらあ！　もっと肉つけてから言えよ、撫《な》で甲斐《がい》もねえ」

「なあ、頭に言うならついでによぉ！」

階段を上がると、上甲板の手すりにまた別の男が肘《ひじ》を乗せて、少女を見下ろしている。

「飲酒ＯＫの時間早めてくれるよう言ってくれよ。夕方からなんて遅すぎるだろぉ」

「ヤですよ。それは自分で言って、自分で叱られてください！」

ランチの時間もまだだというのに、男の顔はすでに赤い。その手に持つ木のコップには、エールビールが注がれているのだろう。酒臭い息を避けて大回りしつつ、少女は上甲板へと上がっていく。

この海賊船は他の船に比べ女が多い。船長が女ということもあり、彼女たちの貞操はいっそう厳しい掟で守られてはいるが、それでも年頃の少女が生活する環境としては、危険極まりないものであるに違いない。この船に乗り始めてから一か月もの間、少女は片時たりとも気が抜けないでいる。

上甲板には何列か洗濯紐《ひも》が渡されていて、そこでも女たちがシーツや服を干していた。この船の女はよく働く。少女は設置された舵のそばに、バスケットを下ろした。

「ここ、置いときますー！」

身体《からだ》を起こし、重いものを運んで痛んだ腰をさする。するとそこに潮風が吹いて、少女は反射的にスカートを押さえた。干されたシーツや衣類が、一斉にひるがえる。ふんわりと匂う石けんの香り。

上甲板の手すりの向こうには、今しがた歩いてきた甲板が見渡せる。海賊たちが忙しなく働いていて、賑やかだ。そして高いマストの向こうには、澄み切った青空が広がっていた。

ミャーミャーと、海猫が何羽か飛んでいた。潮風が汗ばんだ肌に心地いい。少女は野蛮な海賊たちが集うこの船が嫌いだったが、上甲板の手すりから臨む景色は好きだった。

「さあさ、ちょっと遅くなったけどランチにしましょう！　ご飯持ってきたわよ！」

恰幅《かっぷく》のいい女性がトレーを手に現れて、女たちの洗濯物を干す手が止まる。

少女も他の女たちと同じようにして、トレーに群がった。ランチと言っても、陸でのものと比べればひどく質素なものだ。ひび割れた固いパンとチーズが一切れ。常に同じメニューである。たまにしょっぱいスープが出て、固いパンをふやかすことができるが、今日はそのスープさえないらしい。パンとチーズを手にため息をつく少女だったが、そこにもうワンセット、恰幅のいい女性に、パンとチーズを一つずつ渡された。

「あなたこれ、貯蔵庫の捕虜に持ってってちょうだい」

「……えー。私がですか」

「あたしは他のみんなにも配らなきゃならないの。あなたは手が空いてるしょ」

「空いては、いますけどー……」

貯蔵庫の捕虜とは、昨日の貿易船強襲で船長が連れてきた金髪の少女だ。

〝魔女〟であるらしいと噂されていて、特に女たちは怖がって近寄ろうとしない。この恰幅のいい女もまた魔女が怖いのだ。だから新入りに押しつけようとしているに違いない。

不服を隠さずムスッとしていると、バシンッと尻を叩かれた。

「ひっ！」

「ほらほらっ！　新入りがそんな顔するんじゃないの。大丈夫、食われたりなんかしないわよォ！」

男だけでなく、女にも尻を叩かれる理不尽に少女は拗《す》ねたが、悔しいかな新入りに拒否権はない。自分の分のパンを口に咥《くわ》えながら、少女は仕方なく船内に向かった。始めはかじることさえできなかったパンも、長い船旅のおかげで、スープに浸さなくとも食べられるようになっていた。

2

「えと、こんにちはー……」

少女は貯蔵庫のドアを少しだけ開き、恐る恐る中を覗《のぞ》いた。

捕虜の閉じ込められた檻《おり》は、貯蔵庫の奥の方に置かれていると聞いていた。

真っ暗な室内を、持ってきたランタンの灯火で照らす。広いスペースの壁際には、木箱がいくつも積み重なっていた。中に足を踏み入れる。かび臭さに顔をしかめる。

足元でランタンに照らされたネズミが鳴いて、慌《あわ》てて影の中へ逃げていった。

「ランチ持って来ましたよー……」

船が波に揺られて、ギギギ……と木造の貯蔵庫が軋《きし》む。辺りはやけに静かだ。ただ、奥に行くに従って、聞こえてくる声がある。少女は耳を澄ませる。聞き慣れない言葉。ヴァーシア語である。

『――が七百七十一匹。……――が七百七十二匹』

「あの――……。パンとチーズ、なんですけど――……」

貯蔵庫の一番奥に獣用の四角い檻《おり》が置かれていて、その中に、あぐらを掻《か》いて座っている人影が見えた。暗すぎて顔は確認できないが、そのシルエットを見れば小柄な女であるということはわかる。彼女が噂の魔女である。両腕は後ろ手に縛られているようだった。

近づくのは躊躇《ためら》われたが、パンとチーズを渡さなくてはならない。檻の中に手を入れるのはムリでも、せめて檻の手前には置いておかなくてはなるまい。少女はスカートのポケットからハンカチを取り出して、ゆっくりと檻へ近づいていく。

魔女はぶつぶつと何かを唱え続けている。

『……――仔ロフモフが七百七十三匹。仔ロフモフが七百七十四匹……』

「あっ、あのっ……ランチ。ここに置いときますねっ」

屈んでランタンをそばに置き、檻の前にハンカチを広げる。その上にそっとパンを置いた。ただそれだけの行為に、妙な緊張感が伴う。次にチーズを置こうとハンカチの上に手を伸ばしながら、少女はチラリと檻の中を一瞥《いちべつ》した。あぐらを掻く魔女の顔は、やはり影に塗りつぶされていて見えない。

『仔ロフモフが……七百七十――……七十……』

「……えと。届きますよね？　これがチーズです」

『――……チーズ。チーズ？　うあッ！　何匹だ？　忘れたッ！』

魔女が急に声を荒らげたので、少女はびくりと肩を跳ねさせて、チーズを引っ込めた。

次に魔女がしゃべり始めたのは、トランスマーレ語だ。

「誰だっ！　急に話し掛けてくるから、柵を跳び越えた仔ロフモフがチーズになってしまった！　もう少しで千だったのに！　もう少しで千だったのにっ！」

「ひゃっ、え、何っ？　コロフモフ……？」

「おーん？　ロフモフも知らんのか、貴様」

魔女は、にわかにずいっと鉄格子へ鼻先を近づけた。その頬《ほお》が格子にぶつかり、カシャンと鳴る。驚いた少女は「ひゃあっ！」と悲鳴を上げ、尻餅《しりもち》をついた。拍子に取り落としたチーズが転がっていく。

鉄格子の向こうから見つめる顔を、ランタンの灯火が照らす。

そこで初めて、少女は魔女の顔を見た。自分と同じくらいの年齢の、若い女だ。右の顔を縦に裂く三本の傷は恐ろしい。だがエメラルドグリーンと薄いブルー――二つの色を湛《たた》えるオッドアイの瞳は、傷の恐ろしさを掻き消すほどに美しかった。

光の差した瞳の中で、ランタンの灯火が震えている。触れてもいないのに冷気を感じた。その衣装はブドウ酒で赤黒く汚れていたが、魔女の白肌は透き通るように滑らかだ。少女はこの美麗な魔女を、造形物のようだと思った。まるで氷で作られた氷像のようだと。

「ロフモフとは、〈北の国《ノース・ランド》〉に生息する美しい毛長鹿だ。その角はイカしたコップになり、その毛皮は温かいコートになり、肉は大切な食料となる。くそっ……ロフモフも知らん奴に邪魔されるとは」

檻《おり》の中の魔女は格子から顔を離し、悔しそうにうなだれる。

「あと少し……もう少しで千だったんだ。初めての千だぞ？　柵の向こうにロフモフの楽園が築かれるところだった。なのに……崩壊した。崩壊したっ！」

「あの……何か、すみません」

よくわからないが、怒っている。少女は檻の魔女を窺うように見て、それから早く自分の仕事を終わらせようと、辺りを見渡した。転がっていったチーズを捜す。

「え、と……ランチ。あっ！」

振り返った先で見つけたチーズを、一匹のネズミが抱き締めている。先ほど見かけたネズミである。

「いけない、魔女様のチーズが！」

「かまわん。私は飯を食わん。チーズはスティンキーにあげるがいい」

少女は、檻の中の魔女へと向き直った。

「……スティンキー？　あのネズミのことですか？」

「昨日仲良くなった。ああ見えてスティンキーは家族想いでな。子だくさんなんだ」

「……へえ。魔女様はネズミとも話せるんですね」

「は？　しゃべれるわけがないが？　この私がネズミに見えるのか？」

「……いえ。ごめんなさい」

「小娘。名前は？」

「え……と」

鉄格子の向こうから問われる。少女は檻の前に屈んだまま、目尻の少し吊り上がった、勝ち気な目をしばたたかせた。薄いそばかすに、赤いバンダナから覗《のぞ》く黒髪。その少女の名は。

「カプチノと、申しますが」

3

カプチノ・メローは、元々キャンパスフェロー城に仕えるメイドであった。

貿易交渉のため、姫に付き従い〈騎士の国レーヴェ〉へと入ったが、レーヴェの裏切りにより、キャンパスフェローの一団は壊滅。カプチノは幸いにもレーヴェの城のメイドたちに匿《かくま》われ、命を繋《つな》いでいた。しばらく城に隠れて療養したあと、故郷であるキャンパスフェローへと戻るべく、カプチノは北へ向かう荷馬車の積荷に身を潜ませた、はずだった。

しかし手違いから、その馬車が向かった先は反対方向。北上するはずが南下して、身を潜ませた木箱はカプチノが疲れて眠っているうちに、商船へと積み込まれてしまった。

道中、あまりの蒸し暑さに同梱されていたブドウ酒を飲み干してしまったのだが、カプチノはその時、まさか自分が南国方面へ輸送されているということに気づいていなかった。そして商船は海賊に襲われ、木箱は深紅の帆を張る海賊船へと運び込まれることになる。

フタを開け、始めに木箱を覗《のぞ》き込んだのが、船長のブルハであったのは幸運だった。もしも先に荒くれた男たちに見つかっていたのなら、箱の中で眠りこけた給仕服の若き娘が、無事でいられたという確証はない。

とはいえ、ブルハもメイドが欲しいわけではなかった。自身を〝とある屋敷から逃げてきたはぐれメイド〟だと説明した異国の少女をどう扱えばいいかわからず、持て余していた。

「うーん。よし売っちまおう」

「売らないで！　実に勿体《もったい》ねえ、勿体ねえですよ！」

喰《く》い気味に挙手したのは、売られようとしたカプチノ本人である。

「この私、いいとこの出なので、何でもできます！　私は、私ほどよく働くメイドを見たことがありませんっ。身の回りの世話からスケジュール管理まで、できないことはございませんで。どうですここは、この船に置いてみては？」

「へえ」

必死に訴えるカプチノが面白くて、ブルハはにやりと少し笑った。

「お前、海賊になりたいのか？」

「……ええ、まあ」

異国の地で奴隷として売られるくらいなら、と思わず必死にアピールしたが、それが正しい選択だったのかは、今でもわからない。

陸に上がるたび、隙《すき》を見て逃げ出そうともした。だが新人のカプチノは警戒されていて、常に見張られていた。海賊によって拿捕《だほ》された船に乗っていた少年水夫が、労働力として攫《さら》われる――そんな事例がこの業界にはよくあることのようで、連れてこられた新人に対する見張りは厳しいものがある。少なくとも、半年間は見張りがつくらしい。

カプチノ・メローはもう、キャンパスフェローの姫のものではなく、海賊ブルハのものになっていたのだ。だが心は未だキャンパスフェローの民だ。まだ故郷へ帰るという目的を諦めてはいない。海賊船で働くようになってから、約一か月。カプチノは日々、逃げるタイミングを探しながら過ごしている。

「……よし、カプチノ。お前に私を〝ネル様〟と呼ぶチャンスをやろう」

「……え？」

鉄格子の向こうで、後ろ手に縛られた魔女は不遜に笑った。

「私は飯を食わん。代わりに必要なのは魔力だ。〝仔ロフモフ数え〟で魔力の消費を抑えてはいるが、たぶん……今日一日持たない。最悪今夜にでも私は燃えて死んでしまうだろう」

「……燃えて、死ぬんですか？」

カプチノは檻《おり》の前で正座して、ネルの言葉を聞いている。その話をすべて理解することはできないが、あぐらを掻《か》いて座るネルが、意識して呼吸を深くしていることに気がついていた。ランタンの灯りに照らされた額に、汗をかいているわけではない。しかも余裕ぶって笑っている。だがその表情には、僅かながらに焦燥が感じられる。カプチノは察する。この魔女は強がっている。本当は追い詰められているのだ。

「だから〝凍った右腕〟を持ってこい」

「右腕……？」

「あの女……この船の船長。奴が昨日貿易船から持ってきた腕だ。知らんか？」

ネルは昨夜のうちにブルハから尋問を受けている。

自身が〝雪の魔女〟であることや、凍った死体に突き刺さった剣が、九使徒のものであることなどを話した際に、なぜかロロの右腕だけが、ブルハに奪われていることを知った。

ロロの右腕は、ネルの魔法が作用し凍りついているはずだ。つまり少なからず、今もネル自身の魔力が注ぎ込まれている……はず。だから最悪、魔力が枯渇して自身の身体《からだ》が保てなくなりそうになったら——。

「あれを食う」

「あれをって……？　腕をですか？」

ロロの右腕に残った魔力を自身に戻し、延命を試みる。ロロには腕を諦めてもらう。もちろん一時しのぎにしかならないだろうが、自分が燃えて死ねばロロも一蓮托生《いちれんたくしょう》なのだ。許してくれるだろう。

「……え、と。つまり頭《かしら》からその〝凍った右腕〟を奪ってこいってことですよね？　ムリですよ。だってこの船の船長〝海の魔女〟らしいし」

「ちッ……！」

ネルは苦い顔で舌打ちした。

「あいつめ。やはり〝海の魔女〟だったか。強いわけだ」

「頭と戦ったんですか？」

「戦ったが？　言っておくが、あんなやつより私の方が魔女だし。めちゃくちゃ魔女だし」

「……魔女に程度ってあるんですか？」

「ふんっ！　私の方が強い魔女だということだ」

「負けたから捕まったんじゃなくて……？」

「ふんっ！」

ネルはそっぽを向いてしまった。

その子供っぽい仕草に、カプチノの警戒心は、少し緩んだ。わずかな時間で、彼女に対する印象が変わっている。この魔女は氷像ではない。氷像のように美しいが、その仕草や話し方はとても人間らしい。

〝雪の魔女〟ネルは、カプチノの出会った三人目の魔女だ。彼女はその中で最も、怖くない。

一人目の魔女を見たのは、レーヴェによる虐殺が行われた夜のこと。カプチノは思い返す。魔術師《ウィザード》によって炎に包まれ、死を覚悟した直前。ロロのそばに、見慣れない女性の姿を見た。

カプチノはあの夜、燃えて気絶してしまったが、自分を匿《かくま》ってくれたレーヴェのメイドたちから事の顚末《てんまつ》を聞いていた。幽閉されていた〝鏡の魔女〟を、黒犬ロロが連れ出したという情報も彼女たちから得た。あの夜、〝鏡の魔女〟はロロと力を合わせ、キャンパスフェローの姫デリリウムを城から連れ出したと聞く。

ならばあの時、ロロのそばに立っていたあの女性こそが〝鏡の魔女〟だ。ロロに協力してくれたのなら、もしかして魔女とは、悪い人間ばかりではないのかもしれない。

「その……魔女様は、強いのですか？」

「は、強いが？　お前の想像する百倍くらいは強いが？」

「じゃあ、あのっ。私をこの船から、連れ出してくれますか」

「ん？」

ネルは小首を傾《かし》げる。

「私……本当は海賊じゃないんです。帰らなきゃいけないところがあるんです」

領主であるバドが処刑されたという話も聞いた。祖国であるキャンパスフェローの城が堕ちたという話も聞いた。信じられなかった。心が砕けそうになった。けれどカプチノは涙を堪えた。なぜならまだ希望が残っている。キャンパスフェローの姫デリリウムが生きている。

「ある人のそばに、帰らなきゃいけないんです。一刻も早く、戻らなきゃいけないんです。その人はきっと今、とても深い悲しみの中にいるから。寄り添わなきゃ。こんなとこで……海賊とかしてる場合じゃないんです」

デリリウムはわがままでお転婆な姫だが、誰よりも民を愛し、民の幸せを想う心を持っている人だ。父であるバドを失い、城や祖国を失い、どれほどその心を痛めているか。デリリウムのことを思えば、居ても立っても居られない。

カプチノ・メローは、キャンパスフェローに仕えるメイドである。デリリウムの侍女である。ならば帰る場所は決まっている。一刻も早く姫の元へ帰る――それが何よりも優先される自分の仕事だ。

「いいぞ」

ネルは簡潔に頷《うなず》いた。

「私をネルと呼んでくれるのなら、私はお前のために戦おう」

「わかりました。〝凍った右腕〟の件……頑張ってみます。ネル様」

4

「〝雪の魔女〟の話によると……あたしが見たあの剣は、九使徒のものらしい」

船長室は上甲板の奥に位置していた。この船で最も偉い者が使う部屋だけあって、内装も豪華だ。水に強いチーク材のデスクが部屋の奥に置かれ、中央にはクッションの敷かれたソファーが二つ向かい合っている。

壁際の飾り棚には、大きな宝石のはめ込まれたブローチや各国の通貨、金塊や銀の聖杯など、船を襲って奪い取ったお宝の数々が無造作《むぞうさ》に放られていた。

ボロボロの黄ばんだ地図を背景にして、ブルハは椅子ではなく、デスクの上に腰掛けている。デスクから見て正面の壁には窓があり、バタバタと風に煽《あお》られる洗濯物が見えていた。

「あいつは、〈北の国《ノース・ランド》〉で九使徒の一人〝召喚師《サマナー》〟を倒したと主張している。あたしが向こうの船で見た〝凍った死体〟はあいつの仲間で、戦闘の末あいつが冷凍保存することになったんだとか……」

「それがこの腕の持ち主？　魔法ってホント不思議ねェ。凍ったまま溶けないなんて」

リンダはソファーに深く腰掛けながら、元の大きさに戻ったロロの右腕を、矯《た》めつ眇《すが》めつ観察していた。頭の天辺でまとめていた長い黒髪を解き、腰まで垂らしている。

凍った布に包まれた右腕は、まるでもぎたてのトウモロコシのような形をしている。布を捲って覗《のぞ》かせた手先は緩く握られたまま固まっていて、触ると冷たい。

「作り物じゃなさそうね。傷口もリアルだし、重さもちょうど腕一本分くらいだし」

リンダはそれを、パニーニに差し出した。ソファーの肘《ひじ》置きに腰掛けていたパニーニは、今も鍛《きた》え上げられた上半身を晒《さら》したままだ。振り返って腕を伸ばし、リンダから〝凍った右腕〟を受け取る。気持ち悪いものを見るような、苦い顔をしながら。

「うわ、冷た」

試しにその腕で、ブルハの座るチーク材のデスクを軽く叩いてみた。コンコンと乾いた音がした。

「こら、雑に扱うんじゃないよ。返せ」

パニーニはブルハに〝凍った右腕〟を渡し、厚い胸筋の前で腕を組む。

「んで、お前はその魔女の言うことを信じているのか？」

「さあねえ……」

ブルハは緩く開かれた氷漬けの右手に、自身の左手を滑り込ませる。

恋人繋《つな》ぎで指を絡ませるその表情は、どこか恍惚《こうこつ》としている。

「少なくともあたしは今、この腕に興味がある」

「趣味が悪すぎるぜ。つーかそもそもあの金髪女、何で魔導具を使って拘束しない？　あいつは魔女なんだろ？　ただの檻《おり》に入れたところで、魔法で出てきちまうかもしれない」

「だって、この腕はあいつの魔法で凍ってるんだぞ？　現在進行形でな。魔力を遮断しちゃったら、せっかく奪ったお宝が溶けて腐っちまう」

　昨日海賊船の甲板に叩きつけられたネルは、ブルハに拘束される寸前に目を覚ました。

　そして魔導具による拘束を恐れ、自分の身体《からだ》に流れる時間が、魔法によって凍っているのだと訴えた。だからマチェーテがその身体に食い込んでも死ななかったのだ。ネルは魔法が解けると自分だけでなく、〝黒犬まで死んでしまう！〟と喚き散らした。

　大陸の北側において有名な〝キャンパスフェローの猟犬〟を、ブルハたちは知らなかった。だがネルの言う〝黒犬〟が、あの美しい剣の突き刺さる凍死体を差しているのだということは理解できた。

　つまりあの死体は、死体ではなかった。奪った右腕同様、生きていたのだ。

「商品の価値は、物語によって跳ね上がる。九使徒を倒した男と、その胸に食い込んだ九使徒の剣……最高に物語を感じさせるじゃないか。しかもそれが生きてるなんてさぁ……！　どんなオブジェよりも高値がつくぜ。そんな価値のあるものだったんなら、身体の方も奪っときゃよかったな。少々ムリをしてでもさ。惜しいことをした……」

　パニーニは呆れて顔を振る。

「ハッ、信じられるもんかね。魔女の言葉を」

「あたしだって魔女さ。信じられないのか？」

「……お前は〝家族〟だろ。いじわるな質問をするな」

腕を組んだままギロリと睨《にら》まれ、ブルハは肩をすくめる。

「心配いらないよ。あいつが暴れるんならあたしが止めるし、大事な右腕がここにある以上、逃げやしないだろう。それにあいつは〝ヴァーシア〟だ。誇り高き北の戦士は、つまらない嘘をついたりなんかしないさ」

「バカバカしい。ヴァーシアだって嘘はつくだろ」

「あいつはつかん。お前も戦ってみりゃわかるよ」

ブルハは〝凍った右腕〟を頭上に放った。

くるくると回転し、落ちてきたそれをキャッチする。

「奇をてらう策もなく、小手先のフェイントもない。真《ま》っ直《す》ぐで、感情的で。まるでイノシシだ。あれは嘘をつけるような戦士じゃないよ」

二度、三度と〝凍った右腕〟を放ったところで「おっと……」とそれを取り落とした。

〝凍った右腕〟は、ブルハの腰掛けたデスクの下――そのデスクの下に膝《ひざ》を抱えて潜んでいた、カプチノのすぐ目の前に転がった。デスクの前面を覆う幕板の隙間《すきま》から、布に包まれた〝凍った右腕〟が覗《のぞ》く。その凍りついた指先を見て、思わず「ぴゃ」と、変な悲鳴が出た。咄嗟《とっさ》に口元を手で押さえる。

カプチノは貯蔵庫でネルと言葉を交わした後、すぐに船長室へ向かっていた。部屋を訪れた時、初めは誰もいなかった。これは好機と忍び込み、部屋の物色を始めたまではよかったが、目当ての〝凍った右腕〟は見つからない。そうこうしているうちにブルハたちがやって来て、慌《あわ》ててデスクの下に潜り込んだ。完全に逃げるタイミングを失ったカプチノは、ずっとブルハの腰掛ける天板の真下で、息を殺して震えていたのだった。

「……ん？」

デスクを降りたブルハは、微かに聞こえた悲鳴に小首を傾《かし》げた。〝凍った右腕〟を拾って再びデスクに腰掛け、上からデスク下を覗《のぞ》き込む。カプチノが息を潜めていた箇所だ。だが中には誰もおらず、もぬけの殻になっている。

カプチノはわずかな隙《すき》を突いて中から這《は》い出て、デスクの側面へと移動していた。しゃがんだまま側面に背をつけ、目を閉じて気配を消している。

「何だ？　ネズミか？」

「かもな。最近多いんだ。掃除を徹底させよう」

ブルハは身体《からだ》を起こした。

「……で、本命のお宝の方はどうだ？　使えそうか」

「ああ、全部本物。それも大量だ」

ソファーの肘《ひじ》掛けから腰を浮かし、パニーニがポケットを探る。手のひらに転がしたのは、三個の鉛玉。ブルハが貿易船の倉庫で見つけ、強奪してきたものだ。

差し出された手のひらから、ブルハは一個を摘《つま》み取った。

「どうだ、試しに撃ってみるか？」

パニーニは続いて、ベルトのバックルに挟んだ筒状の武器をブルハに差し出した。

ブルハは〝凍った右腕〟をそばに置いて、それを受け取る。手のひらサイズにしては、ずしりと重たい、銀の装飾がされた筒だ。湾曲したグリップを手に馴染《なじ》ませて、引き金に指を掛ける。ブルハは筒の先に開いた穴を、正面のドアに向けて構えてみせた。

〝ピストル〟という武器は、まだ一般的でなく珍しい。空いた穴に鉛玉を詰め、火皿に火薬をこぼして引き金を引く――たったそれだけのアクションで人を殺傷できるという、恐ろしい飛び道具だ。

「……不思議だよなあ。まるで魔法みたいだ」

ブルハはうっとりとピストルを眺める。この武器の最も優れている点は、魔法のようでありながら魔法と違って、誰にでも使えるということだ。

「黒色火薬も木箱二つ分入ってた。撃ち放題だぜ」

パニーニが肩をすくめる。ソファーのリンダが説明を重ねた。

「航海記録を見る限り、あの貿易船は何度もオズとサウロを行き来しているわ。大量の鉛玉と火薬……そしてたくさんの銃を載せてね」

「大量の銃が〈港町サウロ〉に運び込まれてる。購入者はオマール人の豪商たちだ。奴ら、マジで戦争を起こす気かもしれん」

「……これがあれば、魔法が使えなくても魔術師が殺せる。力関係が覆る」

銃身の美しい装飾を撫《な》でて、ブルハは嬉《うれ》しそうに笑う。

「くくく、時代が変わるぞ」

跳ねるようにテーブルを降りたブルハは、船長室の出入り口へと歩いた。

「さっそく撃ってみよう！　何を的にしようかな？」

ブルハに続き、立ち上がったリンダとパニーニも部屋を出ていく。

しん、と室内が静まり返ったのを確認してから、カプチノはデスクの脇から顔を出した。

「……行った？　わお、ラッキー」

ピンチから一転、突然訪れた僥倖《ぎようこう》にカプチノは安堵する。

ギギギ……と揺れる船長室は再び静けさを取り戻していた。窓から射し込む日光が、部屋の傾きに合わせてゆっくりと動いている。窓の外には、風にひるがえる洗濯物のシーツが見えた。

カプチノの目的である〝凍った右腕〟は、デスクの上に置かれたままだ。

立ち上がったカプチノは、恐る恐るそれを手に取った。異様に冷たく、凍っているため固い。怖いもの見たさでトウモロコシを剝《む》くようにして、腕を包む布を捲ってみる。緩く握られた指先を確認し、目を背けた。いったい誰の腕なのか見当もつかないが、魔女が欲しがっていたのは間違いなくこの腕だろう。

カプチノは〝凍った右腕〟を手に持って、部屋を離れるべくドアへ向かった。

ふと壁際の飾り棚が目に留まって、立ち止まる。そこには宝石やアクセサリーなど、一見して〝凍った右腕〟以上のお宝が無造作《むぞうさ》に置かれている。一個くらいポケットに忍ばせてもバレやしないんじゃないか——そんな邪《よこしま》な考えが脳裏を過《よぎ》って、カプチノはごくりと喉《のど》を鳴らした。

飾り棚には、古めかしい石板が一枚、立て掛けられていた。キラキラと輝くお宝の中にありながら質素なそれは、どこか異色だ。妙に惹《ひ》かれて手に取り、裏返してみる。

「すごい……上手」

石板には、笑う少女の顔が描かれていた。カールした長い髪と、好奇心たっぷりに開かれた目。柔らかな頰《ほお》にあどけなさを感じさせる。表情豊かな、とても可愛《かわい》らしい少女だ。

「………」

その少女の笑顔に邪気が払われたのかはわからないが、カプチノは石板を元の位置に戻した。本来の目的である〝凍った右腕〟だけを手に持って、船長室を去ることにする。扉についた円い窓から外に誰もいないことを確認し、ドアを開ける。

一歩、外へ出た次の瞬間——。

「——バァン」

すぐ耳元で声がして、カプチノはびくりと肩を跳ねさせた。

右のこめかみに銃口が突きつけられていた。恐る恐る視線を向ける。ブルハは、円い窓から死角になる位置で、この盗っ人が出てくるのを待ち構えていたのだ。

「あたしの勝ちだな。ほら、寄越せ」

カプチノ越しに手のひらを向ける。カプチノの左側には、パニーニとリンダが立っていた。それぞれ渋い顔をしながらブルハの手のひらに、銀貨を一つずつ落とす。

「……ちっ。何でそれを選ぶかな、このチビスケ」

「変なの。金目の物なら、他にもたくさんあるのにねェ」

三人はどうやら、カプチノが部屋から何を盗んで出てくるか、賭けをしていたようだ。

ブルハは覆い被《かぶ》さるように、カプチノの肩に腕を回す。

「カプぅ。お前、つまりそれの価値がわかってるってことだよなあ？　何でだ？」

「あ……えと、あの……」

カプチノはにへらっ、と引き攣《つ》った笑みを浮かべた。

5

「言っておくが、私は不味《まず》いぞ。すこぶる不味い。凍っているからなっ」

ネルは檻《おり》の中で後ろ手に縛られたまま、檻ごとパニーニに担がれ持ち運ばれていた。

船内を運ばれ、甲板に上がる。肩に担がれた檻は斜めになっているため、あぐらを掻《か》くネルもまた斜めの状態のまま、声を荒らげている。

「美味《おい》しそうに見えるか？　見えるだろうな。それほどにこのネル様は魅力的だ。だが貴様ごときが食べることなどできん！　きっと歯が折れてしまうさ。ははははッ。なぜなら私は、凍っているからなッ！」

「うるっせえなあ。食わねえって言ってんだろう」

いくつかの階段を折り返し、ドスンと置かれたのは上甲板の舵の前だ。舵の向こうには手すりがあり、そこから下の甲板が見渡せる。

見上げれば、深紅の帆がそびえていた。水平線に日は沈み、薄紫の空に棚引く雲が、夕焼け色に染まっている。穏やかな波の音が、絶え間なく聞こえていた。

「よう〝雪の魔女〟。船旅は楽しんでるか？」

ブルハは深紅の帆を背景に、舵の手前に立っていた。

その腕は、うなだれて小さくなったカプチノの肩に回されている。

チッ、とネルは舌を打った。

「……しくじったか」

ネルは檻の中から、ブルハへと声を上げる。

「その小娘、少し脅したくらいで、泣きじゃくりながらこの私の手足となってくれたわ。くくく、貧弱な娘だ。海賊には向かんな。捨ててしまえ」

暗に船から降ろしてやれと言っている。それを知りながらブルハは「はは」と笑った。

「違いねえ。貧弱で裏切り者の、情けない娘だ。だがこいつはあたしが買った、あたしのものなのさ。一人前の海賊になるまで、責任持って面倒見てやらにゃあ。なあ？」

ブルハはカプチノの肩へと回した手で、しょんぼりしたその頬《ほお》をつねった。

「いいい……いだい、です」

「…………」

ネルは息を整えながら、さり気なく周囲に気を配る。正面にはブルハ。斜め後ろの左右にはリンダとパニーニが立っていて、檻《おり》は三人に囲まれている。

「苦しそうだな。魔力が底を突きそうなんだろう」

「は？　苦しくないが？」

あぐらを掻《か》いたまま背筋を伸ばしたネルは、正面からブルハを睨《にら》み返す。だが強がりだ。

ネルは肩で息をしていた。残る魔力はもうほとんどない。檻を破って戦うことはおろか、立ち上がることすら憚《はばか》られる。こんなことなら――とネルは少し後悔した。仔ロフモフなど数えていないで、魔力がまだ残っている昨日のうちに、戦って死ねばよかったと。

「お前はこれが欲しいんだろう？」

カプチノを解放したブルハは、反対の手に持っていた〝凍った右腕〟を掲げる。

「だがあたしは、これを返すつもりはない。魔法で凍結された不思議な右腕——それも九使徒を倒した者の身体《からだ》の一部だ。魔術師を憎む相手にならら〝英雄の腕〟として、ルシアン相手になら〝悪魔の腕〟として、高値で売れるだろうからね」

「…………」

「だが不都合なことに、これはお前が魔法を掛け続けなければ、腐ってしまうという。それじゃあ価値がだだ下がりだ。これは凍っているからこそ面白い。溶けないからこそ価値があるんだ。だから、あたしたちにとっても困るんだよな。お前に死なれてしまうのは」

　ブルハは数歩前に出て、鉄格子越しにネルを見下ろす。

「要は、魔力が摂取できればいいいんだろう？」

「……はんっ。お前が魔力をくれるのか？」

「ああ、いいよ」

　挑発のつもりで言ったのだが、ブルハは簡単に頷《うなず》いた。

「……〝朝は白金《モーニング・イズ・プラチナ》〟。そして〝ポケットの中の象男《エレファントマン・イン・ザ・ポケット》〟」

　ブルハが続けて唱えると、その腹部や太ももに巻きついていたタコ足のタトゥーが二本、ペリペリと剝《は》がれ、褐色肌を離れる。そしてブルハの背後で、ぬめりを帯びた二本の巨大なタコ足へと具現化していく。

　カプチノは思わず後退《あとずさ》った。

「ぎゃあっ！　タコっ」

腰の尾てい骨辺りから伸びた二本のタコ足は、まるで尻尾のようにうねっている。

「……召喚魔法か？」

「いや、操作魔法だ。このタコは、いわゆるあたしの精霊なのさ。こいつはとても強欲でね。他の誰かの魔法を奪うことができる」

ブルハは一本のタコ足をくねらせ、自身の頭上に持ってくる。そして白く染まった尖端を愛おしそうに撫《な》でた。

「例えばこの先っちょの白いタコ足は、自分の身体《からだ》を白金化する錬成魔法を奪ったものだ」

次いでブルハは、もう一方のタコ足を操作し、背中でくねらせた。

「こっちは摑《つか》んだものを縮小する。これも錬成魔法だな」

「おしゃべりな女だな……自分の魔法をぺらぺらと。バレても脅威じゃないと私を舐《な》めているのか？　それともよほどバカなのか？」

「仲直りの一環さ。人間ってのは、わからないものを怖がるもんだろ。先の見えない暗がりだとか、行動の読めないクレイジーな奴とかさ。未知なる魔法だってそうさ。ルールがわからなきゃ怖い。だがあたしは、お前に怖がられたくないからな。〝操作型〟の弱点は知ってるか？」

「……アトリビュートの破壊」

「そう」

〝操作型〟の魔法使いは、その者を象徴する〝アトリビュート〟を介して魔法を使用する。テレサリサが白蛇の巻きついた手鏡を介し、精霊エイプリルを発現させるようにだ。

「〝操作型〟は〝アトリビュート〟を壊されると何もできなくなっちまう。だがあたしの〝アトリビュート〟はタトゥーそのものなんだ。皮膚《ひふ》を焼かれたり、裂かれたりしない限り壊れないから、無敵なのさ。すげえだろ？」

ししし、とブルハは白い歯を覗《のぞ》かせて、子供のように笑った。

「…………」

「さてと、それじゃあ本題だ」

ブルハはタコ足を一本搔《か》き消した。

「タコ足の数は八本。それぞれに一個ずつ、奪った魔法をストックできる。この魔法を手放したいときは、タコ足を根元から切り落とさなきゃいけないんだ。しばらくすれば、魔法のストックされていない、ノーマルなタコ足が生えてくる」

ブルハは搔き消したタコ足の代わりに、また新たなタコ足を発生させる。右の足首近くにまで伸びたタトゥーが具現化した、先ほどとは別の箇所のタコ足だ。

「生え替わりまで時間が掛かるからな。魅力的な魔法に遭遇しても、ストックが一杯だと奪うことができないだろ。だから常に二本はスペアとして、ノーマルの状態で残してあるんだ。この二本をお前にやろう」

ブルハは尖端の白いタコ足で、スペアだと言ったタコ足の、尖《とが》った先を切り落とした。

ブルハは足元に落ちたタコ足の欠片《かけら》を拾い上げ、鉄格子の隙間《すきま》から差し入れる。

「さあ、食え」

「……いらんが？」

ネルはその行動に納得せず、タコ足越しにブルハを睨《にら》みつける。

「もしかして……茹《ゆ》でた方がいいか？」

「黙れ。ヴァーシアを見下げるつもりか？　施しなど受けるつもりはない」

「違う。これは取引だ。言ったろう、お前に死なれるとこっちも困るんだよ」

「くく……ではそのタコの精霊で、私の魔法を奪えばいい。お前が自身で腕を凍らせ続けられれば、何よりも手っ取り早いじゃないか」

「はは、意外と頭が回るんだな。確かにお前の魔法を奪って〝凍った右腕〟を凍らせ続けることもできるんだろうが、それじゃああたしは、このタコ足をずっと出し続けなきゃならん。しんどすぎる」

それに、とブルハは続ける。

「一度お前の魔法を解き、あたしが掛け直すとして。手元にあるこの右腕は凍らせることができても、〝赤紫色の舌の魔女《マゼンタ》〟のとこにある身体《からだ》の方は、魔法を掛け直せず溶けちまうだろ？　あたしたちは、あの〝凍った死体〟も手に入れるつもりだ。むしろ、あれの方がメインだろ。

あれの方が金になる」

「…………」

ネルは目を伏せ、逡巡《しゅんじゅん》していた。言いなりになるのは癪《しゃく》だが、このまま魔力が枯渇してしまえば燃えて死ぬだけだ。他に手はなかった。

後ろ手に拘束されたまま、殺意たっぷりにブルハを見上げる。

「……魔力が回復したら、暴れてやる」

「いいよ、あたしが止める。お前、あたしに二度負けてるってこと忘れてないだろうな？」

「ふんッ！」

返事代わりにネルは大口開けて、差し出されたタコ足の欠片へとかぶりついた。

6

日が沈みきって夜になると、甲板のあちこちにランタンが灯《とも》された。リンダとパニーニ、そしてカプチノは下の甲板に下り、上甲板にはブルハと檻《おり》の中のネル、二人が残された。

昼は活気があって騒々しかった船上に、今は粛々《しゅくしゅく》としたムードが流れている。人はいるが、その多くは口を開かない。配給されたコップを手にしたまま口はつけず、皆それぞれが海を見つめている。

静かな夜だ。見上げれば満天の星が音もなくまたたき、月が海原を煌《きら》めかせている。

「お前はどうやって魔女になったんだ？」

ブルハは手すりに肘《ひじ》を乗せ、下の甲板を見渡しながら尋ねた。

大きなタコ足をもっちゃもっちゃもっちゃと嚙《か》みながら、ネルは鉄格子越しに応える。

「竜に引っ搔《か》かれた」

「嘘だろ？」

ブルハは驚いて振り返る。

「ヴァーシアは嘘をつかん。弟と召喚したんだ。よくわからん、きったない竜を。ぼこぼこにして追い返してやったがな。その時に目を引っ搔かれた。気がつくと、魔法が使えるようになっていた」

「……へえ。召喚？　クレイジーだな、ヴァーシア人ってのは」

「クレイジーだろ。お前も生まれつきの魔女じゃなくて、後から魔女になった口か？」

「さあてね。秘密」

「後からだろ。生まれつきの魔女なら、〝どうやってなったのか〟なんて聞き方はしない」

「……お前、本当に頭が回るな」

ブルハは身体《からだ》を起こし、手すりに背をもたせた。

「あたしには、お前みたいに劇的なエピソードはないよ。ただ〝呪われた短剣〟を腹に突き入れた。それだけさ」

「呪われた短剣？　何だそれは、魔導具か」

　魔力を封じる拘束具だけでなく、魔法に関する道具を総じて〝魔導具〟と呼ぶ。ネルはその短剣が魔法に関するものだと思い尋ねたが、ブルハは曖昧《あいまい》に肩をすくめた。

「まあ確かに……魔導具ではあるんだろうけどねえ。そう呼ばれてはいなかった。その短剣はシャムス教発祥のものだったからな。太陽神アッ・シャムスを知ってるか？　北国生まれのお前には、馴染《なじ》みのない神だろう」

　ネルは素直に首を横に振る。

「戦いや争いを忌《い》み嫌い、人々に〝よき隣人〟となるよう説いた穏やかな神様だ。その対極にあるのが、月神アル・カラムさ。ヒステリックで嫉妬深く、攻撃的な神様だ。〝呪われた短剣〟は、そのアル・カラムによって作られたんだそうだ」

　ブルハは手すりに身体を預けたまま、頭上に浮かぶ三日月を仰ぎ見た。

「……これは知ってるか？　イナテラの海に浮かぶ三日月は、他のどの国から見上げた月よりも曲がっているらしい。くるりと美しい弧を描き、色香を湛《たた》えて禍々《まがまが》しく、湾曲している。その月を模して作られた呪いの短剣は、〝イナテラに昇る月〟と呼ばれていた」

　ネルもまた、ブルハの視線を追って月を見上げる。

「剣身がさ、あの三日月みたいに、異様に湾曲してるんだよ。とても武器として使えるような代物じゃなかった。それはかつて、祭事に使用されていたらしい。短剣にはアル・カラムの呪いが込められているらしくてさ――」

ブルハは檻《おり》の中のネルへと視線を落とす。

「その切っ先で斬《き》り裂いた者の憎しみや攻撃性を、助長させると言われていた。その者の心に渦巻く恨み辛みが強いほど、その者は月神アル・カラムの闇に飲み込まれ、強い力を得られるんだ」

「……シャムス教にもあるんだな。そんな、魔導具みたいのが」

「はは。種を明かせば、その湾曲した剣身は、竜のかぎ爪でできていたんだよ。仕組みはルーシー教の〝割礼術〟と一緒さ。ただ短剣の持ち主だったシャムタンは、憎しみを助長させるその短剣を、太陽神アッ・シャムスに仇《あだ》なす呪われたアイテムだと気味悪がり、手放した」

巡り巡って短剣を手に入れたのが、ブルハたちの住んでいた集落の長老だった。

「別にあたしたち一族はシャムタンではなかったけどな。まあ、だからこそ大ババは短剣を手元に置けたのかもな。それを大切に保管してさ、あたしたちには『決して触ってはいけない』『呪われるぞ』なんて言うんだ。けどそんなこと言われたら、余計に触ってみたくなるもんだろ？　……あたしはまだ、子供だった」

ブルハはぽつりとつぶやいた。

「ホントに闇の力が得られるんなら儲けもんだと思ってさ、好奇心で腹を刺してみたのさ。三日三晩生死の境を彷徨《さまよ》ったよ」

「好奇心で？　……クレイジーだな」

「クレイジーだろ。だが強い力ってのは魅力的だ」

「うむ。それがあれば、どんどん魔女が作れるな。今もあるのか？」

「いいや、もうないよ。〝割礼術〟ってのは、すこぶるリスキーらしいじゃないか。しかもあの短剣〝イナテラに昇る月〟は竜の生爪でさえない、加工された道具だ。魔力開眼の可能性は本来の〝割礼術〟よりもさらに低いらしい。力を得たあたしを真似して短剣を使った者もいたけれど、三人が傷口を膿《う》んで手足を失い、四人が出血多量で死んだ」

「…………」

「なるほど確かに呪いの短剣だ。恐れた大ババはさらなる犠牲者が出ないよう、短剣を海に投げ捨てたよ」

「……そいつらは、きっと憎しみが足りなかったんだな」

「憎しみ？」

ネルは、小首を傾《かし》げたブルハを見上げる。

「お前が言ったんじゃないか。その短剣は憎しみが強いほど、月神から闇の力を得られるんだろう？　多くの者が失敗したが、お前は耐えた。それだけ強く何かを憎んでいたんだな。いったい何をだ？」

「…………」

　ブルハはじっとネルを見返す。本当にこの子は、言動とは裏腹に頭が回る。ブルハは質問に応えなかった。代わりに檻《おり》に背を向けて、手すりに両肘《りょうひじ》を乗せる。話は終わりだ。

「……さあね。昔の話さ」

　ネルはタコ足を飲み込んだ。ブルハと同じように、正面の舵越しに眼下の甲板を臨む。船の縁に集まった男女が、海に花束を投げているのが見えた。オレンジが色褪《いろあ》せた、マリーゴールドのドライフラワーだ。

「……あれは何をしているんだ？」

「鎮魂の儀式さ」

　ブルハは眼下を見つめながら応える。

「昨日の貿易船襲撃で十六人が死んだ。海はどこまでも繋《つな》がっている。死後の世界までもな。だから死んだ彼らが大事にしていたものを、生きているあたしたちが送ってやるんだ」

　見れば海に投げられているのは、花束だけではない。銀の装飾が施された短剣や宝石、皮表紙の本や羊皮紙など、様々なものが粛々《しゅくしゅく》と海に放られている。

　死んだ男の恋人か、あるいは妻なのか、とある女性は首に掛けていたペンダントを海に投げ込み、泣き崩れるのを他の女たちに支えられていた。

「これから冥福を祈って乾杯をする。お前も偲《しの》んでやってくれ」

「バカか？　私は敵だ。その十六人の中には、私の剣に突かれて死んだ奴もいるかもしれん」

「だからさ。剣を交えたお前だからこそ、彼らを称えてやってくれよ。どうだ？　あたしの仲間たちは、最期まで勇敢だったろう？」

「…………」

死を悲しいものとしてだけでなく、名誉として捉えるその死生観は、ヴァーシアにも通ずるものがある。ネルは言葉を呑《の》んだ。何と応えればいいか、わからない。

「さあ乾杯しよう。……あ、もしかして凍ってるから飲めないか？」

「……飲めないことはない。酔わないが」

「決まりだな。おい、カプぅ！」

ブルハは手すりから下を見て、コップの配給に勤《いそ》しむカプチノを呼んだ。

「こっちにもブドウ酒を持ってこい。お前の分も合わせて三つだ」

コップが甲板上のそれぞれの手に渡ると、ブルハは上甲板の手すりに手を置いて、声を上げた。皆の視線を一身に浴びながら、死んだ十六人の名前を一人一人口にして、彼らとの出会いやエピソードを簡単に語る。

そして健闘を称えてコップを掲げた。「勇敢な海賊たちに」と乾杯の音頭を取る。

ネルは檻の中であぐらを掻《か》きながら、そっとコップを傾けた。

檻のそばに灯《とも》るランタンが、二色の瞳に赤みを加える。コップにはブドウ酒が入っているが、凍ったネルは味を感じない。ただ唇の先を濡らすだけだ。

また人々には、ペースト状にしたレバーと刻んだ野菜を焼き固めた料理——テリーヌのスライスが配られていた。それは日常的に出されるひび割れたパンや、嚙《か》み切ることさえ難しい干し肉と違って、固くない。

特別な日にしか食べない、ちょっとしたご馳走なんだとブルハは言った。

だが味を楽しめないネルは食に興味を持たない。檻《おり》のそばに座るカプチノに「やる」と差し出すと、カプチノは「いいんですかっ！」と目をらんらんと輝かせた。

「死は誰にでもやってくる。仲間の死は、それを思い起こさせてくれる」

ブルハは、二人からは少し離れたところで、再び手すりに背をもたれた。夜風を浴びながらコップを傾ける。

「だからあたしたちは、今日をめいっぱい楽しむのさ」

二つのテリーヌをあっという間に食べきったカプチノを横目に見て、ブルハは「これも食え」と自分の分のテリーヌを差し出す。カプチノはまたも「いいんですかっ！」と表情を明るくしたが、すぐに警戒して身構える。しかし結局は恐る恐る手を伸ばし、受け取っていた。まるで野良猫を餌付けしているかのようだ。

「……死は終わりじゃない。新しい旅路への始まりだ。お前たちの〝死〟は、ヴァーシアと似ているかと思ったが、少し違う」

ネルは檻の中でぽつりとつぶやいた。

「……けど〝今日をめいっぱい楽しむ〟というその考え方は、好きだ」

「だろう？」

夜風に黒髪をなびかせながら、ブルハは「にひひ」と嬉《うれ》しそうに笑う。

気がつくと、星空に弦楽器の音色が響いていた。リンダが甲板でバイオリンを弾いている。

その、もの悲しいメロディに、ブルハがふと歌声を重ねた。共和国イナテラの国語であるオマール語で。紡がれるのは死者を弔う鎮魂歌だ。


〝私たちはもがいた。涙の一滴も流さずに〟

〝私たちは戦った。愛する人がそばにいたから〟


〝胸を張れ同志よ。私たちはお前を忘れない〟

〝安らかに眠れ同志よ。今宵《こよい》だけは泣いてもいいんだ〟


ネルにオマール語はわからない。だが冥福を祈って歌われるその歌には、慈しみの感情が溢《あふ》れていて、思わず耳を傾けてしまう。いつの間にか誰もが口を噤《つぐ》み、夜空に響くブルハの歌に聞き入っていた。

「……不思議な女だ」

ネルの言葉に、檻《おり》のそばで膝《ひざ》を抱えてテリーヌを食べていたカプチノが顔を上げる。

「敵の鼻を削《そ》ぐ残酷な魔女と聞いていたが、仲間たちからは好かれているように見える」

「テリーヌもくれましたしね」

カプチノは三切れ目のテリーヌを頬張《ほおば》っている。現金な猫である。

「人魚を食ったとかいう話があるな？　確か」

ネルは思い返した。テレサリサとヴィクトリアが、そんな話をしていたような気がする。

「食ってませんよ！　『人魚姫』のお話ですよね？　〝海の魔女〟は、その魔法で人魚を人間にしてあげたんです。人魚がそう望んだとおりに」

カプチノは爪先をネルに向けて座り直した。海賊船で働きながら、先輩の女たちから聞かされた、特にイナテラ海に面した町では有名な恋物語を話して聞かせる。

物語には、〝ハルカリ〟という名の人魚の歌姫が登場する。

「……金色の長い髪に、白い肌。それから宝石みたいな翡翠《ひすい》の瞳。ハルカリの両脚は魚の尾ヒレみたいになっていて、鱗《うろこ》がキラキラと煌《きら》めいていたそうです。六人兄妹の末っ子で、とても歌の上手な人魚でした。そんな彼女は十五歳の時、海で溺れた人間の青年を助けて、海底の住処《すみか》に連れて帰りました。ハンサムな彼に恋をしたんだそうで」

「海の底に沈めてどうする。青年は死んだのか？」

「いえいえ、そこは海底でも息ができる不思議な場所なんです。半分人間、半分魚の人魚たちの楽園は、そんな不思議なとこにあったんですって」

「ほう……マナスポットか？」

ブルハの歌が終わり、拍手が沸き起こる。カプチノも小さく手を叩いた。

間もなくして、リンダはバイオリンで次の曲を奏でた。カプチノは話を続ける。

「五人の兄姉たちは、人間の男なんか好きになってはいけないと、ハルカリをたしなめたそうです。けれど恋心は止められません。ハルカリは大事なものと引き換えに、何でも願いを叶《かな》えてくれるという〝海の魔女〟ブルハの元を訪れました」

「出たな、ブルハ。タコの魔女め」

自身も魔女であるはずなのに、ネルは忌々《いまいま》しげに表情を歪《ゆが》めた。

「ブルハはハルカリを人間にしてあげました。けれどハルカリが恋したその青年はなんと、魔術師《ウィザード》だったのです」

「まじか」

「まじです。実はこの魔術師、摩訶不思議《まかふしぎ》な〝人魚の楽園〟を狙っていたんです。それに気づいた五人の兄姉たちは、すぐに青年を殺すようハルカリに言いました。『さあ、この短剣を眠っている彼の胸に突き刺すんだ』って」

「……酷だが仕方がないか。それでハルカリは、愛する男を自らの手で殺したのか？」

ネルは鉄格子を掴《つか》み、カプチノへと顔を寄せる。

カプチノもまた顔を近づけ、その鼻先へ囁いた。

「……いいえ。寝ている男の胸にナイフを振り上げはしたんですけど、男はすんでの所で目を覚まし、逃げられてしまったんですって」

「ちっ！　勘のいい男だ！」

ネルは鉄格子から身体《からだ》を離した。

「でもハルカリは、青年を殺さなきゃいけないんです。だって彼は〝人魚の楽園〟の場所をもう知っているのですから、今度はたくさんの魔術師《ウィザード》を引き連れて、楽園を奪いに戻ってくるかもしれません。だから、ハルカリは泳いで青年を追い掛けました」

「おお、いいぞ。頑張れ、ハルカリ。殺せっ！」

「けれど人間の足ではうまく泳げなくて……溺れて死んでしまったんですって。終わり」

「……っ！　そんな」

ネルは愕然《がくぜん》として檻《おり》の天井を仰ぐ。

「リアクションが大きすぎて、語り手冥利《みょうり》に尽きますね……。けどおとぎ話ですよ、ネル様。そんな〝人魚の楽園〟なんて、ホントにあるかもわからないし……」

「あるさ。〝凍った城〟があるくらいだ。海底にも楽園の一つや二つくらいあるだろう。だが……思いの外悲しい物語だったな」

「少しだけ違うな。特にエンディングが」

頭上から声がして、カプチノは膝《ひざ》を抱いたまま振り返る。ブルハがすぐ後ろに立っていた。

「ハルカリは青年を殺せたはずなんだ。あたしはちゃんと警告したのさ。ここで彼を止めないと、魔術師たちによってお前たちの楽園は滅びてしまうだろう。家族同然に暮らす仲間たちより、一人の男を護《まも》るのか？　考えるまでもないだろうって」

「……おお」

「けれどハルカリは青年を殺せず、それどころか兄姉の反対を押し切って逃がしてしまった……愚かにも青年を愛しすぎていたんだ。人魚たちの楽園は、結局魔術師たちによって滅ぼされてしまった。ハルカリは溺れて死んだんじゃない。愛した男の裏切りを嘆いて、自ら腹を裂いて死んだんだ」

「もっと悲惨じゃないかっ！」

ネルはブルハの語った結末に納得できず、ムッとして眉根《まゆね》を寄せた。

「その悲惨な結末は、あの子自身が招いたものだ。愚かな子だったよ。純朴で世間知らずで、人を信じすぎるところがあった。見てらんなかったねえ……。青年を逃がしてからも、あの男の描いた似顔絵を大事そうに抱えてさ。信じていたんだ。あの優しかった彼が、自分を裏切るはずなんてないって」

「……似顔絵。それって、もしかして」

カプチノはううむ、とあごを指で挟む。

「あの……船長室に置かれてたやつですか?」

昼間に忍び込んだ船長室で、飾り棚に立て掛けられていた石板を見た。そこに描かれていたのは、幸せそうに笑う少女の似顔絵だった。

じろりとブルハに見下ろされ、カプチノは膝《ひざ》を抱えて小さくなる。

「あ……と、すみません」

そういえば、盗みに入って見つけたのだった。ぶり返していい話題ではなかった。

だがカプチノの一言に、檻《おり》の中のネルが食いついた。

「ハルカリの似顔絵があるのか? 見たい!」

「……はあ」

深いため息をつきながらも、ブルハはニスの塗られた石板を持ってきてくれた。

ろう石で描かれた絵は長期保存に向かず、滲《にじ》んでいる箇所も多々あったが、あどけない少女の表情が見て取れる。丸みを帯びたあごの輪郭、柔らかそうにうねる髪。ハルカリの活発さや無邪気さが、ろう石の白一色で上手に表現されていた。

「……これがハルカリか。可愛《かわい》らしい娘だ。好き」

檻の中のネルは石板を両手に持ち、感嘆の声を上げる。

立ち上がったカプチノも檻の後ろに回り、ネルの肩越しに石板を見つめた。

「やっぱり、すごい上手ですよねえ。大切にしたくなる気持ちもわかります」

「お前が奪った〝ハルカリの大事なもの〟は、これか？」

「ん？」

ネルは檻の中からブルハを見上げる。

「強欲な〝海の魔女〟は願いを叶《かな》えてあげる代わりに、そいつの一番大切なものを奪うんだろう？　これは、ハルカリを人間にした代わりに奪ったものじゃないのか？」

「……ああ」

質問の意図を理解して、ブルハは首を横に振った。

「いや、あたしがあいつから奪った大切なものは……〝歌声〟さ」

「歌声？」

「ハルカリは夢を持っていた。海面から顔を出して、水平線の向こうにある港町を眺めながら、いつか大人になったらあの町へ出て、〝歌歌い〟になりたいと言っていた。それがあいつの一番大切なもの。あたしはそれを奪ってやったのさ」

「……ひどいな、お前」

石板を膝の上に降ろしたネルは、ドン引きして眉根《まゆね》を寄せる。

「やっぱり……残酷な魔女だ。騙《だま》されるとこだった」

再び警戒心たっぷりに歪《ゆが》められた顔を鉄格子越しに見て、ブルハはくつくつと笑った。

「何を今さら。そうさ、あたしは残酷さ。人を愛する代償はデカいんだ」

ブルハはネルの正面に立ち、檻《おり》の中に手を突っ込んだ。ネルから石板を回収する。

「すべての物語には教訓がある。『人魚姫』のお話から学ぶものがあるとしたら〝人を愛する愚かさ〟だね。ハルカリは愛を知ってしまったばかりに、すべてを失った。住処《すみか》も、仲間たちの信頼も、命さえも。愚かだねえ……魔術師《ウィザード》の男を優先して、楽園を捨ててしまうなんて。人は人を愛すると、周りのものが見えなくなる」

「そしてお前は美しい歌声を手に入れた。なるほど、強欲だ」

「いかにも。あたしは強欲な魔女で、海賊さ」

ブルハは二歩、三歩と後退《あとずさ》る。そしてぶつかった舵に背をもたせ、両腕を広げた。

星空に浮かぶ湾曲した三日月の下、深紅の帆が月明かりに映えている。

船上には、今も物憂げなバイオリンのメロディが響き渡っていた。ふとリンダはピンッと弦を弾く。もの悲しい雰囲気を転調させ、明るいリズムを刻み始める。するとそこに、いくつかの打楽器と足踏みが加わった。ついさっきまで神妙な面持ちで音楽を聴いていた者たちが、手を叩いて声を上げる。

「……そうさ、いつまでも沈んでいてはつまらない。海賊は明るい夜が好きなんだ」

眼下の甲板を一瞥《いちべつ》したブルハは、正面のネルへと視線を戻した。

「あたしたちは海賊。この世界で一番自由だ。欲しいものはぜんぶ自分の力で手に入れる。今、あたしが欲しているのは〝凍った死体〟だ。魔法で凍りついた腐らない死体。しかもそいつには、そいつが倒した〝九使徒の剣〟が突き刺さっているという！」

「…………」

「物語は商品の価値を上げる。〝凍った死体〟と〝装飾剣〟――お互いの価値を高め合うこの二つは、絶対にセットでなきゃあいけない。それに〝凍った右腕〟を加えれば、そいつはとんでもない価格になるぞ。あたしたちの狙う次のお宝は、それだ」

〝雪の魔女〟ファンネル・ビェルケ――ブルハは改めてネルをそう呼んだ。

「お前の話だと、あの死体を運ぶ〝赤紫色の舌の魔女《マゼンタ》〟と女騎士は、〈港町サウロ〉に向かっているんだよな？」

「……元々サウロに行くつもりだったからな」

「なら、次の目的地は決まりだ。カプゥ！」

「はいっ」と慌《あわ》てて立ち上がったカプチノに、ブルハは石板を手渡した。

「これ、元の場所に戻しとけ」

そう言ってブルハは、下の甲板へと続く階段へ向かう。

一歩、階段に足を降ろして振り返る。

「船長室から何かなくなってたら、次は殺すからな？」

「あ、はいっ……え」

ブルハの背を見送ってから、カプチノも石板を抱いてトタトタと、船長室へ走っていた。

上甲板には、檻《おり》の中のネルだけが取り残される。

「………」

ネルの目的は、テレサリサやヴィクトリアと同じ。ロロの身体《からだ》を回復させることだ。

そのために必要なブルハの魔法は思っていたものと違ったが、もしかしてタコ足が奪った固有魔法の中に、肉体を癒すタイプのものがあるのかもしれない。だがロロを商品として見ているブルハに、治癒を頼むのは難しそうだ。

かといって、倒して言うことを聞かせるのも、今のネルには厳しい。

「……今のところは、だが」

もう少し剣の鍛錬《たんれん》を積めば倒せるはずだ――と、ネルは考える。だが修行をしている時間はない。ならば卑怯《ひきょう》でも、テレサリサやヴィクトリアと力を合わせ、三人がかりでなら倒すことができるかもしれない。まずは彼女たちとの合流を果たすこと。そう考えれば、海賊船が〈港町サウロ〉へ向かうのはラッキーだ。

ブルハのタコ足を食べることで、魔力量にも余裕ができた。ただこれ以上敵であるブルハから魔力を分けてもらうのも癪《しゃく》だったので、ネルは檻の中にあぐらを掻《か》いたまま目をつぶり、一から仔ロフモフを数え始めた。

7

「溶けてない……ってことは耐えてるのかしら、あいつ」

「根性ありますね。〝魔力を抑える〟という行為の難易度は、私には測りかねますが」

テレサリサとヴィクトリアは、港の露天商で買ったパイで頰《ほお》を膨らませながら、凍ったロロの顔を覗《のぞ》き込んでいた。

ネルが海賊に攫《さら》われてから、二日目の朝だ。つまり、ネルはもう二日も魔力を摂取していないというのに、ロロへの凍結魔法が解かれる様子は見られない。深緑の瞳を薄く開いたまま、ロロは今も凍りついている。霜の降りた真っ白な顔を、テレサリサは幌《ほろ》で包み直した。

「偶然にもマナスポットに行ったか……どこかで魔力を摂取しているのかも」

「〝海の魔女〟を倒して魔力を奪った……とは考えられますか？」

「倒せるかなあ……。船上じゃ相手にもされてなかったけど」

テレサリサは眉根《まゆね》を寄せながら、パイを頰張《ほおば》る。

狐色に焼けたパイは、嚙《か》むとサクサク崩れて香ばしい。中には魚肉が詰まっているが、何の魚かはわからない。〝謎の魚のパイ包み〟だ。だが今のテレサリサにとって、魚の種類などどうでもよかった。パイは石釜から出されたばかりで温かく、何より嚙める。それが嬉《うれ》しい。食べられる喜びに思わずため息が出てしまう。

「はぁ……美味《うま》」

「やはり、噛《か》み切れる食べ物は正義ですね」

「噛み切れてたじゃない、あなた」

「ムリしてた、と白状しましょう。壁に突き刺さる肉なんて、人間の食事ではありません」

二人が乗っていた貿易船が〈港町サウロ〉へ到着したのは、つい先ほどのことだ。

海賊船に襲われ、多くの負傷者が出たということで、港に着くなり警吏《けいり》や医者たちが集まってきて、船内は騒然となった。テレサリサやヴィクトリアは余計な詮索から逃れるべく、凍ったロロを担いでいち早く船を降りたのだった。

カァカァ、カァカァ――と卑《いや》しいカラスがパイを狙ってか、上空を旋回している。

テレサリサはカラスの視線からパイを隠し、フードを深く被《かぶ》った。ローブを羽織ったテレサリサは、一般的な旅人を装っている。一方でヴィクトリアは手甲《てっこう》を装着し、鞘《さや》を二本腰に携えていて、見た目にもしっかりと騎士か傭兵《ようへい》だ。

二人は露天商の脇に買い取った台車を寄せて、それにロロを寝かせ立ち話をしていた。

港の市場は、ガヤガヤと賑わっている。カラフルなテントの露天商が軒を連ね、様々な国の商人や旅人たちが往来していた。北国よりも気候が暖かいため、人々が着ている服の布地は薄い。

また内陸には砂漠があるためか、日よけのターバンを巻いている者も多かった。日に焼けた褐色肌の男が、砂漠を行くのに欠かせないラクダを牽《ひ》いて歩いている。そんな光景は、〝放浪の民《ドリフター》〟として幼少期を南国で過ごしたテレサリサにとって、懐かしいものだった。

「取りあえず、町の北側は危険だから、早く南側に入りましょう」

「アスパラガスだよー。一束銅貨一枚だよっ」

「もらおう、少年」

テレサリサが言ったすぐそばで、ヴィクトリアが野菜売りの少年を呼び留めた。

テレサリサは呆れて息をつく。

「もう、早く離れようって言ってるのに。まだ食べる気？」

銅貨の入った袋の口を開きながら、ヴィクトリアが振り返る。

「食べますか？」

「食べます」

食い気味に深く頷《うなず》く。

　塩っ気のあるアスパラガスをポリ、と口に頬張《ほおば》りながら、テレサリサが先導して市場を歩く。ロロを載せた台車を押して、ヴィクトリアが後に続いた。

〈港町サウロ〉は、二つの宗教が混じり合う町だ。北区を、魔術師《ウイザード》を有するルーシー教が、南区をシャムス教が席巻している。明確なボーダーラインはないが、町を南北に分けて二つの宗教がそれぞれの文化を築いていた。

雪が降らないため、屋根のない四角い形の建物が多い。北区にはそんな町中に、トランスマーレ様式の三角屋根をしたルーシー教の教会が点在している。

対して南区にあるシャムス教の礼拝堂は、丸みを帯びたイナテラ様式だ。

建物だけでなく、往来する人々の様子も、町の北と南では見られる景観が違っていた。例えば規律の厳しいシャムス教の女性は、過度な肌の露出を禁じられているため、頭や肩を隠している者が多かった。大きな布で全身を包み込み、目元だけを覗《のぞ》かせている女性もいる。

テレサリサたちが降り立った港は、ルーシー教が席巻する北区だった。

現状ロロへの凍結魔法は継続して発揮されているため、常に魔力がアクティブの状態だ。つまりロロの身体《からだ》は今、魔術師に見つかりやすい状況にある。だからテレサリサは不必要な魔法戦を避けるため、少しでも魔術師と遭遇する可能性の低い、南区へ向かおうとしているのだった。

町でやらなくてはならないことは多い。海賊船に乗り込んでしまったネルと〝凍った右腕〟を取り戻すため、ブルハに関する情報を集めなくてはならない。何日町に滞在することになるのかもわからないが、拠点とするならば魔術師の少ない南区を選ぶのが賢明だろう。

港を離れた二人は、レンガの敷かれた町並みを、南に向かって歩いていく。

歩いてすぐに、町の賑やかな雰囲気に気がついた。

「祭りが催されているようですね」

「……そっか、謝肉祭《カーニバル》だ」

往来する人々の多くが、まるでピエロのようなカラフルな衣装を身に纏《まと》っている。仮面をつけている者たちもいた。聞こえてくるのは、掻《か》き鳴らされる弦楽器や、跳ねるような笛の音色。あちこちで陽気な音楽が奏でられ、町には笑い声が溢《あふ》れている。覗いた酒場の向こうでは、昼間から男たちがコップを掲げて乾杯していた。パンを配る露店には、子供たちが群がっている。老いも若きも男も女も、そのほとんどが浮かれた格好をしているのだから、ずいぶんと不思議な光景だ。

テレサリサはフードを脱いで、頭上を仰ぎ見た。石造りの建物に渡されたいくつものロープには、赤や黄色、ピンクなど派手な色の三角旗が垂れている。

バルコニーからは、仮面を被《かぶ》った幼児がこちらを見下ろしていた。目が合うとバイバイと手を振ってきて、テレサリサは小さく手を振り返す。小柄な身体と、大人用であろう仮面のサイズがアンバランスで可愛《かわい》い。

「ずいぶんとご機嫌な町ですね」

「お祭り限定の賑やかさだわ。謝肉祭はルーシー教の祭事だから、シャムス教に対する牽制《けんせい》の意味があるのかも」

北のルーシー教と南のシャムス教は町を分けて共存しているように見えて、水面下ではお互いに勢力を拡大するべく、信者を取り合っている。祭りの派手さもまた、ルーシー教の仕掛けた改宗運動の一環なのかもしれない。音楽やファッションの制限された、規律の厳しいシャムス教徒の目に、この大騒ぎはどう映っているのか。町中には、ルーシー教や王国アメリアを示す竜の紋章も多くはためいている。

「昔は謝肉祭《カーニバル》と言っても、こんなに派手じゃなかったはずだけど……」

「来たことが？」

「少し住んでた」

テレサリサは幼い頃、〝放浪の民《ドリフター》〟としてこの町にも何度か訪れている。

「前よりも栄えてる……けど、ああいった光景は昔から変わんないわ」

睨《にら》みつけるように一瞥《いちべつ》したのは、道路脇に連なる荷馬車だ。荷台には鉄の檻《おり》が並び、中にはみすぼらしい格好をした子供たちが入れられている。移動式の奴隷売りだ。

お祭り騒ぎに便乗して、奴隷商人が奴隷たちを売っている。まるで露天商がパイを売るように。ちょうど馬車の脇から檻を見上げていた恰幅《かっぷく》のいい白人男性が、褐色肌の少女を買っているところだった。

買い手である男は目元に浮かれた仮面をつけていて、下卑《げび》た笑みを浮かべている。対照的に檻から出された十代前半の少女は、不安たっぷりに表情を歪《ゆが》めていた。その両手首には枷《かせ》が嵌《は》められ、ロープが繋《つな》がっている。

「……あの少女はオマール人では？　南区の連中は、自分たちと同じ人種が売買されているというのに、文句を言わないのですか」

ヴィクトリアは目を細めた。腑《ふ》に落ちないといった不満げな顔で。

「金銭のやり取りが発生している以上、違法性はないのよ。貧しいトランスマーレ人だって奴隷として売られてたりするしね。……けどやっぱり、数としてはオマール人の方が圧倒的に多い」

〝よき隣人〟であろうとする彼らは、搾取《さくしゅ》されやすい。派手に浮かれた町の暗部を垣間見《かいまみ》たような気になって、二人の足どりが重くなる。

ポリポリポリ、とテレサリサはアスパラガスを食べきった。

「南に入ったら宿を探しましょう。まずは黒犬をどこかに――」

ヴィクトリアへと振り返ったその時。「魔女様ッ！」と脇を走る馬車から声が上がった。屋根がついていないタイプの馬車だ。二人を通りすぎた直後に停車する。

「お知り合いですか？」

「……さあ」

魔女と呼ばれてつい身構えたが、自身をそう呼ぶ者の心当たりは、一人だけ。その一人も今は足元で凍りついている。馬車から降りてきた男の顔を見ても、やはり見覚えのない人物だった。

「ああやはり……あなたが〝赤紫色の舌の魔女《マゼンタ》〟様、なのですよね！」

「………」

中年の男は人懐っこい笑みを浮かべ、興奮を抑えきれないといった様子で、小走りで近づいてきた。白肌のトランスマーレ人ではあるが、彼は謝肉祭《カーニバル》を楽しむ他の住民たちと違い、仮面をつけてはいない。縁の浅い帽子を被《かぶ》り、シンプルな白い布地の服を着ている。

男はテレサリサの警戒心に気づき、「これは失礼」と足を止めた。

慇懃《いんぎん》に背筋を伸ばして胸の前で両手を振る。好奇心を湛《たた》えた、青い瞳をした男だった。

「どうかご安心を。わたくしはルーシー《ルシアン》教徒ではございません。昔からこの町で魚を扱っているしがない貿易商……ジャッコと申します」

「……ジャッコ？」

聞いたこともない名前だ。テレサリサは、彼の背後に停まった馬車へと目を向けた。座席には、一人の女性が乗っている。彼女は全身を布で包み込み、目元だけを覗《のぞ》かせていた。過剰な肌の露出を控えた、シャムス教の女性の特徴だ。目が合うと小さく会釈する。

「あれは妻です」

ジャッコが割り込むようにして、テレサリサの視界に入ってくる。

「わたくし、トランスマーレ人のシャムス《シャムタン》教徒なんです」

8

はるか昔、世界は竜たちのものだった——ルーシー教では、そう教える。傲慢《ごうまん》な人間たちが竜を殺し、世界を奪い取ってしまったのだと。人間たちが秩序を乱したせいで、貧困や争いの絶えない混沌とした時代が始まったのだと。

中でも、竜の女王を殺してしまった男の罪は大きい。ルシアンたちはある時期になると、男の犯した罪を償うため三十八日間にも及ぶ節制生活を始める。食欲や物欲、所有欲や性欲など、世に蔓延《はびこ》るあらゆる欲を我慢して、懺悔《ざんげ》と禁欲の日々を過ごすのだ。

この〝贖罪《しょくざい》の月〟を迎える直前に行われるのが〝謝肉祭〟——カーニバルだ。

節制期間に入る前の三日間、ルシアンの人々は、これが自由を謳歌《おうか》できる最後の日々だと言わんばかりに声を上げ、音楽を奏で、酒を飲んで肉を食べる。

「——わたくしに言わせてみれば、実にふざけたお祭りだなと。だってそうでしょう？　節制期間に入るから今のうちに羽目を外すなんて。そんなもの本当の懺悔と言えましょうか？　我々シャムタンは常に節制しているというのに！」

揺れる馬車に乗りながら、ジャッコは向かいに座るテレサリサへと熱弁を振るう。

「肩身が狭くないものですか？」

テレサリサは小首を傾《かし》げた。

「その……白い肌でシャムタンは珍しいでしょ」

共和国イナテラの国教であるシャムス教の信徒は、圧倒的に褐色肌のオマール人が多い。だからテレサリサはそう尋ねたのだが、ジャッコは「いいえ」と首を振った。

「南区には結構いるものですよ。トランスマーレ人のシャムタンは。こんな町ですから」

ジャッコはニコリと微笑《ほほえ》んだ。そのそばで彼の妻は寡黙《かもく》に目を伏せている。目元だけを見れば褐色肌のオマール人だ。異人種間の婚姻を目の当たりにすると、彼の言葉も頷《うなず》けた。

「オマールの人々は、肌の色が違う私たちにも、分け隔てなく接してくれます。〝よき隣人がよき街を作る〟――太陽神アッ・シャムスの唱歌にあるとおり、我々は日々〝よき隣人〟であろうと努力している」

ガタガタとレンガ道に跳ねる馬車は、南区にあるというジャッコの館へ向かっていた。

ジャッコとその妻は馬車の前席に後ろ向きで座り、彼らと向かい合う形で、テレサリサとヴィクトリアが座っている。凍ったロロの身体《からだ》は、二組の間の足元に寝かされていた。

ジャッコは自身を、〝赤紫色《マゼンタ》の舌の魔女〟の大ファンだと言った。

「魔女様のことを初めて知ったのは、〝ダーコイルの皆殺し〟でした。九年前にもなりましょうか？　奴隷として買われた少女が、銀の大鎌を振り回し、一夜にして一家全員皆殺し。いやあ、シビれますなあ」

ジャッコは昔を懐かしむように嘆息する。

「当時は北も南も、町中が大騒ぎとなりました。ダーコイル家は、ずいぶんとあくどいことをして儲けていたコルク業者でしたからね、胸のすく想いでしたよ。くっくっくっ……」

「ずいぶんと有名人なのですね」

ヴィクトリアが横目に見ると、テレサリサは逃げるように視線を逸《そ》らす。

「…………」

〝赤紫色の舌の魔女《マゼンタ》〟は悪名だ。善も悪もわからずに、キャラバンの親方に言われるがまま大鎌を振るっていた時代のことなど、思い出したくもない。

ジャッコによると、テレサリサたちが乗り合わせた貿易船には、ジャッコの顔なじみである貿易商仲間も乗り合わせていたらしい。甲板で銀の大鎌を振るう姿に九年前の〝赤紫色の舌の魔女《マゼンタ》〟を思い出し、その魔女のファンを公言していたジャッコに話した。

それを聞いたジャッコはすべての仕事を放り出し、港へ馬車を走らせたという。

町に滞在する間、ぜひうちの館を拠点に使って欲しいとジャッコは申し出てくれた。ロロの身体をどこかに隠しておきたいテレサリサたちにとっては、渡りに船の提案だった。

「この馬車の御者も含め、うちで雇っている者はみな敬虔《けいけん》なシャムタンです。魔女様のことを口外する者はおりませんので、どうぞご安心を。遠慮なく、我々〝よき隣人〟を頼ってください」

「お世話になります」

馬車は謝肉祭《カーニバル》で賑わう広場を抜けて、町の中央付近へと差し掛かる。

ふいにゴーン、ゴーンと鐘の音が響き渡り、テレサリサは空を見上げた。澄み切った青空に、白いハトの群れが飛び立つ。その向こうに、巨大な建造物がそびえている。

荘厳華麗に装飾された、大小様々な塔が七本。そのすべてに、鋭利に尖《とが》った三角屋根が被《かぶ》せられている。塔に囲まれた中央には、一際大きな鐘楼塔が立っていて、鐘はその天辺で揺れていた。

「……かつては〝サザンクロス大聖堂〟と、そう呼ばれていた建物です」

テレサリサの視線を追って顔を上げたジャッコが、説明を始めた。

「ルーシー教の司祭《プリースト》ザリが、改宗運動の象徴として建設した大聖堂で……今は〝セント・ザリ大聖堂〟と名称を改めています。ザリをご存じですか?」

「いいえ」

「あの男が宣教師《ミッショナリー》として町へやって来たのは、いつ頃だったか……十一年くらい前かな。〝ダーコイルの皆殺し〟よりも前のことです。あの男が来るまで、この町におけるシャムス教とルーシー教のバランスは拮抗《きっこう》状態にありました。司祭ザリが来てからというもの、ルーシー教の勢力が増してしまって……。ザリは、あの手この手で信者を増やしてしまう」

ジャッコは深いため息をつき、やれやれと首を振る。

「ああいった象徴的な大聖堂を建てたり……謝肉祭の派手な演出もあの男の発案なのだとか。

なぜ彼らが祭りで仮面を被るか、魔女様にはおわかりですかな？」

　テレサリサが首を振り、ジャッコの嘆き節は続く。

「シャムス教の信徒が紛れやすいようにです。シャムス教は、娯楽としての音楽が禁止されていますでしょう？　だからああやって音楽を奏で、楽しい雰囲気を醸してシャムタンを惹《ひ》きつけようという魂胆なのですよ。人の心を摑《つか》むのが上手《うま》い男です。魔女様も気をつけてくださいね？」

　テレサリサはジャッコの言葉を聞きながら、彼の背後を見つめていた。

　こちらを正面にするジャッコの後ろには、馬の手綱を引く御者の背中が見える。二頭立ての馬を、ジャッコと背中合わせになるような形で座って繰っている。大陸南側の人間らしい、肌の黒い男だ。大柄でぽっちゃりとした体つき。その男は手綱を引きながら、骨つきのスペアリブを頰張《ほおば》っていた。

「…………」

　ジャッコは、御者も敬虔《けいけん》なシャムタンだと言っていなかったか。

　シャムス教の信徒は、特定の動物を穢《けが》れたものとして忌避し、その肉を食べない。もちろん御者の頰張るあれが、禁じられた肉だという確証はないが、食べてはいけない肉があるという環境の中で、人前で骨つき肉を頰張るなど、あまりに粗雑な行動すぎないだろうか。

「魔女様？　どうかされました？」

ジャッコが顔を覗《のぞ》き込んだ。テレサリサは微笑《ほほえ》む。

「ご忠告ありがとう。滞在中はよろしくお願いします」

そして自然な流れで、手を差し出した。ルーシー教信者には、握手する習慣がない。特に魔術師《ウイザード》は、相手に触れることを嫌がるものだ。だから試したのだ。シャムス教信者を名乗る彼がこの手を取るか、否か。

「ええ、もちろんです。よき滞在になることを祈っております」

ジャッコはテレサリサに応えてにっこりと笑う。そしてテレサリサのファンであると公言しておきながら、両手のひらを合わせて、握手を避けた。


「……間違いねえ。ココルコの剣だ」

二人の男は、車道のど真ん中に立っていた。一方の背は高く、もう一方は低い。

道の両脇に設けられた歩道ではなく、馬車の往来する車道の中央にいるため、行き来する馬車は、この無法者二人を避けて通らなくてはならない。彼らに罵声《ばせい》を浴びせながら、馬車はすぐ脇を駆け抜けていくが、二人が動じることはない。

一人は褐色肌の少年だ。右の瞳は漆黒だが、左の瞳だけがまるで、自身の指に嵌《は》めているルビーの指輪のように赤く灯《とも》っている。頭にはターバン、首にストールを巻きつけた、第三の使徒〝精霊魔術師《エレメンタラー》〟のアラジンである。

　カァカァ、カァカァ――と上空を旋回していたカラスが、横に広げたアラジンの腕に降り立つ。アラジンと同じように、左目だけが赤く灯ったカラスの羽の内側は、一部ルビーのように宝石化し、鈍く煌《きら》めいていた。

　カラスは腕に留まった直後、アラジンの指輪に吸い込まれて消える。

　アラジンが一度またたきをすると、赤い瞳は元どおり、黒の瞳へと戻った。

「布に包まれた何かに突き刺さっていやがる。人の大きさくらいの、何かだ」

「人の大きさ……？　まさかココルコさんじゃ」

「ないだろ、さすがに」

　アラジンのそばには第八の使徒〝占い師《フォーチユンテラー》〟の帽子屋が、ステッキをついて立っていた。黒毛皮のハットを目深に被《かぶ》り、目元には、露天商で買った仮面を装着している。金箔の施された派手な仮面だ。帽子やステッキも相まって、祭りを楽しむ観光客に馴染《なじ》んでいた。

　アラジンは帽子屋の仮面を見上げ、呆れた顔をする。

「……てかまだつけてんの、それ」

「いいじゃない。せっかくの謝肉祭《カーニバル》なんだから、僕たちも楽しまないと」

「俺は遊びに来たんじゃない」

　アラジンは言い捨てた。

「何にせよ、ヴァーシアの証言は合ってたってことだ。な？　船を襲って正解だったろ」

アラジンは含み笑いを浮かべる。ロングシップで〈血塗れ川《ブラッデイ・リバー》〉を南下していたはずの魔女たちは、途中で船を降り、海路を使って〈港町サウロ〉へ向かった——それはロングシップを襲撃し、乗っていたヴァーシアの戦士から得た情報だった。

「奴ら〈ガリカの水門〉を避けてこんな最果ての町にまでやって来ていやがった。危うく見逃すところだったぜ。あんたの魔法様々だな」

「ただ解せないね。こんな南国で、彼女たちはいったい何をするつもりなんだろう」

「直接聞いてみればいいさ」

アラジンは一歩前に出て、正面より近づいてくる二頭立ての馬車を見据えた。

「今度はこっちが追うんじゃない、向こうからやって来てくれんだから」

魔女と猟犬

Witch and Hound

– Bad habits –

第三章 謝肉祭（前編）

1

〈血塗れ川《ブラッディ・リバー》〉を南下していたロングシップは、夜空を焦がして燃えていた。キャンパスフェローの河港手前でテレサリサたちを下ろしたあと、囮《おとり》となって〈ガリカの水門〉近くまで航行していたところだった。

屈強な男たちがオールを漕《こ》ぐその細長い河船は、九使徒二人の襲撃によって炎上していた。テレサリサたちに船を用意したアイテム士・ゲルダを、丸い木楯《こだて》の連なる船の縁に追いやったのは、ヴァーシアの若い戦士である。

『いやよ、まだ戦えるわッ！　私だってヴァーシアの戦士なんだから！』

ふっくらとボリューミーなオレンジ色の髪に、そばかすのある高い鼻。眉間《みけん》に力を込めて涙を堪えるゲルダの胸ぐらを、ヴァーシアの男は摑《つか》み上げた。

『生き延びて俺たちに何があったか故郷に伝えろ！　それがお前の戦いだッ、行け！』

男はゲルダを、無理やりに船の縁から突き落とす。眼下にしぶきが上がった直後、背後からギシ……と木の甲板を踏む足音が聞こえた。男は手斧《ておの》を握りしめる。

意を決し、振り返った。同時に振り上げた手斧は、ステッキの尖端で弾かれてしまう。すかさず切り返されたステッキの先に、右肩を押さえつけられた。それほど強い力が込められている訳でもないのに、ヴァーシアの男は気圧《けお》され、思わず膝《ひざ》をついてしまう。

男は敵愾心《てきがいしん》たっぷりに、黒い毛皮の帽子を睨《にら》み上げる。

目深に被《かぶ》られたその陰から、冷淡な瞳が覗《のぞ》いている。

『……おかしいな。魔女が乗っていたはずだけど』

帽子の男は、ヴァーシア語で尋ねた。

『教えてくれないか。彼女たちはどこへ行ったんだ？』

『……はっ、殺せ』

ヴァーシアの戦士の意志は固い。仲間を売るくらいなら、死を選ぶような連中だ。戦士は帽子屋を睨みつけたまま、唇を固く結ぶ。帽子屋はため息をつく。

『言ってくれないのならばきっと、死ぬより酷《ひど》いことになるよ』

男を見返すその瞳が、炎を映して揺らめいていた。


炎に照らされ煌《きら》めく川面から、ゲルダが顔を出していた。その目の前で、煙に巻かれた帆柱がバリバリと折れていき、大量の火の粉を舞い上がらせる。

「……っ！」

ゲルダは焼け落ちたロングシップに背を向けて、川の中に潜った。

2

向かってくる馬車を見据えながら、アラジンが懐から取り出したのは、水差しの形をしたオイルランプだった。中に油を注ぎ入れ、口の部分に差し込んだ芯に火を灯《とも》すタイプのランプだ。

アラジンはランプの取っ手を指に引っ掛け、くるりと回して手の中に収める。

「目立ちたくはない。あまり大きな騒ぎは起こさないでくれよ」

帽子屋の忠告に、アラジンは「はいよ」とおざなりに応える。

――〝開けゴマ《オープン・セサミ》〟

ぽつりとそう、唱えた直後。ランプの注ぎ口から、真っ青な煙がものすごい勢いで噴き出した。まるで熱したケトルの注ぎ口から、蒸気が噴き出るように。大量の煙は二人の頭上で、もくもくと大きくなっていく。

往来する馬車のサイズを上回り、通りの両脇に並ぶ家々さえ越えて、煙はどんどん膨らんでいった。まるで巨大な雨雲だ。道を行く人々が足を止め、空を覆い尽くさんばかりに広がった青い煙を見上げて声を上げる。

気流にうねる煙が、上空に人影を構成していく。頭部分を見れば、潰れた鼻や、頰《ほお》まで裂けた大きな口が確認できる。太く逞《たくま》しい二本の腕には、青い毛並みが見て取れた。

通りに突如現れたそれは、見上げるほどに巨大な青猿だった。

「……おーい」

目立ちすぎないように、と言った帽子屋の忠告はまったくムダだったようだ。猿を見上げて呆然とする帽子屋をよそに、アラジンは息を大きく吸い込んで胸を膨らませる。

その動きに呼応して、大猿もまた息を吸い、胸筋をパンパンに膨らませた。そして。

『――……ッギャアアアアアアアアッ！』

歯茎や犬歯を剝《む》き出しにした、大猿の咆哮《ほうこう》。空気を震わす波動が通りを走った。

ビリビリと肌を刺す振動に、往来していた人々が顔をしかめ、耳を押さえる。とある婦人は恐ろしさのあまりへたり込み、子供たちは悲鳴を上げて駆けていく。馬車を牽《ひ》く馬たちもまた一斉にパニックへと陥り、出現した大猿を避けて、蜘蛛《くも》の子を散らすように逃げ惑う。

テレサリサたちが乗る馬車もまた、そんな車道のど真ん中にいる。

向かっていく先に突如巨大な猿が現れて、二頭立ての馬は前脚を上げて高くいなないた。

大猿は足を踏み込んで、テレサリサたちの乗る馬車へと迫った。一歩、二歩と大股《おおまた》で瞬時に距離を詰める。脇目も振らず真《ま》っ直《す》ぐに。大猿の狙いは、その馬車一台のみだ。

「んなっ……はあッ……!?」

屋根のない馬車に影が掛かった。一同は大猿を仰ぎ見る。

迫る大猿は全身が真っ青だが、その左の瞳だけが一際青く煌《きら》めいている。

煙で形成された太い腕が空高く振り上げられた。大猿は五指を広げ、まるで手のひらを地面に叩きつけるようにして、馬車を乱暴に摑《つか》み取る。

馬車はメキメキと破砕音を上げて、木片やタイヤをレンガの上に散らした。

3

一方でブルハ率いる海賊団もまた〈港町サウロ〉に到着していた。

音楽の流れるその酒場は、サウロの中央付近に位置している。娯楽としての音楽を禁じているシャムス教圏内ではなく、ぎりぎり北区のルーシー教圏内である。店主はルーシー教徒《ルシアン》に改宗したオマール人で、料理のラインナップには、肉料理も並んでいる。

店内には、ルシアンやトランスマーレ人たち以外にも、禁じられた音楽や酒を人知れず楽しみたい不良なシャムタンや、トランスマーレ人の文化に興味を抱くオマール人など、人種や宗教観を越えて多くの人々が席を並べ、同じ時間を共有していた。しがらみに囚《とら》われず、純粋に酒や音楽を楽しみたい者たちの訪れる、穴場のような店だ。

そんな性質の酒場だからこそ、町の無法者たちが集まりやすい。そこはブルハたち御用達《ごようたし》の店の一つだった。一行が船から下り立ったのは、南区の港だ。海賊船を堂々と港に着けるわけにはいかないから、少人数体制で小舟を使い、町へ入っている。その目的はもちろん、テレサリサたちから〝凍った死体〟を奪うことであるはずなのだが――。

「……何をしているんだ、これは」

テーブルに頬杖《ほおづえ》をつきながら、ネルは不機嫌に目を細めた。

その衣装は、戦闘で焼け焦げ、海水やブドウ酒で汚れたものから、白を基調としたドレス姿へと変わっている。町へ出るには汚すぎるからと、ブルハから与えられたものだ。

視線を向けた舞台上では、そのブルハがオマール語で歌っていた。

彼女を背後から囲むようにして、伴奏者たちが音楽を奏でている。縦笛を吹く男に、鍵盤楽器を弾いている男。軽快なリズムで太鼓を叩いている男もいる。コントラバスによく似た、大きな弦楽器——ヴィオローネを舞台に立てて、低い音を奏でているのはリンダである。

ムーディーなメロディに、ブルハがハスキーな声を重ねる。雰囲気たっぷりに色っぽく。店内には耳に心地よい音楽が満ちていた。その歌声にうっとりと耳を傾ける者や、空いているスペースで組み合って、音楽に身を任せて踊る者など、店での楽しみ方は人それぞれだ。

酒場はとある建物の二階にあった。五十人くらい入りそうなホールには、ロングテーブルが無造作《むぞうさ》に並んでおり、座席のほとんどが埋まっていた。いかにも秘匿性の高い店らしく、木戸の窓は小さくて、フロア全体は薄暗い。代わりに壁のあちこちにランタンが灯《とも》され、テーブル上には燭台《しょくだい》が置かれている。まだ昼間だというのに、まるでディナーのような雰囲気だ。

謝肉祭《カーニバル》の真っ只中だけあって、人々はすでに酒を酌《く》み交わしている。派手な衣装を身に纏《まと》い、仮面をつけている者たちも多い。テーブルには、豚肉や牛肉がふんだんに使われた豪華な料理が並んでいた。ただし食を必要としないネルにとっては、価値のないものばかりだ。料理には目もくれず、ブルハに新しくもらったタコ足の欠片《かけら》を、もちゃもちゃと噛《か》んでいる。

「ずいぶんと退屈そうな面《つら》だな」

テーブルの向かいには、パニーニが座っていた。

ネルは頬杖《ほおづえ》をやめて身体《からだ》を起こした。

「〝鏡の魔女〟を捜しに来たんじゃないのか？　何を呑気《のんき》に歌ってるんだ、あの女は」

「捜しに来たさ。こんな酒場には町中の情報が集まりやすい。現に、すでにサウロに入っているらしいって情報も手に入れたしな。焦るなよ、すぐ見つかる」

銀の大鎌を振るう〝赤紫色の舌の魔女《マゼンタ》〟は、〈港町サウロ〉では有名人だ。貿易船での目撃情報は、すでに船乗りの間で話題となっている。

「じゃあ早く捜しに行こう。退屈で仕方がない」

ネルはタコ足を奥歯に含み、ぶちっと噛み切る。

その首には、リードの繋《つな》がる首輪がされていた。魔力を抑えるような魔導具ではなく、捕虜として形だけの拘束具だ。だがこんなもの、無視してテレサリサたちを捜しに行くこともできるのだが、町を闇雲に探すより、彼らと動いた方が合流のチャンスが巡ってきそうではある。何より、魔力の源であるブルハのタコ足が食べられなくなるのは心許《こころもと》ない。

ネルは今、ブルハに依存してしまっている。

「まあいいじゃねえか。たまに食う陸の飯は、格別に美味いだろ？　なあ、チビスケ」

ネルの隣の席では、カプチノが一心不乱に肉を頬張《ほおば》っていた。パニーニの視線に気がついてびくりと動きを止め、そっとスペアリブを木皿に戻す。

「……すみません。奢《おご》りって聞くと私、自制が効かなくなるきらいが」

好きなだけ食べていいぞ、と言われてこの有り様である。急に恥ずかしくなった。

「構わん、食え。懇意の店に金を落とすのも海賊の仕事さ」

パニーニは恐縮するカプチノに目を細め、それから隣のネルを見た。

「お前も今を楽しめよ、〝雪の魔女〟。飯は食えなくても、音楽は聴けるんだろ？」

「ふん。哀れな少女から奪った歌など、私の心には響かん」

「奪った？　あいつの歌声のことか」

「もちろんだ。歌歌いの少女から奪ったんだろう？　違うのか？」

「はは。ブルハがそう言ったんなら、そうなんだろうな」

話題のブルハが歌いながら舞台を下り、ネルのそばへとやって来た。

首に繋がるリードを引っ張られ、ネルは嫌々席を立つ。

「店の皆にも紹介しよう！　〈北の国《ノース・ランド》〉から来た娘だ」

席はホールの中央辺りだ。ブルハの声に注目が集まった。

「ヴァーシアとイルフの間の子らしい。うちで預かることになった。よろしくな」

「はー？　ずっといるつもりはないが？　もうあの船に戻るつもりさえないが？」

ネルはその横顔に、ずいと鼻先を近づけ抗議するが、ブルハは知らん顔だ。

ホールに拍手が沸き起こる。「ひゅーー！　可愛《かわい》いねェ！」「歌ってくれェー！」

客たちからの歓声に、ブルハはにまにまとネルを見つめた。

「歌ってくれだってよ？　どうする」

「歌うか、バカ。そもそも私はオマール語を知らん」

「トランスマーレ語ならどうだ？　ん？」

楽団による音楽は続いている。ブルハはメロディを聞きながら、ついさっきまで歌っていた歌を繰り返した。同じ歌詞を、今度はオマール語ではなく、トランスマーレ語で。

〝今はただ〟〝憎しみで声を枯らして〟〝サウロの港で歌っている〟

〝今はただ〟〝呪って、呪って、呪って、呪って！〟

美しい歌声が、ホール中に響き渡る。客たちは誰もがブルハの歌声に酔いしれて、コップを掲げる。だがこれは見本だ。メインはネル。さあ次はお前の番だとばかりに、ブルハは歌を途中で切り、ネルの背中をぽんと叩いた。

「〝今はただ〟——……」

こうなると逃げられない。オーディエンスの視線を浴びながら、ネルは声を上げた。

「のろって、のろって、のろって、のろって……」

ほんの一瞬、間があった。

それから、ホール中に沸き起こる爆笑。ネルは歌が下手だった。だがそのか細い歌声は、まるで児童が一生懸命に声を上げているようで、可愛らしいものだ。庇護欲をくすぐられた客たちが、優しい目をして手を叩く。

「いよッ！　かわいーぞォ！　お嬢ちゃん」「ああ、何て上手なんだ！」「心打たれたぜ」

大きな鼻を赤らめたひげもじゃの中年が、エールビールの注がれたコップを掲げた。

「第二の歌姫誕生に乾杯だァ！」

ブルハとはまた違った喝采。しかしネルにとってそれは屈辱であったようで、「くっ……」と顔を赤くして、唇を噛《か》みしめていた。その頭に、ブルハがぽんと手を乗せる。

「いい歌声だったぜ。可愛らしくて」

「うるさいっ」

ネルはその手を払った。手に持っていたかじりかけのタコ足をすべて飲み込む。

「〝灼熱《しゃくねつ》の踊り子〟を舐《な》めるなよっ、貴様ら」

ネルは椅子に足を掛けてテーブルに飛び乗り、トン、トンと足を踏み鳴らし始めた。

楽団の奏でるムーディーな音楽に合わせ、リズムを取る。始めはゆっくりと落ち着いたビートで。だがすぐに細かく拍子を刻んで、リズムのテンポを上げていく。

ネルは跳ねるようにステップを踏んだ。

「おおっ?」と周りの客たちは、何が始まったのかとネルを見る。

ネルはすぐに楽団のテンポを無視するようになって、タカタカタッ、タカタカタッと速いリズムを刻み始めた。器用にテーブル上の料理を避けながらターン。白いスカートをひるがえし、爪先で軽いタップを繰り出す。踵を落とした力強いステップを織り交ぜると、ガシャン、とテーブル上の燭台《しょくだい》が跳ねて、ロウソクの灯火がゆらりと震えた。

「おおっ!」とその衝撃に驚いて、ホールに客たちの声が上がる。

激しいステップにスペアリブを踏まれそうになったカプチノが、思わず「ひゃっ」と木皿を両手で持ち上げた。

「……わお」

目の前で繰り広げられるネルのダンスに、身体《からだ》を引いていたパニーニがテーブル上の木皿を乱暴に脇に寄せる。そしてステップに合わせてテーブルを叩き、即興のドラムでリズムに厚みを持たせた。

舞台上でヴィオローネを奏でていたリンダが、ネルをちらりと一瞥《いちべつ》し、転調。弦を弾いて生まれる低音のリズムが、ネルの音楽に合わせて加速する。負けじと鍵盤もテンポを上げる。

高々と笛の音が加わって、太鼓も力強さを増してきた。

まったりとしたムーディーな曲調から一転、踊り子のリズムに引っぱられて、音楽はいつの間にかアップテンポのダンサブルなものになっている。

音を引き連れて踊り子は踊る。指先を反らしてしなやかに、金髪を揺らして情熱的に。妖艶《ようえん》に腰を振り、スカートの裾《すそ》を摘《つま》んで持ち上げて、ひらひら揺らして客を誘った。

観客たちと目が合うと、ネルはブルーの瞳を閉じてウインクしてみせた。その熱っぽい眼差《まなざ》しに当てられた客が、見とれて息を呑《の》む。

そこにブルハが歌声を重ねた。

〝ああ！　あなたのキスも温もりも〟〝思い出すたびに胸が痛いの〟

〝今もまだ〟〝憎しみで胸を焦がして〟〝枯れた花を飾っている〟

「来い。仕返しだ」

ネルはテーブルの上からブルハの手首を摑《つか》み、いじわるな笑みを浮かべた。

テーブル上に引っ張ってきたブルハの両手を摑み、無理やり自分のダンスに巻き込む。

この歌は愛の歌だ。自分を裏切った愛する人へ、憎しみをぶつける荒々しいメロディ。滾《たぎ》らせた憤怒や愛憎を、ネルはこれでもかとブルハにぶつける。

ブルハはその感情を真《ま》っ直《す》ぐに受け止めながら、ネルに合わせてステップを踏んだ。歌いながら、リズムに乗りながら、ネルがどこへ行きたいか、ネルが何をしたいか先を読んで、その荒々しい激情をなだめるように、息を合わせる。

ブルハをあたふたさせたかったネルは「ちっ」と舌を打つ。

だが悪い気はしない。ブルハの先導に従って、より大きな振り付けを披露《ひろう》する。


〝この手を取って〟〝この目を見つめ〟〝絡ませた指を甘く噛《か》むのね〟

〝声を潜めて〟〝この耳に囁く〟〝昼間とは違う顔で〟〝偽物の愛を〟


ネルがぐぐ……と身体《からだ》を後ろに反らせば、ブルハはその背中を支えた。

足を高く持ち上げて、ネルの爪先が天井を差す。ネルの瞳は、逆さまになったホールを映した。みながこちらを見上げている。音楽に、踊りに酔いしれている。懐かしい感覚。

カプチノはぶるりを身を震わせた。何だか妙に空気が冷たい。ふいに手元の木皿に載ったスペアリブを見て、驚いた。

「……え、うそ」

その表面には、霜が降りていた。

曲の盛り上がりに合わせ、ブルハが音階のキーを上げる。

〝ああ!!　私はあなたに壊されたのよ〟〝初めからそのつもりだったの〟〝今はただ〟〝憎しみで声を枯らして〟〝サウロの港で歌っている〟

ネルは爪先でテーブル上に弧を描いた。その足先の軌道をなぞって、机上が凍りついていく。踊るネルを中心に、ホール全体の室温が下がっていく。客たちがほお、と息をつけば、口元に白い吐息が滲《にじ》んだ。その異様さにホール内がざわつき始める。

ブルハはネルの身体を抱き上げて、頭上へと放り投げた。宙でくるくると錐《きり》もみ回転するネル。そのスカートが大きくひらめき、細かな氷の欠片《かけら》が散った。

落ちてきた小柄な身体を、ブルハがキャッチする。

〝今はただ〟〝呪って、呪って、呪って――〟

ネルはステップを踏んでブルハから離れた。そしてロングテーブルの端で踵《きびす》を返し――。

「〝呪って！〟」

歌の切れ間を狙って、一際大きくテーブルを踏み込んだ。

瞬間、ネルの足元からまるで鍾乳洞のクリスタルのように、煌《きら》めく氷のトゲが発生する。大小様々な無数のトゲは、出現すると同時にきめ細かな氷の結晶を舞い上がらせた。

「わっ！」とホールの興奮は最高潮に達し、一際大きな歓声が上がる。

まるで南国に降る雪のようだ。頭上を仰ぎ見た人々は目を輝かせる。

ロングテーブルの上に発生した氷は、ネルとブルハとを結ぶ一本道を残してその両脇に生えていた。ネルは、氷に縁取られたテーブルの一本道を歩く。

氷の結晶の降る中を、ブルハもまた歌いながらネルに近づいてく。


〝私があなたを想う時、口ずさむのはこんな歌〟

〝あなたが私を想う時も、こんなふうに想って欲しいわ〟


音楽はまだ止まらない。歌はまだ終わらない。

見つめ合う二人はテーブルの中央で距離を詰め、手を取り合った。

ブルハは、ネルを優しく引き寄せ、くびれた腰に手を回す。曲が止まる。

ブルハはもう一方の手を、ネルの頰《ほお》に添えた。そしてこちらを見上げるオッドアイの瞳に語りかけるように、最後のフレーズを歌い上げる。


〝──あなたが私を想う時も、こんなふうに愛して欲しいわ〟

余韻を残して歌が終わる。しん、と辺りは静まり返った。

その、直後。ホールに万雷の拍手が沸き起こった。

「ブラァボー！」「最高だよ、あんたら！」「愛してるぜ、頭《かしら》ァ！」

カプチノも気づけば席を立ち、テーブル上の二人に惜しみない拍手を送っていた。

先ほどネルの歌を笑った赤っ鼻の中年は、ネルのダンスに圧倒されて、拍手することすら忘れていた。呆然とテーブルの二人を見上げながら、コップを傾ける。だがどれだけコップを傾けても、唇が濡れない。「ん？」と小首を捻《ひね》り、中を覗《のぞ》く。コップを逆さにしてもこぼれない。中に入っていたエールビールは、カチカチに凍りついていた。

「……くくく、やっぱりお前は最高だ」

拍手喝采を浴びながら、テーブル上のブルハはネルに微笑《ほほえ》んだ。

「〝凍った死体〟は高値で売れるだろうが、それは凍っているからだ。そしてあれを凍らせ続けるには、お前の魔法が必要。少なくとも、客の手に渡るまではな。お前、やっぱりあたしたちの船に乗れ。あたしはお前が欲しくなった」

だがネルは組織に属するつもりはない。ブルハの勧誘を笑い飛ばす。

「はは、魔女のくせに魔女を飼うか」

「いや。家族になろうって言ってんだ」

「家族……？」

ネルがきょとん、と目を丸くしたその時だ。

店の外で、大きな音が轟《とどろ》いた。誰よりも先に動いたのはブルハだった。テーブルを飛び降り、小さな木戸から外を覗《のぞ》く。音が轟いたのは建物の右側。だが他の建物が並び立っていて、二階の窓からでも先を見とおすことができない。

ただ空には大量のハトが飛び立っていて、遠くからは人々の絶叫が聞こえてくる。謝肉祭《カーニバル》にはしゃぐ声じゃない。悲鳴だ。建物の陰からは、チラリと青い煙が見えていた。

ブルハはその不可解な煙から湧き出る、大量の魔力を感じ取る。

「何だ？　何があった」

そばに駆け寄ってきたネルが、自分も外を見ようと小さな窓に身体《からだ》を捻じ込んでくる。

「……わからんが、魔法だ」

ブルハはネルを押《お》し退《の》けて、ホールへと振り返った。

「リンダ、パニーニ！　先に行く」

「こいつはどうすんだ？」

パニーニが掲げたのは肩掛けのカバンだ。

「あー……。あたしが持っとこう」

投げ渡されたカバンを肩に掛けて、ブルハは窓枠に腰掛けた。

そして窓の外へ背中からひっくり返るようにして、落下する。

「わあ、待て！　私も」

ネルはすぐに窓から頭を出し、外を確認した。尾てい骨辺りからタコ足を生やしたブルハが、その白い尖端を壁に突き刺して、跳ねるように壁から壁へと飛び移り、建物の向こうへと去っていく。

ネルもすぐに窓枠へ脚を掛けたが、「ぐえ」と首輪を後ろに引かれた。

長いリードの尖端を、パニーニが摑《つか》んでいる。監視を任されている以上、逃がすわけにはいかない――が、捕虜の面倒を見ていては参戦できない。パニーニはリードの先を、テーブル向かいのカプチノへと投げ渡した。

「こいつを頼む、チビスケッ！　逃がさないようにな」

「えええッ!?」

4

巨大な青い手のひらが馬車を陰らせた、その瞬間。

――〝鏡《ミラー》よ、鏡《ミラー》〟

テレサリサは懐の手鏡から銀の液体――精霊エイプリルを発生させ、細長いロープ状にして足元に寝かされたロロへと巻きつけた。大猿の手のひらが振り下ろされる直前、エイプリルで掴《つか》んだロロごと後ろに跳ねて、馬車を飛び降りる。

一方で席を立ったヴィクトリアは、ジャッコとその妻の間を割って、馬車の前へと跳ねていた。御者台に駆け上がった勢いもそのままに、二頭立てのうち一頭の馬の背に飛び乗る。

大猿は馬車を鷲《わし》づかみにし、持ち上げた。馬車はその握力で破砕し、木片を散らす。

ジャッコやその妻、そしてぽっちゃり体型の御者が悲鳴を上げながらレンガの道路へと投げ出される中、二頭立ての馬もいななきを上げながら、宙へと吊り上げられる。

ヴィクトリアはその馬の背中にしがみついていた。

抜いた剣で、馬車のくびきと馬とを繋《つな》ぐ縄を断ち切っていく。自由になった馬は、レンガへと着地。ヴィクトリアはその手綱を掴《つか》み、足の内側で馬の腹を蹴《け》って走らせる。

大猿に背を向けて、通りを真《ま》っ直《す》ぐに駆け逃げる。

正面には、先に着地していたテレサリサが立っている。

ヴィクトリアは剣を鞘《さや》に収め、テレサリサとすれ違う瞬間に手を伸ばした。

その手を掴んだテレサリサは、するりと馬の背中へと飛び乗る。ロロの身体《からだ》は銀のロープで吊り上げて、座る二人の間に載せた。ロロの胸から伸びる装飾剣の柄《つか》があごに当たりそうになって、テレサリサは鬱陶《うっとう》しげに身体を引いた。すこぶる冷たい上に、すこぶる邪魔な荷物だ。

「魔法ですか？　あれ」

馬を走らせながら、ヴィクトリアは背後を一瞥《いちべつ》する。

「魔法だね。あれが魔法じゃなかったら、何が魔法よってくらい、魔法」

一見すると召喚魔法。だがあの大猿からは、魔獣特有の禍々《まがまが》しい魔力を感じない。あれはテレサリサのエイプリルと同じような、精霊。つまり操作魔法だ。使い手は大猿の後ろに立っていた二人の男――少年か青年、そのどちらかだろう。どちらにせよ、規格外の莫大《ばくだい》な魔力量だ。

「シャムタンのご主人らを、見捨てる形になってしまいました……」

ジャッコやその妻、そして御者まで救う余裕はなかった。親切な者たちを巻き込んでしまった責任を感じてヴィクトリアは目を伏せたが、テレサリサはあっけらかんと首を振る。

「心配ないと思う。彼らもたぶん魔術師《ウイザード》よ」

「え」


「……勘弁していただけませんかねえ、九使徒様」

テレサリサを乗せた馬が去っていくのを見つめながら、馬車から投げ出された道路の上で、ジャッコがすっと立ち上がる。白い衣装は汚れてしまったが、ケガはない。魔力を全身に纏《まと》って緩衝材にすれば、魔術師がこの程度で負傷することはない。

「魔女は館へお連れすると言ったのに。待っていただけないものですか」

「待てないねえ、司祭《プリースト》ザリ。協力に感謝はするがよ」

ジャッコ――もといザリの両脇を、アラジンと帽子屋の二人が通りすぎる。

〈港町サウロ〉へ来た当時は宣教師《ミッショナリー》だったザリは、十一年の時を経て司祭《プリースト》へと昇格していた。今やこの町でザリよりも偉いルーシー教徒《ルシアン》はいない。先日町を訪れた、九使徒二人を除いては。

アラジンは、背後のザリを一瞥《いちべつ》した。

「俺たちが頼んだのは、情報提供だけだ。お前は何もしなくていい」

「…………」

アラジンのそばで、走り去っていく馬を見つめていた大猿が、その手に摑《つか》んでいた馬車を忌々《いまいま》しげに握り潰した。木片がバラバラと、レンガの敷き詰められた道路上に降る。

先に駆け出したのは帽子屋だ。次いでアラジンと大猿もまた、テレサリサたちの乗った馬を追い掛け、通りを真《ま》っ直《す》ぐに去っていった。

ザリは、未だ騒然とする通りに取り残された。

「どうするの、ザリ様」

御者に扮《ふん》した色黒肌のスキンヘッド、守門《ポーター》のテディがザリのそばに立った。

町へ来た当初と違い口ひげを生やしているが、十一年前と変わらぬ肥満体だ。スキンヘッドにちょこんと載せた金糸の帽子や、裸に直接袖を通した短いベストは、オマール人に扮するためのファッションである。だが彼は、肉食を忌避するシャムタンが持たないであろうアイテム——スペアリブを詰めた肉袋を腰から提げていた。

それを見つけたザリが、テディの腰元に腕を振るう。

裂かれた肉袋からボトボトと、脂ぎったスペアリブがこぼれ落ちる。

「ああっ、何するんです」

「……君は、僕の枷《かせ》か？　なぜ叱られているのかさえわからないのなら、その腹袋の肉もぶちまけてしまおうか？」

ザリは背の高いテディを見上げた。

右手に握られたハサミの尖端が、テディの腹に触れている。

「あっ……や、ごめんなさい」

「……あ、あのっ。私は……もういいのですよね、姿を晒《さら》しても」

シャムタンに扮したもう一人。ザリの妻を演じていたウィローは、全身を包み込む布を脱ぎ捨てた。真っ黒な衣装から一転、真っ白な法衣が姿を現す。

ウィローは十一年の時を経て、侍祭《アコライト》から助祭《ディーコン》にまで昇格していた。

細長い〝柳の木〟であったその体軀《たいく》は、今や肉づきのいいものとなっている。元々身長が高く、手足も長いため、よく食べて太ることで、誰もが目を惹《ひ》くナイスバディへと変貌を遂げていた。法衣の襟元からは、こぼれんばかりの豊満な胸が覗《のぞ》く。

そしてもう一カ所。彼女の変化は、腰まで垂れた長い髪の色にまで及んでいた。重々しい印象のあった黒が、脱色を繰り返すことで、目にも眩《まぶ》しい金髪へと変わっている。

左頰《ほお》の火傷の跡を垂らした長い前髪で隠し、加えて今は、変装のために目元だけに黄色い顔料を塗りたくっている。

三人の背後からは、助祭《ディーコン》のマテオが駆けつけてきた。彼は十一年前と同じように、大きなツバの両側を立たせた、奇妙な形の帽子を被《かぶ》っていた。ナタを一本携えている。

「あれー、魔女は？　逃げられちまったんですか？　何してんだよ、九使徒」

「〝何している〟は君だよ、マテオ。どうして彼らを連れてきた？　館に留めておくのが君の仕事だろう……？」

「すみません……いやでも、ザリ様。俺に九使徒が止められるわけないでしょう」

マテオは帽子を被り直しながら、肩をすくめる。

「九使徒さんら、どうしても自分たちで仕留めるって聞かなくてさあ」

「やれやれ……使えない部下を持つと、イライラで寿命が縮んでしまうね」

ザリは乱暴に帽子を脱いで、潰れた金色の柔らかな髪を、くしゃくしゃに掻《か》いた。

「君たちは僕を早死にさせようとしているのかい？」

「……悪かったたって。挽回《ばんかい》するからさ」

マテオは笑顔で取り繕い、手に持っていたナタを持ち上げた。

いつでも戦えることを示したのだが、ザリは首を横に振った。

「……残念ながら、九使徒様は僕たちに何もして欲しくないようだ」

「まさか、言うこと聞くわけじゃないでしょ？」

ザリはマテオを見返し、イラ立ちを鎮めて微笑《ほほえ》む。

「当たり前だよ。僕たちの町で、僕たちが見ているだけだなんて、あり得ない。君もやれるね？　テディ」

ザリに視線を向けられて、テディは頷《うなず》く。その意気を示して魔法を使った。

――〝筋肉博覧会《マッスル・ミュージアム》〟。

テディの強化魔法は、自身の筋肉をデザインする。彼の、ぽよんと揺れるたわわな胸から蒸気が上がり、余分な脂肪が溶けてカチカチの大胸筋が姿を現す。ぽっこりと膨らんだ腹はキュッと引き締まり、美しいシックスパックを描いた。

「ふんっ……！」

顔のそばに曲げた両腕のたるみもまた蒸気とともに溶けていき、美しい上腕二頭筋が盛り上がってくる。首の後ろにもっこりと膨れ上がる僧帽筋。ムキムキと太くなる大腿四頭筋。黒肌の肥満体は、見る見るうちに黒光りするマッチョへと変貌を遂げた。そのシルエットは、今や見事な逆三角形だ。増量したのは筋肉であって身長は変わらないはずなのに、一回りも二回りも大きく見える。丈の短いベストが、はち切れんばかりに伸びていた。

「相変わらず壮観だね、その魔法は」

ザリに褒《ほ》められ、テディはニヤリと白い歯を剥《む》いた。

「それじゃあ俺も」

マテオは持参したナタの切っ先を、下に向けて前に出した。

その形はブルハたちの愛用するマチェーテと似ているが、本来の使用目的は少し違う。軽くて細長いマチェーテは枝木を払うのに適しているが、ナタはそれに比べ刃が厚く、尖端が平らで重たい。薪《まき》割りに向いた刃物である。

――〝痛がりなペニー《ペインフル・ペニー》〟。

マテオが胸中に唱えると、その手から発生した紫色の雷光が、ピリピリッと弾けて刃の表面を走った。その平らな切っ先に向かって、薄い紫色にコーティングされていく。

武具やアイテムに特殊効果を〝付与《エンチャント》〟する、錬成魔法だ。

「……これは、またとないチャンスだよ」

ザリはマテオ、テディ、ウィローの三人に言い聞かせる。

サウロの教会にやって来た九使徒たちは、ザリにこう言った。

――〝鏡の魔女〟が、この〈港町サウロ〉に向かっているらしい。ルーシー様が会いたがっている。だから俺たちは、魔女を捕らえるために来た。港からの情報に注視せよ、と。

「九使徒が二人でも捕まえられなかった魔女を、この僕が捕らえ、献上する――ルーシー様へアピールするのに、これ以上のチャンスがあると思うかい？」

テディがくふふっと堪《たま》らず笑みをこぼした。

「ザリ様の九使徒入りがまた一歩近づくね」

マテオは手首を捻《ひね》り、くるりとナタを振り回す。

「ここは俺たちの町だ。地の利もある」

「そうさ。君たちの使命は、あの〝赤紫色の舌の魔女《マゼンタ》〟を、九使徒たちより先に奪うこと。わかっているね？　僕が君たちをそばに置いているのは、君たちの魔術師《ウィザード》としての実力を認めているからだ。鮮やかに使命を全うして、僕からの評価を挽回《ばんかい》なさい。今度こそ、失望させてくれるなよ」

ザリは最後に、ウィローの肩へと手を置いた。

「ウィロー、君は二人の後を追ってサポートしなさい。できるね？」

「……はい。頑張ります」

「うん。信じているよ」

「ザリ様は？　どうするんです？」

マテオの問いに、ザリはニコリと微笑《ほほえ》んだ。

「僕は法衣に着替えてから後を追う。汚れてしまったこんな服で、この僕が人々の見ている町中を、走り回るわけにはいかないからね」

5

ヴィクトリアの繰る馬は、馬車の往来する幅広の道路を駆けていく。

背後からは、通りを行く人々の悲鳴が聞こえてくる。加えて激しく何かが崩れる破砕音。

青い大猿は、人々の安全などまったく考慮していない。道路の両脇に並ぶ建物から建物へと、交互に飛び跳ねながら近づいてくる。

大猿のしがみつくそばから石壁が崩れ、その下にいる人々が頭を伏せて逃げ惑う。左右の建物に渡された、ロープに連なる三角旗を、その太い腕で乱暴に振り払いながら、大猿は威嚇《いかく》するように犬歯を剝《む》きだして、一心不乱に追い掛けてくる。

「……何あれ、こわ」

馬の後方に座るテレサリサは、腕に抱いたロロの身体《からだ》を――幌《ほろ》に包まれ、剣の突き刺さったままるでミイラのような〝凍った死体〟を、ヴィクトリアの背中にもたせた。

「彼、前に持っていける？　護《まも》りながらじゃ動けないわ」

ヴィクトリアは馬の手綱を摑《つか》みながら、振り返ってロロの身体を腕に抱き寄せた。馬をくびきから解放した時に切り離したベルトを使って、ロロを馬上に結びつけて固定する。

「戦うのですか」

「このままじゃ、すぐに追いつかれる」

大猿の後方からは、二人の魔術師《ウィザード》が跳ねるようにしてついてくる。一人は、目深に被《かぶ》った帽子のつばに指を添えながら。もう一方のターバンを巻いた魔術師は、まだ少年だ。

脚を魔法で強化して機動力を上げているのだろう。かといって彼らが〝強化型〟だと決めつけてしまうのは早計だ。手練《てだ》れの魔術師ならば、これくらいは容易《たやす》い。

――逆に言えば、彼らはそれだけの手練れ……ということ。

少なくとも、一人は間違いなく大猿を操作している〝操作型〟の魔法使いだ。操作型が相手の魔法戦なら、その使い手を狙うのが定石。

「猿とは戦いたくないわ。狭いとこ入れる？」

「路地裏に入りましょう」

ヴィクトリアは手綱を引いて、馬の行き先を変えた。

幅広い通りから、人が二人やっとすれ違えるくらいの狭い路地裏へと入る。

『ンッ、ギャァァァァァァァァァ……ッ！』

路地裏を覗《のぞ》き込んだ大猿は、その両壁を左右にこじ開けんばかりに摑み、咆哮《ほうこう》を轟《とどろ》かせた。

大きすぎる身体では入り込めまい――と、思いきや。大猿の巨体は、もわんと青い煙になって崩れ、その中から、路地裏を通れるほどの大きさに変化した猿が飛び出してくる。

身体のサイズは、変幻自在である様子。

「……はあ、煙の精霊だからってことね」

見上げるほどの巨体ではなくなったが、それでもチンパンジーくらいの大きさはある。猿は路地裏の壁を蹴《け》って、跳ねるようにして追跡を再開した。迫るスピードは変わらない。このままではすぐに追いつかれてしまうだろう。

「ねえ、何か遅くない？」

馬は猿を恐れて懸命に走っているように見えるが、速くはない。

だがヴィクトリアはこれが限界だと声を荒らげる。

「馬車用で鞍《くら》もなければ、あぶみもない、そんな状態で三人分乗せて走ってる馬と私を、むしろ労《ねぎら》って欲しいものです……！」

「それは失礼。ありがとね」

やはり迎撃は必須。テレサリサは胸中で呪文を唱え、懐の手鏡から銀色の液体を溢《あふ》れさせる。肩に発現させた精霊エイプリルを見て操作するために、テレサリサは馬の尻に、屈むような姿勢を取った。ローブがバタバタとひるがえる。

飛び跳ねてきた猿の歯牙が迫る。

構えたテレサリサがエイプリルを放とうとした、その時――。

「路地を抜けます！」

薄暗い路地裏が開け、陽光に照らされた明るい大通りへと出た。

その眩《まぶ》しさにヴィクトリアは顔をしかめる。聞こえてきたのは音楽だ。

青空に響き渡るバグパイプの音色。忙しなく掻《か》き鳴らされる弦楽器のメロディ。太鼓のリズムがあちらこちらで跳ねている。喜びに充ち満ちた喝采、沸き上がる歓声。

　路地裏から出た先は、〈港町サウロ〉北区のメインとなる大通りだった。

　正式名称は別にあるものの、立地上通りを使用するのがほとんどルーシー教徒《ルシアン》であるため〈ルシアン通り〉と呼ばれている。路地裏に入る前に走っていた道路よりも、二倍近く道幅のある大きな通りは今、色鮮やかな衣装に身を包んだ人々で賑わっていた。

　大きなヒダが首回りについた、派手な衣装でダンスを踊る若い男。

　布切れを当てただけのような衣装で、白肌を露出させた中年の女。

　ピエロのようなメイクをして、水玉のつなぎで走り回る子供たち。

　大げさなマントをひるがえし、大魔術師を気取った怪しげな老人。

　人々の多くは仮面を被《かぶ》り、素顔を隠して通りを練り歩いている。

　催されているのは、謝肉祭《カーニバル》のメインイベントとなるパレードだ。

　連なる人々の行列は、サウロの中心にそびえる〈セント・ザリ大聖堂〉まで続いている。

　パレードの花形は、人々の列に連なる巨大なフロート車だ。町の職人たちがこの日のために、一年を掛けて作り込んだ手押しの山車《だし》である。競い合うように作られたそれらは、どれも迫力があり、個性的なものばかりで、観ている者を楽しませる。

　巨大な女性の顔を象《かたど》ったフロート車や、火を噴く竜をモチーフにしたフロート車。

　見上げるほど大きな少女の人形が、まるで立って歩いているかのように、後ろからクレーンで吊って動かしているフロート車もあった。まるで大きな繰り人形だ。少女は全身に繋《つな》がる無数のロープに操られ、きょろきょろと辺りを見渡し、まばたきをする。

「くっ……！　落ち着きなさい。こいつ」

ヴィクトリアやテレサリサを乗せた馬は、薄暗い路地裏から急に賑わう大通りへと出て、パニックに陥っていた。ヴィクトリアが手綱を引くも、言うことを聞かずにパカパカと地団駄を踏む。こちらを見下ろす大きな少女像と目が合って、馬は驚きのあまりいななきを上げ、前脚を高く持ち上げた。

「きゃっ」

その拍子にテレサリサはバランスを崩し、馬の尻から飛び降りる。着地したのは、浮かれた人々の群れの中だ。

馬はテレサリサを置いたまま、歩いてくる人々を割って、勝手に進み出してしまう。

テレサリサもまた人を掻《か》き分け、群れを遡って馬を追い掛けたが、パレードの参加者があまりにも多すぎて先へ進めない。馬に跨《また》がるヴィクトリアの後ろ姿を見失ってしまった。

すれ違う人の肩がぶつかる。笑っていたり、泣いていたり、誰しもが仮面を被《かぶ》っている。浮かれきった騒ぎの中で、テレサリサは無性にイラ立つ。

「ああもう、鬱陶《うっとう》しいっ！」

人混みに呑《の》まれることにうんざりして、テレサリサは銀色の液体をロープに変えた。その先端を、道の脇にある建物へと伸ばす。自身の身体《からだ》を吊り上げて、建物の屋上へと移動した。

「……どこ？」

四角い石造りの建物だ。屋上の縁に立ち、賑わう〈ルシアン通り〉を見下ろす。通りは多くの人でごった返しているが、そんな中で暴れ馬を繰れば、人は離れる。馬に乗ったヴィクトリアの後ろ姿は、すぐに発見することができた。テレサリサはつぶやく。

「「――見つけた」」と、その声が何者かと重なった。

背後に急接近する強大な魔力を察し、テレサリサは振り返った。

「んなっ……」

その色黒の大男は屋上を駆け、瞬時にしてテレサリサとの距離を詰めていた。

口ひげのスキンヘッド。その頭の天辺に、ちょこんと金糸の帽子を乗せた大男。先ほどシャムタンの御者に扮《ふん》していたザリの部下、テディだ。肥満体であったはずの身体が過剰に引き締まり、丈の短いベストが、今にもはち切れんばかりに伸びている。

驚愕《きょうがく》に目を丸くしたテレサリサの顔に、影が掛かる。

テレサリサの背後に踏み込んだテディは、握った拳を高々と振り上げていた。その拳を、大振りのアンダースローで抉《えぐ》るようにしてテレサリサの腹部を狙う。

避けられない――そう判断したテレサリサは、咄嗟《とっさ》に身体の前に銀の盾《たて》を形成し、直撃を防いだ――が、それでも。バイィィイインッ、と青空にシンバルを打ち鳴らしたような、鈍い金属音が響き渡る。

拳に腹部を打ち抜かれたテレサリサは、ものすごい衝撃に弾かれ、宙を滑る。その身体《からだ》は一直線に〈ルシアン通り〉を横切り、道を挟んだ向かいの建物へと突っ込んだ。


「どうどう……よし、いい子だ」

ヴィクトリアは馬上から、努めて優しく馬の首を撫《な》で続けた。

その甲斐《かい》あって馬は地団駄をやめ、乱れていた呼吸が落ち着いてくる。これならまた走れる──安堵したその時。唐突にヴィクトリアの胸の前に、青い煙が発生した。

それはまたたく間に猿の姿を形作る。左の瞳を青く灯《とも》した、あの大猿の小型版だ。

「っ……！」

抜剣する間もなく、ヴィクトリアは猿に顔面を鷲《わし》づかみにされた。剣の柄《つか》を握り締めたまま落馬する。背中を道路のレンガに打ちつけて、息を詰まらせる。猿はそのまま馬乗りとなって、ヴィクトリアの頭を道路へと押しつける。陽気な音楽と、派手な仮装行列は続いている。みなパレードに夢中で、ヴィクトリアの落馬に気を留める者はいない。

人混みの中から、ターバンを巻いた褐色肌の少年が現れた。

「……俺が聞きたいことは三つ。たったの三つだけだ」

猿と同じように、左目を青く灯らせたアラジンは、ポケットに手を突っ込んで歩いてくる。

ヴィクトリアは倒れながらも抜剣し、馬乗りとなる猿を振り払った。

飛《と》び退《の》いた猿は、立ち上がったヴィクトリアに再び牙《きば》を剝《む》いた。爪を立て、ジャンプして襲い掛かってくる。ヴィクトリアの剣身を摑《つか》み、そのギザギザした剣の刃へと噛《か》みついた。

ヴィクトリアは剣を前に押し出し、この獰猛《どうもう》な猿を前方に突き放した。猿が怯《ひる》んだところに足を踏み込み、反撃に転じる。ヴィクトリアは鮮やかに、猿の肩口を斬《き》り裂いた——が、猿は青い煙と化し、ヴィクトリアの背後へと回り込む。

「っ……！」

ヴィクトリアの背中へとしがみついた猿は、大口開けてその牙を肩へと食い込ませた。

「くっ……あっ」

ヴィクトリアは身体を振って、猿を落とした。跳《は》ね退《の》いた猿に剣先を向けて構えながら、摩《ま》訶《か》不《ふ》思《し》議《ぎ》な猿を前に少しだけ笑う。こちらの剣は当たらないのに、相手の牙はこちらへ食い込むとは、何とまあ卑怯《ひきょう》な相手だろうか、と。

その間にも、ヴィクトリアの背後から、アラジンは悠々《ゆうゆう》と歩いてくる。

「——一つ目。お前たちは、なぜこの町に来た？」

ならばとヴィクトリアは腰の鞘《さや》に剣を収めた。通常収める下の鞘ではなく、脂の塗された上の鞘にだ。再び抜剣し、左腕に装着している手甲《てっこう》の表面に、刃の根元を押し当てる。ノコギリ状の刃は、脂をこそぎ取っている。その刃を手甲に滑らせて、ギリギリギリッ——と火花を散らす。瞬間、剣身が轟《ごう》と大きく燃え上がった。

その炎を大道芸だと思ったのか、周囲の人々から「わあっ」と歓声が上がった。沸き起こる拍手を無視し、ヴィクトリアは猿に向かって剣を振るう。斬《き》れないのであれば、燃やしてしまえばいい――轟《ごう》ッ！　と炎撃を猿は避ける。

轟、轟ッとヴィクトリアが剣を振るたびに炎は荒ぶり、火の粉が舞い散った。

そしていよいよ燃えた切っ先が、宙を跳ねた猿の姿を捉え、その青い胸を貫く。

だがヴィクトリアはそのまま動きを止めない。猿は煙だ。どうせまた再生する。真に倒すべきは、背後に迫る少年――と、すかさず踵《きびす》を返して足を踏み込み、その切っ先に猿を貫いたまま、アラジンへと剣を振るった。

――轟ッ！　一際大きく炎が燃え上がり、火の粉が散った。

アラジンはその奇襲的な一撃を、身体《からだ》を反らして避けていた。

「っ……！」

剣を避けられたのであれば、二撃目三撃目と振ればいい。だがヴィクトリアの脚は動かない。踏み込んだ右脚に激痛が走る。見れば太ももに短剣が突き立っている。

燃えた剣を避けられたと同時に、アラジンに短剣を突き入れられていたのだ。

ヴィクトリアは残された脚でバックステップを踏み、アラジンとの距離を取った。見れば構えた剣身が、青い煙に覆われている。突き刺した猿が煙となって、炎を包み消していた。

「くっ……ふっ……」

剣を振って煙を払い、ヴィクトリアはアラジンに向かって構え直した。嚙《か》み千切られた右肩と、短剣を刺された右脚の裂傷が痛む。騎士《ナイト》としての戦闘経験が警鐘を鳴らしていた。

――勝ち方が、見えない。

傷を負ったまま戦える相手ではない。少なくとも、今は命を張って戦う場面ではない。

アラジンはゆっくりと、一定のペースで歩いてくる。一見無表情にも見えるが、青く灯《とも》らせたその目に宿るのは怒りだ。

ヴィクトリアは刺された右脚を引きずりながら、後退《あとずさ》りして距離を保つ。

「――二つ目の質問。お前たちが大事に運んでいる、あのミイラみたいなのは何だ?」

「……ふっ……ふっ」

質問に応えるつもりはない。目下するべきは、この魔術師《ウィザード》から逃げること。ヴィクトリアは剣を構えながら、そのタイミングを探す。

向かい合う二人のそばを、仮装した大勢の人々が通り過ぎていく。

後方へ流れていく人の群れ。ヴィクトリアは、その切れ間に飛び込んだ。アラジンからは死角となるように、身を屈めて剣を鞘《さや》に収める。

足を引きずりながら周囲を見渡すが、ロロを乗せたままの馬は見当たらない。ならばこのまま人混みに身を潜めるか、あるいは路地裏へ逃げるべきか。一刻も早くこの場を離れたいが、この足では歩くのも困難だ。

「はァ……はァ……はァ……」

迷っているとすぐそばを、伸びをする巨大黒猫を模したフロート車が通り過ぎていく。

ヴィクトリアはその後ろに足を掛けて飛び乗った。尻を高く突き上げた黒猫の、ちょうど股の下辺りだ。黒猫のオブジェを支える下部は小屋になっていて、フロート車のバック部分には、その小屋へ入るドアがついていた。開けば中は薄暗く、誰もいない。

これは僥倖《ぎょうこう》とヴィクトリアは足を引きずり、小屋の中へ入ってドアを閉めた。

室内は伸びをする猫の腹の下辺り。天井は斜めになっていて、外からの陽気な音楽が、くぐもって聞こえる。サイドの壁にはいくつか隙間《すきま》があって、そこから射し込む細い光が、ヴィクトリアの額に浮かぶ汗を煌《きら》めかせた。

「はっ……はっ……ふう……」

どこかに座り、しばらくはここで時が過ぎるのを待とうと、そう思ったのだが。

「……三つ目の質問だ。実はこれが一番大事でな」

ギィ、とドアの開いた音に振り返る。

アラジンは何事もなかったかのように、ドアの向こうに現れ、そしてやはり一定のペースで歩きながら、小屋の中にまで入ってくる。ポケットに手を突っ込んだ彼の肩には、小猿ほどの大きさに縮小した青い猿が摑《つか》まっていた。

アラジンと猿。双方共に煌めく青い左目が、ヴィクトリアを正面に見据える。

振り返ったまま立ち竦《すく》むヴィクトリアの前で、アラジンは足を止めた。

「召喚師ココルコはどこだ？　あのミイラに突き刺さった剣の持ち主だ。知ってるだろ？」

「………………」

なるほどこれは報復か、とヴィクトリアは気づいた。ココルコとは、ロロと魔女たちが倒した九使徒の一人。面識はないが、事情はテレサリサから聞いている。ココルコは死んでいる。敢《あ》えてここで、それを口にすることもないが。

「……お前まさか、この俺が優しいとでも思っているのか？」

ヴィクトリアは浅く息をするばかりで、答えようとしない。

アラジンの言葉にイラ立ちが混じる。

「確かに俺は、女は殺さない。後味が悪いからな。だがお前は騎士だろ？」

「………………」

「お前が選べ。女か、騎士か。どっちだ？」

「……ふっ」

ヴィクトリアはまたも思わず、小さく笑った。選ばせてくれるのなら、優しいではないか。

スカートのポケットの中には、ワッペンが入っている。亡き夫であるハートランドの服から切り取られた〈鉄火の騎士団《ファイヤー・ヘッジホッグ》〉の腕章だ。ヴィクトリアの愛用する変形武器と同じ〝背中の燃えたハリネズミ〟の名を持つ団章。

——思っていたよりも、早く会えそうだな。

「……愚問だな、少年」

ヴィクトリアは振り向きざま剣を抜き、その根元を手甲《てっこう》に当てた。

もしも死後の世界があるのなら、女としてではなく、騎士として、また彼に会いたい。

ギリギリギリッ——と火花を散らして、その剣身は大きく燃え上がった。


伸びをする巨大黒猫のフロート車から、黒煙が上がっていることに気がついたのは、そのすぐ後ろを練り歩く女たちだった。

「ちょっと、あれ！　燃えてない？」「あらやだ、火事だわ！」「誰か知らせて！」

女たちはすぐにフロート車へ駆け寄って、行進を止めさせた。

煙は、黒猫の土台となっている小屋のドアや壁の隙間《すきま》から濛々《もうもう》と噴き上がっている。

中に人はいないかと、ドアが開かれた。天井付近の梁《はり》に、燃えた剣が突き刺さっている。火事の原因はこれだ。

室内の奥には、壁に深く背をもたれた女騎士が、ほとんど倒れた状態で座っていた。

外から小屋を覗《のぞ》いた女たちがその姿を見つけて、悲鳴を上げた。

「キャァァァァアッ……！」

目を閉じたまま動かない女騎士の胸には、短剣が突き立っていた。

6

一方で、目元に派手な仮面をつけた帽子屋は、〈ルシアン通り〉の人混みの中に馬を見ていた。ココルコの装飾剣が突き刺さった、幌《ほろ》の巻かれたミイラのようなものを背に乗せて、乗り手もないまま一頭で彷徨《さまよ》い歩いている。

「………」

その積載物からは、冷たい魔力を感じる。あの物体はいったい何なのか――。帽子屋は人の群れを掻《か》き分けて、馬へと近づいていく。しかし辿《たど》り着く直前に、ふいに人混みの中から現れた一人の男が、その馬の手綱を摑《つか》んだ。上半身裸の褐色肌の男だ。大柄で逆三角形のシルエット。その背中や腕を見れば、後ろからでもよく鍛《きた》えられていることが窺える。

馬へと飛び乗った男は、腰の両脇に二本のマチェーテを帯刀していた。

男は躊躇《ためら》うことなく馬を歩かせ、人で賑わう〈ルシアン通り〉を脇道へと入っていく。建物と建物の間に伸びた、日の当たらない路地裏だ。帽子屋は不審に思いながらも、その後ろ姿を追い掛ける。

石畳の敷かれた路地裏は、やがて赤土の剝《む》き出した地面となり、高い石壁に三方を塞《ふさ》がれた行き止まりに突き当たった。壁際に木箱や瓦礫《がれき》の積み重なった、薄暗い場所だ。

「……こいつ、間抜けにも行き止まりにぶち当たりやがった、ってそう思ったか?」

石壁の前で馬を停めたパニーニは、下馬すると同時に二本のマチェーテを抜剣した。

「残念。追い込まれた間抜けはお前だよ、魔術師」

「……君たちは、それが何か、わかっているのか?」

「さあ?」

パニーニは恍《とぼ》けた。魔術師と会話を楽しむつもりなどない。

「魔術師様が欲しがるくらいなら、何か金目のものなんだろッ!」

駆けながら二本のマチェーテを振り上げて、帽子屋へと肉迫する。

帽子屋は後退《あとずさ》りながら、ステッキの尖端をマチェーテの刃に当てる。最小限の動きでその軌道を変える。二手、三手と刃をかわしながら、会話を続けた。

「ならば言い値で買おう。僕に戦う意志はない。それを渡してくれるなら……っと」

その分銅は、壁際に積み重ねられた木箱の陰から飛んできた。マチェーテを弾いたあとの絶妙なタイミングで、分銅についた鎖が、帽子屋のステッキを握る手首にグルグルと巻きついていく。

「おや……」

木箱の陰からリンダが現れる。息を潜めて待ち伏せしていたのだろう。パニーニは囮《おとり》。本命の攻撃は死角から放たれた、リンダの分銅だ。その白い鎖には、赤い筋が入っていた。対魔術師には必須の武器。魔力を抑えるための魔導具である。

「捉えたぜ、魔術師ッ！」

動きの止まった帽子屋の頭上に、パニーニがマチェーテの刃を降らせた。

帽子屋は右手に握っていたステッキを、自由の利く左手に投げ渡した。くるりと手の中でステッキを回転させて、振り下ろされるパニーニの手の甲を弾く。

「つッ……！」

パニーニは、右手に握るマチェーテを弾き落とされた。だが彼は二刀流だ。すかさず左手のマチェーテを連撃に使う。しかしその刃もまたステッキに搦《から》め捕《と》られた。峰を上から押さえつけられる形で、刃を足元に下げさせられる。

それでもパニーニは諦めない。今度は空いた右手をめいっぱい広げた。帽子屋の頭を、被《かぶ》っている黒い毛皮のハットごと鷲《わし》づかみにする。尋常ならざる握力で締め上げる、アイアンクローだ。

「おっ……く」

「ははは ッ！　潰してやる。魔法の使えない魔術師など、ただのッ――」

「おい、何遊んでいやがる」

アラジンは、一本道の路地裏の、行き止まりとは反対方向から現れた。

最も近くにいたリンダが鎖を握ったまま壁際へと跳ねて、身構える。

パニーニと帽子屋も組み合った体勢のまま、突如現れたアラジンに視線を移した。

「……焦《わし》げてる?」

頭を鷲づかみにされながらも、帽子屋が問う。アラジンの瞳は黒に戻っていて、ターバンやストールを始め、その衣装はあちこちが焼け焦げていた。

アラジンは肩をすくめた。

「ちょっとな」

と、その時。行き止まりとなった石壁の上から、〝凍った死体〟を乗せた馬のそばに、また新たな人影が降り立った。ブルハだ。すでに尾てい骨辺りから、一本のタコ足を発生させている。一同の視線が、アラジンからブルハへと移る。

ブルハは構わずマイペースに、タコ足で〝凍った死体〟を搦《から》め捕《と》った。直後〝凍った死体〟は縮小し、タコ足に包み込まれて消える。肩掛けカバンの中の〝凍った腕〟と合わせれば、ロの身体《からだ》のコンプリートだ。

馬の背にジャンプしたブルハは、膝《ひざ》を曲げた状態のまま一同へと振り返り、「んべ」と舌を出した。すかさず馬の背からハイジャンプして、石壁を越えて去っていく。

一瞬の出来事だった。ブルハはあっという間に〝凍った死体〟を奪い、消えてしまった。

「……あれも魔女か」

石壁を見上げたアラジンが、忌々《いまいま》しげにつぶやく。

「先に行くぞ。問題あるか？」

アラジンに問われ、帽子屋は頭を鷲づかみにされながら、肩をすくめた。

「……ない。すぐに追い掛けるよ」

アラジンはポケットに手を突っ込んだまま、壁際の木箱へ飛び移り、三角飛びの要領で壁を駆け上がっていった。路地裏の上に出て、ブルハの去っていった方向へ姿を消す。

瞬間、帽子屋が動いた。右手首は分銅つきの鎖で引かれているが、ステッキを握る左手はまだ自由だ。ステッキを一度シェイクすると、その尖端から刃が飛び出す。それをすかさず、パニーニの足先へと突き入れる。

「がッ……！」

怯《ひる》んだパニーニが握力を緩めたところで膝を曲げ、アイアンクローから逃れた。

パニーニの大きな手の中には、黒い毛皮のハットだけが残る。

帽子は脱げたものの、目元は派手な仮面で隠したままだ。帽子屋はパニーニの足先からステッキを引き抜き、その尖端を切り返して、パニーニの腹部を真横に斬《き》り裂いた。

「んっ、ぐぅっ……！」

唸《うな》り声と共に血しぶきが赤土に撥《は》ねて、パニーニが足を下げる。

「さすがに、固いね」

帽子屋は連撃を繰り出し、パニーニに反撃の余地を与えない。左手一本で握ったステッキを、目にも留まらぬ速さで振ってパニーニの厚い筋肉を裂き、皮膚《ひふ》を貫く。

尖端に刃の生えたそのステッキは、不思議な形状をしていた。手元に構えた時は一本の棒だが、突きや払いを繰り出せば、棒は幾つもの節《ふし》に分かれ、まるでバネのように全長を伸ばす。キャンパスフェロー産の〝変形武器〟だ。それはもちろん、魔法が使えなくとも技術さえあれば扱える。右腕に巻かれた魔導具の鎖は、何の枷《かせ》にもなっていなかった。

そしてそれはパニーニたちにとって、想定外のこと。

――バカな。

パニーニは手を弾かれて、もう一本のマチェーテも取り落とした。とても捌《さば》きされる速さではない。パニーニは太い腕を盾《たて》にして後退《あとずさ》りし、反撃のタイミングを探した。

対魔術師《ウイザード》戦は、何度も経験している。彼らは卑怯《ひきよう》者だ。パニーニはそう思っている。白兵の戦闘スキルは大したこともないのに、竜からのギフトなどという超常的な現象を使って、弱者のくせに強者のフリをしている。遠いところから魔法を放ち、インチキにも見える卑怯な手で戦闘を行う。だから、魔術師は魔法に依存する。これまでの対魔術師戦は、魔導具で拘束した時点で決着していた。魔法の使えない魔術師など、ただの人だ。

そうである、はずなのに。

――この俺が、魔術師にフィジカルで負けるというのか？

交差した腕の隙間《すきま》から、迫り来る帽子屋の姿が覗《のぞ》く。長い金色の毛先が、踊るように揺れている。仮面をつけているため、その目線は追えない。表情が読めない。攻撃は終わらない。目元は隠されているはずなのに、仮面の向こうからじっと、こちらの命を狙うような視線を感じる。パニーニはぞくりと、怖気《おぞけ》だった。

「パニーニッ！」

リンダが鎖を強く引き寄せた。帽子屋の身体《からだ》が、くん、と後ろへ引っ張られる。

帽子屋は反対に右腕を引っ張り、鎖をたわませる。そしてステッキを逆手に持ち、地面へと突き刺した。その尖《とが》った切っ先が、連なる鎖の穴の一つを地面へと縫いつける。こうなればリンダがいくら鎖を引いても、右腕を拘束することはできない。

帽子屋は右腕の鎖を解《ほど》き、拘束を逃れた。さあ、魔法の解禁だ。

ターゲットをリンダに変え、その姿を一瞥《いちべつ》した瞬間。防御を解いたパニーニが、未だ握り締めていた毛皮のハットを投げ捨てた。半身を向けた帽子屋の、左肩と左腕に飛び掛かる。

「逃げろ、リンダ！　こいつは俺たちじゃ手に負えんッ！」

「っ……！」

リンダは鎖を手に硬直する。わずかな逡巡《しゅんじゅん》。二人だけでこの魔術師を倒すことはできない。それはリンダも感じ取っている。腕を摑《つか》まれた帽子屋は、顔だけでパニーニへと振り返る。

「離してくれ」

「うるせえ」

　このまま左腕を使いものにならなくしてやる——と、パニーニは両腕に力を込める。丸太のような二本の腕に青筋が浮かび上がる。

「ブルハと合流しろ、逃げろッ！」

——と、ふいに帽子屋が空いている右手を持ち上げた。

　すると地面に突き刺さっていたステッキがふるふると震え、独りでに飛び跳ねた。

　帽子屋の指の動きに従い、くるくると回転しながら帽子屋の脇をすり抜けて、パニーニの足元から頭上へと上昇する。回転したステッキの切っ先が、パニーニの腹部から胸に掛けて縦に斬《き》り裂いた。

「んがあッ……！」

　パニーニの胸筋に描かれたワシのタトゥーが割れて、血が吹き上がる。

「！」

　それを見たリンダは鎖を手放し、弾かれるように踵《きびす》を返した。路地裏を一目散に去っていく。

　胸を裂かれたパニーニは帽子屋の左腕を離し、その場に崩れて膝《ひざ》をついた。ステッキは二人の頭上で回転している。帽子屋は右腕を掲げ、駆けていくリンダの背中へと振り返った。

　と、「させねえよっ」——リンダへの追撃を止めるべく、パニーニが膝をついたまま、帽子屋の下半身へとしがみつく。

「………」

帽子屋は、腕を振り下ろした。頭上に舞い上がっていたステッキが、その手の動きに呼応して、回転しながら地面へと突き立つ。

「……戦う意志はないと言った。僕に君たちを殺す理由はない」

それを聞いて安心したのか、パニーニは帽子屋から手を離し、仰向けに倒れる。

「……くっ。はあっ……はあっ……」

帽子屋は倒れたパニーニを一瞥《いちべつ》し、左腕の痛みを確かめる。そうして地面からステッキを抜いて、落ちているハットのそばへと歩いていく。

「……あんた。九使徒だろ」

血だらけのパニーニは息も絶え絶えになりながら、肘《ひじ》を立てて帽子屋を見た。

「どうして？」

「ハッ……お前みたいに強い奴が、九使徒じゃないわけがないだろうが」

「…………」

帽子屋はハットを拾った。パニーニの握撃によって潰れてしまったそれを見つめ、小さなため息を一つ。ハットの形を整えて、土埃を払った。つばを摘《つま》み、丁寧な所作で深く被《かぶ》り直す。

「僕なんてまだまだ、末席ですよ」

「……冗談だろ？」

帽子屋が路地裏から立ち去り、その気配が完全に消えてから、パニーニは改めて地面に倒れた。力が出ない。血が止まらない。緩く開いた指先が、わずかに震えていることに気づいた。全力で握り締めた反動か、はたまたあの男への恐怖のせいか。殺す理由がないと彼は言った。こっちは殺す気満々で挑んだというのに。

帽子を一つ、握り潰すことくらいしかできなかった。

完敗だ。あまりの情けなさにパニーニは、空笑いを浮かべた。

「はは、ちくしょう。何だありゃあ、怖え……」

7

「どこ行った、ブルハめ！」

ネルはブルハを追い掛けて、町中を駆けていた。店から出た直後にリンダとパニーニも見失って、置いてけぼりにされた形となっている。屈辱だ。

片手剣は持ってきたが、戦う相手が見つからない。ネルは走りながら視線を巡らせる。

仮面をつけ、派手な衣装をした者たちが往来している。道ばたで弦楽器を掻《か》き鳴らしている男がいて、組んだ肩を揺らして歌う若者たちがいる。酒場の軒先ではすでに泥酔した者たちがコップを掲げ、どんちゃん騒ぎに興じていた。

「何だこの浮かれた町は。アホしかいないのか……？」

「待って待って！　ちょっと、待ってくださいよ！」

ネルは、いまだ首輪をつけられたままだった。繋《つな》がるリードの先端はカプチノが摑《つか》んでいる。懸命にリードを握りしめ、引きずられるようにしてネルを追い掛けていた。

ネルは首を後ろに引かれ、「ぐえ」と声を上げて足を止めた。

「はあ、はあ……」

何とかネルに追いついたカプチノは、両膝《りょうひざ》に手をついて腰を曲げ、肩で息をしている。

「もう、足速すぎますって！　私普通の人間なのに」

「にしても遅すぎる。お前……ホントに人間か？」

「人間ですよ！　どこ疑ってるんですか」

ネルは口をへの字に曲げた。町を駆け回るにはカプチノが邪魔だ。何より闇雲に走っても、町は意外に広すぎて、ブルハやテレサリサを見つけられる気がしない。

「こうなれば仕方がない……。〝仔ロフモフ数え〟をやる」

「また出た、コロフモフって何⁉」

ネルは道ばたにあぐらを搔いた。剣を脇に置いて腕を組み、目を閉じて集中する。脳内に雪原のロフモフ農場を思い浮かべながら、ヴァーシア語で唱えた。

『仔ロフモフが一匹……――仔ロフモフが二匹……――』

「何……してるんです？」

カプチノには、ネルが何をしているのか、わからない。異国の言葉で何やらブツブツと唱え始めたネルを、手持ち無沙汰に見つめる。

ふとどこか遠くから悲鳴が聞こえたような気がして、カプチノは顔を上げた。

遠くの空で黒煙が上がっている。通りは明るい音楽や笑い声に溢《あふ》れているが、この騒々しさはどこか落ち着かない。遠くから聞こえる怒号や悲鳴は、浮かれているだけではない喧噪《けんそう》を感じさせる。カプチノは気がそぞろになって、あぐらを掻《か》くネルの肩を揺すった。

「あの……ネル様？　ふて腐れてるんです？」

「違う。魔力を探ってるんだ。それには集中力がいる」

不機嫌に目を閉じながら、ネルは応える。

「ブルハは〝鏡の〟と戦うはずだ。奴は黒犬の身体《からだ》を狙っているからな。そして〝鏡の〟は黒犬の腕を取り戻したい……。魔法戦はもう起きてるかもしれん。だから魔力を捜してる」

「……え？」

カプチノはネルの前に膝《ひざ》を曲げた。目を閉じたままのネルを正面から見つめる。

「今……黒犬って、言いました？　それって〝キャンパスフェローの猟犬〟ですか？」

「そうだが？」

「うそ」

思わず立ち上がり、カプチノは口元を手で押さえた。

あの〝凍った右腕〟は黒犬の腕……？　つまり、ロロ・デュベルのものだというのか。

瞬間、魔力を感じ取ったネルがくわっ、と目を見開いた。

「何だ、多いぞッ！」


「何なの、多いわッ！」

屋上を駆けるテレサリサは、ローブの中で腹部に手を添えていた。魔力で増強されたテディの拳を食らってしまったのは迂闊《うかつ》だった。道の向かいの建物へと弾き飛ばされるほどの衝撃で、足を踏み出すたびに脇腹が軋《きし》む。

しかし休んでいる暇はない。背後からは、また別の魔術師《ウィザード》が追ってきている。

テレサリサは〈ルシアン通り〉沿いに並ぶ建物の、屋上から屋上へと飛び移る。

駆けながら建物の左側、縁越しに通りを眼下に見た。様々な形のフロート車と共に練り歩く、人の群れ。浮かれた仮装行列は続く。陽気な音楽は響き渡る。テレサリサが背にする列の後方では、黒煙が上がり始めていた。

屋上には洗濯紐《ひも》が渡され、たくさんの洗濯物が干されている。赤や黄色や紫など、南国特有の派手な色合いのシーツやテーブルクロス、それから服などが風にひるがえっていた。

テレサリサは脇腹の痛みに耐えながら、シーツを掻《か》い潜《くぐ》って屋上を駆け抜ける。

背後から迫る魔術師もまた、乱暴にシーツを捲《まく》り、追い掛けてくる。その男は頭に、つばを折りたたんだような、奇妙な帽子を被《かぶ》っていた。マテオだ。手には刃を薄紫にコーティングしたナタを握っている。

「つれないなあ、〝赤紫色の舌の魔女《マゼンタ》〟！　待ってくれよ。悪いようにはしないからよう」

「…………」

ケガを負ったまま、走って逃げるのは得策とは言えない。このままでは、すぐに追いつかれてしまうだろう。だがテレサリサは、背後に迫る魔術師《ウィザード》との戦いを避けたかった。先ほど二、三度大鎌を打ち合わせてわかった、彼の固有魔法のせいだ。

――あの魔法と正面からぶつかれば消耗戦になる……。そんな暇はないのに。

どこかに姿を隠してやり過ごしたいが――目の前に干された鮮やかなシーツに、逆三角形のシルエットが映った。布をむしるようにして現れたのは、テディだ。

「くふぅ！」

「っ……！」

テディの肉体からは、魔力がほとばしっている。明らかに魔法によって強化された筋肉だ。破壊力や耐久力、そして機動力を飛躍的にアップさせて、テレサリサを逃さない。

怯《ひる》んで足を止めたテレサリサの背後に、マテオが迫る。テレサリサは懐の手鏡から銀の液体を溢《あふ》れさせ、瞬時に銀の片手剣を形作った。背後から振り下ろされたナタを、振り返りざまに弾く。

二度、三度と金属音が鳴る。刃同士を打ち合わせる度に、マテオが持つナタの刀身にピリピリッと紫電が走り、それは震えながら銀の剣身へと移った。

「……ホント、鬱陶《うっとう》しい」

紫の光に弾かれて、銀の剣身がボロボロと崩れていく。これこそテレサリサの忌避する、魔法を打ち消すタイプの魔法。崩れた部分は銀色の液体で補修できるが、通常の魔法戦よりも魔力の消耗が激しい。戦闘が長引けば長引くほど、魔力を大きく消費してしまう。

ならば手早く倒したいところだが、自身の魔法特性を知っているマテオは、相手に反撃させない戦い方を熟知している。足を深く踏み込まず、長期戦を見据えて隙《すき》を作らないイヤらしい戦い方をしてくる。テレサリサは打ち合いを避けて踵《きびす》を返した。

背後では、テディが通せんぼをするように腕を広げている。

挟撃を避けたテレサリサは、屋上を〈ルシアン通り〉に向かって駆けた。屋上の縁からジャンプして、通りに面したバルコニーへと飛び移る。

しつこく追い掛けてくるマテオを横目に、テレサリサは部屋の中へと飛び込んだ。

そこは宿屋の一室だった。清潔感があり、絨毯《じゅうたん》が敷かれている。壁を頭にして大きな木綿のシーツのベッドが二つ並んでいて、その壁には抽象画が飾られている。上等な部屋だ。カドには枝葉を大きく広げた観葉植物が置かれていた。天井を見上げればシャンデリアのように、無数にロウソクの立てられる燭台《しょくだい》がぶら下がっている。

なるほどこの部屋からならば、パレードの行われる〈ルシアン通り〉を見下ろすには特等席だ。つまりここは富裕層の泊まる高級ホテルなのだろう。室内には、品のいい中年の夫婦がそれぞれ一人用ソファーに座っていた。テーブルを挟んで談笑していたところに、テレサリサが飛び込んできたものだから、二人とも悲鳴を上げて立ち上がる。

「窓を塞《ふさ》げ、テディ！　〝赤紫色の舌の魔女《マゼンタ》〟を逃がすなよッ！」

続いて室内に侵入してきたマテオは、ベッドへとジャンプした。部屋を回り込み、テレサリサの前に立ち塞がる。運悪く、部屋の中央付近には、五歳くらいの幼女が立っていた。鼻水を垂らし、派手な仮面をつけたピエロの人形を胸に抱いている。突然の乱入者に理解が追いついていないようで、目を丸くしていた。

その幼女の頭上から、マテオはテレサリサに向かって、横薙《よこな》ぎにナタを振るった。幼女越しの一撃を、テレサリサは銀の剣で受け止める。キイインッ！　という金属音に、婦人の絶叫が重なった。

銀色の剣身の、ナタを打ち合わせた箇所に、ピリピリッと紫電が走る。

テレサリサは、すぐに剣の崩れた部分を補修する。マテオは、ナタによる攻撃をやめようとしない。まるで足元にいる幼女など見えていないかのように、その刃を銀の剣にぶつけ続ける。

幼女はぽかん、と頭上で繰り広げられる剣戟《けんげき》を見上げていた。余りに危険極まりない状況にパニックに陥った婦人が、我が子の名前を叫び続けている。幼女の仰ぎ見る天井では、シャンデリア型の燭台《しょくだい》が激しく揺れていた。

マテオの剣を大きく弾いたテレサリサは、銀の剣身をムチ状にしならせ、頭上のシャンデリアへと伸ばした。そして――。

「ちょっとっ、ごめんね、邪魔！」

空いた手で幼女の襟首《えりくび》を摑《つか》み、婦人の方へと放る――と同時に、剣を足元に振り下ろし、その剣身が搦《から》め捕《と》ったシャンデリアをマテオの頭上に落とした。

「があっ……！」

マテオは帽子の上にシャンデリアを被《かぶ》り、怯《ひる》んだ。チャンスだ。テレサリサは剣を振りかぶった――が、マテオを斬《き》り裂こうとした銀の剣身が背後で摑まれ、動かない。振り返れば、いつの間にか室内に入ってきたテディが、剣先を鷲《わし》づかみにしている。

「っ……！」

ぐい、と剣を引っ張られると直前に、テレサリサは剣を手放した。

またも挟撃の陣形だ。それも狭い室内での白兵戦。正面のマテオが、寝かせたナタを横薙ぎに振るう。後ろには下がれず、テレサリサは反射的に屈んで避けた。激しく動いたはずみで脇腹に激痛が走り、顔をしかめる。

動きの止まったその隙《すき》を、マテオは見逃さない。矢継ぎ早に立てたナタを振り上げる。

痛みで身体《からだ》が動かない――。テレサリサは新たに発生させた銀の液体を頭上に広げ、硬化させて盾《たて》にした。薄紫色の刃が盾を叩き、金属音が室内に響く。同時に盾の表面が砕ける。紫電による破壊だ。猛攻は続く。テレサリサはしゃがんだまま、背後に迫る気配に振り返る。

肉迫したテディが、拳を大きく振り上げている。

次の展開を予測して、テレサリサは青ざめた。

「鏡よっ……！」

その大きな拳が振り下ろされる直前に、テレサリサは、今一度銀の盾を発生させた。

盾を打った拳の衝撃はテレサリサの足元に伝わり、絨毯《じゅうたん》の敷かれた床が、破砕音と同時に割れる。部屋に粉塵が巻き起こり、テレサリサは衝撃と共に床を突き抜けて、階下へと落下した。

婦人が幼女を抱き締め叫ぶ。悲鳴は階下からも上がっている。

マテオとテディは、空いた穴を覗《のぞ》き込んだ。濛々《もうもう》と立ちこめる粉塵の向こうに、テレサリサが横たわっている。その身体《からだ》に、パラパラと砕けた木片が散る。テディの拳を二度も食らったのだ。さすがにもう動けまい。

「くふふっ！　やった、倒したね。俺たちが、あの〝赤紫色の舌の魔女《マゼンタ》〟を！」

「呆気ねえもんだな？　だがテディ。ザリ様も言ってたろ。あの女は〝操作型〟だ。〝アトリビュート〟である手鏡を回収するまでは、油断できねえ」

まず真っ先に、テディが穴から飛び降りた。ぐったりとして動かないテレサリサの傍らに膝《ひざ》をつき、その両脇を摑《つか》んで抱き起こす。

宿屋の一階は酒場となっていた。ワンフロアをすべて使った広いホールだ。テーブル代わりの酒樽《さかだる》があちこちに置かれていて、小麦色のテーブルクロスが敷かれている。

陽気に酒を酌《く》み交わしていた客たちは、突如天井を突き破って落ちてきた女に驚き、戸惑っていた。アルコールに顔を赤くした男たちも、キツくコルセットを巻いて胸を強調した給仕の女も、弦楽器や笛を構えた流しの楽団も、みな何事かと手を止めて、フロアの中央を見つめている。ただ野良犬だけがマイペースに、鼻息も荒く床に散らかったパンくずや肉の欠片《かけら》を捜し回っている。

マテオもまた、空いた穴からフロアへと降り立った。テディはテレサリサのローブに手を入れて、白い手鏡を捜している。しかしただ、イヤらしい手つきで身体をまさぐっているだけのようにも見える。

「ああ、可愛《かわい》いなあ〝赤紫色の舌の魔女《マゼンタ》〟！　これさ、貰《もら》っちゃダメかなやっぱ？」

まるでぬいぐるみを愛《め》でるように、テディは意識を失ったテレサリサへ頬《ほお》ずりした。

「はは、お前も好き者だな。ザリ様に見つかったら殺されるぞ？」

言いながらマテオは、舌なめずりをした。テディの元へ一歩、足を踏み出す。

「見つかったら、の話ではあるけどさ――」

と、次の瞬間。抱き締められたテレサリサの身体から、無数のトゲが突き出した。

「んほっ……」

「テディッ！」

まるでいがぐりやハリセンボンのように突き出た銀色のトゲトゲは、テディの頬《ほお》や喉《のど》を突き破り、その太い腕や厚い胸に食い込んだ。ごぽり、とテディは吐血し、肌黒い肉体が血にまみれる。テディに強く抱き締められたテレサリサの身体《からだ》は、銀色の液体となって溶けていった。テディは正座した形のまま、膝《ひざ》の上に背中を折り曲げる。

「〝赤紫色の舌の魔女《マゼンタ》〟が溶けちまった……。ニセモノか⁉」

マテオは店内を見渡した。異様な状況を目の当たりにして、客たちはざわつき始めている。これは何だ、出し物ではないのか。本当に人が死んでしまったのか、と。血まみれとなったマッチョな男と溶けた女は、酒場にいる人々の恐怖を煽《あお》り立てた。

不安に駆られた何人かが、酒場の出入り口にあるドアへ向かった。だが――。

「動くなッ！」

マテオの激昂《げきこう》が轟《とどろ》き、人々は思わず足を止めた。野良犬はびくりと顔を上げる。

「誰一人、俺の許しなく動くんじゃねえ。動けば魔女の仲間だと判断する」

魔女――マテオの口から出たその言葉に、人々は顔を見合わせた。

本物のテレサリサが店の外へ逃げたとしたら、一刻も早く追わなくてはならない。だがマテオの頭に思い浮かんだのは、〝トレモロの白昼夢《はくちゆうむ》〟だった。〝赤紫色の舌の魔女《マゼンタ》〟は人に化けると、ザリからはそう聞かされている。かつて貿易都市トレモロで魔女は、女主人に化けて魔術師《ウィザード》たちを欺いたという。

「……人に化けられるやつは、逃げない。それよりも先に、隠れることを考えるはずだよなあ？」

マテオはナタを手首で回しながら、客の顔を一人一人見ていく。

対象の姿形を写し取るテレサリサの魔法は、化けた相手の魔力をも写し取ることができる。つまり魔力を持たない者に変身することで、魔法を使いながら、魔力を搔《か》き消すことができるのだ。人混みに紛れるのに、最適な魔法と言える。

だがテレサリサの情報は、ザリを通して教えてもらっている。当然マテオは、テレサリサの変身魔法を警戒していた。そしてマテオの言葉は当たっていた。

精霊エイプリルを身代わりにし、粉塵に紛れたテレサリサは、まだこのフロアで息を潜めていた。負ったダメージが大きく逃げるのが困難であったことに加え、精霊エイプリルを見て〝操作〟してトゲを生やすためにも、この場に留まる必要があったのだ。

「…………」

テレサリサは人混みに紛れて姿を変え、マテオの様子を窺っている。

「生きてるな？　テディ」

マテオは倒れたままのテディへ視線を滑らせる。

身体を折り曲げたテディは喉を破られ、コヒーコヒーと奇妙な呼吸音を上げていた。血まみれで動けなさそうだが、死んではいない。その証拠に、肉体変化の魔法は解けていない。

「すぐにウィローが駆けつける。それまで頑張れ」

マテオは客たちの視線を受けながらフロアを歩き、酒場の出入り口のドアを閉めた。

ドアは〈ルシアン通り〉に面しており、はめ込まれた窓からは、パレードを歩く人々の姿が見られた。だが誰もこの酒場の騒ぎには気づいていない。

マテオは窓を背中で塞《ふさ》ぐようにして、ドアの前に立った。

「さて、魔女はお前らの中にいるわけだが――」

「おい、兄ちゃん。あんたさっきから何なんだ?」

ドアの近くに座っていた、ガタイのいい労働者が立ち上がる。マテオよりも頭一つ背が高く、ひげで覆われた顔を酒で赤らめている。

男に肩を掴《つか》まれて、マテオはその顔を見上げた。

「……あんた〝サイレンス・ポーション〟って知ってるか?」

「ポーション? 何だ?」

「そりゃ知らねえよなあ。魔術師《ウィザード》じゃねえもんなあ? 魔力の発現を断つアイテムさ。〝トレモロの白昼夢《はくちゅうむ》〟では、それを使って魔女の変身を見破ったそうなんだが……あいにく今は持ち合わせていない」

「……あんた、魔術師か?」

マテオが聖職者であることを知り、男はその肩から手を離した。

　マテオは質問を無視して、男を見上げたまま続ける。

「だが俺の魔法〝痛がりなペニー《ペインフル・ペニー》〟には、同じような効果がある。〝魔法を打ち消す魔法〟さ。これで一人一人ぶっ叩いていけば、魔女の変身は解けるってなもんさ」

　マテオは、薄紫色にコーティングされたナタを胸の前に持ち上げた。

「ただこれちょっと問題があってさあ……。叩いたときに発生するビリビリこそが〝魔法を打ち消す魔法〟の肝《きも》なんだけど、このビリビリの大きさって、武器をぶつけた衝撃の強さに比例するわけ。わかる？　わかんねえか、頭悪そうだもんな」

　つまりある程度の衝撃を加えないと、魔法の紫電は生まれない。

「だから少し、我慢してくれよな？」

　言下にマテオはナタの厚い峰の先で、男のあごを振り抜いた。打撲音の直後に男が倒れ、抜けた歯が床に散らばる。マテオの突然の暴挙に、またもフロアに悲鳴が満ちた。

　倒れた男のあごから全身に掛けて、ピリピリッと紫電がほとばしる。これで姿が変われば、男はテレサリサが魔法で変身した姿だということになるのだが、男は男のまま。つまり、テレサリサが化けていたわけではないらしい。

　マテオはフロアの人々に声を上げる。

「安心しろ。後から来る魔術師に、ちゃんと治癒させてやる。古傷も治して、むしろ今より健康にしてやるからよっ！」

言うが早いかマテオは近くにいる者たちへ、手当たり次第にナタを振り始めた。客たちは驚いて逃げ惑う。マテオに背を向け、店の奥へと逃げようとする。

マテオは足元で戸惑う野良犬を、ナタの厚い峰で殴り飛ばした。犬はキャインと高い声で鳴いて、床に倒れて泡を吹く。

「はずれ。さすがに犬に化けてるってことはないか。ははッ」

「ひゃあッ、どうか。おやめくださいっ」

マテオの視線に当てられて、目の前の老婆が腰を抜かした。尻餅《しりもち》をついた老婆の元に、若い女が駆けつけてくる。老婆を庇《かば》って覆い被《かぶ》さりながら、女はマテオへ手のひらを向けた。

「おやめください、魔術師様《ウイザード》！　死んでしまいます！」

その動きに過剰に反応して、マテオは顔を背けた。

「っとォ……おい、俺に手を向けるな、女！　怪しいなあ？　お前が魔女か？　もしくはその婆さんが魔女か！」

〝赤紫色の舌の魔女《マゼンタ》〟は誰にでも化けられるはずだ。追い詰められ、反撃に転じてくるかもしれない。近づいてくる者すべてが怪しく見える。マテオは眼下の女の頭を目がけ、大きくナタを振り上げた――その、次の瞬間。

「おごっ……」

マテオは身体《からだ》を硬直させた。胴を貫く激しい痛み。見下ろすと、自分の鳩尾《みぞおち》辺りから、鋭利な刃物が生えている。

「……は？　あ？」

まさか、魔女は後ろにいたのか。客を警戒し、周囲には気を配っていたはずなのに。マテオは首だけ回して振り返った。だが背後に人の姿はなかった。壁際に背の高い観葉植物が、青々と枝葉を広げているだけだ。

その枝のうちの一本が、マテオの背中に突き刺さっている。

「……え？」

観葉植物は銀色の光沢を放ち、その姿を変えていく。本来なら、そこに観葉植物は置かれていない。その正体こそが〝鏡の魔女〟だ。

「あなたのやり方は、胸クソ悪いわ」

不意を突かれ、呆然とするマテオ。

テレサリサはマテオの胴から抜いた腕を、横薙《よこな》ぎに振るった。

「あふっ……」

腕の先には、銀色の液体が硬化した刃が伸びている。

高く刎《は》ね飛んだマテオの首は、彼のお気に入りの帽子と一緒に、その足元へと転がった。

テレサリサは銀色の刃を薄く引き伸ばし、傘のようにして頭上に広げる。

直後、マテオの首の切り口から激しく鮮血が噴き上がり、壁や天井を赤く染めた。

「きゃぁぁぁああぁあッ！」

運悪く、老婆を庇《かば》った若い女性が、鮮血のシャワーをもろに浴びて悲鳴を上げた。

マテオの身体《からだ》はバタリと倒れる。掛けた本人が死んだことで魔法が解けて、その手からこぼれ落ちた魔法のナタは、色褪《いろあ》せたただのナタへと戻った。

8

「一番魔力ビンビンのとこに来たんだが……。お前魔術師だったのか？」

ネルが路地裏にやってきた頃には、帽子屋とパニーニの戦闘は終わっていた。

赤土の上には、血まみれのパニーニが仰向けに倒れている。

「……んなわけねえだろ。その魔力ビンビン野郎にやられたんだよ、言わせんな」

パニーニは、肘《ひじ》を立てて身体を起こした。身体中至るところに裂傷が見られる。特に盾《たて》にしていた両腕が酷《ひど》い。倒れていた地面にもおびただしい量の血が広がっているが、パニーニは身体が大きい分、生命力も強かった。血を流しすぎていて立ち上がれはしないものの、生きてはいる。

パニーニはあごをしゃくり、ネルの背後を示した。

「チビスケはどうした。置いてきたのか？」

「おん？」

振り返って初めてネルは、カプチノがいなくなっていることに気づいた。首から垂れるリードは、路地を真っ直《ます》ぐに伸びている。

「あれっ。あいつ、どこ行った」

「くくく」

パニーニは、痛みに顔をしかめながら笑った。

「不思議なやつだな……お前は。何というか、邪気がない」

言いながらポケットから小さなカギを取り出し、ネルへと投げ渡す。首輪のカギだ。

「真っ直ぐすぎるというか、考え無しというか。警戒してんのがバカみたいに思えてくる」

「考え無しとは心外だなっ。私は私の感情を大事にしているだけだ」

ネルはあごを上げ、首輪の錠へカギを差し込もうとしながら応える。

「好きなものは好きだし、嫌いなものは嫌い。ヴァーシアは嘘をつかんからな。……何だこれ、外れんっ」

パニーニは手招きをした。ネルは大人しくそばに屈んで、カギを渡す。再びあごを上げて、首輪の錠をパニーニへと向けながら尋ねた。

「お前たちだってそうじゃないのか？」

「そうとは？」

『好きなものは好きで、嫌いなものは嫌い。そうやって毎日を〝めいっぱい楽しんで〟生きてる。海賊ってのは、この世界で一番自由なんだろ？」

「……違いねえ」

カチリ、と錠が外れた。身体《からだ》を起こし、首輪を外す。

解放感に首を摩《さす》るネルを、パニーニは改めて見上げた。

「なあ、お前。仲間になれよ」

「は？」

「ブルハはお前を痛く気に入ってる。俺たちだってそうさ。俺たちの船に乗れ」

「やだね。嫌なものは嫌だ。今言ったろう」

立ち上がったネルは、ぷいとそっぽを向いた。

「私は、歌歌いを目指す少女から歌声を奪うような悪党とは、連《つる》まん」

「お前なあ……。本当にそう思ってんのか？」

「ブルハがそう言ったんだが？　あいつは願いを叶《かな》えてやる代わりに、大切なものを奪うんだろう？」

「よく考えてみろ。歌声なんて、どうやって奪うんだよ。魔法じゃないんだから」

「それは……そういう、声を奪う的な魔法があるんじゃないのか？」

「違う。あの歌声は、元々あいつのものさ」

「へ」

「あいつが人魚の〝ハルカリ〟なんだよ」

ネルは目を丸くする。カプチノのおとぎ話に登場した人魚の〝ハルカリ〟は、海で助けた青年に恋をする幼気《いたいけ》な少女だ。強欲であくどい魔女〝ブルハ〟とは印象が違う。

「じゃあ、あいつの足は……魚だったのか？」

「いいや、そもそも〝人魚〟なんてもんがいない。海を現場にする俺たちマー一族を、サウロの漁師らが人魚と呼び始めて、いつの間にか話に尾ヒレがついたのさ。そこにあの噂話が拍車を掛けた。あの荒唐無稽《こうとうむけい》な『人魚姫』っていうおとぎ話がな」

「……〝ハルカリ〟は可愛《かわい》らしい女の子だったって聞いたが？」

「〝ブルハ〟はどう見ても可愛らしい女の子だろうが、ぶっ飛ばすぞ」

「…………」

ネルは片手剣を逆手に持ったまま、腕を組んで考える。物語に登場する人魚姫〝ハルカリ〟は、金髪で肌が白く、宝石みたいな緑色の瞳をしていたはずだ。

船で見せてもらった似顔絵を思い返す。石板にろう石で描かれたハルカリの顔を。白一色で描かれていたため、髪や肌の色まではわからなかったが……。つまりあの無邪気な笑みを浮かべた少女こそ、ブルハの幼少期だったというのか。

「緑の瞳というのも、話が盛られていただけか……？」

ブルハは黒髪で褐色肌。そして漆黒の瞳をしている。物語のハルカリとは、まるで違う。

ネルのつぶやきを聞いて、パニーニが動きだした。肘《ひじ》を立てたまま身体《からだ》を引きずって、どこへ行くのかと思えば、壁際に向かう。西に傾き始めた太陽光に照れされた壁に、背をつける。

「こっちへ来てみろ」

「………」

近づいてきたネルに、パニーニは「見てみろ」と、自身の頰《ほお》を二度指先で叩いた。

パニーニもブルハと同じで、黒い髪の褐色肌。そして瞳の色は漆黒だ。だが今その目を覗《のぞ》き込むと、陽光の差す虹彩は、まるで宝石のように煌《きら》めいている。

「……おお」

「俺たちマー族の瞳はな、光に当てると翡翠《ひすい》のように輝くんだよ」

9

島に暮らすハルカリは、岩牡蠣《かき》獲りの仕事が大好きだった。

潮の引いた時間帯に岩場へ出て、岩にへばりついた牡蠣をヘラで剝《は》がし取るという作業だ。

コツさえ摑《つか》めば簡単で、危険も少ないため、もっぱら子供たちの仕事だったが、地味で長時間腰を曲げなくてはならないこの労働を、周りの仲間たちはみな嫌がっていた。

ただ一人、ハルカリだけが楽しそうに鼻歌を歌いながら、剥がした牡蠣をザル一杯になるまで拾う。

日に焼けた褐色肌を陽光に晒《さら》して、くるりとカールした黒髪を潮風が揺らす。

「ふう」と額の汗を拭いながら身体を起こすと、ハルカリは海原の向こうに視線を送った。岩牡蠣の獲れる岩場からは、遠くに大陸の港町を臨むことができた。

ハルカリがこの仕事が好きな理由がこれだ。

海峡の向こうに見えるあの町は、岩や草木だらけのこの島とは違う。

ハルカリたちの一族は、島の沿岸に密集する石造りの家々に住んでいた。村は山の斜面にあって、建物の屋根や壁は長いこと潮風に吹かれるせいで真っ白だ。

それに比べ、海の向こうの町は文化的で、刺激的だ。いくつか見える三角屋根が洒落《しやれ》ていて可愛《かわい》かった。町は夜、ちらちらとランタンが灯《とも》る。夜の岩場は危ないからと立ち入りを禁じられていたけれど、小さな灯りが海辺に広がるその光景が大のお気に入りで、ハルカリは人目を盗んでよく見に行った。

波の穏やかな夜に岩場へ腰掛け、耳を澄ませば、人々の笑い声と一緒に音楽が聞こえてくることがあった。ハルカリは夜風に目を閉じながら、そのメロディを鼻歌で真似た。

「ふん、ふふん、ふふんふん、ふん……――」

美しい町だ。けれどあの港町に住むトランスマーレ人というのは、残酷で暴力的で、人の心を持たない獣のような人種なのだと聞いていた。

ハルカリたちの持つ美しい瞳は、奴隷としての価値を跳ね上げる。かつて大陸に住んでいたマー族は、陽の光で色を変えるこの瞳のせいで、トランスマーレ人に狙われ、この誰も住まない島まで逃げてきたのだそうだ。ハルカリは、村の長老である大ババからそう教わった。

だからこそハルカリの抱く町への憧れは、危険だと大人たちにたしなめられた。だが一族が迫害されていたのは、ハルカリが生まれるよりもずっと前のことだ。大人たちの懸念が、ハルカリには実感できない。

残酷で暴力的な者たちが、あんなにも美しい町を築けるのだろうか？

獣のような人種が、あんなにも心躍る音楽を奏でられるのだろうか？

獲れた魚や塩を売るために、大人たちは時々島を出て港町へ行く。帰ってきた彼らから、ハルカリは町で暮らす人々の様子を聞いた。彼らは、魚や野菜をとても上手に料理するらしい。町には、島で見られないような仕事もあるらしい。そこには、漁や畑仕事をするだけではない、多種多様な生活があった。何と、歌を歌う職業まであると聞く。

行ってみたい。けれど町へ出るのは、大人の仕事だ。大人として認められる十五歳になって初めて、町への遠征組として立候補することができる。それまでは島の中で好奇心にフタをして、我慢しなくてはいけなかった。

陽光に煌《きら》めく翠《みどり》の瞳は、海の向こうばかり見つめていた。

女の強い集落だった。どうしてか男よりも女の生まれる割合の方が高く、三百人ほどいる人口の、四分の三が女だった。彼女たちは働き者だ。自分たちが動かなければ村が回らないので、率先して仕事をこなしていく。マチェーテを振って林を切り開き、クワを振って畑を耕した。そして銛《もり》を握って海にも潜る。

ハルカリを生んだ母親もまた、他の女たち同様に奔放《ほんぽう》で、ほとんど家にいなかった。父親はわからない。集落の男の中の誰かだろう。母親と過ごす時間は限りなく少なかったが、それでもハルカリは寂しくなかった。同じような境遇の子供たちが、他にもたくさんいたからだ。

マー族の子育ての仕方は他の部族と少し違っていて、村で生まれた赤ちゃんは一か所に集められ、村全体の子供として一族みんなで育てることになる。ハルカリにとって、一緒に育った兄姉たちこそ〝家族〟だ。

ハルカリと同じ時期に生まれた子供は他に五人いた。その中でハルカリは一番末っ子だった。ある嵐の日。待ちに待った十五歳を迎えたその日に、ハルカリは海中でもがいていた青年を助けた。共に泳いでいた兄姉たちと協力して、弱った彼を集落へと連れ帰った。

予想はできていたが、長老たちからはこっぴどく叱られた。町は危険だ、島の人間以外には心を許すなと日頃から口酸っぱく言われているのに、肌の白い、見るからに町の男を連れ帰ってきてしまったのだから、当然だ。

ただ彼は岩礁に強く身体《からだ》を打ちつけてしまったらしく、とても弱っていて動かせない。片脚も折れていて重傷だった。打ち捨ててしまえば死んでしまうと、ハルカリは長老たちに泣いて懇願した。傷が治るまでの間だけでいい、どうか村に置いてあげてくれないかと。

大ババは深くため息をついた。

集落の外れには、村のルールを守れない者を、閉じ込めておくための牢がある。囚人のいない時は工房として使用されるその部屋に、閉じ込めておいて出さないのであれば、という条件つきで、青年はしばらくの滞在を許されることになった。

大ババの言いつけにはいつだって口答えする問題児のハルカリが、素直に「ありがとう」と声を跳ねさせ、大ババに抱きついたのだから、その喜びは相当なものだったのだろう。

ハルカリは率先して、工房に幽閉された青年の世話をした。

彼の背は高く、その肌は透きとおるように白い。何をされるかわからないから、工房には決して一人で入ってはいけないと、大人たちからはそう言われていたが、枯れ木のように細い彼の何が危険なのか、ハルカリにはわからなかった。

トランスマーレ人というのは残酷で、暴力的で、人の心を持っていない獣のような人種なのではなかったのか？　そう聞いていたはずなのに、彼は物静かで穏やかで、その口ぶりはとても優しい。身長があるくせにいつも申し訳なさそうに背中を丸めていて、見つめると、困ったように視線を泳がせる。そんな仕草をハルカリは可愛《かわい》いと思った。

　青年ハンバートは、十八歳だった。ハルカリよりも三歳年上だ。興味は尽きない。

「あなたは何をしている人なの？」

　ハンバートを幽閉する石造りの工房で、ハルカリはトランスマーレ語で尋ねた。

　すると彼は、〝童話作家見習い〟だと応えた。ハルカリはその職業を知らなかった。

「どおわ？」

「子供たちに読み聞かせるための、物語を作るお仕事です。僕はその……見習いで」

「わあ、素敵！　どうやって物語を作るの？」

「簡単だよ。想像力を働かせるんです。各地に伝わるおとぎ話を参考にしたり、自分の体験を元に空想したりしてね」

　そうしてハンバートは聞かせてくれた。彼が今まで創ってきた物語の数々を。それは、冴《さ》えない少年が魔法学校で活躍するお話だったり、マントをひるがえす大魔術師の冒険活劇だったり。どれもハルカリの知らない世界を教えてくれた。ハンバートの紡ぐ物語は、ハルカリを大いに楽しませた。

「君は将来、何になりたいの？」

　逆に、そう尋ねられた時。ハルカリは何と応えるべきか迷った。将来何になるのと問われれば、この島で大人になって海女《あま》となり、子を生んで村の繁栄に尽力することになるのだろう。

けれど何になりたいかと問われれば――。

あたしは何になれるのだろう。あたしは何になりたいのだろう。

「あたしは」

ハルカリは少しだけ考えて、ハンバートの耳元で声を潜めた。

「……あたしはいつかこの島を出て、〝歌歌い〟になりたいわ」

言った。言ってしまった。夜の海の向こうに灯《とも》る町のランタンを見つめながら、密かに生まれたその願いを、初めて誰かに打ち明けた。彼のリアクションを待つ時間は、とても長く感じられた。

「なれるよ。絶対に」

そしてハンバートは、ハルカリの一番欲しい言葉をくれる。

「だって君の歌声は、こんなにも人の心を動かせるのだから」

町への憧れを口にすれば、島の大人たちは嫌悪に顔を歪《ゆが》め、説教をしてくる。島を出て町で働きたいと言えば、兄姉たちでさえ反対する。けれど彼だけは、ハルカリの夢を応援してくれた。何だか泣きそうになってしまって、ハルカリは誤魔化《ごまか》すように「にひひ」と歯を覗《のぞ》かせた。

海中で初めて会った時から、彼のことが好きだった。

ハンバートはこの島にいる誰とも違う。知的で、不思議で、優しい人。彼と工房で話していると、時間がすぐに過ぎてしまう。彼を知っていくにつれ、好きな気持ちが大きくなる。

昨日よりも今日。今日よりも明日はもっと好きになっている。

ハルカリはどんどんハンバートに惹《ひ》かれていった。


工房に幽閉されてから六日目の夜、ハンバートは藁《わら》のベッドの上でもじもじとしていた。ハルカリが近づこうとすると、うら若き乙女のような悲鳴を上げて嫌がる。聞けば自分の身体《からだ》のにおいを気にしていて、どうしても水浴びがしたいのだという。本当に乙女のようだった。ケガをしている彼のために、二日に一度は濡らした布で身体を拭いてあげていたのだが、それでは足りないとのことだった。

とはいえ、ハンバートを工房から出すことは禁じられている。

「うーん。でも、今なら……」

山の中腹に、淡水が海へと注ぐ湖がある。いわば集落の大衆浴場だ。雑木林の中にあるため、夜入ることは禁じられている。だからこそ日の落ちた今なら、誰にも見つからず水浴びをすることができるかもしれない。

ハルカリはランタンを手に先導した。二人は山を登る。ハンバートは木の枝を杖代わりにして、痛む脚を引きずりながら、夜の小道を進んでいく。

頭上に伸びる木々の梢《こずえ》が、夜風にざわざわと揺れていた。木々が生い茂る山道は、月明かりが届かずにほの暗い。ハルカリの持つランタンの灯りだけが頼りだ。

リンリンと聞こえる虫の音。カエルの鳴き声がそこら中から聞こえる。夜の山は案外うるさい。やがてハンバートは、それらに混じって水を打つ音を聞いた。滝だ。

鬱蒼《うつそう》とした雑木林を抜けると、視界が開けた。

ハンバートは思わず「ぅわ」と声を上げた。何と素敵な場所だろうか。

そこは全体をぐるりと岩場に囲まれた湖だった。頭上を覆うものはなく、見上げれば満天の星が広がっている。切り立った向こうの岩場からは滝が流れ続けていて、波打つ湖面を月明かりがキラキラと煌《きら》めかせていた。

水は透き通っていて、岩場の上から覗《のぞ》けば、泳ぐ魚を見つけることさえできた。水中に手を差し込むと、ひんやりとして心地いい。

「楽しんで。あたしはそこら辺で待っているから」

「うん。ありがとう」

ハルカリがその場を離れてから、ハンバートは服を脱いだ。全裸となって、折れた脚や軋《きし》むあばら骨を庇《かば》いながら、水の中に身体《からだ》を沈み込ませる。思いのほか深く、足は届かない。だが折れていない方の脚を動かして、泳げないこともない。

ここ数日の幽閉生活で汚れた身体が洗われて、心地よかった。髪を後ろに撫《な》でつけながら、ふと背後を振り返る。岩場の上でハルカリが膝《ひざ》を曲げ、こちらを見下ろしていた。

「うわあっ！」

ハンバートは驚いて、身体を肩まで沈み込ませた。

「……何しているの」

「何してるって。見ているのよ、あなたの水浴びを」

ハルカリはランタンをそばに置いて、曲げた膝の上に肘《ひじ》をつき、あごを支えながらハンバートを観察していた。「んふふっ」と目を細めて、実に楽しそうだ。

「何を恥ずかしがっているの？　あたし別に、そんな枯れ木みたいなガリガリの裸を見ても、ちっともドキドキなんかしないわ」

嘘だ。月明かりに照らされたハンバートの白い背中があまりに綺麗《きれい》で、ドキドキして心臓が痛いくらいだった。動揺を誤魔化《ごまか》すために、少し言葉が強くなった。

「島の男たちの裸は見慣れているもの。もっとムキムキの……あいつらすぐ脱ぐから」

「…………」

水中に顔の下半分を沈めながら、ハンバートはムッとしていた。

ここにいる間、面倒を見てくれているハルカリには感謝している。けれど彼女は、どこか自分を軽んじているところがある。歳下の女の子に言われっぱなしは悔しい。どこかでぎゃふんと言わせてやりたい。悪戯《いたずら》心が湧き上がり、ハンバートは全身を水中に沈める。

潜水しながら、ハルカリが腰を屈めた岩場のすぐ目の前まで泳いだ。

「？」

ハルカリが小首を傾《かし》げた次の瞬間。ハンバートは飛び上がるようにして浮上した。

その勢いで、岩場のハルカリの腕を摑《つか》み、水中へと引きずり込む。

「きゃあっ！」

ザパン、と大きなしぶきが上がった。ハンバートはすぐに水中から顔を出した。

「どうだ思い知ったかっ。ガリガリだってこのくらいは――」

だが、沈んだハルカリがなかなか浮上してこない。ハンバートは青くなった。

つい、やり過ぎてしまったかもしれない。

「わあ、ごめっ……」と、上から覗《のぞ》き込んだちょうどそのタイミングで、ハルカリは顔を出した。勢いよく飛び出してきた額にあごをぶつけ、ハンバートは「あだ」っと悲鳴を上げる。

ハルカリはケラケラと笑っていた。

「………」

よかった。怒ってはいないようだ。ハンバートは一安心してその横顔を見つめた。彼女の明るい笑顔は、ハンバートに元気をくれる。その笑顔を見ていると、嬉《うれ》しくなる。

ふとこちらを見たハルカリと視線がぶつかって、ハンバートは目を伏せた。

「どうして？」

ハルカリは尋ねる。

「あなたはいつも目を伏せる。そんなに綺麗《きれい》な瞳をしているのに」

「……人とは違う、変わった目だよ。僕は嫌いだ」

目を伏せたままつぶやくハンバートを、ハルカリは正面に見た。

湖面に浮いている状態なら、身長差は関係ない。ハルカリはハンバートの頬《ほお》へと両手を伸ばす。海中で初めて彼を見た、あの嵐の日のように。手が触れた瞬間。びくりとハンバートの身体《からだ》が硬直する。手のひらを通して、彼の緊張が伝わってくる。

気を張りながらも自分に身を委ねてくれる。彼が愛しくて堪《たま》らない。

「……私は好きよ。とても好き」

ハルカリはつぶやき、伏せられたまぶたに唇を寄せた。二度、三度とキスをする。

それから顔を離して、彼を正面から見つめた。彼が目を開くのをじっと待った。

恐る恐る、ハンバートは目を開く。月明かりに煌《きら》めく黄色の虹彩が、ハルカリを見返した。

「あなたの瞳、宝石みたい」

ハルカリはその目尻を指先でなぞる。

ハンバートはハルカリの腰に腕を回した。細い身体を抱き寄せる。

滝が水を打つ音を聞きながら、水に濡れた褐色肌の頬を撫《な》でた。月明かりが、揺れる湖面に反射して、ハルカリの肌を煌めかせている。つんと尖《とが》った形のいい鼻。柔らかな厚い唇。美しい翡翠《ひすい》の瞳が、ハンバートをじっと見つめている。

「……この光景を忘れたくないな」

ハンバートは思わずつぶやいた。

するとハルカリは、いいことを思いついたというふうに、一度目を見開いてから微笑《ほほえ》む。

「ねえ。物語って、自分の体験を元に空想して創ったりもするんでしょう？　この瞬間を物語にして書くといいわ。だって、あなたはそれが得意じゃない」

「……なるほど」

「約束して、ハンバート。あなたは〝童話作家〟になって、今日という日を物語に書くの」

「いいよ、ハルカリ。そして君は〝歌歌い〟になる。僕の書いたお話を、歌詞にして歌っておくれ」

ハルカリは翡翠《ひすい》の瞳をしばたたかせた。

「いいの？」

「もちろん」

ハルカリは愛したっぷりに、ハンバートの頭を胸に抱き締める。

ハンバートはその細い背中に、手を添えた。


「――あの男は魔術師《ウイザード》らしい」

〈港町サウロ〉で情報を仕入れたという男の一言で、島内にて緊急会合が開かれた。

大人たちの集う建物の外に、褐色肌の若い男が一人、外壁に耳をそばだてている。パニーニだ。当時はまだ今ほど筋肉隆々ではないものの、この頃から上着は着ない主義である。

港で情報を得た男によると、青年ハンバートの乗っていた船は、ルーシー教会の手配したものらしい。その船を出した漁師が教えてくれたという。

「魔術師の奴ら、難破した貿易船の財宝を捜しているらしい」

パニーニは眉《まゆ》をひそめる。イナテラの海峡で沈没した貿易船から、何人かで金銀財宝を運び出したのはつい先日のことだ。男の話によると、ルーシー教の魔術師たちがそのことに気づき、財宝を奪おうとしているのだとか。

「奴ら、俺たちの集落を見つけるために海に出たんだ。だが発見する前に嵐に見舞われた」

「それじゃあ、私たちを捜している相手を、わざわざ村に招き入れちゃったってわけ？」

「オマールの小さな村とか荘園とか、そいつらに滅ぼされたって話もあるだろう。危険な奴らなんじゃないのか！　あの男をこのまま帰したら、きっと大勢の魔術師を連れて戻ってくるぞ」

会合は紛糾していた。幽閉した青年ハンバートをどうするべきか、喧々囂々《けんけんごうごう》と意見が飛び交う。大人たちの優先すべき事項は、村を護《まも》ることだ。何世代にも渡って身を隠してきたこの島が、魔術師に見つかってしまうことの脅威は、人々を酷《ひど》く怯《おび》えさせた。

「生かしては帰せない」「間違いだった！」「殺すべきだ」「拷問に掛けよう！」

そんな物騒な言葉が飛び交う。

「どうするんですか、大ババ！」

長老である大ババにも意見が求められる。

じっと目を閉じて皆の意見を聞いていた大ババは、カッと目を見開いて声を上げた。

「青年を連れてこい。今すぐにじゃ！」

松明《たいまつ》を掲げた大人たちが建物から出てくる気配を感じ取り、パニーニは慌《あわ》ててその場を離れた。夜はすっかり更けており、足元は覚束《おぼつか》なかったが、それでも崖のような斜面を跳ねるように駆け下りて、道をショートカットする。

雑木林を抜け、海を見下ろせる砂利道へ出たところで、六人兄姉の一人であるリンダと出くわした。果実摘みの帰りだろう。頭の天辺に、果物の入ったカゴを載せて歩いていた。

「リンダ！　ハルカリはどこだ」

「さァ？　いつもの工房じゃない？　どうしたの」

「ハンバートは俺たちを狙う魔術師《ウィザード》だ。あの野郎。そのためにハルカリに近づいたんだ」

すれ違い様にそれだけを言って、パニーニは工房へと急いだ。

ハルカリはやはり、ハンバートの幽閉されている工房にいた。銀のトレーに空の食器を載せて、ドアを出てきたところだった。

「ハルカリ！　こっちへ来い」

パニーニはハルカリの手を引いて、工房から離れた箇所へ引きずっていく。

「痛いッ。何よ、パニーニ。離して！」

銀のトレーが地面に落ちて、静かな夜にガシャンと派手な音が響く。

「あいつにはもう近づくな。あいつは魔術師だ！　俺たちの宝を狙ってる」

「何、いきなり……。どういうこと？」

「サウロからの情報だ。たぶん間違いない。これから大ババたちの尋問が始まる。あいつは拷問に掛けられるんだ。返答次第じゃあいつ──」

「……僕は、殺されてしまうのかい」

背後からの声に、ハルカリとパニーニは揃《そろ》って振り返った。ドアの隙間《すきま》から覗《のぞ》く顔があった。渦中の青年ハンバートだ。扉を押し開け、木の枝を突きながら工房から出てくる。

「おい、牢を出るな」

パニーニが指差し、ハンバートの動きを制止した。

「本当なの？　あなたは……魔術師？」

ハルカリは目を丸くしたまま、静かにハンバートへと近づいていく。

「ごめん。騙《だま》すつもりはなかったんだ」

ハンバートは真《ま》っ直《す》ぐに向けられた視線を避けるように、目を伏せた。それから観念して素性を明かした。自分が宣教師《ミッショナリー》ザリに使える修道士《モンク》であることや、マー族の集落を捜す任務を受けていることを話した。

「ふざけんなッ！」

パニーニはハンバートの胸ぐらを摑《つか》み上げる。

「それで？　お目当ての島に連れて来られてラッキーだと思ったか？　ハルカリを手込めにして、あざ笑ってたんだろうな。汚え男だ、トランスマーレめ！」

「違う。僕は……」

弁解の余地も与えられず、ハンバートは頰《ほお》を殴りつけられた。

地面に倒れたハンバートを庇《かば》って、ハルカリがその傍らに膝《ひざ》を曲げる。

「やめて！」

「どけよ、ハルカリ。目を覚ませ！　こいつはもう終わりだ。生かして帰せば、集落の位置がバレちまう。俺たちはここにいられなくなるぞ」

「……いや、僕を解放しなくとも、いずれ魔術師《ウイザード》はこの島へやって来る」

「あァ？」

ハンバートは身体《からだ》を起こし、口元に滲《にじ》んだ血を拭った。

「この島は……〝人魚の棲《す》む入り江〟としてピックアップされた十八か所に含まれているんだ。僕が証言しなくとも、ザリ様たちは……魔術師は遅かれ早かれやって来る」

「こいつ、開き直りやがって――」

「だから僕がっ……」

ハンバートは顔を上げ、パニーニを見返した。

「僕が、集落はなかったと報告しよう。この島には人魚どころか、誰も住んでいなかったと。君たちの村を魔術師から護《まも》るには、それしかない」

言ってすぐに視線を伏せる。パニーニは小首を傾《かし》げた。

「何を言ってんだ、こいつは？　そんな言葉が信じられるわけないだろうが」

「近づいてくるわ。松明《たいまつ》の列が」

いつの間にやって来たのか、一同のそばにリンダが立っていた。頭に載せていた果物カゴを、両腕に抱いている。その背後に続く遠くの山間には、リンダの言った通り、工房へと近づいてくる松明の列が見える。

ハンバートは木の枝を支えにして立ち上がった。完治していない右脚が痛み、よろめいたところを、同じく立ち上がったハルカリが支える。ハンバートはハルカリを見下ろした。

「……確かに僕が海へ出たのは、この集落を見つけるためだった。目的は達成されたのだから、この二週間の内に逃げようと思えば逃げられた。けどそうしなかったのは、迷っていたからだ。僕はこの集落を護りたい。必ず、隠し通すから。だから――」

「…………」

「お願いだ、ハルカリ。僕を信じて欲しい」

ハルカリは逡巡《しゅんじゅん》した。潤ませた目を伏せて、下唇を噛《か》む。

「……ホントに、信じていいの？」

「おい、ハルカリ！」

パニーニの言葉を無視して、ハルカリは告げる。

「……小舟がある。岩牡蠣《かき》獲りに使うやつ」

「待てよ、逃がすのか！　俺は許さねえからな」

ハルカリは、一歩前へ踏み出したパニーニの正面に立ちはだかる。

「お願いっ。見逃してあげて、魔術師《ウィザード》が来たら、全部あたしのせいにしていいから」

ハルカリは涙の滲《にじ》んだ瞳でパニーニを見上げ、懸命に訴える。

パニーニは怯《ひる》んだ。気丈で快活なこの妹の涙を見るのは、幼少期以来だ。

「……後悔するぞ」

「ハルカリ、あなたわかってるの？　彼の言葉が嘘なら、私たちは故郷を失うわ」

リンダはパニーニを通り越し、ハルカリのそばに立った。

ハルカリは目を伏せて、頭を振る。

「……わかってる。けど、あたしは間違ってる？　それがわからない。わからないよ。だって初めてなんだ。こんなにも胸が苦しくなるのも。こんなにも強く、誰かを信じたいと思ったのも。だって初めて好きになった人なんだ」

ハルカリは顔を上げて、リンダに問う。

「この気持ちは、間違ってるの……？」

「…………」

リンダは応えられなかった。

ハルカリはその背後に、迫ってくる松明《たいまつ》の列を見て、ハンバートへ振り返る。

「急いで！」


潮の満ちた海岸から、一隻の小舟が島を出ていく。

その様子を、大ババたちと村の大人たちは、岸壁の上から見下ろしていた。

青年ハンバートは、ハルカリとその兄姉たちの手によって逃がされてしまった。

「……あのバカたれどもめが。魔術師たちがやって来るぞ」

大ババは悔しげにつぶやく。掲げられた無数の松明が、海からの夜風に荒ぶっていた。

10

「十一年も前の出来事さ。俺たちも、ハルカリも、嫌んなるくらいにガキだった」

路地裏の壁に背をもたせて座りながら、パニーニはネルを見上げた。

「甘えたことなんか言ってないで、俺たちはあの時、あの男を止めるべきだったんだ」

「……青年ハンバートは、お前たちを裏切ったのか？」

「ああ。結局、ほどなくして魔術師《ウィザード》たちは島に来たよ。その前に俺たちマー族は、島から逃げ出していたけどな」

三百人近い村人たちは、いくつかの小舟と、難破船から奪ったお宝で購入したフリゲート船に分かれて島を離れた。自分たちの村が魔術師たちによって焼かれ、沿岸から上がった真っ赤な炎が夜空を焦がすのを、みな船の甲板から見つめていた。

「……誰一人口を開かずによう、みな一様にじっと炎を見つめていたんだ。故郷を焼かれるってのは、身を切られるほどに痛いもんだ。だが魔術師を相手に俺たちは無力だ。何もできない。燃えていく村を、ただ見つめることくらいしか……。そのやるせなさが、青年を逃がしてしまった俺たちにぶつけられた」

村人たちは甲板の上でパニーニたちをなじり、責め立て、反省を促してフリゲート船の一室へと閉じ込めた。やがて謝罪したリンダとパニーニは許されたが、青年を逃がした首謀者とされるハルカリは、なかなか許してもらえなかった。

「……ハルカリは自分をなじる言葉に、何も言い返さなかった。けど責任を感じていたのは確かだ。あんなに元気で明るかった子が、ろくに食事も取らなくなり、部屋に閉じ込められたまま、みるみるうちに痩せ細っていった。見てらんなかったぜ」

ハルカリの閉じ込められた部屋には、格子で塞《ふさ》がれた小窓があった。人が通れないほどの小さな窓だが、甲板から中の様子を覗《のぞ》き込むことはできた。机にベッドがあるだけの簡素な部屋だ。まるで青年ハンバートを閉じ込めた工房のよう。パニーニが小窓から覗くたび、ハルカリはベッドの上でシーツに包まれ、背中を丸めて眠っていた。

「声を掛けてみた。『元気か』『飯食ってるか』ってな。そしたら小さな返事がしたんだ」

――「ごめんなさい」

パニーニは小窓のある壁に背をつけて、話し掛け続けた。

「……それを言うなら、みなに言えよ。俺に謝ったってしょうがないだろ」

「言ってもきっと許してくれない。あたしはそれだけのことをしたから」

「…………」

「……ねえ、パニーニ。あたしはこれから、どうしたらいい？」

「……生きてくれ。頼むから、バカなこと考えないでくれよ」

小窓から覗いたハルカリは憔悴《しょうすい》しきっていて、パニーニは嫌な予感を覚えていた。ハルカリが罪悪感に耐えかねて、自分を傷つけてしまわないか心配だった。そしてそれは起きた。

パニーニはネルに続ける。

「監禁状態にあったハルカリは、一度大ババと話すために部屋の外へ出されたことがある。ハルカリの今の心境やこれからのこと、それから健康状態なんかを確認するための面談さ。結局その時だって何も話さなかったらしいがな。たぶんその時に、大ババの部屋にあった短剣をかすめ取ったんだろう」

　大ババとの面談を終えた夜。ハルカリは再び戻された部屋にて、短剣で腹を裂いた。

　話を聞いていたネルは、目を見開く。

「……死のうと、したのか」

「ああ。だが死ねなかった」

　発見された時、ハルカリは床に広がる血だまりの中に、仰向けとなって倒れていた。その姿を見た誰もが、死んだと思っただろう。だが医務室に運ばれたハルカリは、三日三晩高熱にうなされながらも、奇跡的に一命を取り留めた。

　死の淵《ふち》を彷徨《さまよ》ったことが影響を及ぼしたのか――回復に向かうハルカリは、人が変わったように生に執着《しゅうちゃく》するようになっていた。深い傷を癒やすべく、干し肉や果物を口に押し込んで、自ら栄養を摂取しようとする。その貪欲《どんよく》な生命力には、ハルカリを診ていた船医さえ驚き、戸惑ったという。

「ベッドの上でハルカリは、船医に彫り物を頼んだそうだ」

「彫り物……？」

「そう、タトゥーさ。俺たちマー族は、十五歳になったら大人の証として、タトゥーを入れることが許される。あいつは十五歳を迎えていたが、青年の一件でまだ入れてなかったからな」

　大人の証たるタトゥーのモチーフは、一般的に華やかで強く、格好いい動物が選ばれる。パニーニは〝羽を大きく広げたワシ〟、リンダは〝獰猛《どうもう》なコヨーテ〟というふうに。

「だがあいつがモチーフにしたのは、〝タコ〟だった」

ハルカリが完全復活を遂げたのは、フリゲート船が深紅の帆を掲げた日だった。

その時、船の甲板では、キャンプテンを決める〝話し合い〟が行われていた。海賊船となることを決めた船を率いる船長だ。最も強い奴こそ相応《ふさわ》しいと、その腕っぷしを披露《ひろう》するためのリーグ戦にパニーニも参加していた。

そこに現れたハルカリの姿に、甲板に集まった男女はみな息を呑《の》んだ。

――「あたしもエントリーさせて」

久々に部屋から出て、その姿を見せたハルカリは、その尾てい骨から、尻尾のような巨大なタコ足を一本、うねらせていた。

「……ハルカリが腹を裂いたその短剣。もしかして三日月みたい湾曲してるやつか」

「そうだ。よく知ってるな？　聞いたのか？」

ブルハが魔女になった切っ掛けをネルは、竜のかぎ爪で造られたシャムス教の短剣〝イナテラに昇る月〟で腹を裂いたからと聞いている。裂いた理由は好奇心からだと言っていたが、まさか自死のために使っていたとは。

「復活したあいつは、もう俺たちの知る無邪気な〝ハルカリ〟じゃなくなっていた」

パニーニは当時を思い出すように、どこか遠い目をして続ける。

「誰よりも強く、誰よりも凶悪なあいつをなじれるような奴はもういない。村のみんなも大ババも、あいつを閉じ込めるなんてできなくなった。あいつは死の淵《ふち》を彷徨《さまよ》って、強欲な〝海の魔女〟に変身したんだ。あいつと一緒に青年ハンバートの死体を見上げた時、俺はそれを痛感したよ」

「ハンバートは死んだのか」

「殺されたようだ。何があったか知らんが、サウロの港口に吊《つる》されていた」

海賊となったハルカリたちは、素性を隠して港へと入った。航行を続けるために、町での買い出しは必要なことだ。ハルカリにとっては、初めての上陸だった。

港口の門は大きく、門をくぐり抜けた先に市場が広がっている。そこに吊された死体は、波止場からもよく見えた。首や肩周りや胴回りなど、全身に鉄の枠組み――ギベット枠を嵌《は》められていて、腐敗が進まないようにと全身にタールが塗られていた。

それがハンバートだとわかったのは、ギベット枠に名前の書かれた板が提げられていたからだ。それがなければ、ハンバートとはわからなかった。それほどに死体は損壊していた。

日に焼かれ、潮風に吹かれ、腐敗して膨張し、蠅《はえ》が集《たか》っていた。かつての優しい微笑《ほほえ》みは見る影もなく、ハルカリが指を這《は》わせた白く美しい背中は、浅黒く変色してただれていた。

パニーニはギベット枠に提げられた名前を見つけ、ハッとした。

青年ハンバートは裏切られた相手とはいえ、ハルカリの初恋の相手。隣を歩くハルカリが、動揺すると考えたのだ。しかしハルカリはその死体を一瞥《いちべつ》しただけで、立ち止まることなく門をくぐり抜けた。「自業自得だ」とただ一言、唾棄《だき》するようにつぶやいて。

「……あいつが〝ブルハ〟を名乗るようになってから、イナテラの海であいつに勝てる奴はいなくなった。対抗できるのは、同じ魔法使いである魔術師《ウイザード》くらいだな」

「青年ハンバートの仲間か？」

「ああ。この港町は十一年前から、その司祭《プリースト》ザリが仕切ってる。俺たちの故郷を破壊した男だ。これまで五回やり合って、多くの仲間たちと兄姉二人が殺された。もう一人の兄姉はブルハを真似て魔力を手に入れようと腹を裂き、死んじまった。ただ俺たちも強くなってる。一応成果を上げちゃあいるんだ。魔術師を何人か殺した。……双子の奴らとか、修道士《モンク》もいたな。けど肝心の司祭ザリがなかなか仕留められん」

ザリは常に他の魔術師と行動し、前戦にも出てこない。

「用心深い奴だ。見ろよ、町のど真ん中に建てられたあのクソみたいな大聖堂を」

パニーニは、ネルの背後に目配せをする。

ネルが振り返ると、路地裏を囲む石壁の向こうに、巨大な鐘を吊した三角屋根の塔が覗《のぞ》いている。〈セント・ザリ大聖堂〉だ。ザリの造ったその建造物は、町のどこからでも見ることができる。

「十一年前からどんどん高く伸びて、いよいよ完成だとよ。調子に乗りやがって。俺たちは別にシャムタンってわけじゃあないが、故郷を焼いたあいつら魔術師が大嫌いなんだ。この町から追い出してやりたいんだよ」

「……できるのか。海賊がそんなこと」

「さあな。だが〝魔女〟ならできるかもしれない。魔術師《ウィザード》は魔女を恐れるもんだろ?」

くつくつ笑うパニーニへと、ネルは視線を戻した。それからブルハを想う。愛する者に裏切られ、魔女と化した〝ハルカリ〟という名の少女を。

「……ブルハは、立ち直ったのか?」

「わからん。俺たちは〝ハルカリ〟の心に寄り添うことはできても、魔女〝ブルハ〟の心を計り知ることはできん。だが、あいつと肩を並べて戦えるお前なら……同じ魔女であるお前なら、あるいは。俺たちとは違う寄り添い方ができるんじゃないかって、思ってな」

「………」

ネルは唇を結び、うつむいた。パニーニはその顔を見つめる。

「ネル」

顔を上げたネルはムッとして眉根《まゆね》を寄せた。

「お前にそう呼ばれるのを許した覚えはないが?」

「うるせえ、呼ばせろ」

パニーニの表情は真剣だ。額に汗を浮かべながら、傷の痛みに耐えて懇願した。

「……俺たちの妹のそばにいてやってくれ」

第四章 謝肉祭（後編）

1

「どこっ！　ネル様ー！　どこですかっ」

カプチノは、パレードで賑わう町中を走り回っていた。摑《つか》んでいたはずのリードはいつの間にか手放してしまい、首輪に繫《つな》がれていたネルの姿は見失っている。駆けるネルはあまりに速く、カプチノはリードを摑んでおくことができなかった。ネルはまるで暴走する野良犬のようだった。繫いで散歩できるようなものではない。

「っていうか、ここどこッ!?」

辺りを見渡すカプチノのそばを、仮面をつけた者たちが往来していく。喧噪《けんそう》と明るい音楽に満ちたそこは、〈セント・ザリ大聖堂〉へと続く町のメイン道路〈ルシアン通り〉である。パレードはまだ続いている。

見回すカプチノは、歩道を行列と同じ方向に歩いていく。

派手な衣装を着た人々は、ご機嫌な音楽に身体《からだ》を揺らしながら、みな愉快そうに笑っていた。観光で訪れていたなら楽しめるのかもしれないパレードも、今は鬱陶《うっとう》しいばかりである。

小柄なカプチノは人混みに呑《の》まれやすい。不機嫌に目を細めながら、人の流れに身を任せて進んでいく。

目的はネルを見つけること。そして今、カプチノにはもう一つ大きな目的がある。

〝凍った右腕〟を取り返すことだ。先ほどネルから簡単に、〝凍った右腕〟の作られた経緯を聞いていた。レーヴェンシュテイン城の中庭で別れた後、ロロたちの一行が〈北の国《ノース・ランド》〉へ向かったことや、〝凍った城〟で九使徒と戦ったロロが、瀕死の状態に陥ったという話を聞いた。

ロロはまだ死んでいない。あの右腕は生きているのだ。

〝凍った右腕〟自体には気持ち悪さを感じていたが、それが〝キャンパスフェローの猟犬〟である、ロロのものだというのなら話は別だ。キャンパスフェローのメイドとして、どうしても取り返したい。たとえ〝海の魔女〟を――頭《かしら》を敵に回してでも。

カプチノはふと車道のフロート車を脇目に見た。羽を広げたペガサスに、剣を掲げた騎士《ナイト》が跨《また》がった勇ましい山車《だし》だ。その巨大なペガサスの尻に、着地した者がいる。

その人物はさらに前方のフロート車へと飛び跳ねていく。

カプチノは人混みの中つま先立ちし、その後ろ姿を目で追い掛けた。

「あれ？　今の、頭……？」

続いてもう一人。ブルハを追って、褐色肌の少年がジャンプしていく。

ブルハはパレードの人混みを避けて、フロート車からフロート車へと飛び移る。

その最中、宙に跳ねながら、肩掛けカバンを覆う青い煙に気がついた。

「んなっ……!?」

　煙はまたたく間に小さな猿へと姿を変えていく。

　その青い小猿は、カバンの口から手を突っ込んでいた。

「くっ。何だ、こいつッ！」

　ブルハは、宙で身体《からだ》を捻《ひね》り、カバンをたぐり寄せた。

　着地したのは、またもフロート車の上だ。移動式のステージとなっていて、平坦な床板の上では、カラフルな衣装のダンサーたちが舞い踊っていた。突然降ってきたブルハに驚き、踊るのをやめて、わっと距離を空ける。

　ブルハは着地と同時に、青い小猿を振り落とす。

　ステージの上手側の背景には、見上げるほど巨大な三日月のオブジェが飾られていた。湾曲した内側には、尖《とが》った鼻の笑う顔が描かれている。表情豊かな三日月の視線の先、舞台の下手側には、これまた満面の笑みを浮かべた太陽のオブジェがドンと置かれている。

　アラジンは太陽の前に着地する。

「……何だァ、こりゃあ?」

　左目を青く灯《とも》したアラジンがつぶやく。ブルハのそばにいる小猿が、カバンから奪った〝凍った右腕〟を矯《た》めつ眇《すが》めつ眺めていた。全体を覆う布を剝《は》がそうとした、その時――。

「〝朝は白金《モーニング・イズ・プラチナ》〟……――！」

ブルハはタコ足を発現させて、白くなったその尖端で小猿を攻撃した。

小猿はしゃがんでタコ足を避け、バックステップして跳ねる。

うねるタコ足がよほど気味悪かったのか、周りのダンサーたちから悲鳴が上がった。

「返しやがれっ、この猿ッ」

「やだね。これは、そんな大事な――……」

小猿の代わりに、アラジンが応える。だがその直後、背後に誰かが着地する気配を察知し、振り返った。横に大きく振りかぶられた、銀の大鎌が迫る。テレサリサだ。

「っと……」

床板と平行に振られた銀色の刃を、アラジンは身体を前に倒して避けた。

背後からの奇襲に気を取られたことで、アラジンの操作する小猿に隙《すき》が生まれる。ほんの一瞬だけ生まれたその隙を、ブルハは見逃さない。白金のタコ足を跳ね上げて、〝凍った右腕〟を持つ小猿の身体を縦に裂いた。

ブルハは、宙に放られた〝凍った右腕〟をキャッチする。

残った小猿の身体は、青い煙となって霧散した。

「痛《つ》っ……」

斬《き》られたのは青い猿だが、その主人であるアラジンの方が痛みに顔をしかめる。

アラジンの脇をすり抜けて、テレサリサはブルハへと肉迫する。横薙《よこな》ぎに振られた大鎌の刃を、ブルハは白金のタコ足で受け止めた。カィン、と金属音がステージ上に響き渡る。

「おや。また会ったな〝赤紫色の舌の魔女《マゼンタ》〟」

「〝海の魔女〟――……ネルはどこ？」

鎌が振られるたびに、ブルハはその刃をタコ足で弾いた。

突然始まった戦闘に、怯《おび》えたダンサーたちが次々とステージ上から飛び降りていく。

「その腕を返しなさいッ！」

「やだねえ。こいつはお気に入りなんだ」

「……おいおい。この俺を無視するか？」

アラジンは取り出したランプを擦《こす》り、傍らに再び青い猿を発現させる。先ほどの小猿よりも一回り大きな青い猿だ。犬歯を剝《む》きだし駆け出して、テレサリサの背中へと飛び跳ねようとした――その直前。

さらなる乱入者は、上空から降ってきた。

テレサリサと青い猿の間に割り込むようにして、ステージの中央辺りに着地したのは、筋肉隆々とした黒肌の大男。つい先ほどテレサリサに倒されたはずのテディである。シャムタンに扮《ふん》したベストはトゲに貫かれ破れているが、血まみれだったその肉体の傷は、治癒していた。

「……何だ？　お前は」

青い猿の背後で、アラジンがイラ立ち混じりに尋ねる。

「司祭《プリースト》ザリの部下か？　俺の邪魔をしに来たのか？」

「いえいえ邪魔なんて、滅相も！　ないですっ」

テディは、パンパンに膨らんだ肩の三角筋越しに首だけ振り返る。

「俺たちはただ、お力になりたいだけで。〝赤紫色の舌の魔女《マゼンタ》〟の捕獲はどうか僕らにお任せを、ねっ!?」

テディは言い捨て、足を踏み込んだ。その力強い大きな一歩で舞台の床板が割れる。両腕を大きく広げ、猪突猛進に突っ込んだのは、ブルハとの戦闘を続けるテレサリサの背中だ。

「っ……！」

迫り来るテディに気づいたテレサリサは、横に転がるようにして、その握撃を避けた。ブルハもまた、身体《からだ》を大きく引いて突進を避ける――がその時、広げたテディの手のひらに、〝凍った右腕〟を摑《つか》まれてしまった。

突進する勢いもそのままに、〝凍った右腕〟を奪い取ったテディは、舞台の端で急ブレーキを掛け、踵《きびす》を返した。手には布に包まれた〝凍った右腕〟が握られているが、テディにはその価値がわからない。「……んぅ？」とその冷たい〝何か〟に小首を傾《かし》げる。

「何だこれ？　いらない」

ぽいっと無造作《むぞうさ》に放り投げられたそれを、偶然にもステージ下でキャッチしたのは――。

「へっ……？」

ブルハを追い掛けてやって来たカプチノだ。突如降ってきた〝凍った右腕〟を胸に抱き、ぽかんとして顔を上げる。ブルハが舞台上から叫んだ。

「でかした、カプッ。走れッ！」

カプチノはびくりと肩を跳ねさせて、後ろへと振り返って駆けていく。小柄な身体《からだ》は、すぐに人混みに呑《の》まれて消えていった。

テレサリサは青い猿とアラジンを牽制《けんせい》し、ステージの右側へ大鎌を向けた。距離を取って後《あと》退《ずさ》りする。一方でブルハは、ステージの端にいるテディを警戒して足を下げる。

図らずも、二人の背中がとんっとぶつかる。背中合わせの状態でブルハが問う。

「お前もザリに狙われてんの？　災難だな」

「ザリって誰！　私は右腕を回収したいだけ。敵はあなたのはずなんだけど？」

「ああそう。じゃあ、共闘はナシだな」

「あれェ！　〝海の魔女〟もいる。お前も捕まえれば、手柄二倍だなァ!?」

テディが前方へ跳ねる。ブルハに向かって一直線に。五指を広げて肉迫する。

身を屈めたブルハは横っ飛びで反転して転がり、テディの突進を避けた。

同時にテレサリサは膝《ひざ》を曲げ、大鎌を握ったまま背中を反らしてジャンプした。バク宙の要領で空を舞い、迫るテディの顔面を靴底で踏みつける。

「ぷぎゃっ！」

「ほ、やるね」

　ブルハの視線を受けながら、テレサリサは、三日月のオブジェの天辺へと飛び移る。

「……あの海賊の子は、どこ？」

　魔術師《ウィザード》を相手にしている暇はない。テレサリサの目的はロロの〝凍った右腕〟だ。それはブルハから、海賊の格好をしたカプチノの手に渡った。テレサリサは三日月のオブジェの上から、カプチノが頭に巻いていた赤いバンダナを捜す。小柄な姿は見つからない。人混みに紛れ、パレードの先の方へと逃げていったのかもしれない。仕方なく、テレサリサは湾曲した三日月を駆け下りて、人混みの中へとジャンプした。

「待て！　〝赤紫色《マゼンタ》の舌の魔女〟ッ！」

　魔女テレサリサは人に化けることができる。テディは先ほどトゲに貫かれ、朦朧《もうろう》とした意識の中でマテオが奇襲を受けて殺されたのを目の当たりにしている。テレサリサからは、片時たりとも目が離せない。テディはステージを飛び降り、強化したその機動力を以てテレサリサを追い掛けていった。

　ステージ上には、アラジンとブルハだけが取り残された。

「おお、行っちまった……」

　ブルハはアラジンへと向き直る。

「残念だったな、少年魔術師くんよ。〝凍った右腕〟はもうないぜ？」

「そんなものに興味はねえよ。俺が欲しいのは、お前が小さくしてタコ足に包んだ装飾剣だ。ありゃどこ行った？　まだ持ってんのか？」

「さあ。あたしの身体《からだ》のどこかにあるんじゃないか？　捜してみるかい？」

ブルハは白金のタコ足をうねらせながら、アラジンへ向かって両腕を広げた。

舞台であるフロート車は、この騒動ですでに行進を止めている。パレードはここで途切れてしまっていた。動かないフロート車に、パレードの参加者たちから不満の声が上がっている。

「おい動けよ！」「何だ、故障か？」「邪魔だぞ！」「ふざけんな」「進め、進め！」

いったい何事かと、ステージの周りには人だかりができていた。フロート車の責任者らしき中年の男が、ステージ脇からアラジンの背中へ声を荒らげる。

「おいあんたら、ダンサーじゃないよなあ？　今すぐステージから下りろ！」

アラジンは周りの声をすべて無視し、ブルハとの会話を続けた。

「お前、あの装飾剣が召喚師ココルコのものだってのは、知ってんだよな？」

ポケットに両手を突っ込みながら、小首を傾《かし》げる。いつの間にか青い猿は引っ込めていた。

その左目は右目と同じ、元の漆黒色だ。

「お前も〝鏡の魔女〟の一味なのか？」

「はは、冗談じゃない。あたしとあいつは別さ」

「じゃあココルコがどこにいるか、知ってるわけじゃないのか」

「ココルコ？　あれぇ？　お前は知らないのか」

召喚師ココルコ・ルカ。この少年魔術師は、九使徒であるその人物を捜しているらしい。ココルコに関する情報を欲しがっている。ならば、とブルハはその情報こそが、彼の泣き所だと判断した。心を掻《か》くのに使えるかもしれない。調子を狂わせ、こちらのリズムに持ってくるのに。

ブルハは、ネルから聞いた情報を口にする。

「彼女は死んだ。〈北の国《ノース・ランド》〉で〝雪の魔女〟に殺されたらしい」

「……あ？　嘘をつくな」

ピリ、と空気が張り詰めた。

「嘘じゃない。てっきり、知ってて追い掛けて来てんのかと思ってたけどな。あの剣が突き刺さってるミイラみたいなあれが、いったい何なのかを……」

ブルハは不敵に笑ってみせる。敢《あ》えて含みを持たせて挑発する。

「嘘だと思うなら、あたしから奪って確かめてみれば？　全力で抵抗させてもらうけど」

「…………」

アラジンが身体に纏《まと》う魔力が、急激に膨れ上がっていく。

相手を怒らせ冷静さを失わせるのは、ケンカの常套《じょうとう》手段だ。

しかしアラジンの放つ魔力量は、ブルハの想定を超えていた。

――……うお、これは。

怒りに震えた魔力が、ビリビリと肌を刺す。褐色肌の少年から放たれる異様なプレッシャー。その重苦しい空気感に、魔力を感じ取るはずのないステージ下の人々までもが、訳のわからぬまま気圧《けお》されていた。つい先ほどまで喧噪《けんそう》に満ちていたはずなのに、辺りはしんと静まり返っている。いったい何が始まるのか。群衆は息を呑《の》み、ステージ上を見つめている。

アラジンがポケットから両手を出した、次の瞬間。

その姿が、ふっと消えた――ように感じた。瞬時にブルハとの距離を詰めている。

アラジンの握る短剣の切っ先が、目を見開いたブルハの黒い瞳に突き入れられようとした、直前。チィン――と短剣はその鍔《つば》を、ステッキによって止められていた。

反射的に身体《からだ》を反らしたブルハは、ふわりと甘いムスクの香りを鼻先に覚えた。

目の前に迫るアラジンとの間に、帽子屋が割って入り、ステッキを立てていた。

「殺すな、アラジン」

「あ?」

「っ……!」

ブルハは身体を反らしたまま踵《きびす》を返し、二人に背を向けてステージを飛び降りる。

「あっ……ぶね。挑発しすぎたか」

フロート車から通りへ下りて、人で溢《あふ》れた建物沿いの歩道を一目散に駆け抜ける。

危なかった。短剣の切っ先を認識したのが、ステッキで止められた直後だった。あの帽子の男が割って入って来なかったらと思うと、ゾッとする。心臓がまだバクバクしている。まさかあの小柄な少年が、あれほど大きな魔力を持っていたとは。

今まで対峙《たいじ》した魔術師《ウィザード》の中で、間違いなく一番だ。もしかして、司祭《プリースト》ザリよりも強いかもしれない。強大で、圧倒的で、それこそ話に聞く九使徒のような――。

「……え、違うよな？」

ブルハは駆けながら、背後をちらと振り返った。

人混みに紛れるブルハの姿を、司祭ザリは、通り沿いに並ぶ建物の屋上から見下ろしていた。その姿は、染み一つない純白の法衣に着替えられている。

眼下のステージには、二人の九使徒の姿があった。

つい先ほどマッチョと化したテディは、命令通りに〝赤紫色の舌の魔女《マゼンタ》〟を追い掛けていった。だがザリが視線を送った先は、テレサリサやテディの消えた人混みよりも、さらにその向こう。赤いバンダナを巻いたカプチノが去っていった先だ。

海賊の娘は、ブルハから託された〝何か〟を抱きかかえていた。それが何かはわからないが、九使徒や魔女たちが奪い合っていた何か、だ。興味をそそられる。

「…………」

ザリは足元に垂れた長い裾《すそ》をひるがえし、屋上を離れた。

2

——たぶんどこかに、回復系の魔術師《ウイザード》がいる。

倒したはずのテディに追われながら、テレサリサはそう分析する。

テディの握撃はそう怖くない。掴《つか》まれなければいい。ただ問題なのは、強化された機動力だ。加えてテレサリサには、前戦のダメージが残っている。銀の盾《たて》で防御したとはいえ、テディによって与えられた二発の打撃によって、脇腹が軋《きし》んでいた。

足を踏み出すたびに腹部が痛む。テディにすぐに追いつかれてしまう。握撃は怖くないが——がむしゃらに迫ってくる勢いばかりは恐ろしかった。

振り返って大鎌を振るえば、指を斬《き》り落とされる可能性もあるのに、テディはその刃を掴もうとしてくる。そして掴んだその一瞬で間合いを詰めてくる。

「くっ……」

攻撃すれば隙《すき》が生まれる。距離が縮まる。肉迫するマッチョは、より大きく見える。

「ああもう、暑苦しいッ！」

テレサリサはテディから距離を取るべく、大鎌を銀色の紐《ひも》に変えた。それを近くのフロート車へと伸ばし、飛び移る。巨大な長靴の形をしたフロート車だ。足を入れる部分が丸いステージになっていて、そこでも三人の若い男たちがダンスを繰り広げていた。突然下から跳び上がってきたテレサリサに驚き、踊るのをやめる。

「こらこら！　嬢ちゃん。上って来ちゃダメだよ！　え、どうやって来たの」

長靴のオブジェは縦長で、そのステージは他のフロート車よりも少し高い位置にある。常人がジャンプして飛び乗れる高さではない。ダンサーたちは戸惑っていた。

と、その時。

「おっ、〝鏡の〟」

聞き慣れた声に、テレサリサはステージ上から歩道を見下ろす。

「ネル!?　あなた、魔力は？　大丈夫なの？」

歩道では、ネルが片手剣を手に走っていた。走る速度を落とし、フロート車と併走しながらテレサリサを見上げる。

「ふふん。魔力の調節など、造作《ぞうさ》もないことだ。このネル様を甘く見るな？」

本当はブルハから魔力を供給してもらっているのだが、格好悪いことは言わない。

「……ええ？　今までの依存は何だったの？」

「お嬢ちゃん。どうやって上ってきたか知らないけど、ここは危ないから――」

と、ダンサーの一人がテレサリサの肩に手を置こうとしたその時、地上から強化された脚力を駆使し、テディが飛び乗ってきた。その屈強な身体《からだ》に弾かれて、ダンサーたちが長靴のステージから落ちる。安全のためのリードが腰に繋《つな》がっていたため、長靴の縁からぶら下がる状態となって悲鳴を上げた。

テレサリサは、バックステップでテディから距離を取った。大鎌を構える。

「それよりブルハを見なかったか？　〝海の魔女〟だ」

ネルは気にせず質問した。テディは大きく両腕を広げた。テレサリサの身体を抱き締めんばかりに迫り来る。その脇を掻《か》い潜《くぐ》るように前転しながら、テレサリサはネルに応える。

「〝海の魔女〟？　なら、さっきパレードの後ろの方で見かけたけどッ」

出し物の一環と思われたのか、長靴を見上げる観衆からは、拍手と歓声が沸き起こった。

「後ろ？　えー通り過ぎちゃったか……」

「ネル！　ちょっと手貸してくれない!?」

ステージ上で握撃を避けながら、テレサリサは眼下に叫ぶ。

「今？」

「今に決まってるでしょ！　これ見えてないの、この子」

「今はダメだ。ちょっと野暮《やぼ》用があってな。後でまた来る」

「野暮用っ!?　ちょっとネル！」

ネルは足を止め、来た道を引き返して行ってしまった。

「ネルッ！　何なの、あいつっ！」

「何のつもりだ、帽子屋」

一方で月と太陽のステージ上では、アラジンが帽子屋を睨《にら》みつけていた。

怒りに満ちた殺意に当てられて、帽子屋は帽子のつばを摘《つま》んで目を伏せる。

「僕たちの目的は魔女を捕らえること。殺すことじゃなかったはずだ」

「〝鏡の魔女〟を、だろうが。あれは別の魔女だ」

「ルーシー様がどうして〝鏡の魔女〟にご興味を持たれたのかわからない。もしかして、魔女全般に興味を抱かれたのかもしれない。殺す前にお伺いを立てるべきだよ」

「一度アメリアに戻ってか？　バカか？　何を日和っていやがる」

「…………」

アラジンはステージ上を歩き、帽子屋とすれ違う。その視線はパレードの列が伸びていく〈ルシアン通り〉の先――〝海の魔女〟ブルハが去っていった方向を見つめている。

「〝鏡〟は今どうでもいい。〝雪〟だ。〝雪の魔女〟がココルコを……」

殺したと、ブルハは言った。

「……俺は元々、路地裏に捨てられていた孤児だ」

「知ってるよ」

「孤児院に連れてこられた当初、俺はそこが貴族の宮殿か、お城かと思ってた。ガキたちは当たり前のように〝椅子〟に座って〝スプーン〟を握り、〝ごろごろと野菜の入ったスープ〟をすするんだ。俺の生まれ育った環境にはないものばかりさ。どれも珍しくてな。俺にとっては……どれも価値があった」

アラジンの魔法は、自身が〝価値がある〟と感じたものを〝アトリビュート〟と化して精霊を生み出すというものだ。その固有魔法は、物心ついた頃から当たり前のように発現されてきた。

「……俺が触る端から物がしゃべり出す。孤児院で俺は気持ち悪がられ、集団はまた俺を排除しようとした。ルーシー教圏外だったからな。魔法は一般的に知られていなかった」

孤児院に来た当初、その環境はアラジンにとって価値のあるものばかりだった。

しかし周りから虐げられ、嫌悪の目を向けられて、幼きアラジンはここが宮殿などではないということに気がついた。世界は価値を失い、アラジンは精霊を発現させることができなくなった。

旅する召喚師ココルコが孤児院に現れたのは、そんな時だ。

――「可哀想《かわいそう》に。世界は君に見放されたんだね」

その人は世界に弾かれた自分をではなく、自分に認められなかった世界の方を〝可哀想〟と憂えた。

真っ白な修道服を身に纏《まと》い、棺桶《かんおけ》を牽《ひ》いていた。自分や孤児院の者たちと同じ褐色肌なのに、この人だけはどこか違う。まるで別の世界から来たような雰囲気を醸していた。

ココルコは白い瞳で幼きアラジンの顔を見つめ、ふっと微笑《ほほえ》む。

──「この場所は君に値しない。私とおいで」

ココルコに手を引かれ、生まれ育った町を出る時、アラジンは露天商でランプを一つ買ってもらった。水差しのような形をした、その国独特のランプだ。物を持たないココルコは、手持ちの路銀も少なかった。それを知っていた幼きアラジンは、ゴザの上に並べられた商品を前に「何か買ってあげよう」と言われた時、一番安そうな、薄汚れたランプを手に取ったのだ。ココルコは「こんなものでいいのかい」と笑ったけれど、アラジンはココルコからのプレゼントなら、何だって嬉《うれ》しかった。そのランプはアラジンにとって、今でも一番価値のあるの宝物だ。

「もしも……本当にココルコが死んでいたら、俺はまたこの世界に失望してしまう」

ココルコの装飾剣が突き刺さった〝ミイラのような何か〟は、〝海の魔女〟が縮小して持っているはずだ。それがココルコの遺体なのかはわからないが、確認しなくてはならない。

「次、邪魔をしたらお前でも殺すぜ。帽子屋」

「…………」

帽子屋の返事を待たず、アラジンは月と太陽のステージを飛び降りた。

3

その酒場は、天井に穴が開いていた。酒場の客から話を聞くと、天井を突き破って魔女が落ちてきたという。魔術師は彼女を〝赤紫色の舌の魔女《マゼンタ》〟と呼んだ。そして魔術師と魔女による戦闘が繰り広げられた。

木片の散らばるフロアは凄惨《せいさん》な状況となっていた。あちこちでテーブルは倒れ、コップや食べかけの料理が床にぶちまけられている。マテオに襲われた人々がうめき声を上げ、床で倒れていたり、壁に背をもたせたりしていた。

ブルハは店内に足を踏み入れた。

「……確かに、魔力が残ってる」

店の出入り口付近には、首のない死体が転がっていた。その手にはナタが握られている。少し離れたところに落ちていた生首が、奇妙な形の帽子を被《かぶ》っていて、ブルハはこの死体がザリの一味であることに気づいた。思わずにやりと笑みを浮かべる。

「……やるじゃん、あいつ」

倒したのは〝赤紫色の舌の魔女《マゼンタ》〟――テレサリサだ。

そこに馬のいななきが聞こえた。振り返ると、開きっぱなしのドアの向こうに馬から下りるリンダの姿が見える。リンダは酒場へ入ってくるなり、ブルハのそばへ駆け寄ってきた。

「ブルハッ！　パニーニが危ないわ。あの帽子の魔術師、ただ者じゃないみたい」

「パニーニが？」

「それと……これは吉報。ここに来るまでの間、ザリの部下を見たわ」

「守門《ポーター》だろ？　それは知ってる。さっき〝赤紫色の舌の魔女《マゼンタ》〟とやり合ってるのを見たよ。それにこいつ――」とブルハは、床に転がる生首へと視線を落とす。

「常にザリのそばにいる助祭《ディーコン》だ。〝赤紫色の舌の魔女《マゼンタ》〟に殺されたらしい。つまり今、ザリの戦力は減少している」

リンダはブルハの正面に立った。ポケットから取り出したのは、ピストルだ。

「護《まも》りが手薄で、加えて今、私たちにはこれがある。彼が前戦に出ているのだとしたら、今が倒すチャンスかもしれない」

リンダはピストルのグリップを、ブルハに向けて差し出した。

だがブルハは受け取ろうとしない。

「けど……今は」

ブルハの脳裏を過《よぎ》るのは、つい先ほど対面した少年魔術師だ。リンダもその姿だけは、先ほど路地裏で見かけている。ブルハは、〝凍った死体〟を狙うそいつの異様な魔力の大きさを、リンダへと簡潔に伝えた。

「もしかして九使徒かも知れない。あいつにはたぶん……あたしでも勝てない」

「……そんなにヤバいの？　けどそいつの狙いは、私たちじゃなく〝凍った死体〟なんでしょう？」

「ああ。あたしがこれを持ってるから、追い掛けてくるんだ」

リンダは肩掛けカバンから、幌《ほろ》に包まれた物体を取り出した。それはまるでカプチノに投げ渡した〝凍った右腕〟のよう。サイズも似ているが、それには〝凍った右腕〟と違って、縮小されたココルコの装飾剣が突き刺さっている。

リンダがタコ足で奪った錬成魔法――〝ポケットの中の象男《エレファントマン・イン・ザ・ポケット》〟は、ものを圧縮する魔法だ。ただしそれは時間が経《た》つに連れ、徐々に元の大きさへと戻ってしまう。先ほど奪ったロロの身体《からだ》も、すでにポケットに入れておくには大きくなりすぎていて、カバンに移し替えていた。

ポケットに入れ直すには、またタコ足を発現させて魔法を掛け直さなくてはならない。

その前に、とブルハは装飾剣の突き刺さったロロの身体を足元に置き、魔法を解いた。凍ったロロの身体が元の大きさに戻る。体積が大きくなることで、辺りの空気が冷え込んだ。

「わお……」

リンダは〝凍った死体〟のそばに膝《ひざ》を曲げて屈み込んだ。

胸に剣の突き刺さったミイラのような物体。その幌を捲《めく》り、青白いロロの顔を確認する。薄く開いた目は虚空を見つめている。凍りついたまま溶けないというのもさることながら、この状態で生きているというのも異様だ。

「この子が〝凍った右腕〟の持ち主？　可愛《かわい》い顔してるじゃない」

「奪い取ったままではいいが、これを持ってる限り、あの魔術師《ウィザード》が追い掛けてくる。誰かに押しつけちゃうか？　後で回収できればいいけれど……」

「わかった。じゃあ私が囮《おとり》になるわ」

リンダは立ち上がり、ブルハを正面から見据えた。

「私がこれを持ってそいつを引きつけておくから、あなたはザリを仕留めて」

「……バカ言え。言ったろう、あいつは九使徒かもしれない。今まで戦ってきた他の魔術師とは、段違いの強さだ。殺されるぞ？」

「そりゃ戦えば殺されるでしょうね。けど別に、戦うわけじゃない。逃げるのは得意よ。一団の中じゃ私が一番速く馬を駆れるし、ここは勝手知ったる町だしね。それにもうすぐ夜が訪れる。逃げ切るための策はある」

「…………」

「夜さえ来れば、私たちは勝てるわ」

意味深につぶやき、リンダは微笑《ほほえ》んだ。

「最悪殺されたとしても、ちゃんと意味のある死に方をするわ」

「……やめろ。嫌な予感をほのめかすな」

リンダはピストルを持っていない方の手を、ブルハの頰《ほお》に添えた。

「ザリを撃って、ハルカリ。私たちの村を焼いたあの男の仇《かたき》を取るの」

敢《あ》えて昔の名前をつぶやく。

ブルハはそっとリンダの手を払い、顔を背ける。

「……ハルカリは死んだ。魔術師《ウィザード》への復讐《ふくしゅう》を果たすのは〝ブルハ〟だ」

そしてリンダの手から、ピストルを摑《つか》み取った。

間もなくして、近づく脅威にブルハがつぶやいた。

「……来る」

あの青い猿を発現させているのだろう。アラジンの魔力は、大きいだけあってわかりやすい。乱暴で荒々しく、怒りに満ちたその魔力は〈ルシアン通り〉を真《ま》っ直《す》ぐに、この酒場へと近づいている。

リンダは酒場の出入り口へと走った。歩道に出て、繋《つな》いでいた馬の手綱を摑んで跨《また》がる。

追い掛けて店を出たブルハは、尾てい骨辺りから発現させたタコ足に、剣の突き刺さった〝凍った死体〟を巻きつけていた。

破壊された店の前で、パレードはすでに途切れている。

火事やステージの破砕など、行列のあちこちで同時多発的に発生したアクシデントにより、陽気な音楽はすでに鳴り止んでいた。人々はまだ浮かれた格好をしてはいるが、すでに楽しい雰囲気ではない。いったいこのパレードで何が起きているのか、不安げな表情で通りを往来している。

歩道に出たブルハは、道の先にアラジンの姿を見つけた。荒々しい魔力が示している通り、アラジンに先行して、ブルハの腰の高さくらいの青い猿が四《よ》つん這《ば》いで歩いている。

「来たぞ。急げッ！」

アラジンはすでにこちらを見つけている。ブルハは、タコ足に包んだ〝凍った死体〟を縮小させた。摘《つま》めるサイズにまで縮んだそれを、馬上のリンダへと投げ渡す。

「時間を稼ぐ。行けッ！」

「死んだらダメよ、ブルハ」

リンダはあぶみで馬の腹を叩き、向かって来るアラジンから逃げるように、馬を走らせた。

「……こっちの台詞《せりふ》だよ。〝朝は白金《モーニング・イズ・プラチナ》〟」

〝ポケットの中の象男《エレファントマン・イン・ザ・ポケット》〟のタコ足を掻《か》き消して、尖端を錬成魔法で白金化させたタコ足を発現させた。それから続いてもう一本。

「――〝夜は鉄《ナイト・イズ・アイアン》〟」

発現させた二本目のタコ足の尖端は、鉄化していて黒かった。

〝朝は白金〟と〝夜は鉄〟――この二つの固有魔法は、双子の魔術師から奪った魔法である。どちらも肉体を金属化させるという錬成魔法だ。対となる片割れの魔法も同時に使用し、ブルハは馬で駆けていったリンダを背に、護《まも》るようにして立つ。

正面から向かって来るアラジンと青い猿が、そのスピードを上げて駆け出す。

ブルハは白と黒、二本のタコ足をうねらせた。

「お前は強そうだからな。最初っから全力でいくぜっ」

「わかってんじゃねーか、タコ女ッ！」

駆けてくる青い猿の軌道が、ブルハから見て右側に大きく膨らむ。ブルハの注意を横に逸《そ》らすつもりだ。

猿は歯茎を剝《む》き出し、斜め前から飛び掛かってきた。ブルハは白いタコ足を盾《たて》にして、その嚙《か》みつきを防ぐ。左側から横薙《よこな》ぎに振られたアラジンの短剣は、黒いタコ足を立てて弾いた。キィン、と金属音が響いた直後に、ブルハは黒いタコ足をうねらせ、アラジンの頭上から振り下ろす。

ここは通さない——アラジンが進んだ分だけバックステップし、距離を保ちながら、アラジンが脇をすり抜けて行こうとした先へタコ足を降らせて、道を塞《ふさ》いだ。

が——。〝操作型〟対〝操作型〟の魔法戦は、どちらがより精霊をうまく使えるかによって勝敗が決まる。アラジンはタコ足を避けると同時に、ブルハを挟んで反対側にいる青い猿を煙に戻して、ブルハへと迫らせた。

アラジンに気を取られたブルハの背中で、青い猿が実体を作る。後ろから抱き締めるようにしてしがみつき、ブルハの鎖骨辺りへと爪を立てた。

「痛ッ……何だ、こいつ！」

ブルハは身体《からだ》を振って猿を振り解《ほど》く。

視界の端に、再び脇をすり抜けていくアラジンの姿を捉え、慌《あわ》てて黒いタコ足で薙いだ。しかしアラジンはそれを軽々と飛び越えて、道の先へと行ってしまう。

「ちっ……」

大した時間稼ぎにならなかった。

去りゆく背中を追おうとしたが、その前に、青い猿が立ちはだかる。立場が逆転だ。今度はブルハが足止めを食らうことになっている。ブルハはすかさず二本のタコ足を繰った。しかしその連撃は、すばしっこい猿に当たらない。

振り下ろしたタコ足が避けられて、歩道の石畳が割れる。

『キャキャキャッ……！』

タコ足の固い尖端を踊るように避けて、猿はブルハをあざ笑うかのように声を上げる。その動きは、本物の猿とそっくりだ。振り切ったタコ足の先に尻尾を絡ませて、ぶら下がってみせた。

「こいつ、舐《な》めやがって……！」

――と、ふいに辺りの気温が急激に下がり、ブルハは身を震わせた。

次の瞬間、青い猿の胸から、剣の切っ先が飛び出す。

猿の身体《からだ》が、差し込まれた剣身の先を中心に凍っていく。

『ギャアアアッ……！　ギャアアッ！』

猿は咆哮《ほうこう》を上げた。これは威嚇《いかく》ではなく、苦しみの声だ。

そして凍りついた青い胴体が、砕け散った。手足や顔は青い煙となって掻《か》き消える。

砕けた猿の向こうに現れたのは、剣を突きの形に構えたネルだ。

青い猿を背中から突き殺したネルは、構えを解いてブルハに尋ねた。

「……殺しちゃったけど、よかった？」

ブルハは構えを解いて、ハハッと空笑いした。

「刺してから言うのな」


「っ……」

歩道を走るアラジンは、胸に鋭い痛みを覚えて顔をしかめた。

通常、操作魔法によって生み出された精霊は、術者がその場で見ながら〝操作〟しなければ動かせない。だがアラジンに限っては、精霊を離れたところからリモートコントロールすることができた。

それを可能にしているのが、類い稀《まれ》なる強力な〝リンク力〟だ。視界を始め、様々な感覚を精霊とリンクさせることにより、遠隔操作を可能にしている。ただしその過敏過ぎるリンクは、精霊の受けた苦痛をも術者へと伝えてしまう。

アラジンの精霊である青い猿は、背後から剣を突き刺されて、凍らされたようだ。

精霊とのリンクが切れて、青く灯《とも》っていた左目は元の黒い瞳に戻っている。

胸には冷たい感覚が残っている。背後から突然刺されたのでその姿は見ていないが、考えられる相手は〝雪の魔女〟か。ココルコを倒したとされる魔女――。

「…………」

走りながらアラジンは、少し迷う。しかしリンダの乗った馬が〈ルシアン通り〉から路地裏へと折れたの見て、目を細めた。駆けながらエメラルドの指輪を指先で擦《こす》る。

腕を頭上に振るとその宝石から、灰色の翼を大きく広げた猛鳥が現れる。鋭く湾曲したクチバシと爪。カラスの何倍も身体の大きいヒゲワシだ。その円い瞳は、左目のみがエメラルドグリーンに煌《きら》めいていた。

ヒゲワシは高く鋭い鳴き声を響かせ、そのかぎ爪でアラジンの襟首《えりくび》を鷲《わし》づかみにした。そしてアラジンの身体を持ち上げて、通り脇の建物よりも高く飛び上がる。

アラジンは、干された洗濯物がひるがえる、建物の屋上へと着地した。その左目の虹彩は、ヒゲワシと同じエメラルドグリーンに染まっている。ヒゲワシと感覚を共有していることの証だ。

頭上にはすでに、茜色の空が広がっていた。

〈ルシアン通り〉の伸びていく先には、〈セント・ザリ大聖堂〉が斜陽を受けてそびえている。今来た道の方向を見れば、遠くに黒煙が立ち上っていた。ヴィクトリアと一戦交えた黒猫のフロート車は、まだ燃えているのだろう。夕風に焦げ臭さが混じっている。

アラジンはポケットに手を突っ込んだまま、〈ルシアン通り〉に背を向けて、建物のカドの縁に足を乗せる。夕焼けに染まる町並みを見下ろした。そのすぐ脇にヒゲワシが留まる。

眼下に、背後を気にしながら馬を繰るリンダを見つけた。

その後ろ姿を見据えながら、アラジンは宙に身体《からだ》を傾けて、建物の壁を蹴《け》って飛び降りた。

4

荒れ果てた酒場の前で、片手剣を鞘《さや》に収めたネルは、ブルハに尋ねた。

「お前は立ち直れたのか？」

「……ん？　何が」

質問が唐突すぎて、意味がわからない。ブルハは、小首を傾《かし》げる。

「さっき、でっかい筋肉男から聞いた。お前が〝ハルカリ〟なんだろう」

「…………」

ブルハは視線を逸《そ》らした。その横顔を、ネルは真摯《しんし》に見つめている。

二人のそばを人々が往来している。破壊された酒場のフロアを覗《のぞ》き込み、これはただ事ではないと気づいたのだろう。辺りはお祭り騒ぎでない雰囲気で、騒然とし始めている。派手な帽子を脱いで仮面を外し、フロアに倒れた者の救護を呼びかける者もいる。

「ケガ人が出ているぞ」「いったい何があった」「黒猫の火事とは別件か？」

店の前で立ち話をする二人の魔女に、気を止める者はいない。

「でっかい筋肉男……パニーニか。帽子の魔術師とやり合ってるんじゃなかったのか」

「血まみれで倒れてたぞ。元気そうだったけど」

「……元気そうだったの？　じゃあ大丈夫かな」

戦闘がすでに終わっているのなら、助太刀しに行く必要はなさそうだ。

「……お前は十一年前、海で溺れた青年を助けたんだろ？　そいつを村に連れ帰って、看病した。けどそいつは、村の財宝を狙う魔術師だった。素性がバレた青年を、お前は〝村は見つからなかったと報告する〟ことを約束して逃がした。青年を、愛していたから」

「…………」

「けど青年は約束を守らず、村はやって来た魔術師たちに焼かれてしまった。裏切られたお前は悲しみに暮れて、自分の腹を裂いて死のうとした」

「違うよ。あたしが殺したかったのは、あたしじゃない。〝ハルカリ〟だ」

「……？　だから、お前がそのハルカリなんじゃ――」

「そうだよ。生まれ育った村が焼かれるのを、あたしはフリゲート船の甲板から見ていた。あたしのせいさ。あたしがある男に恋をして、匿《かくま》い、信じて逃がしてしまったから故郷が焼かれることになった。腹が立ったよ。自分に、そしてあの男に――」

〝よくも裏切ってくれたな〟〝あたしの心を踏みにじった〟――。閉じ込められた部屋のベッドの上で、ハルカリはシーツを頭から被《かぶ》って、何度も憎しみを口にした。

「工房で共に過ごした二週間は何だったんだ？　愛してると言ったのも、嘘だったのか？

〝許せない。殺してやる。あたしを裏切ったことを、必ず後悔させてやる〟――憎しみを込めてさ、そいつの顔を思い返すんだ。そこで気づくのさ……驚いたことにあたしはまだ、あいつのことを、愛してるってさ」

「…………」

「こんなにも憎いのに、ムカつくのに。無邪気で世間知らずな〝ハルカリ〟はさ、まだどこかで彼を信じたいと願っている。鬱陶《うっとう》しい感情だと思ったよ」

この想いは、復讐《ふくしゅう》の邪魔になる。

「だからその感情に刃を突き立てて、あたしはあたしの中の〝ハルカリ〟を、殺してやったんだ――」

大ババの船室に呼ばれ、青年を逃がしたことを反省しているのかと問われても、ハルカリは沈黙を貫き、何も応えなかった。言葉だけで〝反省してる〟と口にするのは簡単だ。けれどハルカリの心に渦巻くのは、反省や後悔というよりも、もっと複雑な感情だった。

愛する者に裏切られた苦しみ。信じられない、信じたくないという逃避。悲しみに暮れていると、ふと騙《だま》された怒りが湧き上がり、青年ハンバートに対して、思い知らせてやるという復讐心が持ち上がる。

けれどその煮えたぎった気持ちさえ、彼と過ごした日々を思い返せば萎《しぼ》んでしまい、また悲しくなるのだ。この繰り返しだ。感情がぐちゃぐちゃで、頭がおかしくなってしまいそうだ。

大ババの船室から、カギの掛けられた監禁部屋へ戻されたハルカリは、懐から短剣を取り出した。今しがた大ババの部屋からかすめ取った、シャムス教の〝呪われた短剣〟だ。

ヒステリックで嫉妬深く、攻撃的な月神アル・カラムによって作られたとされるその短剣は、〝イナテラに昇る月〟という名称通りに、剣身が弧を描いて湾曲している。

そしてその短剣には、月神アル・カラムの呪いが込められていると言われている。

――切っ先で掻《か》いたその者の、心に渦巻く恨み辛みが強いほど、その者は月神アル・カラムの闇に呑《の》み込まれ、強い力を得られる。

「……あたしはそれに相応《ふさわ》しいかな？」

ハルカリは格子の嵌《は》められた部屋の窓から、夜空を見上げた。

波の音が聞こえる静かな夜だ。湾曲した三日月が、音もなく夜を溶かしている。

暗い部屋は月明かりに照らされ、床には格子の影が伸びていた。

上着を脱いだハルカリは、胸だけを覆うインナー姿のままベッドの上に膝《ひざ》を立てた。短剣を逆手に持ち、晒《さら》した腹部にその刃を当てる。つ……と褐色の肌に血が滲《にじ》み、ハルカリは鋭い痛みに目を閉じた。

記憶は消すことができない。あの男と過ごした日々を忘れることができない。だからせめて切り込みを入れて、傷つけるのだ。こちらを気遣う優しい笑みも、目を伏せる可愛《かわい》い仕草も、美しいと感じた白い背中も、楽しかった思い出をぜんぶ、鋭い痛みと共に裂いていく。嫌いだ、嫌いだ。そんな気持ちの悪い瞳で、あたしを見るなと――。

同時にハルカリは、あの男に恋したかつての自分へも刃を向けた。

似顔絵を抱き締め〝宝物にする〟と声を跳ねさせた間抜けな自分へ。

〝歌歌いになりたい〟と密かな夢を打ち明けてしまった無垢《むく》な自分へ。

月明かりに照らされた湖面で、裸の彼にドギマギしたうぶな自分へ。

少女は裏切られた。あの男の言葉は、ぜんぶ嘘だ。

それを見抜けなかった愚かな笑顔に切り込みを入れる。

「ぐぅっ……ぐっ……」

力を込めれば、腹部の痛みは増す。ハルカリはベッドの上で背中を丸め、枕に顔面を押しつける。忘れたい。忘れられない。ならばいっそ、あの頃の自分など――。

「──死ね。死んでしまえっ！」

泡となって、消えてしまえ。

自身を呪って、あの男を呪って。腹部に突き入れた短剣を、力一杯横に振り切った。その拍子に散った鮮血が、向かいの壁沿いに置かれたデスクへと撥《は》ねる。

ビタビタと裂いた腹から血がこぼれ、シーツが黒々と濡れていく。

ハルカリは脱力して横に倒れた。そのままベッドから床へと転がり落ちる。

「ハァ……ハァ……」

ハルカリは頭を部屋の小窓に向けて、仰向けの状態で倒れた。

吐息が熱い。激しく上下する胸に、月明かりが格子の影を載せている。

見上げた窓の外で、三日月が浮かんでいる。くるりと美しい弧を描き、禍々《まがまが》しく湾曲している。鋭利に尖《とが》った両端は、いかにも口の端を吊り上げているかのようだ。

「ハハ……ハハハ」

──まるで月神アル・カラムが、笑ってるようじゃないか。

思わず細めた漆黒の瞳は、月明かりに照れされて翡翠《ひすい》に煌《きら》めく。

笑えば裂いた腹が痛んだ。その痛みに、愛しい男の顔はもう掻《か》き消えていた。

「……あの三日月の夜に〝ハルカリ〟は死んだ」

酒場の前で、ブルハはネルにつぶやく。

「恋する少女は、泡となって消えたのさ」

「……なるほど、強いな」

ネルは目をしばたたく。ならば『人魚姫』の真相は、悲劇ではないのかもしれない。か弱き少女ハルカリは、泡となって消えた。ただしそれは死んだのではなく、変貌を遂げたのだ。強欲で、誰からも恐れられるイナテラの魔女として。

よかった、とネルは安心した。それは失意の中で自死を選ぶよりも、遥《はる》かにマシな結末だと思ったからだ。

「それじゃあ、お前はやっぱり〝海の魔女〟なんだな」

「そう言っているだろ。お前と出会った時からずっとそうだよ」

「では魔女よ、この私の願いを叶《かな》えてくれ」

ネルは真《ま》っ直《す》ぐにブルハを見つめ、自身の胸に手を当てる。

「〝海の魔女〟は大切なものと引き換えに、何でも願いを叶えてくれるんだろう？」

「ははッ」

ネルの思わぬ申し出に、ブルハは笑った。

「お前が何をくれるかによるかな」

「私の大切なものは……」

ネルは、スカートのポケットに手を突っ込む。「これだ」と取り出したのは、クイーンの混じった三枚のトランプである。この町へ向かう途中の貿易船で、テレサリサやヴィクトリアと〝オールドメイド《結婚適齢期をすぎた老婆》〟に興じていた時に使っていたトランプだ。ゲームは、テレサリサがカードを引く番で中断されている。まだ決着がついていないため、ネルは着替えてからもこのカードをポケットに入れて持ち歩いていた。

だがブルハにとって、その三枚のカードに価値はない。

「……は？　トランプ？」

「私は四十三年間、一人で〝凍った城〟に住んでいた。やることといえば、読書と散歩と勉強と、年に一度やってくるヴァーシアの戦士たちとの死闘くらいだ。けどまあ、そこまで寂しいと感じたことはなかった。一人で過ごすのが普通だったからな」

元々灼熱《しゃくねつ》の踊り子として、王である父に軟禁されていたような生活だった。冒険好きのヴァーシアとして生まれながら、勝手に町へ行くことも、当然海へ出ることさえ許されない人生だ。だからあの湖城で孤独に過ごすことは、ネルにとって、当たり前の暮らしが続いていただけだった。

「けど……もし今、城でまた長く過ごせと言われたら、すごく嫌だ」

ネルは目を伏せた。

ブルハはその表情に、わずかな恐れを感じ取る。

「私は冒険の楽しさを知ってしまった。……たぶんこれから、もっと楽しいんだ。いろんな人と会って、いろんな国に行って、戦って、遊んで。船の中では仲間たちと……暇つぶしにトランプをする。わくわくしてる。私の時間は、やっと動き出したんだ」

ネルは顔を上げる。オッドアイの瞳が、真っ直《ます》ぐにブルハを見据える。

「それが今の私の、一番大切にしてるもの。この大切な時間を、お前にやる」

「………」

「お前の船に乗ってやる」

「……あたしたちの〝家族〟になってくれるのか？」

「いいよ。ただし私が姉ならな」

ネルの顔はいたって真面目だ。この真っ直ぐな魔女は、妙な嘘をついたり、策を弄《ろう》して騙《だま》そうとしたりなどしない。彼女は本気で交渉している。本当に船に乗ってくれるつもりなのだ。

それを知るブルハは、ふっと吹き出した。

「姉だって？　……冗談だろう。ちっこいくせに」

「だから黒犬のケガを治してやってくれ。それが私の願いだ」

「〝凍った死体〟か……あの男は、お前にとってそんなに大事なのか」

「約束したからな。あいつはケガを治して、私と闘うんだ。そのために凍結してる」

「………」

ブルハは腕を組んで考える。

「その〝黒犬〟のケガを治すってことは、あのお宝がお宝じゃなくなっちまうってことだな。九使徒を倒した英雄の凍死体から、剣を抜かなきゃならない。だがそれじゃあ、価値がだだ下がりだ。あの〝凍った死体〟は、〝凍った右腕〟と〝装飾剣〟、全部がセットであるからこそ物語を感じさせるのに」

「………………」

「けどあたしは、それを手放してでもお前が欲しい」

ネルは思わずそっと笑う。

「……熱烈だな。溶けてしまいそうだ」

「嘘つけ、溶けねえくせに。ただ残念ながら、今のあたしに、あいつの傷は治せないよ」

「え、回復系の魔法を持ってるんじゃないのか？　昔、重傷の男を助けたと聞いたが？」

「昔な。確かに、回復系の魔法を持っていた時期もある。数多《あまた》ある固有魔法の中でも〝回復系〟は重宝されるからな。あたしとしても優先して手に入れたい魔法だ。けどあたしの奪う魔法は、入れ替わりが激しいんだ」

ブルハは手のひらを返し、肩をすくめた。

「タコ足は斬《き》られてもまた生えてくるが、奪った魔法は消えちまう。あと魔法を奪った相手が死んでしまった場合な。そいつの命と一緒に、タコ足にストックしてた魔法も消えてしまうのさ」

「……じゃあ、今は回復系を持ってないってことか」

ネルは三枚のカードを指先に摘《つま》んだまま、しょんぼりと肩を落とした。

「ただし今は、の話だ。魔術師とやり合ってたら、回復系の魔法を持つ奴はいずれ現れる。そうすればそいつから魔法を奪い、〝黒犬〟を復活させてやろう」

「それまで黒犬の身体《からだ》を手元に置いておく必要があるな……。〝鏡の〟が何て言うか」

「〝赤紫色の舌の魔女《マゼンタ》〟か？　構わないだろ。文句言ってくんなら一戦交えて……おや？」

ブルハは破壊された酒場の店内に、ひそひそと動く陰を見た。ブルハたちの立つ外の歩道から見えないよう、テーブル代わりの樽《たる》の裏に身を屈め、身を隠している女だ。

「魔術師様！　そんなとこで何しているのです。早く他の方の傷も癒してください！」

「しーっ！　しーっ！」

ウェイトレスらしき女性に引っ張られ、樽の裏から引きずり出されようとしているところを、昼の前に人差し指を立て、懸命に抗っている。だが身体が大きすぎてうまく隠れられていなかった。手足の長い高身長に、肉感的な身体つき。金色の長髪で頬《ほお》の火傷を隠している彼女は、助祭《ディーコン》のウィローだ。

ブルハは何度か彼女と戦っている。直接剣を交えたことはないが、その魔法を目にしたことがある。彼女の固有魔法は回復系。まさに今、ブルハたちが欲しいと願ったものである。

ウィロ－は司祭《プリースト》ザリの〝お気に入り〟の一人だ。ザリと同じくなかなか前戦に出てこない。そんなウィローが酒場にいるのは、マテオの暴挙による後始末をするためだった。マテオに疑われてナタで殴られた人々を治癒していたのだ。もちろん、血まみれのテディを治したのも彼女である。

「……はーん。ネル、あたしたちはすこぶるラッキーのようだ」

ザリ一味の魔術師にどれだけ致命傷を与えても、彼女の魔法が治してしまう。ブルハたちはどれだけ彼女に苦しめられたことか。そんな治癒魔術師が、たった一人で無防備に潜んでいる。ウィローはブルハと目が合って、慌《あわ》てて顔を引っ込めた。

ブルハはネルの手元から、三枚のトランプをかすめ取った。

「おっ……？」

「交渉成立だ。回復系が見つかったぞ」

ブルハは三枚のトランプを広げ、絵柄を見る。真ん中のカードがクイーンだった。

5

カプチノはブルハより託された〝凍った右腕〟を胸に抱き、がむしゃらに走った。〈ルシアン通り〉を真《ま》っ直《す》ぐに、パレードの列の前へ前へと進んでいく。派手な格好をしたパレードの参加者や、個性的なフロート車の数々を通り越していった。

駆けながら脇目に、首を曲げた白い竜のフロート車を見る。竜の背には真っ白な少女が両腕を広げて立っていて、首を曲げた竜が、その鼻先で少女に頬《ほお》ずりしている。慈愛に満ちた竜の子ルーシーのオブジェだ。パレードの列はそこで途切れていた。このフロート車が、列の先頭車両なのだ。

カプチノはパレードの列が向かっている〈円形広場〉へ、一足先に入っていく。〈港町サウロ〉の中心である大きな広場だ。そこはかつてシャムス教とルーシー教、南北に分かれて拮抗《きっこう》する二つの宗教の緩衝地帯ともいえる場所だった。

だが今その〈円形広場〉の奥には、三角屋根の巨大建造物〈セント・ザリ大聖堂〉が威風堂々とそびえ立っている。このルーシー教の聖堂が建つことによって、二つの宗教バランスは崩れてしまった。大広場にはルシアンが集い、ルーシー教に席巻されてしまっている。

カプチノは広場に入ってすぐに足を止め、大聖堂を見上げた。町のどこからでも見える巨大な建造物は、近くから見上げればものすごい迫力である。広場の奥――大聖堂の入り口には幅広の階段があり、大きな扉の礼拝堂へと続いている。

出入り口の上部には、巨大建造物に相応《ふさわ》しい、大きなステンドグラスが斜陽に煌《きら》めいていた。描かれているのは、羽を広げた白竜と、中心に浮かぶ白い少女――竜の子ルーシーだ。広げた竜の羽がまるでルーシーの背中から生えたような構図で、神々しく両腕を広げている。

ステンドグラスよりも上を仰ぎ見れば、三角屋根の鐘楼塔で、鐘が揺れているのが確認できる。リンゴーンリンゴーンと重厚な鐘の音は、夕焼けに染まる町中へと響き渡った。

「…………」

「美しいでしょう？」

突然声を掛けられて、カプチノはびくりとして振り返った。すぐそばに、純白の衣装に身を包んだ聖職者が立っていた。白い肌に、柔らかな金髪。青い瞳を細め、少年のような人懐こい笑みを浮かべている。司祭《プリースト》ザリだ。

「この大聖堂は、僕の誇りさ。僕が建てたんだ」

「あ……えと……あの？」

ザリは戸惑うカプチノの正面へと回り込んでくる。

「ここまで大きくするのに、とても苦労した。建設資金を工面するために、人に言えないようなこともやったさ。胸を痛めながらも、努力したよ。何せこの大聖堂の建設は、ルーシー様の念願であったからね。……君は、ルシアンではないのかな？」

ザリは正面からカプチノを見据えた。視線がその胸元に落ちる。

「ならばその腕に抱いているものは、教会とは何の関係もないものかい」

「っ……」

得体《えたい》の知れないこの男は、ロロの右腕を狙っている――それに気づいたカプチノは、〝凍った右腕〟を胸に強く抱き締めた。

「見せてみなさい」

ザリはそう言っておもむろに手を伸ばした。凍りついた布を摑《つか》む。

非常に冷たい。そして僅かながら魔力を感じる。

――何だこれは。魔導具か……あるいは錬金物か？

魔女や九使徒が奪い合っていたその物体は、魔力を帯びている。魔法と関係しているのは明らかだ。益々《ますます》興味を惹《ひ》かれた――が、ぐいと強く引かれて手を離す。

カプチノは両腕にしっかりと〝凍った右腕〟を抱き締めて、ザリを睨《にら》みつけた。この聖職者が何者かはわからないが、ロロの右腕を奪われるわけにはいかない。逃げなきゃ、と踵《きびす》を返し、弾かれるように駆けていく。今来た道を戻り、大広場から〈ルシアン通り〉に向かって。だがふいに両足が地面に縫いつけられたように固定され、つんのめってしまった。

「うあっ……え、何で!?」

膝《ひざ》を持ち上げようとしても、びくともしない。振り返ると、ザリがこちらへ右腕を差し出している。魔法だ。カプチノには見えないが、ザリの右腕から伸びた魔力が、カプチノの両足を石畳の上に固定していた。

「どこへ行くつもりだい？　僕はもう少し、君とお話ししたいんだけど」

ザリはゆっくりと近づいてくる。

慌《あわ》てたカプチノは〝凍った右腕〟を抱いたまま、もう一方の手でポケットをまさぐった。逃げられない――ならばせめて身を守るような武器はないかと。そして手に握ったのは、ダイアウルフの牙《きば》だ。オオカミのものにしてはサイズの大きい、鋭利に尖《とが》った三角の歯。金になるよとロロからもらい、常にポケットに忍ばせていた〝お守り〟である。

ギュッと握れば手の中に馴染《なじ》む。

瞬間、両脚の拘束が解かれ、一歩足を踏み出したカプチノは後ろへと振り返り、迫るザリへ牙の切っ先を向けた。

「来ないでっ！　来たらっ――……!?」

ザリが指先をすっと横に振ると、カプチノの口が閉ざされる。これもまた魔法。魔法使い以外には見えない魔力が、カプチノの口を塞《ふさ》いでいる。

「しー……」

人差し指を唇の前に立てながら、ザリはカプチノとの距離を詰めていく。

ガタガタと震える牙の切っ先は、真《ま》っ直《す》ぐにザリの胸を差している。

「ははは……可愛《かわい》いものだ。そんなもので、仔羊がオオカミにでもつもりかい？　戦うの？　この僕と？　そんな牙一つで、その大事そうに抱えているものが護《まも》れる？　ムリだよ。ぜんぜんムリ」

ザリは一歩ずつカプチノに近づく。その胸が、前に突き出す牙の尖端に触れそうになる。

「いいよ、じゃあ戦う?」

ザリが懐から取り出したのは、きめ細やかな装飾の施された銀のハサミだった。シャキン——と目の前で鳴らされて、カプチノは肩を跳ねさせる。

——誰か、助けて!

声が出せないまま、カプチノは胸中に叫んだ。このままではロロの右腕が奪われてしまう。

——早く来て、ネル様、頭《かしら》!

助けが来ないなら、手放すべきか。右腕は渡して逃げるべきか。もしここで奪われても、後でネルかブルハが取り返してくれるはずだ。自分の役目は、奪う相手であるこいつの顔をよく覚えておくこと——ネルは恐怖で目を潤ませながら、ザリの薄ら笑いを睨《にら》み続ける。

ただ胸に一抹の自問があった。

この腕が、見知らぬただの腕ならば手放すのも厭《いと》わない。けれどこれが〝キャンパスフェロ一の猟犬〟のものと知ってしまった。ロロの右腕だと知ってしまった。ならば〝キャンパスフェローのメイド〟たる自分が、これを護《まも》らずにみすみす手放していいものか——。

「大人しく、渡してくれるね?」

ザリの手が、再び〝凍った右腕〟に伸びる。その手のひらが、ロロの右腕を摑《つか》んだ、瞬間。

「やっ!」

カプチノは反射的に牙《きば》の切っ先を、ザリの胸へと突き入れていた。

「え、痛っ……」

　まさかの攻撃にザリは怯《ひる》んだ。牙の突き刺さった胸を見下ろす。深い傷ではないが、それでも純白の法衣に、赤い染みが滲《にじ》んでいく。それを確認して、顔を上げる。牙を手放して後退した、カプチノの顔を見つめる。

「これは何……？　痛いんだけど。つまり戦闘開始ってこと？」

　カプチノはザリ以上に、顔面蒼白となっていた。自身に向けられた青い瞳に怒りが滲んでいることに気づいて、つい謝罪の言葉が口を突いた。

「あ……えと、ごめんなさっ――」

　ザリは聞く耳を持たない。ハサミを握った右手に魔力を纏《まと》い、その腕を振り上げた。

6

　ブルハの固有魔法〝悪い習慣《バッド・ハビッツ》〟が相手の魔法を奪う条件は、二つある。

　一つは、タコ足を相手の身体《からだ》に巻きつけることだ。肌に吸盤を貼りつけることができるなら相手の身体のどこへ巻きつけても問題はないが、ブルハは敢《あ》えて首に巻きつけ、締めつける。その方が首を吊《つる》す形で持ち上げた時に格好いいし、相手に苦しみや威圧感を与えることができるからだ。

相手の魔法を奪うためのもう一つの条件、それは対象の魔法名を知ることだった。

これぱっかりは相手に直接尋ねるしかない。だから拷問が常だ。

「素直に教えてくれるなら、痛い思いはさせないんだけどな」

「ごめんなさい、ホントに！　この魔法だけは、渡したくないっ」

ブルハとネルはウィローを連れて、酒場の真上にある部屋へと移動していた。

サリサが、マテオやテディと立ち回った上等な宿屋だ。床には大きな穴が空いている。少し前にテレ借りていた家族はすでに退避し、ブルハとネル、ウィロー以外に人気《ひとけ》はなかった。部屋を
ブルハは、タコ足で持ち上げたウィローの首を、キリキリと締め上げる。

ウィローの右手はすでに、小指と薬指が折られていた。

「なあ、どうせ奪われるんだ。負傷は最小限に抑えておきたくないか？　我慢はやめろよ、ほら吐いちまえ。魔法名は何だ。教えてくれ」

「いやァ！　この魔法は私のッ！　唯一の価値……ぐっ……苦しィ」

タコ足に首を締められて、涙や鼻水でくしゃくしゃにした顔が赤くなる。

「この魔法が……なかったら……私、捨てられちゃ……」

「そいつあ残念だな。他の部分を磨けよ」

「ぎぃぃぃいいいいッ！」

ネルはベッドに腰掛けて、輪切りにされた巨大なタコ足を噛《か》んでいた。定期的に行われるブ

ルハからの魔力供給だ。もちゃもちゃとタコ足を噛みながら、これからやらなくてはならないことを頭にまとめる。ブルハがウィローの回復魔法を奪ったら、まずはネルがロロの凍結を解き、間髪《かんはつ》容《い》れずに魔法で治す。腕はブルハがカプチノに託したということだったから、どこかで回収しなくてはならない。

「あ……く……」

首を締められたウィローが口から泡を吹き、ガクリとうなだれた。

「おいこら寝るなっ！　結構しぶといなあ、こっちだって暇じゃないのに」

ブルハは尻尾のように伸びるタコ足を震わせ、揺り起こそうとする。

その姿を漫然と見つめながら、ネルは「ああそう言えば」と思い出した。テレサリサが魔術師《ウィザード》に襲われていた。あれも助けに行かねばなるまい、まったく手が焼ける――と、タコ足を噛んでいたネルは、ハッと最も大切なことに気づき顔を上げた。

「……あ、身体《からだ》は？　肝心の黒犬の身体がない」

ブルハの奪った魔法の一つ〝ポケットの中の象男《エレファントマン・イン・ザ・ポケット》〟で縮小されたものは、時間と共に元の大きさを取り戻していく。リンダがポケットに入れていた〝凍った死体〟もそうだ。やがてポケットには入らなくなり、馬を繰りながら小脇に抱え、いよいよその胸に抱えるような形で馬の背に乗せていた。

リンダの跨《また》がる馬は〈ルシアン通り〉から路地裏へ曲がり、町を南へと駆けていく。少しでも追っ手を翻弄《ほんろう》するために、入り組んだ小道を逃走経路に選んでいる。馬は石造りの家々に挟まれた路地を、全速力で駆けていた。

日は町の端に沈みゆき、見上げれば群青の空が広がっている。そうなると路地裏は特に薄暗い。通り過ぎる家々の戸口から中を覗《のぞ》けば、ぽつぽつとランタンが灯り始めている。

夜の暗さは、身を隠すのに役に立つ。

だが迷路のように入り組んだ暗い小道も、上空から見下ろせば大した問題ではなかった。その瞳を緑色に灯《とも》らせたヒゲワシが、眼下にリンダの背中を見つけ、高々と鳴き声を響かせた。

『ピィィィイイイイイッ！』

ヒゲワシは夕空を滑空し、下降していく。かぎ爪を広げた先は、馬上のリンダだ。

頭上より迫り来るヒゲワシに気づいたリンダは、いっそう強く馬の腹を叩いた。

だがどんなに速く走らせても、ヒゲワシの空を滑るスピードからは逃げられない。湾曲した鋭利なかぎ爪がリンダの肩に食い込んだのは、路地裏を抜けたその瞬間だった。

「ぃあッ……！」

肩を深く裂かれると同時に、リンダは胸に〝凍った死体〟を抱き締めながら、地面へと落馬した。ゴロゴロと土埃を上げて転がり、仰向けの状態で倒れる。馬は「ヒヒンッ」と涎《よだれ》を散らし、一目散に逃げていった。

突如通りに現れて、地面を転がった女に辺りは騒然としていた。道の真ん中に倒れたリンダへ視線が集まる。そこは道を挟んだ左右の壁際に、ずらりと露天商の並ぶ市場であった。

地面に直接広げられた布の上に、織物や陶器、アクセサリーなど様々な商品が並べられている。商人や道を往来する人々は、ターバンを巻いた男たちや、肌の露出を抑えた女たちだ。褐色肌の彼らはオマール人である。

ここはシャムス教の信徒――シャムタンが日々集い、夕方市を開催する場所だった。もうすぐ日が沈むため、あちこちで片付けが始まっていて、ランタンには火が灯されている。

周りの視線を受けながら、アラジンは倒れたリンダの目の前に着地した。肩で息をするリンダとは対照的に、汗一つかいていない。その左目はヒゲワシと同じように、エメラルドグリーンに灯っている。

ポケットに手を突っ込みながら、アラジンは徒歩でリンダとの距離を詰める。

リンダは〝凍った死体〟を腕に抱いて護《まも》りながら、肘《ひじ》を立ててアラジンと距離を取ろうとする。落馬した時に足首を捻《ひね》ってしまったのか、激痛で立ち上がることができずにいる。

「ハァ、ハァ、ハァ……」

「それを渡せ。中を見せてみろ」

「はっ……やだねェ……坊やはもっと、女の子に対する扱い方を――」

不敵に笑ってみせたリンダだったが、その頭にヒゲワシが飛んできた。

かぎ爪で額を引っ掻《か》かれ、リンダは「ぅあああっ」と悲鳴を上げる。周りからは『わっ』と声が上がった。アラジンは構わず歩み寄り、リンダの腕から、剣の突き刺さる〝凍った死体〟を奪い取った。

「――〝黒犬〟の身体《からだ》?」

ウィローの首をタコ足で締め上げながら、ブルハはネルへと振り返った。

「黒犬の身体はまだ〝鏡の〟が持ってるはずだ。あるいは女騎士が……。あいつらどこにいるんだ……? また〝仔ロフモフ数え〟をやるか……」

「いや、あたしが持ってるよ」

「……持ってる? 今?」

ブルハの言葉に、ネルは顔を上げた。

「気づかないか? 自分の魔法なのに。ああ、そっか。小っさくなってるから」

ブルハが肩掛けカバンから取り出したのは、トウモロコシくらいの大きさの細長い物体だった。それを包み込む布地は、鮮やかな向日葵《ひまわり》色。それは階下の酒場で、テーブル代わりの樽《たる》の上にかけられていたものである。

そしてその物体には、縮小された白い装飾剣が突き刺さっていた。

「あ……？　何だこれ」

一方でリンダから〝凍った身体〟を奪い取ったアラジンは、その幌《ほろ》に包まれた物体に突き刺さる片手剣が、ココルコの装飾剣ではないことに気がついた。その剣の色はくすんでいて、鍔《つば》に宝石などちりばめられてはいない。一般的な片手剣だ。

アラジンは地面に寝かせた〝凍った身体〟のそばに膝《ひざ》を曲げた。幌に触れる。感じられる魔力はあまりに微細だ。中身からではなく、凍りついた幌から発せられているのだろう。

アラジンはその幌を捲《めく》った。いったい何が包まれているのか——それは確かに〝身体〟ではあったが、凍ってはいなかった。血にまみれた男の死体だ。首と身体が切り離されていて、あらぬ方向を向いたその首は、つばの折りたたまれた奇妙な帽子を被《かぶ》っている。

アラジンは帽子を手に取り、死体の顔を確認した。面識はある。アラジンは司祭《プリースト》ザリに町へ迎え入れられた際、ザリのそばにいた助祭《ディーコン》マテオと会っている。

だがその顔はよく覚えてはいなかった。

「……誰だっけ、こいつ」

リンゴーンリンゴーンと町の中央で、重厚な鐘が鳴ったのはその時だった。

「あ……えと、ごめんなさっ——」

〈円形広場〉の入り口付近にて、涙目のカプチノへ、ザリの右腕が振りかぶられた。その手にはハサミが握られている。尖《とが》った切っ先がカプチノの首筋を裂く——直前に、カプチノはくん、と襟首《えりくび》を引かれた。

「えっ……——」

ザリが前へ突き出したハサミが鼻先をかすめる。

直後、カプチノの脇をすり抜けて前へ出る影があった。その人物は纏《まと》った向日葵《ひまわり》色の布をひるがえし、ザリへと肉迫する。一手、二手とザリへ左腕を振るったその男が「硬《カタ》……」とつぶやいたのを、カプチノは聞いた。

「何だい、こいつは……！」

突然の乱入者に驚いたのはザリも同じであったようで、叫ぶと同時にハサミを振るった。

真横に振られた切っ先を器用に避けて、男は素早く踵《きびす》を返す。

「下がるぞ、カプ」

「えっ」

そして左手一本でカプチノの腰に手を回し、その小柄な身体《からだ》を抱き込んだまま、ザリを正面に見据えてバックステップ。距離を取って牽制《けんせい》し、ザリを見据える。

「え……え？」

カプチノは男の腕の中で、その深緑色の瞳を見上げた。男には腕が一本しかなかった。

「えええええ!?　ロロさん？　何で」

毛先の緩くカーブした黒髪に、中性的な優しい目元。ずっと凍っていたからか、その肌はいっそう青白い。ロロはネルの魔法で凍らされていると聞いていたのに、カプチノの知らぬところで復活していた。その〝凍った右腕〟はまだ、カプチノが胸に抱いているというのに。

藍色の空を背景に、ロロが左腕に抱いたカプチノを見下ろす。

「話はネル様から聞いたよ。すごく簡単に、だけど」

復活したロロは、自身が召喚師ココルコとの激闘の末に死にかけ、凍らされていたことをネルから教えてもらっていた。ここが〈北の国《ノース・ランド》〉ではなく、大陸最南端の町であることや、凍りついたロロの身体を巡って、魔術師や海賊たちとの争奪戦が行われてるということも聞いていた。

ロロは凍結の魔法を解かれ、重傷を負っていたその身体はブルハによって治癒していた。ただし右腕は手元になかったため、肘《ひじ》の断面だけが未だネルの魔法によって凍りついている。

町のどこかにある右腕を捜さなきゃいけない——ネルはそう言ったが、ロロには不思議とその右腕の場所を感じ取ることができた。ぼんやりとだが、右腕に呼ばれているような、むず痒《がゆ》い感覚。ロロはその感覚を辿《たど》って〈ルシアン通り〉を駆け抜けた。

そして魔術師と対峙《たいじ》するカプチノの後ろ姿を見つけたのだった。

ロロはカプチノを脇に立たせた。その顔を横目に見る。

「生きてたんだな、カプ。無事でよかった」

「そりゃあ、こっちの台詞《せりふ》ですよぉ……！」

レーヴェンシュテイン城の中庭ではぐれてから、久方ぶりの再会だった。

「右腕を護《まも》ってくれたんだってな」

「仕方なく、です。頭《かしら》に言われたから、仕方なく」

カプチノは抱き締めていた〝凍った右腕〟をロロに差し出す。しかしロロは顔を振る。

「もう少し、持っておいてくれ。あいつを何とかしないと」

ロロは正面を見据える。ザリが身体《からだ》に纏《まと》う魔力は大きくなっている。ロロはそれを殺気として感じ取っている。逃がしてくれるつもりはなさそうだ。ザリは一度ハサミを振り下ろし、ロロとカプチノに向かって走りだした。

「……あいつ、魔術師だ」

ロロは身体に纏った向日葵《ひまわり》色の布の隙間《すきま》から、ダガーナイフを覗《のぞ》かせた。先ほどザリと打ち合ったダガーの刀身は、途中からポッキリと折れてしまっている。

「異様なほどに硬い。攻撃が効かない」

「え！　戦えるんですか？　魔術師相手に」

「いや。実は俺、今あんまり動けない。見てくれ、右目は瞬きできないんだ……」

ロロは今一度カプチノへ顔を向けた。その右目は半開きのまま、実は見えていなかった。加えて凍結されていた後遺症か、はたまた長期間横たわっていたせいか、身体がまだうまく動かせない。節々は固く、握力が戻っていない。外傷は治癒してもらったものの、生き返ったばかりで、とても戦える状態ではなかった。

「ヤバいじゃないですか！」

カプチノは叫ぶ。ザリは距離を詰めてくる。だがロロは余裕だ。ちらりと後ろを――パレードの行列が近づいてくる、〈ルシアン通り〉を振り返る。

「まあ大丈夫さ。俺たちには――」

そして折れたダガーを手放して、カプチノの手首を掴《つか》んで引き寄せた。

「――魔女様がついている」

ここへ来るまでの間に、その姿を見ていた。広場にまで来てくれることは、わかっていた。ロロとカプチノの頭上を飛び越えて、テレサリサが二人の前に着地する――と同時に銀の大鎌を横に大きく振って、接近したザリへとぶつける。

「っ……！」

さらなる乱入に驚いたザリは、テレサリサの大鎌をハサミで受けた。その身体は弾き飛ばされ、またも大広場入り口へ押し戻される形となった。だがザリにダメージはない。立ち上がったザリを警戒し、大鎌を構えながらテレサリサは背後のロロに声を上げる。

「黒犬っ！　いつ復活したの!?」

「ついさっきです。お世話になりました」

カプチノを再び左腕に抱いたロロは、〈ルシアン通り〉の方を見据えた。ドシドシ駆けてやって来るのは、黒い巨体の大男。テレサリサを執拗《しつよう》に追い掛けていた、テディだ。

「魔女様……もしかしてあれも、魔術師ですか？」

「筋肉増強に特化した強化型。握撃による攻撃、厚い筋肉による防御。機動力も強化されていて厄介、かつ気持ち悪い相手だよ」

「……わーお」

二人は背中合わせに会話する。

ロロの目の前で、テディが雄叫《おたけ》びを上げながらフロート車を持ち上げた。竜の子ルーシーを背中に乗せた、白竜のオブジェのフロート車だ。なるほど魔法使いでもなければ、あのように重そうなものを肩に担ぐことなど不可能だろう。往来する人々は驚愕《きようがく》し、テディの周りから逃げていく。

「……魔女様。あいつ投げるつもりだ」

テレサリサはちらりと後方を一瞥《いちべつ》する。

直後、テディはその大きなフロート車を投擲《とうてき》した。ロロとカプチノ、そしてその背後に立つテレサリサに向かって。紺色の空に放物線を描くフロート車を仰ぎ見て、カプチノが悲鳴を上げる。一方でテレサリサは唱えた。

――〝鏡よ、鏡《ミラー・ミラー》〟！

テレサリサの懐から大量の銀の液体が溢《あふ》れ出し、三人の頭上で塊となる。形作られたそれは、五指を広げた大きな手だった。銀の手はフロート車をキャッチして、勢いもそのままに大広場の方へ——司祭《プリースト》ザリへと投げ飛ばした。

銀の手は次の瞬間、掻《か》き消える。

フロート車はザリの頭上。しかしザリは動じない。ただ、手に持ったハサミを縦に振り下ろすだけ。そのハサミは一見して普通のハサミだ。一般的に使用されるものよりも、少し高級品なだけ。しかしザリはハサミに纏《まと》わせた魔力を、白く変質させている。だから魔法使い以外の者たちにも、その鋭利に尖《とが》った魔力の刃を目に見ることができた。

振り下ろされた短いハサミの尖端は、もちろんフロート車に届いてなどいない。しかしハサミの尖端を延長するように纏われた鋭利な魔力が、フロート車を縦に裂いていた。白竜のオブジェが宙で真っ二つに割れて、ザリの左右で石畳にぶつかり、破砕音を上げて砕け散る。大広場は騒然となった。

テレサリサはザリを見据える。これだけのことをしながら、ザリは涼しげな顔だ。テレサリサの視線に気づき、「べー」と舌を出してみせた。〝赤紫色の舌の魔女《マゼンタ》〟へのオマージュだ。

「…………」

「前方の白いのと後方の黒いの、弱いのはどちらでしょうか」

背後でロロが尋ねる。テレサリサはザリを見ながら、端的に答えた。

「後方の黒いの」

「では後方は僕が。カプ。お前は離れてろ。俺の右腕なくすなよ」

「うあ、はいっ」

カプチノは〝凍った右腕〟を抱き締めて後退《あとずさ》りした。すぐに踵《きびす》を返して人混みに消える。

「……黒犬」

テレサリサは銀の大鎌を握ったまま、背後のロロを一瞥《いちべつ》する。死の淵《ふち》から復活したばかりで戦えるのか――そう心配した。召喚師ココルコ戦の後すぐに凍結されたのだから、彼にとっては連戦であろう。そして何よりロロはあの時、ココルコの剣を自ら身体《からだ》に受けた。ロロは戦うことに疲れている。だから、ムリはするなと言おうとしたが――。

「……何でもない」

自分にそんなことを言う権利があるだろうか。余計なお世話かもしれないと考え直し、前へと向き直る。しかしロロは察してしまう。

「しませんよ、ムリは」

「…………」

心を読まれたような気持ちになって、テレサリサはムッとした。

「うるさい。ムリしろ」

「御意」

ロロは腰を低く落として構える。司祭《プリースト》ザリと守門《ポーター》テディ——挟撃に走りだした魔術師《ウイザード》たちに向かって、魔女と猟犬は同時に飛び跳ねた。

7

「あなた、〝ジャッコ〟っていったっけ？」

「申し訳ない、魔女様。本当の僕の名は〝ザリ〟。シャムタンではなく、ルシアンなんだ」

振られた銀の大鎌を、ザリはハサミを握る右腕で弾く。実際にはそのハサミに纏《まと》わせる、白い魔力で。変質させた魔力は異様に硬く、鎌を打ち合わせると、キィンと金属音が広場に響く。

人々は突然始まった司祭と魔女の戦いを遠巻きに見ながら、戸惑っている。

「けれどガッカリしないで欲しい。あなたの大ファンだというのは、本当です」

「至極《しごく》、どうでもいい」

テレサリサは大きくジャンプして、振り上げた大鎌の形状を変えた。銀色の液体を集合させて、頭上に発生させたのは巨大なハンマーだ。柄を両手で握り締め、尖端の重さに任せて思いっきり振り下ろす。斬《き》れないほど硬いのなら、叩き潰してしまえと——。

ザリは腰を落とした。頭上で交差させた両腕に白い魔力を纏う。

ゴン、と鈍い音がして、ザリの立つ石畳に亀裂が入る。だがザリ自体にダメージは見られない。テレサリサは銀色のハンマーを液体に戻して、ザリの正面に着地した。

──纏《まと》う魔力を硬化させる変質魔法。それは間違いない。

「……ただその硬化が半端ない」

──〝戯《プレイ・ピュアホワイト》れろ、純白〟

胸中に唱えたザリが、頭上でクロスしていた両腕を振り下ろす。その手先の軌道に沿って二つの白い斬撃が空気を裂き、石畳が割れた。

「っ……！」

テレサリサは転がるようにして斬撃を避けた。すぐに立ち上がり、ザリに背を向け走りだす。攻撃を食らったわけではないが、軋《きし》む脇腹の痛みはまだ癒えていない。激しく動くと骨身に響いた。長くは戦えない。だが敵の纏う魔力は硬すぎて、こちらの攻撃が届かない。

テレサリサは脇腹を庇《かば》いながら、ザリと距離を取って勝機を探す。大広場を横切り、向かう先は大聖堂だ。

「ああ〝赤紫色の舌の魔女《マゼンタ》〟！　もっと楽しもうよ、せっかくこうして会えたのだから！」

ザリは足を踏み込み、テレサリサの背中へと迫った。

──刃が通るなら、殺せる。

テディは五指を大きく広げ、ロロの身体《からだ》を摑《つか》もうとする。殴打ではなく、握撃を狙っている。

摑むためなら、ある程度の攻撃を受けても構わないという、厚い筋肉による防御を前提とした戦い方だ。

——確かに厄介。けどフィジカルに頼った戦い方なら、こちらの方が手慣れてる。

要はただの筋肉マンだ。その握撃も、摑まれなければどうってことはない。

こういうタイプの魔術師《ウィザード》なら、怖くない。

「んなァッ！」

ひらりひらりと握撃をかわし続けるロロに、テディはイラ立ち、声を荒らげる。前に突き出した腕はことごとく避けられる。しかもそれだけではない。避けられるたびに、テディの太い腕には裂傷が走った。ロロが避けながらカウンター攻撃を加えているのだ。ロロは向日葵《ひまわり》色の布を纏っているため、その攻撃手段は読めない。だが何か鋭利なものであることには違いない。

「けどッ、そんなものッ……！」

厚い筋肉で覆われたこの肉体には、通用しない。テディは構わず腕を振るい続ける。

その戦闘を、人々は訳がわからぬまま、遠巻きに見ていた。パレードの列はもう動いてはいない。人垣の最前列には、心配そうに戦闘を見守るカプチノの姿があった。

「……えっ、と？　どうやって攻撃してんの、あの人」

テディの裂傷は増えていく。太い腕や、厚い胸に。スキンヘッドの頭にも傷が走り、血が撥《は》ねた。一つ一つの傷は大したことないが、数が増えれば流血する箇所も増える。テディは今や血まみれである。だがカプチノにも、ロロが何で攻撃しているか、わからない。持っていたダガーナイフは剣身が折れて、捨ててしまったはずなのに。

「んぐぅッ！」

テディはいよいよ拳を握った。握撃よりもスピーディーに、怒りに任せて拳を振るう。

ロロは避けたその太い腕に足を引っ掛け、するりとよじ登った。だがその直後、腕を振られてバランスを崩す。考えてもみれば半身凍りついている上に、右腕の肘《ひじ》から先がないのだ。いつもとは勝手が違う。そこに生まれた隙《すき》をテディは見逃さない。もう一方の手でいよいよロロの頭を鷲《わし》づかみにする。戦いの終結を予感し、人々からわっと声が上がった。

「ロロさんっ！」

カプチノも思わず叫んだ。

頭を持ち上げられ、ロロの身体《からだ》がぶらりと揺れる。だがテディはロロを摑《つか》まえた体勢のまま、ピタリと動きを止めた。そしてその口から、コポッと血を溢《あふ》れさせる。

「え……？　何で？」

頭を摑んだ手が緩み、ロロは石畳の上に着地した。そしてテディの首へと、手を伸ばす。そこに突き入れられていたのは、ダイアウルフの牙《きば》である。

カプチノがお守りとして持ち歩いていたその牙は、つい先ほどカプチノがザリの胸に刺し込んだものだ。ザリと一戦交えたあの一瞬で、ダガーナイフを砕かれながらもロロは、ザリの胸に刺さる牙を回収していたのだった。テディの身体を傷つけていたのも、この牙だ。

「かふっ……がッ」

鋭利な尖端で喉《のど》を裂かれ、テディはふらりと尻餅《しりもち》をついた。どれだけ首回りを筋肉で覆っても、喉元《のどもと》の薄い箇所は護《まも》れない。武器がなくとも、腕がなくとも、その暗殺者《アサシン》は鮮やかに殺す。

〝黒犬〟とは、そう育てられる。

「……」

石畳に座ったテディの喉を、ロロは今一度横に斬り裂いた。喉元からどろりとした血が溢《あふ》れ、滝のように流れ落ちる。周囲から悲鳴が上がる中、ロロは血に濡れた自身の左手を見下ろす。広げた手は少し震えている。指先がかじかんでいるのは、冷凍されていたせいか。

――……ちゃんと殺せた。魔術師《ウィザード》をこの手で。簡単に。

ふと力が抜けて、ふらりと倒れようとしたその背中を、駆けつけたカプチノが支えた。

「ロロさん！　大丈夫ですか？　ケガとか……」

「ああ、カプチノ。これのおかげで助かったよ」

持ち直したロロは、カプチノを正面に見て、ダイアウルフの牙を差し出した。〝凍った右腕〟を抱いたまま、カプチノはもう一方の手でそれを受け取る。お守りとして大事に持っていた牙は、今やテディの血で赤黒く染まっていた。

カプチノは頬《ほお》を引き攣《つ》らせる。

「いや、きったな……」

「ちょっと、疲れた」

「うあ、ちょっと！」

カプチノは、脱力してのし掛かってきたロロを支える。

「睡《ねむ》り足りない……あんなに寝たのに」

「くっ……重い。もう、仕方のない人ですね……」

カプチノは牙《きば》をポケットにしまい、ロロの身体《からだ》を背中に担いだ。〝凍った右腕〟は小脇に抱え、ロロの身体を引きずって路地裏に向かう。

テディの死体の周りには、人集《ひとだか》りができている。余計な責めを負わされる前に、早くこの場を離れるのが得策だろう。カプチノは、人混みの向こうに座るテディの死体を横目に見た。

筋肉隆々の大男であったはずのテディの身体は、魔法が解けて、腹の膨れた肥満体に戻っていた。

8

〈セント・ザリ大聖堂〉の礼拝堂は、王国アメリアにあるルーシー教の総本山〈ティンクル大聖堂〉をモチーフにして建てられていた。千人近くは収容できるだだっ広い講堂だ。ずらりと並ぶ長椅子に人々が腰掛け、賛美歌に耳を傾けている。

講堂は天井の開けた、非常に開放的な吹き抜け構造となっていた。階下から頭上を仰ぎ見れば、二階から四階までの回廊が、ぐるりと講堂を一周しているのがわかる。

正面入り口から講堂に入り、振り返って見上げると、四階の回廊よりもさらに上部に、縦長の圧倒的に大きなステンドグラスが見える。描かれているのは羽ばたく白竜と、神々しく両腕を広げている白い少女だ。大聖堂の外――〈円形広場〉からも見上げることができた、竜の子ルーシーのステンドグラスだった。

講堂内の柱では無数の燭台《しょくだい》に火が灯《とも》り、各回廊の天井からは、シャンデリアが吊《つる》されている。ぼんやりと灯るロウソクの火が、壁際に並ぶ彫刻の陰影を濃くし、またステンドグラスを鮮やかに煌《きら》めかせていた。

祭壇前にはひな壇が組まれていて、少女たちが声を揃《そろ》えて歌っていた。


〝ティンクル、ティンクル〟〝ともなる仔竜の産声よ、迷える我らを導きたまえ〟

〝ティンクル、ティンクル〟〝人は儚《はかな》き、罪科を恥じて、竜の御許に寄り添わん〟


長椅子に腰掛けているのは、みな敬虔《けいけん》なルシアンたちだ。美しい歌声に耳を傾けることで心を清め、三十八日間の節制期間を迎えるための準備をしてる。これもまた〝謝肉祭《カーニバル》〟の過ごし方の一つであった。

ふいに講堂正面の大きな扉が開かれて、静粛な雰囲気が一瞬にして破られた。

歌がやみ、長椅子に座っていた参列者たちが一斉に振り返る。

騒音と共に入ってきたのは、テレサリサだ。その手に構える銀の大鎌を見て、人々からどよめきが上がる。続いてドアをぶち破るようにして現れたのは、白き法衣を身に纏《まと》った男。

「ザリ様ッ!?」

正面入り口から祭壇へと続く一本道の上でザリはハサミを振るう。ハサミの纏った白い魔力に大鎌を弾かれて、テレサリサはひな壇のある講堂の奥へと追い込まれていく。

「っ……。くっ、この」

後退しながら反撃のタイミングを探す。

だがザリの戦い方は堅実だ。慢心して大きく踏み込むこともなく、変幻自在な銀の大鎌から片時も目を離さない。彼はテレサリサの魔法をよく知っているようだ。奇《く》しくもその戦い方が、〝赤紫色の舌の魔女《マゼンタ》〟のファンであると公言したその言葉を証明していた。

講堂に金属音を響かせながら、ザリは、戸惑いながら戦闘を見守る人々に叫ぶ。

「何をしているんだ、早く逃げなさい。彼女は魔女だ!」

直後に「わあっ」と声が上がり、席を立った人々が出入り口へと殺到する。

「まったく。羊たちはこちらから言ってやらねば、逃げることさえできない」

「…………」

ふいにテレサリサは、銀の大鎌を高々と放り投げた。

直後に掲げた腕を足元に振り下ろす。宙で回転する大鎌はテレサリサの腕の動きに従い、無数の針へと形状を変えて、ザリの頭上に降り注いだ。瞬時にザリは、白い魔力を全身に纏った。銀色の雨は硬化した魔力に弾かれ、キンキンと細かな金属音を鳴らして弾かれる。

雨がやむと同時に、ザリはハサミを持つ手を、下から払った。

攻守交代。鋭利な白き斬撃が絨毯《じゅうたん》を斬《き》り裂き、空気を裂いてテレサリサに迫る。テレサリサは咄嗟《とっさ》に半身を下げて、斬撃を避けた。直後、後ろのひな壇が縦に割れて、テレサリサの長い髪が一部、はらりと散った。

「ハッ、ハッ……」

「……おっと、いけない。殺してしまうところだったかな」

――まずい。

魔力や体力の消耗が激しい。

先ほどまでひな壇で賛美歌を歌っていた少女たちは、ザリとテレサリサのいる講堂の中央を大きく避けて、壁際から出入り口へ駆けていた。講堂にはいまだ悲鳴が響き渡っている。

そんな中、鐘楼塔の大きな鐘が夜の訪れを報《しら》せて揺れた。リンゴーン、リンゴーンと重厚な音色は、講堂内にも響き渡る。鐘の音に混じる人々の絶叫が、ふいにいっそう大きくなった。

「また魔女だ！」

そんな声を聞いて、ザリは講堂の正面入り口へと振り返る。

「…………」

講堂の外へと殺到する人々の中に、唯一こちらへ向かって歩いてくる二人の女がいる。小柄な一人は抜き身の片手剣を握っていて、褐色肌のもう一人は白いタコ足を、尾てい骨辺りからくねらせていた。

「あいつの魔法はアホみたいに硬いぞ。お前に斬《き》れるか？」

「はんッ、ヴァーシアに斬れないものはない。仮に斬れなくとも――」

ネルは剣を振り下ろす。その剣身にミシミシ……と霜が降りていく。

「凍らせるまでだ」

リンゴーン、リンゴーン、リンゴーン――。

重厚な鐘の音が鳴り響き続ける中、二人の魔女は同時に前へと駆けだした。


「――何だこいつ、硬ァッ！」

ザリはハサミに纏《まと》わせていた魔力の尖端を延長させ、まるで剣のように振るって使用する。白く発光するようなその魔力の刃は、異様に硬い。繰り出されるネルの剣を、次々と弾いていく。

　切り返したネルの剣を、ザリは左腕を立てることで受けた。その左腕にもまた、白い魔力を纏っている。ネルの剣は、キィンと金属音と共に弾かれた。まるで盾《たて》を打ったような手応えだ。ザリに肉体的なダメージはない。

「何に変質させてるんだ、その白い魔力は」

「金剛化だよ、なあザリィ！」

　ブルハはザリの背後に回り込んでいた。白金化したタコ足による攻撃を、ザリはハサミに纏った白い魔力を振るって弾く。またも鈍い金属音が、講堂に響き渡る。

「多いねえ……魔女がっ」

　ブルハとネルの挟撃に、このままでは不利だと判断したのか、ザリは講堂を駆けた。向かった先は祭壇のそばにある階段だ。二階の回廊へ逃げるつもりだ。ネルがすぐさま、その背中を追い掛ける。

　面白くないのはテレサリサだ。味方が増え、戦闘が楽になるのは結構だが、これまで戦ってきたのは自分なのに、突然置いてけぼりにされたような気分だ。

　そもそも〝海の魔女〟は味方と数えていいものなのか。

「ねえ、助けなんていらないんだけど！」

「別に助けるつもりなんてないよ」

　ブルハが足を止め、テレサリサへと振り返った。

「あたしたちはザリに用事があってここへ来たんだ。お前じゃなくてな。だからご苦労さん。ここはあたしたちに任せて、お前はもう帰っていいぞ」

一方的に言い捨てて、ザリとネルが駆けていった先とは逆側――祭壇そばの階段ではなく、正面入り口そばの階段へ向かった。二階の回廊でネルと挟み撃ちするつもりだろう。

テレサリサだけが一階にぽつん、と取り残された。

テレサリサの目的であるロロの復活は、成し遂げられた。二人の魔女の乱入によって、司祭《プリースト》ザリの脅威も去った。ならばもうここにいる理由はないのだが……ブルハの背中を見送るその表情は、不機嫌に歪《ゆが》んでいる。

「……イラァッ」


ブルハは階段を折り返し、二階の回廊に出る。講堂の側面に当たる、真《ま》っ直《す》ぐに伸びた廊下のような一本道だ。右側の壁には宗教画が並び、左側の手すりの向こうには、テレサリサのいる一階フロアが見下ろせる。

ネルに追われた司祭ザリは、回廊の向こうから駆けてきた。ブルハは、白金のタコ足の他にもう一本、尖端の黒い鉄のタコ足を発現させて、ザリへと迫る。

ザリは正面に現れたブルハを見据え、駆けながらハサミを振り上げた。金剛の魔力を纏《まと》った硬い一撃を、ブルハはタコ足二本を交差させて受け止める。

「……しつこいな、君も」

ザリは白き金剛の魔力を、ぐぐぐと交差したタコ足に押し込んでくる。

「この僕を倒すために、他の魔女と手を組んだのか？　そこまでするかね」

「何だってやるさ。あんたを殺すためなら」

ブルハは交差したタコ足を広げ、ザリを後方へ弾いた。

ブルハと距離を取ったザリは、すぐに背後へとハサミの切っ先を向け、駆けてくるネルの足を止める。右腕でネルを警戒しながら、視線の端にブルハを捉えている。

「……おうおう、魔女は怖いね。血気盛んで」

「そうさ、怯《おび》えろ、ザリ。お前は魔女に殺されるんだ。助祭《ディーコン》マテオみたいにな」

「…………」

ザリの薄ら笑いが、僅かに引き攣《つ》る。マテオが首を刈られ殺されたことを、知らなかったようだ。これは好機、とブルハはさらにザリの動揺を誘う。

「もう一人の助祭、ウィローの回復魔法はあたしが奪ってやった。間抜けにも、前戦に立っていたからな。わかるだろう？　ザリ。お前はもう終わりだよ。護《まも》ってくれる者は誰もいない。一人ぼっちさ」

「……さて。海賊の言葉をどこまで信じていいものか」

「嘘じゃないさ。ウィローのだっせえ魔法名も聞き出したよ。〝ＸＯＸＯ《ハグ&キッス》〟、だろ？」

ザリは目を見開く。ギリ、と奥歯を嚙《か》みしめる。

「なるほど。どうしても……村を焼かれた復讐《ふくしゅう》がしたいらしいな」

ザリの纏《まと》う魔力が大きくなる。全身を包み込む魔力の白さが、いっそう際立つ。

「僕もう、うんざりだ。ハルカリ……君の野蛮さには、虫唾《むしず》が走るねッ！」

ザリはネルへ向けていたハサミの切っ先を、ブルハに向かって振り上げた。

白い斬撃が床のタイルを削り、ブルハへと迫る。屈んで避けたブルハの背後で、回廊の石柱が斜めに傷ついて割れた。

「っと……おお、怖え。お前こそ血気盛んじゃないか」

「海賊なんかに言われたくないねえ」

ザリは斬撃を繰り返し放つ。足元を滑るように迫ってきた斬撃を、ブルハはジャンプして避ける。その流れのまま、回廊の手すりの上へと飛び乗った。

ザリがハサミを振るたびに、放たれた斬撃は手すりや石柱を削る。ブルハは笑った。

「壊れちゃうぞう？　できたばかりの大聖堂が」

ブルハは二本のタコ足を頭上とくねらせて、上の回廊へと飛び移った。

「……構わんさ。君を斬《き》り裂けるのなら、少しくらい」

ザリはネルに背を向けて、回廊の端へ駆ける。三階へ続く階段を駆け上っていく。

ネルはブルハの背中を追って、手すりから身を乗り出した。階上を見上げる。

「うわ、上に行きやがったな！　私も……」

「ネル！」

と、手すりに飛び乗ったタイミングで、陛下から名前を呼ばれた。手すりの上にしゃがんだまま眼下を見ると、一階のフロアでテレサリサがこちらを見上げている。

「あなたまで戦う必要はないでしょ。また燃えたいの？」

「大丈夫だ、燃えない。燃えないようにする」

その言葉をちっとも信用できず、テレサリサはため息をついた。

「……あなた誰の味方なの？　どうして〝海の魔女〟と仲良く共闘なんてしてるわけ」

「まあ、いろいろあってな」

ネルはばつが悪そうにそっぽを向いた。

「あいつは海賊だけど、話してみるとそう悪いヤツじゃない。まあ強欲だけど」

「何でそう言えるのよ」

「ちゃんと黒犬を復活させてくれたぞ。会ってないか？」

「…………」

テレサリサは口を結んだ。確かにロロは復活していた。やはりブルハが治癒してくれたからか。だがそれだけで、あの海賊を味方と判断するのは早計だ。協力を頼まれたわけでもない。

「それより、お前も早く上がってこい。何してる？」

ネルは階上の様子を気にしている。

「待って。彼女が黒犬を治してくれたとしても……それでも私は、あの魔女との共闘はイヤ。黒犬が復活したのなら、これ以上私たちが戦う理由はないわ」

「不粋なことを言うな、〝鏡の〟。私たちは魔女だ。魔術師《ウィザード》と戦うのに理由がいるか？」

ネルはニヤリと悪い顔で笑い、上の回廊へと飛び跳ねる。

テレサリサはまたも一人、残された格好だ。呆然と階上を見上げたまま、つぶやいた。

「……何なの、あいつ」

9

「教えてくれないか、ハルカリ！」

燭台《しょくだい》の連なる薄暗い三階の回廊にて。ブルハは二本のタコ足を繰ってザリの金剛化した魔力の刃を受け流す。壁に飾られた、聖母が赤子のルーシーを抱く宗教画に、二本のタコ足の影が踊る。

一方で、白い魔力を纏《まと》ったザリのシルエットは歪《いびつ》だ。まるでトゲトゲの鎧《よろい》を全身に纏っているかのよう。振るうハサミの影は尖端が鋭利に伸びており、さながら片手剣のようなシルエット。ザリはこの硬い魔力を振るってブルハを追い詰めていく。

一際大きな金属音を響かせて、二人は距離を取って牽制《けんせい》し合った。

「君はまだ、彼を愛し続けているのか。十一年経《た》った今もなお、ハンバートによる恋の魔法は解けないか？　いったいどういう感覚なんだ。愛しながら、憎むというのは？」

「…………」

ブルハはザリを睨《にら》みつけたまま、応えない。

「彼の侵食魔法は強力だ。死してまだ尚、君を苦しめる。ああハルカリ、可哀想《かわいそう》に」

「どういうことだ？」

ネルの声は、ブルハの背後から聞こえた。ブルハがちらと一瞥《いちべつ》すれば、ネルが回廊の手すりに膝《ひざ》を曲げている。階下から飛び移って来たのだろう。

「ブルハは侵食魔法を食らってるのか？」

「おや？　こちらの魔女様は事情を知らないまま、手を貸していたのか」

ザリはブルハ越しにネルへと微笑《ほほえ》む。

「よろしい、ならば教えてあげよう。これはある少女の悲恋の物語さ。そう。〝ハルカリ〟は彼を愛していた。だがその愛情は、青年ハンバートの侵食魔法によるものだった――……いや、呪いと言った方が適切か」

「呪い……？」

「〝六秒と少し、見つめ合うことで強制的に恋に落とす魔法〟だよ。それによって〝ハルカリ〟

は胸を焦がした。それが侵食魔法によって仕組まれた罠《わな》だとも知らずに」

ブルハがぽつりとつぶやく。

「……もういいよ、黙れ」

「故郷を焼いた魔術師《ウイザード》が憎い。裏切ったハンバートが憎い。だがそれと同時に〝ハルカリ〟は彼を愛し続けているのさ。その感情が侵食魔法によるものと知りながら、それでも自分を抑えられないんだろう。哀れな娘だ」

「もう充分だと言った。黙れッ！」

ブルハはタコ足をうねらせ、ザリへと肉迫する。だがザリは口を閉じない。

「彼への淡い恋心は、彼の魔法。攻撃だった！　そうとも知らず無垢《むく》な少女は身を焦がし、彼を想いながら、彼を憎む。二律背反に苦しみながら剣を振るう〝ハルカリ〟を見ていられなくてね。彼女と初めて対峙《たいじ》した時に、教えてあげたんだ！〝ハルカリ〟――」

カィン――二本のタコ足はザリの魔力に受け止められて、金属音を響かせる。

「――お前の愛は、作り物だと」

「…………」

またも二人は、鍔《つば》迫《ぜ》り合いの格好で、睨《にら》み合う。

「……そうだ。親切ついでに、もう楽にしてあげようか？」

ザリが不敵に微笑《ほほえ》み、ブルハは怪訝《けげん》に眉根《まゆね》を寄せる。

「君はハンバートが集落の位置をリークしたために、僕たち魔術師がやって来たと思っていたな？　信じて逃がしたハンバートに裏切られたと。だが彼は話していない」

「……？」

「長時間に渡る拷問の末、彼が口にしたのは、荒唐無稽《こうとうむけい》なおとぎ話だった。最期の最期まで彼は、口を割らなかったんだ。だから喜べ、〝ハルカリ〟。彼は君を裏切っていなかったんだよ」

「……裏切って、いない？」

「そうさ、ハハハッ！　これは、ちょっと皮肉めいたお話でね。彼もまた、君を愛していたのかもしれない。僕だって、可愛《かわい》い侍祭《アコライト》であった彼を、殺すつもりはなかったさ。素直に集落の場所を話せば許してやったものを、強情にも口を噤《つぐ》んで死んでしまった。誰からも愛される魔法を持っていたくせに、彼は人魚なんてものを愛したせいで、死んだんだ」

「………………」

ザリは二本のタコ足をハサミで払い上げた。

無防備となったブルハの身体《からだ》へ、ハサミを振るう。

ブルハはタコ足を身体の前に立てて、ザリのハサミを——その刃に纏《まと》った金剛化した魔力を防ごうとしたが、反応が遅れた。

ザリはタコ足の鉄化していない部分に刃を振るい、タコ足を一本斬《き》り落とす。

ぼとり、と尖端の鉄化したタコ足がブルハの足元に転がる。

続いて頭上に振り上げられたザリの刃を、ブルハは漫然と見上げた。身体《からだ》が、動かない。

――裏切られていたわけではなかった。

それを知ったブルハの胸に去来したのは、喜び以上の罪悪感だった。ハンバートの愛は本物だった――そう言われても、ブルハは彼を、許してあげることができない。その愛に応えられない。なぜならこの感情は、魔法で作り出されたニセモノだと知ってしまったから。

彼を愛した〝ハルカリ〟はもう、この手で殺してしまった。

ザリの刃が、ブルハの正面から振り下ろされる。

その硬い魔力を、剣で受け止めたのは、ネルだった。

「……ムカつくなあ、お前」

二人の間に割って入ったネルを中心に、辺りの温度が下がっていく。

ミシミシ……とネルの片手剣に霜が降りていく。

「おや、魔女様。異議がお有りで？」

「うるさい、ニヤニヤ笑うな！」

ネルは細かな氷の欠片《かけら》を散らして、ザリの魔力の刃を弾いた。

すかさず剣を切り返し、連撃を繰り出す。その肩口に剣身を当て、横薙《よこな》ぎに一閃《いっせん》、足を叩く。

剣はザリに当たっている。だが白い魔力を全身に纏《まと》うザリにダメージはない。

それでもネルは止まらない。ザリの頭上へと、渾身《こんしん》の一撃を振り下ろした。ザリは両腕をクロスして、その剣身を受け止める。激しい衝突音の直後、ザリの両腕に、まるでクリスタルのような氷の塊が発生する。

「っ……！」

いくら叩き込まれてもダメージはない。だが氷による結着と、異様な冷気にザリは怯《ひる》んだ。

両腕が凍りつき、がら空きとなったザリの腹部へ、ネルは剣を叩きつける。

「がっ……！」

剣身をぶつけられ、ザリの腹部に氷が発生する。

ネルは剣を振り続け、ザリを圧《お》す。ザリは両腕を頭の上でクロスしたまま後退していく。

ネルは怒っていた。ザリの言葉に、ハルカリの恋物語を笑われたことに。

溺れた青年と人魚の恋を、ザリは作り物だと否定した。それが無性に腹立たしかった。

怒りに任せて振るう剣が、回廊の床や壁を凍りつかせていく。

「少女は必死に恋したんだ。魔女になるほど憎んだんだ。その物語を、お前が笑うな！」

そして交差したまま凍りついたザリの両腕の間に剣を振り上げて、その結着を破壊した。

「くっ……！」

弾かれるようにしてザリは後ろに下がり、ネルとの距離が開く。

ネルはザリを見据えたまま、背後へと声を上げる。

「ブルハ。私は、お前の選択を尊重する。復讐《ふくしゅう》のため、恋心を殺して魔女になった。強いと思う。けど同時に〝ハルカリ〟の気持ちも尊重する――」

「………」

「村の仲間の反対を押し切ってまで信じた。魔女になってでも復讐《ふくしゅう》したいと思った。その気持ちは本物じゃないのか？」

ネルは顔だけ振り返る。金色の毛先が揺れる。オッドアイの瞳がブルハを射抜く。

「胸を張れ、ハルカリ。お前は命を賭《と》して、恋をしたんだ。その感情が魔法のせいだとか、どうでもよくない？　どうせ恋なんて大概、魔法みたいなもんだろ？」

ネルはあっけらかんと言って、笑う。

「……はは。確かに、どうでもいいな」

つられてハルカリも吹き出した。

「よし。それじゃあ、あいつ殺そう！」

ネルはザリへと向き直り、剣を振って駆けだした。

よたよたと後退《あとずさ》りしたザリは、たまらず踵《きびす》を返してネルから逃げる。

回廊を真《ま》っ直《す》ぐに進んだ先には、九十度右へ曲がるカドがある。大聖堂の側面から、正面入り口の真上へと曲がる廊下のカドだ。ザリはそこから曲がるわけではなく、回廊の手すりに飛び乗って、さらに上の回廊へとジャンプした。最上階である四階の回廊である。

ネルもまた手すりを足場にジャンプして、ザリの背中を追い掛け続けた。

四階回廊の真上には、見上げるほど大きなステンドグラスがはめ込まれている。大聖堂の外からでも確認できる、光輪を背負った竜の子ルーシーのステンドグラスだ。

月明かりが煌《きら》めかせるステンドグラスの真下で、ネルは逃げるザリの背中を捉えた。

振り下ろした剣が氷を発生させ、魔力を纏《まと》ったザリの肩口を凍らせる。

「ぐっ、この……しつこいぞ」

何度剣を打ちつけられても、金剛化させた魔力を纏うザリの身体《からだ》に傷がつくことはない。だが直情的に振られる剣身は重く、冷たい。何度も叩かれれば、打撃としての痛みが響く。

一見してネルが優勢。だが一階のフロアにいるテレサリサは、不安げに階上を見上げている。その姿は見えないが、激しい戦闘が行われていることはわかる。魔法を惜しみなく使いすぎだ。あれでは、すぐに魔力を消耗してしまう。

「ネルッ！　落ち着いて」

講堂に響く声は、遠すぎてネルに届かない。

「捉えたッ……！」

四階回廊にて、ネルは今一度大きく振りかぶり、剣を振った。

その剣身をザリはハサミを横にして受け止める――瞬間、思わぬことが起きた。パキッとネルの剣身が真っ二つに割れ、その尖端が飛んでいく。金剛と化した魔力を叩き続け、剣の方が折れてしまったのだ。

「んなっ……！」

驚いたネルの首を、ザリが掴《つか》んだ。

「あまりに愚直！　魔女よ、考えてもみればわかることだ。氷が金剛《ダイヤモンド》に勝てるはずが――」

と、またも思わぬことが起きる。魔力を使いすぎたネルの胸から、轟《ごう》と炎が上がったのだ。

ザリはぎょっとして身体《からだ》を引いた。

「何だ、こいつはっ！」

突然の発火を攻撃だと思い、ザリは咄嗟《とっさ》にネルを手すりの向こうへと放り投げた。

未だ三階の回廊にいたハルカリは、ネルが放り投げられたのを見て、回廊の手すりへ飛びついた。落ちゆくネルへタコ足を伸ばす。

「ネルッ！」

しかしその白い尖端は、ネルの身体を触っただけで、引っ張り上げることはできなかった。

「っ……！」

燃えたネルの身体は、眼下へと落ちていく――が。

一階のフロアにはテレサリサがいる。

「受け止めて、エイプリルッ！」

テレサリサのローブから溢《あふ》れ出した銀色の液体は、大きなクッションとなってネルの身体を受け止めた。ネルの手から離れた剣だけがフロアのタイルを叩き、カラァンと講堂に音を響かせる。

「だから落ち着けって言ったのに！　何してんの、この戦闘狂っ」

テレサリサは、フロアの絨毯《じゅうたん》の上にネルを寝かせた。そばに屈み込み、ネルの様子を窺う。その胸を中心に炎は燃え続けている。額に汗を浮かべ、ネルは苦しそうに呻《うめ》いている。凍結の魔法が切れて、時間が動き始めたのだ。右目に走った三本の傷口が開いて、血が滲《にじ》み始めた。

テレサリサは、すぐに精霊エイプリルで銀色の玉を作った。

「ネル、早くこれ食べて」

急いで魔力を供給しなければ――と、銀色の玉を差し出したと同時に。

「ネル、早くこれを食え」

階上の回廊から飛び降りてきたハルカリが、輪切りにしたタコ足を倒れたネルに差し出した。ハルカリはその尾てい骨辺りから、尖端の斬《き》られたタコ足を発現させている。

「……は？」

「……あ？」

テレサリサとハルカリは、倒れたネルを挟んで睨《にら》み合う。

「……なるほどね。あなたが魔力を供給してたってわけ？　おかしいと思った。こいつが自分で魔力を抑えられるわけないもの」

「何だそりゃあ、銀色のスライムか？　そんなグロいもん食わされてたのか、こいつは。可哀《かわい》想《そう》に」

「タコ足には言われたくないわ！　そっちの方がグロくない？」

言い合う二人の眼下から両手が伸びて、二人の持つ銀の玉とタコ足の欠片《かけら》を摑《つか》んだ。

ネルはそれぞれどちらも口に含み、もぐもぐと頰《ほお》を膨らまして吸収していく。魔力が供給され、ネルの時間は再び凍りつく。目元の傷は凍《い》てつき、胸の炎が搔《か》き消える。そして——。

「復っ活ッ！」

ネルはガバッと身体《からだ》を起こし、右目に滲《にじ》んだ血を拭った。

今しがた発火して死にかけていたというのに、魔力の供給により復活しピンピンしている。

ただその衣装だけは胸の部分を中心に焼け焦げて、白肌の露出が大きくなっていた。

「……ふうむ、参ったな。あいつ硬すぎる。剣の方が折れるとは」

床であぐらを組み、ネルはあごに手を添えた。

「な？　ムカつくだろ、あいつ。しぶといんだ」

そばに屈むハルカリは、階上へと視線を向けた。

四階回廊の手すりの向こうから、ザリがこちらを見下ろしている。

「あいつの固有魔法は厄介だ。発現されたら、こっちの刃が通らない」

テレサリサもまた回廊を仰ぎ見た。ザリの攻略法を考える。

「……打撃以外の攻撃手段を考えるしかないいんじゃない？　もしくは、魔力が切れるのを待つとか？」

「持久戦なんて地味だな。やってられるか」

「はー？　絶対防御が相手なんだから定石でしょう？」

睨《にら》み合う二人の間で、ネルがぽんと手を叩く。

「あ、そうだ。関節を狙えば？　肘《ひじ》とか首とか。いくら魔力が硬いと言っても、そこは柔らかくなきゃ動けないはずだろう。弱点はそこだ。誰かが押さえて、そこみんなでめっちゃ叩こう。肘か首な」

「何かアホみたいな戦い方だな……」

ハルカリは頭を掻き、テレサリサは頭《かぶり》を振った。

「そもそもあなた、剣ないじゃない。何で叩くの」

「あ」

使っていた片手剣は折れ、失ってしまった。それを思い出し、ネルは大口を開ける。

「あたしにちょっとした策がある。お前たちはあたしに協力しろ」

そう言ったのはハルカリだ。テレサリサは反抗する。

「それは持久戦より有効な策なの？　ってか何で私があなたに協力しなきゃいけないわけ」

またも睨み合う二人の間で、ネルが双方の顔を見比べる。

「じゃあ、じゃんけんすれば？　勝った方の作戦でいく」

「…………」

「…………」

テレサリサとハルカリは、同時に胸の前で拳を握った。

10

「あっ。逃げた！」

一階のフロアから見上げたネルが、四階の回廊を指差した。

巨大なステンドグラスの前を、ザリが右へ駆けていく。

「ここまで来て逃がさないわ。エイプリルッ！」

発現させた銀色の裸婦エイプリルが、テレサリサの操作に従い、その片腕をロープのように伸ばした。二階回廊の手すりから、三階回廊へ――腕を縮ませるその勢いで上昇し、四階回廊を駆けるザリの正面へと着地する。

「くっ……」

同時にハルカリは尖端の白いタコ足を伸ばし、エイプリルと同じように二階から三階、四階へと飛び跳ねた。ザリの後方にまで移動し、退路を塞《ふさ》ぐ。竜の子ルーシーを描いた巨大なステンドグラス前の四階回廊で、精霊エイプリルと協力してザリを挟み撃ちにする。

「っ……！」

「うんざりだと、さっきあたしに言ったな？　あたしもそうさ。終わりにしよう、ザリ」

ハルカリは、逃げ場を失ったザリに向かって駆ける。尾てい骨辺りから生えたタコ足を振り下ろす。ザリは纏《まと》わせた魔力を、ハサミの先で金剛化させてハルカリを迎え撃つ。

ハサミを振ってタコ足を弾く。タコ足の当たった石造りの手すりが砕け、階下へ瓦礫《がれき》を降らせる。白金化されたタコ足の一撃一撃は重い。だが金剛化した魔力で受け流す限り、ダメージはない。ただ――。

――持久戦に持ち込むつもりか……？

疲労や魔力切れがザリの今最も恐れるところだ。魔女三人を相手に一人で立ち回るのは愚策。早くこの場を離れたいところだが、銀色の裸婦が塞ぐ回廊の先に、テレサリサが着地する。階下から銀色のロープで上昇してきたのだ。

テレサリサの指示に従い、銀色の裸婦が動く。その手に片手剣を形成し、ザリへと迫った。

エイプリルの銀色の刃が、ザリの硬化した魔力を叩く。当然ダメージはない。背や腕を打つ打撃感が不快なだけ。ザリはイラ立ち、腕を振るう。その硬化した魔力が、エイプリルを弾き飛ばす。

しかし精霊エイプリルにもまた、ダメージを受けた様子はない。回廊を転がった銀色の裸婦はすぐに立ち上がり、ザリへの攻撃を再開する。不毛だ。ザリには、この挟み撃ちの意図がわからない。

「ええい、鬱陶《うっとう》しいッ！」

さらには冷たい魔力を階下に感じた。そしてそれは段々と近づいてくる。

ほう、と吐息が白く滲《にじ》む。ザリはエイプリルの刃を弾き、タコ足を避ける。

動き続けながらも、辺りの温度が急激に下がっていくのを感じている。

「なるほど……つまり」

――僕を氷漬けにする気か？

纏《まと》った魔力を変質させる〝変質魔法〟特有の技がある。魔力を凝縮させ力を溜めて、その変質効果を高める〝チャージ〟だ。つまりネルは凝縮した冷たい魔力を一気に放ち、ザリを金剛化した魔力ごと凍らせるつもりだ。ハルカリと銀色の裸婦は、そのための足止め。

裸婦が液体へと姿を変えて、ザリの下半身へとまとわりついた。

ザリの足が止まる。直後に階下の回廊から、ネルが飛び跳ねて現れた。

手すりへと着地したネルは、その剣身を背中に隠すように引いて構えている。折れた剣の代わりに握っていたのは、宝石のちりばめられた白い剣。ハルカリが小さくして持っていたココルコの装飾剣だ。

ネルの登場と同時に、辺りはさらに冷え込む。ネルの立つ手すりにミシミシ……と霜が降りていく。ザリの察した通りに、ネルは凍《い》てつく魔力をその剣身に〝チャージ〟していた。

「ムダだ……」

ザリは足を止められて、正面の手すりに立つネルの一撃を避けられない。だが耐える自信がある。ザリもまた変質型なのだ。魔力を纏った両腕を胸の前に交差させ、〝チャージ〟してその一撃に備える。

冷気とザリの身体《からだ》との間には、厚い隔たりがある。凍てつく魔力を直接身体に流し込まれるならまだしも、硬度を上げた魔力越しに放たれた冷気で氷漬けにすることなど不可能。絶対防御を確信し、ザリは薄く笑った――が。

「……違う、違う。本命はこっちさ」

背後から聞こえたハルカリの声に振り返る。

ハルカリが自身の背中に向けていたものを見て、ザリは青ざめた。

「……ピストル」そう、つぶやいた瞬間。

ターン――と銃声が講堂に反響し、ザリは背中を打ったあまりの衝撃に身体を反らした。

「っ……!!」

金剛化させた魔力で背中を覆っていてもなお、その衝撃は凄まじいものだった。激痛に息が詰まり、交差させていた両腕が下がる。その肌に凍てつく冷気が触れる。いつの間にか手すりから下りたネルが装飾剣を手に旋回している。そして――。

「弾け飛べ、魔術師《ウィザード》ッ」

「んなっ、待ッ……！」

冷たいネルの剣身は、ザリの腹部から肩に掛けて、その身体《からだ》を抉《えぐ》るようにして振り上げられた。踏み込んだネルの足元からは、無数の氷がつらら状となって発生し、細かな氷の結晶が舞い上がる。

ザリの身体は、竜の子ルーシーのステンドグラスを割って夜空に弾け飛んだ。

破砕音と共に、色鮮やかなガラス片が四階の回廊に降り注ぐ。

割れた窓の向こうには、湾曲した三日月の浮かぶ夜空が覗《のぞ》いていた。

11

「……中身をすり替えたか」

シャムス教徒の席巻する町の南区にて。夕方市の催される通りの真ん中で、アラジンは立ち上がった。足元には、凍った幌《ほろ》に包まれたマテオの死体が寝かされている。

アラジンは、地面に倒れたリンダへと歩み寄っていく。

足首を挫《くじ》いたリンダは肘《ひじ》を立て、身体を引きずってアラジンから離れようとする。二人の様子を、オマール人たちが遠巻きに見ていた。あの少年は何だ？　あの倒れた女が何かしたのか？　人々はざわめき、その数は増えていく。

「いつだ？　お前に渡された時か？　じゃあ中身は、あの魔女が持ってるんだな？」

リンダはアラジンの問いには応えず、ただ叫んだ。町の南区でよく使われるオマール語で。アラジンにではなく、周りの群衆に向かって。

アラジンはイラ立ち、リンダの挫いた足首を踏みつける。激痛にリンダが悲鳴を上げる。

「うぁああっ……！」

「お前は囮《おとり》か。なら覚悟はできているんだろうな？」

リンダはなおもオマール語を叫び続ける。その意味は『助けて』だ。

するとカチャリ……と、二人を取り囲む群衆の中から、いくつかの銃口が突き出した。

ターバンを巻いたひげもじゃの男たちが、両手でマスケット銃を構えている。前後左右のあらゆる方向から、その銃口をアラジンへと向けていた。

「あァ……？」

明らかな敵意にアラジンは周囲を睨《にら》みつける。

「何のつもりだ、こいつら。ルーシー教とやろうってのか？」

空気の張り詰める中、通り沿いの建物からジャンプした帽子屋が、アラジンの背後へと着地した。突如現れた仮面の男に、辺りはまたもどよめく。銃口は帽子屋にも向けられる。

「よせ、アラジン」

帽子屋は銃に気を留めず、アラジンのそばに寄った。

「ここは彼らのテリトリーだ。騒ぎを起こすな」

「また俺に指図するのか？　次、邪魔をしたら殺すと言ったが？」

「この町は今、ルーシー教とシャムス教の際どい均衡の上に成り立っているんだ。魔術師《ウィザード》が彼らの土地で褐色肌の女性を殺せば、衝突のきっかけになりかねない」

「ハッ。俺だって褐色だぜ？」

アラジンは空笑いし、帽子屋へと向き直る。

「町のことなんか知るかよ、勝手にやってろ。俺には関係ない」

「関係ある。君はもう〝九使徒〟だ。孤独に苛《さいな》まれる孤児じゃない」

「………………」

周りの男たちは、現れた魔術師たちへオマール語を投げ掛ける。銃がその気を大きくするのか、語調は荒い。するとそれに感化されて、二人を取り囲む他の者たちも騒ぎ始めた。それは両親を殺された子供の嘆きであり、娘を穢《けが》された父の罵声《ばせい》であり、村を焼かれた者たちの激烈な非難だった。そしてそのすべては、魔術師に対する呪詛《じゅそ》だ。

リンダが二人を見上げて笑う。

「はは、迫害の報いだね。あんたたちは町の嫌われ者だ」

「……どういうことだ？」

一触即発の空気に、アラジンは周囲を警戒しながら帽子屋に尋ねた。

「この町の魔術師は、こいつらを迫害しているのか？」

「……司祭《プリースト》ザリの行いさ」

「知っていたのか、お前」

帽子屋もまた帽子のつばを摘《つま》み、アラジンとは反対の方向を牽制《けんせい》する。

「彼の行為は極悪だ。ただ、彼がルーシー教にとって有益な功績を挙げていたのもまた事実なんだ。実際に彼の布教活動がなければ、今頃町はシャムタンに支配されていただろう。彼がいなければ、この町に大聖堂は建たなかった」

「だから悪事には目をつぶるのか？」

「この町はルーシー教にとって重要な土地。共和国イナテラへの出入り口だからね。どうしても押さえておきたいのさ。悪人を担ぎ上げてでも」

「言い訳にしか聞こえないぜ」

「…………」

「町は際どい均衡の上にある、そう言ったな。だが見ろあいつら、銃を持ってる」

「……オズのマスケット銃だね」

「教えてくれ、帽子屋。怒れる住人たちが銃を持ったら？」

アラジンは銃口から視線を逸《そ》らし、帽子屋へと振り返った。

「奴らは、いつまで〝よき隣人〟でいられる？」

パレードのゴール地点である〈円形広場〉には、多くの人々が集まっていた。

大広場の奥には、〈セント・ザリ大聖堂〉がそびえ立っている。その正面にある竜の子ルーシーのステンドグラスが突如、突き破られて、とある人物が降ってきた。司祭《プリースト》ザリだ。

広場に驚きの声が上がり、人々は落ちてきたザリから距離を取って遠巻きに見つめる。

石畳へ叩きつけられたザリは、息も絶え絶えになりながら、生きていた。四《よ》つん這《ば》いになって起き上がろうとする。着ている法衣はボロボロに破れている。柔らかな金髪は乱れ、白い肌は血に濡れていた。

その姿を見た人々から声が上がった。「ザリ様……？」「まさか」「そんなはずは」――。

あまりにみすぼらしいその姿は、常にパリッとした清潔感のある法衣を着こなすザリと印象がかけ離れすぎていて、みな確信を持てずに戸惑っている。

ステンドグラスから屋根を伝い、〈円形広場〉にハルカリが降り立つ。尾てい骨辺りから、尻尾のようにくねらせたタコ足に人々がどよめく。

続いて装飾剣を握ったネルが、ハルカリの斜め後ろに着地した。

テレサリサは背中から銀色の羽を広げて、大きく羽ばたいて着地の衝撃を和らげる。そばに立つネルがその翼を見上げ、「わあ何だそれ、カッコいい！」と声を上げた。

「インチキだぞ、一人だけ。目立とうとして！」

「目立とうと、してないから。別に」

三人の魔女の登場に、広場のざわめきはより一層大きくなった。

〈円形広場〉のほぼ中央に、ザリはよろよろと立ち上がる。

「しつこいな、魔女どもッ……！」

対峙《たいじ》するハルカリはタコ足を掻《か》き消した。その手にはまだピストルが握られている。

ザリに向かって歩きながら、ポケットから弾丸を取り出す。

「さすがにしぶといな、ザリ……。硬い男だよ、あんたは」

「ハッ……ハッ……魔女のくせにそんなオモチャを頼るのか、君は」

ハルカリは立ち止まり、ピストルの銃口に弾丸を転がし入れた。それからポケットから薬包を取り出し、火薬をピストルの火皿へとこぼす。ゆっくりと、丁寧に。

「……頼るさ。こんなオモチャでも、お前をこうやって追い詰められるんだから。このピストルが今、次々とこの国に入ってきている。わかるか、ザリ。〝よき隣人〟たちは、いよいよお前たち魔術師《ウィザード》と、戦う準備を始めているのさ」

ハルカリはカチャリ……と撃鉄を起こし、その銃口を再びザリへ向けた。

「……けど彼らはまだ確信を得ていない。まだ迷ってるんだ。果たして銃は魔法を持たない人間にとって、魔術師に対抗する手段となり得るのか。こんなものでホントに魔術師を殺せるのか。だから今一度、ここにいる人々の前で証明してやろう」

「ハハハハッ！」

ザリは群衆の視線を受けながら、高々と笑った。

「先ほどの不意打ちで、ずいぶんと調子に乗っているようだな？　さっきは前面に魔力を集中していたから、層の薄い背面からの衝撃に驚いただけだ。来るとわかっているなら、そう恐ろしいものでもない」

ザリは胸の前に両腕を交差させ、魔法を発現させる。全身を金剛化された魔力が包み込む。

「やってみろ。人間ごときの作り出したオモチャが、竜の奇跡を打ち破れるはずがないッ」

「……ザリ。お前は、人間を舐《な》めすぎた」

ハルカリは人差し指に掛けた引き金を引く。撃鉄の火打ち石が火花を散らし、火皿にシュボッと炎が上がった。


アラジンの肩に青い煙が湧き上がり、見る見るうちに青い猿を形作る。

猿は人垣から投擲《とうてき》されたザクロの果実を、手の甲で弾いた。ザクロは地面でぐしゃっと潰れ、赤い果汁を撥《は》ねさせる。

リンダはこの騒ぎの中、地面を這《は》いながら人混みに紛れた。思惑どおりだ。南区まで逃げ切ることさえできれば、〝よき隣人〟たちは、襲われる自分の味方をしてくれると踏んでいた。

魔術師《ウィザード》の手から、護《まも》ってくれると思っていた。彼らシャムタンの人々もまた、横暴な魔術師に対する怒りを燻《くすぶ》らせているだろうから。

青い猿は群衆へ牙《きば》を剝《む》き、威嚇《いかく》する。

「奴らが銃を向けるんなら、教えてやればいい」

アラジンは帽子屋に訴える。猿はすでに戦闘態勢に入っている。

「銃ごときで魔術師は止められないってことを」

「ダメだ。イナテラと戦争をすることになる。何のために今まで武力じゃなく、司祭《プリースト》ザリに任せた地道な布教活動を重ねてきたと思っている」

「その結果がコレだろうが。お前は誰の味方なんだッ！」

「もちろん、王国アメリアの――」

――タンッ。

ふいに聞こえた銃声に、帽子屋は言葉を飲み込んだ。二人が反射的に見た先は、群衆の中ではなく、夜空の向こう。〈セント・ザリ大聖堂〉のそびえる方向だった。

「んふぅぅうぅッ！」

銃弾に腹部を破かれたザリは、石畳に両膝《りょうひざ》をついた。

群衆は呆然とその姿を見つめた。銃はまだ一般的な武器ではない。ここにいる者たちのほとんどは、ピストルというものを初めて見た。初めてそれが魔術師に使われるのを見た。

ネルもまた小首を傾《かし》げる。

「……？　何をしたんだ」

「ピストル……。触れもせず殺せるんなら、確かに脅威ね」

テレサリサは〝放浪の民《ドリフター》〟の生活の中で、話に聞いたことだけはあった。

ザリの纏《まと》った魔力の白さは、これまでと比べ薄かった。その色の濃さから察するに、それほどの硬度はなかったはずだ。今までの戦いで、魔力を使いすぎていたのだ。だがそれでも、金剛化した魔力を撃ち抜いたその威力は、対魔術師《ウイザード》戦の武器として有効であることを充分に知らしめていた。

「ご覧の通り、魔術師はもう、恐れる相手じゃなくなった」

ハルカリは〈円形広場〉の人々へ声を上げた。

「魔術師に恨みを持つ奴はいるか？　虐げられてきた奴はいるか。世界を変える力が欲しい奴は、これを受け取れ」

そう言って無造作《むぞうさ》にピストルを放り投げる。空に放物線を描いたピストルは、ザリの頭上を越えて人混みを割った。ピストルは石畳を滑る。人々は「わっ」と声を上げてその凶器から逃げるように後退《あとずさ》り、誰も手に取ろうとしない。

ただ一人だけ、群衆の中から出てきた少女がいた。裸足で薄汚れた布を纏った、まだ十代であろう褐色肌の少女は、手首に枷《かせ》をされていた。トランスマーレ人に買われた奴隷だ。

少女は恐る恐る腰を屈め、両手でピストルを拾い上げる。

「ごはっ……」

石畳に膝《ひざ》をついていたザリが鮮血を吐き散らし、うつ伏せに倒れた。

その姿は周りに恐怖を与えた。群衆たちから悲鳴が上がり、一斉にその場を離れ始める。

人々の逃げ惑う中、ハルカリは立ち尽くす褐色肌の少女の前へ歩み寄った。

うつむき、小さく震えている少女に、オマール語で話し掛ける。

『恐れるな〝よき隣人〟よ。狼煙《のろし》は上がった。戦いの時だ』

少女は顔を上げた。

『……でも』

逡巡《しゅんじゅん》している。「よき隣人がよき街を作る」――そのように歌われた〝太陽神アッ・シャムスの唱歌〟によって、シャムタンは闘争が禁じられている。それを気にしているのだ。

『心配するな。太陽神は眠っているよ。今は月神アル・カラムの時間さ』

少女を促し見上げた空には、まるで笑うように湾曲した三日月が浮かんでいる。ヒステリックで嫉妬深く、攻撃的な神様が、少女の勇気を称えるように。

『………』

少女は目をしばたたく。ハルカリはその頭に手を置いた。

『あたしの船においで。そいつの使い方を教えてやろう』

終章 "ブルハ"

1

ザリの姿は、いつの間にか消えていた。〈円形広場〉の中央に広がる血痕が、人々に踏まれて滲《にじ》んでいる。あれだけの血を流して生きていられるものか、とハルカリは思う。彼を回復させられるウィローの魔法はもう、奪ってしまっている。

「…………」

「頭《かしら》あ！」

広場に立つハルカリの元に、ランタンを手に提げた手下たちが数名、駆けてくる。彼らは共に海賊船から小舟に乗って、町へ入ってきた者たちだ。自分たちも参戦するべく町中を走り回っていたものの、すでにどこの戦闘も終わっていて、図らずもケガ人を船へ連れ帰る救護係となっていた。

「パニーニさんは回収しやした。それから、リンダさんも。どちらも重傷ですけど生きてます」

「そうか」

二人の無事を聞いて、ハルカリの表情が綻ぶ。

「この子も連れてってやってくれ」と、そばに立つ奴隷の少女の肩を押した。

「手枷《てかせ》も外してやれ」

そして戸惑う少女にオマール語で、彼について行くよう言った。

「それともう一人、魔術師《ウイザード》と戦った重傷者がいるみたいなんすけど、何者かわかんなくて。頭の仲間ですか？　連れ帰っていいものか……」

「仲間？　知らんな」

「じゃ関係ねえかな。どうも女騎士らしいですけど」

手下のその言葉にも、ハルカリは小首を傾《かし》げる。

だがそばに立っていたネルとテレサリサは、同時に顔を見合わせた。


胸にナイフを突き刺されたヴィクトリアは、燃えた黒猫のフロート車から助け出され、歩道脇の石畳に寝かされていた。周りに人集《ひとだか》りができていて、駆けつけた白いひげの町医者がそばに屈んでいる。

「……生きてるのか」

人垣を押《お》し退《の》けて最前列に出てきたネルは、青白いヴィクトリアの顔を見下ろしてつぶやいた。町医者の処置だろう、衣服の肩口や太もも部分が裂かれ、傷口にガーゼが当てられている。ガーゼは溢《あふ》れ出る血で真っ赤に染まっていた。服の至るところや金髪が焼け焦げている。目を閉じたまま動く気配はないが、よく見れば、ナイフが突き刺さったままの胸は微かに上下していた。

「生きてる。助かるんだろうな?」

ヴィクトリアのそばに屈む町医者は、イラ立ち混じりに応えた。

「血を流しすぎだ。こっから復活したら奇跡だよ。やれるだけはやってみるがな」

言って振り返り「担架はまだか!」と叫ぶ。

ネルのそばには、テレサリサが立っていた。

「………」

今、自分にできることはない。自身の魔法が回復系でないことが悔やまれる。

「――……〝xoxo《ハグ&キッス》〟」

突如、背後の人混みから悲鳴が上がり、テレサリサとネルは振り返った。

割れた人垣の向こうから、タコ足を一本くねらせたブルハが歩いてくる。

そうして、屈んだまま驚愕《きょうがく》してタコ足を見上げる町医者に言った。

「どきな」

ハルカリはヴィクトリアの前襟を開き、ナイフが突き刺さったままの胸を露わにした。下手に抜けば、大量に血が溢《あふ》れ出してしまうであろうそのナイフの周りに、タコ足がまとわりつく。吸盤で傷口を囲むそのタコ足が、ぼんやりと柔らな光を放っている。

ウィローから奪った魔法〝xoxo《ハグ&キッス》〟は、纏《まと》う魔力を癒しの力に変えて傷を治す。ハルカリはタコ足の巻きついたナイフの柄に触れ、そっと優しく抜き取った。

町医者が「やめなさい！」と慌《あわ》てたが、血は溢れない。タコ足が離れてから、町医者はヴィクトリアのそばに屈んだ。白肌に血の滲《にじ》んだ胸を確認するが、ナイフの突き刺さっていた箇所に傷は見られない。

「バカな……裂傷が消えてる。奇跡だ」

町医者の言葉を聞いた人々から、「わっ」と歓声が上がった。拍手と喝采が沸き起こる中、立ち上がったハルカリは抜き取ったナイフを放って宙に放って、キャッチした。

「やれやれ、また変な噂が広まっちまいそうだな」

「おおっ！　すごいな、回復系の魔法は」

ネルは目を丸くして、ヴィクトリアのそばにしゃがんだ。

ハルカリは、テレサリサの方を向く。

「今のはお前への礼だ。あたしの策に乗ってくれたから、ザリを倒せた。これで貸し借りはナシだ」

「……協力してみるもんね」

テレサリサは肩をすくめ、ネルのそばにしゃがみ込む。

ヴィクトリアは薄く目を開ける。こちらを覗《のぞ》き込む、紅い瞳と目が合った。

「私は……生きているのですか」

テレサリサが応える。

「しぶといね。さすが騎士様は、身体《からだ》が丈夫だわ」

「……固い肉を我慢して食べてた甲斐《かい》がありました」

ヴィクトリアが言って、テレサリサはふっと小さく笑う。

そこに聞き慣れた声を聞いた。

「……魔女様」

テレサリサは顔を上げる。

一同を取り囲む人混みの中に、向日葵《ひまわり》色の布を纏《まと》ったロロと、カプチノが立っていた。

2

「――こちらです」

仮面をつけた帽子屋とアラジンは、とある館に案内されていた。〈港町サウロ〉の北側に位置する大きな館だ。敬虔《けいけん》なルシアンである主人に通された廊下の奥からは、ザリの荒ぶる声が聞こえてきた。

「君は本当に使えないなっ！　自分で自分が情けなくはならないのか？」

「情けないです。ごめんなさい、ごめんなさい……」

それから、謝罪を繰り返す女の声。

「魔法の使えない君には何の価値もない。消えろ、消えてしまえッ！」

「そんなっ……頑張ります。頑張りますからどうか、ザリ様ッ」

コツコツと二度、主人がドアをノックする。

「失礼します、ザリ様。九使徒様方をお連れしました」

ドアが開き、帽子屋とアラジンが部屋に足を踏み入れた。

〈円形広場〉で銃弾に倒れたザリは、この館の主人に匿《かくま》われていた。

そこはランタンの灯《とも》る薄暗い部屋だった。ザリは一番奥の一人掛けソファーに深く腰掛けている。背後の窓には三日月が浮かんでいて、差し込む月明かりが、ザリの足元に敷かれた絨《じゅう》毯《たん》に、窓枠の十字影を映していた。

柔らかな金髪は乱れ、上半身は裸で、腹部に巻いた包帯は痛々しく赤色に染まっていた。

ザリは血で汚れたパンツもそのままに、木のジョッキを傾けている。口元からは、大量のブドウ酒がこぼれていた。

ソファーのそばには、ウィローが膝《ひざ》をついている。ハルカリに折られた指もそのままに、無事な方の手でトレーをザリに差し出していた。二人の九使徒が部屋に入ってくると、ザリはジョッキをそのトレーの上に置いた。ウィローは立ち上がり、ソファーのそばに控える。

ザリもまた、ソファーから立ち上がろうとした。

「これはこれは……九使徒様。参りましたよ……痛《つ》ッ……」

撃たれた傷口が痛むのか、肘《ひじ》掛けに手をついたザリは顔をしかめた。

「どうぞ、座ったままで」

帽子屋はザリに着席を促す。そして主人へと振り返った。

「申し訳ありませんが、席を外していただけますか」

主人は深々と頭を下げて、部屋を出ていった。ドアが静かに閉められる。

「まさか……魔女が三人も同時に現れるとは」

ハハ、とザリは空笑いを浮かべた。

「さすがに厄災《やくさい》が過ぎました。ですが、この司祭《プリースト》ザリはこのままじゃ終わりません。〝赤紫色の舌の魔女《マゼンタ》〟の戦い方は熟知してします……。彼女がこの町にいる限り、必ずやあの魔女は、この僕が――」

町に九使徒が訪れてから、司祭ザリと話すのは常にアラジンだった。仮面をつけた帽子屋は、アラジンの後ろに立っていただけ。だが今、前に出たのはその帽子屋だ。

ザリの正面に立つと、ギッ……と小さく床板が鳴った。

「やり過ぎましたね、ザリ様」

「……？」

ザリは言葉を飲み込んだ。何をやり過ぎたのか、よりも、なぜ九使徒である彼が格下の自分を様付けで呼ぶのかが気になった。

「僕はあなたを尊敬していました。あなたは世界の不条理を教えてくれたから。僕を救ってくれたから。覚えていますか、あなたが僕にくれた言葉を」

「？」

「教室の隅で絵を描いていた僕に、あなたはこう言ったんです。理不尽こそが、この世界の〝通常〟なのだと。この理不尽を嘆き、教室の隅でひっそりと生きるか、覚悟を持って抗うか……ここからが分かれ道なんだと」

「……あなたは……誰です？」

ザリに、帽子屋との面識はない。いきなり教室などと言われても、思い当たる節《ふし》がない。

帽子屋は目元を覆う仮面を外した。月明かりに顔を晒《さら》す。

「っ……!?」

ザリは思わず目を伏せた。月明かりに煌《きら》めく帽子屋の瞳は、黄色。

それは六秒と少し、見つめ合うことで恋に落とす、ハンバートの目と同じ色。

ガシャン――と、ウィローがトレーを取り落とした。帽子屋の素顔に驚愕《きょうがく》して目を見開く。

「え……!?　どうして」

「……バカな。嘘だ。生きていたのか？」

ザリは顔を上げられず、その視線は混乱しながら絨毯《じゅうたん》を彷徨《さまよ》う。ウィローの落としたジョッキからブドウ酒がこぼれ、絨毯を濡らしている。一歩、前に出た帽子屋の爪先が見える。

「バカなッ！　ハンバートは死んだ。あなたは、九使徒だ。ハンバートではない」

「ハンバート兄さん！　会いたかった、会いたかった！」

　ウィローが駆けだし、帽子屋へと抱きついた。

　帽子屋は顔を背けるが、されるがままである。

「はあっ……？」

　ザリはソファーに腰掛けながら、益々《ますます》戸惑う。

「どういうことだ。どういう……どういうことだっ……？」

「見ての通り、彼女は僕の魔法に掛かっているのです」

「魔法って……〝世界よ変われ《チェンジ・ザ・ワールド》〟か？　なぜ……何のために。いったい、いつ⁉」

「……十一年前。あの〝ランチパーティー〟の最中にですよ、ザリ様」

「じゅういっ……」

　では彼は本当に侍祭《アコライト》ハンバートなのか。あの日、あの時。〝ランチパーティー〟で思わず殺してしまったハンバート・ルバート。彼の死体は、港口の門に吊《つる》したはずなのに。

「……いや、そうだ。阻止した！　確かにハンバートはあの時、ウィローに飛び掛かった。魔法を掛けようと馬乗りになった。だが六秒も見つめ合ってはいなかったはずだ。その前に僕は……彼の目を裂いたのだから！」

「いいえ、あの時にはもう、ウィローは僕の虜《とりこ》でしたよ」

「は……？」

「覚えていますか、ザリ様。あの雨音に満ちた船内には、この部屋のように絨毯《じゅうたん》なんか敷かれていなかった。だから、ここにこぼれたブドウ酒と違って、絨毯に染みこむことなく、流れ出た僕の血は、床に大きく広がっていました」

「……血だまり越しに、見つめ合っていたのか」

「ええ。あなたたちは倒れた僕の背後に四人、並んで立って僕を見下ろしていましたから」

その魔法は、間接的に見つめても恋に落とす。心を奪われたウィローは〝ランチパーティー〟の後、息絶える寸前であったハンバートを〝ｘｏｘｏ《ハグ&キッス》〟で治した。

「港口に吊されていた死体は、墓場から暴《あば》いたものです。僕の背丈や体型と似た、比較的新しい死体を血まみれにして入れ替えたんです。身代わりになってもらった死体には、申し訳なかったけれど……」

こうしてハンバートは〝ランチパーティー〟を生き延びた。一人で一味を騙《だま》すことは難しくとも、協力者がいれば不可能ではなかった。死んだことになっているため、もうサウロにいられない。だから人知れず町を離れ、大陸を彷徨《さまよ》った。九使徒に至るまでのサクセスストーリーは、また別の物語だ。

「ウィローが、いろいろと助けてくれました」

「っ……」

ザリは狼狽しつつも帽子屋の視線を警戒し、顔を上げることができずにいる。だから代わりに、帽子屋へとしがみつく、ウィローを睨《にら》みつけた。

「裏切った……いや、裏切っていたのか、ウィローッ！」

「ひっ」

ウィローは帽子屋の後ろに隠れる。

「責めないであげてください。彼女は僕の言いつけを守っただけです。〝誰にも何も言わず、何事もなかったかのように、ザリ様に仕え続けて。そうすれば必ず、迎えに行くから〟と」

「そして、迎えに来てくれたんですね！　やっと……やっとっ！」

ウィローは目に涙を浮かべ、帽子屋を見上げる。二人の後ろで、ポケットに手を突っ込んで立つアラジンは、「ケッ」と苦い顔をしていた。

「ザリ様、あなたはかつて言いました。人間には〝弱き者〟と〝強くあろうとする者〟がいる。当然あなたは、後者なのでしょう。覚悟を決めて布教活動を行い、異国の地でここまでルーシー教を広めてくれた。女王アメリアに代わって感謝いたします」

「……感謝？　感謝だと」

ハンバートに感謝される筋合いはない。ザリは奥歯を噛《か》みしめる。

「けれどあなたは、やり過ぎた。改宗運動と称して、近隣の村々や荘園を襲いすぎた。〝よき隣人〟たちは今や銃を密輸し、我々を排除しようと動き始めています」

「…………」

「彼らをなだめ、〝よき隣人〟に戻っていただかなくては。そのために差し出すのなら、あなたの首がちょうどいい。町の中央にそびえる大聖堂――その名を冠するあなたの首なら、彼らも納得してくれるはずです」

「……はっ？　待て。それは、どういう」

帽子屋はウィローから離れ、ステッキを手早くシェイクする。その尖端から刃が覗《のぞ》く。

「待て！　待ちなさい、功績がある。僕がいたからこそ、この町は――！」

ルシアンの勢力を増した。戦争もなしに。比較的穏便に。大聖堂の建設には莫大《ばくだい》な資金が必要だった。だからザリの悪事は見逃されていた。教会は見て見ぬ振りをしていた。

「なのにっ、大聖堂が完成したら僕を切るのか！　悪事をすべて僕一人のせいにして。僕だけに責任を負わせて」

――何という、理不尽。

「〝ランチパーティー〟にはお前だって！　参加していたじゃないか、ハンバートッ！」

「さようなら、ザリ様。今日までご苦労様でした」

ザリは魔法を使った。全身に纏《まと》った魔力を金剛化させる――が、その硬度が増す前に、帽子屋の刃は目にも留まらぬ速さで、ザリの喉《のど》を斬《き》り裂いた。

ならない。

3

「……クソ。どこに行きやがった」

アラジンは屋上に出ていた。胸の高さほどまである石塀に肘《ひじ》を乗せて、ランタンの灯《とも》る町並みを見下ろしている。魔女を捜して魔力を探ってみるが、町は存外広い。冷たい魔力は見つからない。

「カラスを飛ばせば？」

背後から、帽子屋が歩いてきた。アラジンのそばに立ち、港町を臨む。

「夜は見えねえよ。……奴ら、海賊らしいな？」

「〝海の魔女〟は、そうだね」

「港に行くぞ。海賊なら、どこかに船があるだろう。港なら情報も集まる」

アラジンは踵《きびす》を返し、石塀を離れたが、帽子屋は町を見下ろしたまま。

「僕は王国アメリアに戻るよ」

アラジンは足を止めた。首だけ振り返り、帽子屋の後ろ姿を見る。

「少し王都を離れすぎた。そろそろ戻らなくては、アメリア様に叱られてしまう」

「あっそ。別にいーけどよ」

アラジンは帽子屋へと向き直った。

「お前……この町に住んでたんだな？　司祭《プリースト》ザリの侍祭《アコライト》だった。なるほど、何か変だと思ったんだ。町に来てからは消極的だった。暴れるなと言ったり、魔女を庇《かば》って逃がしたり」

「……庇ったわけじゃない」

「だが戦おうとしなかった」

「戦う必要がなかったからね」

アラジンはポケットに手を突っ込んだまま、帽子屋の背中に近づく。

「今一度聞くぜ。お前はいったい誰の味方なんだ？」

帽子屋は振り返った。その視線は六秒と少し経《た》つ前に、摘《つま》んだ帽子のつばに隠される。口元だけがふっと笑った。

「もちろん、王国アメリアの味方だよ」

「……信じていいんだな？」

「それを決めるのは、僕じゃなく、君だ」

思えばザリもよく〝信じているよ〟と口にした。押しつけるように、希《こいねが》うように。けれど信じるという行為は自分ではなく、自分以外の他者が行うことだ。自分の行動を見て、信じるなり信じないなり、勝手にすればいいと、今は思う。

アラジンは帽子屋から視線を外した。

「司祭ザリの首を南のシャムタンに差し出したところで、時間稼ぎにしかならんだろうよ。このままじゃいずれイナテラとぶつかるぞ。〝よき隣人〟が〝よき隣人〟でいられたのは、今まで銃なんてものがなかったからだ」

「……牙《きば》は仔羊を狼に変える、か」

帽子屋は頷《うなず》いた。言葉を続ける。

「けど時間稼ぎにはなる。その間に銃を何とかしなきゃ。元を絶つべきかな」

銃の出所である〈花咲く島国オズ〉はルーシー教圏外だ。大陸の外にあって内情もわからない。銃は魔術師《ウィザード》の脅威になり得る。〈竜と魔法の国アメリア〉が目下侵略するべきはその島国なのかもしれない。

「まあ、必要なら呼んでくれ。それまでは自由にさせてもらうぜ」

じゃあな、とアラジンは屋上の出入り口へ向かった。

が、すぐに「ああところで」と足を止めて振り返る。

「お前の魔法。〝世界よ変われ《チェンジ・ザ・ワールド》〟って名称だったんだな？　変えて正解だぜ、ダサすぎる」

アラジンは笑って言い捨て、片手を上げて去っていく。

帽子屋は肩をすくめた。

「……若気の至りさ」

ハンバートの固有魔法の名前は三度目の変更を行い、帽子屋は現在、大嫌いなこの魔法を〝狂ったお茶会《マッド・ティー・パーティー》〟と呼んでいる。

空には湾曲した三日月が浮かんでいた。帽子屋は毛皮のハットを脱いで、石塀の上に置く。長い前髪を掻《か》き上げる。心地のいい夜風が吹いて、汗ばんだ額をそっと撫《な》でた。

石造りの町並みを眼下に、懐かしむ。見渡せば、至るところに三角屋根の教会が見える。

風が、肉の焼ける美味《おい》しそうなにおいを漂わせている。ぽつぽつとランタンの連なる通りからは、笑い声と陽気な音楽が聞こえていた。魔女騒動でパレードが中止になっても、一部のルシアンたちはどんちゃん騒ぎを続けている。

聞こえてくるメロディに合わせ、帽子屋は目を閉じてハミングした。

「ふん、ふふん、ふふんふん、ふん……――」

謝肉祭《カーニバル》も今夜で終わりだ。人々は浮かれてもいい最後の夜を、めいっぱい楽しんでいた。


僕の死体はタールを塗られ、港口の門に吊《つる》された。

彼女をおびき寄せるため。彼女の心を砕くために。

そして少女ハルカリは、強欲な魔女と化したのだ。


島の湖で水浴びをした帰り道、僕とハルカリは濡れた髪を夜風に晒《さら》したまま、小道を下っていった。空には湾曲した三日月が浮かんでいて、二つの影を小道に長く伸ばしていた。

ハルカリは片手にランタンを持ち、もう一方の腕に、僕の服やタオルとして使った布きれの入ったカゴを提げていた。脚を折っていた僕は上半身裸で、木の枝を杖代わりにして、ゆっくりと歩く。

リンリンと響く虫の音。カエルの鳴き声がそこら中から聞こえている。僕たちは二人きり。ユリのブローチが襟元についた服は工房に置きっぱなしにしていたから、この時の会話は誰にも盗聴されていない。僕たち二人だけのものだ。

今はどんなお話を考えているの、そんな話題になって、僕はハルカリに打ち明けた。

「実は、魔女のお話を書こう思ってて。まだ途中なんだけどね」

「え！　聞きたいな。途中でもいいから」

ハルカリはもうすっかり僕の物語のファンだった。

嬉《うれ》しそうに耳を傾けてくれるから、僕もつい饒舌《じょうぜつ》になってしまう。

「下半身がタコ足の魔女のお話なんだ。彼女には〝悪い習慣〟があってね。他人のものでも、欲しいと思ったら我慢できないんだよ。魔法で自分のものにしてしまうのさ」

「わあ、強欲なヤツ……そんなのが主人公？」

「そう。でもある日、人々の村は悪い魔術師たちに襲われてしまう。魔術師たちは女や子供を殺し、金品財宝を奪っていくんだ。村人たちの涙を見た魔女は、今まで彼らを苦しめていた自分の強欲を恥じて、代わりに魔法で彼らの願いを叶《かな》えてあげようとする」

ハルカリは歩きながら僕を見上げ、小首を傾《かし》げた。

「彼らの願いって、何？」

「魔術師たちへの、復讐《ふくしゅう》」

月明かりに煌《きら》めく翡翠《ひすい》の瞳を見下ろし、僕は応える。

「これは最後に胸がすく復讐劇だ。強欲な魔女は魔術師たちの魔法を次々と奪い、バッタバッタと倒していく。右手から火球を放ち、左手からは癒しの光を放ってね」

「わあお、魔女って強いんだね。カッコいい！」

ハルカリはケラケラと声を上げて笑った。概ね好評の感想をくれて、僕も安心する。

「その魔女は何て名前なの？」

「名前……は、決まってない。何かいいのないかな」

ハルカリは足元に視線を落として、少し悩んで。それからやおら顔を上げた。

「〝ブルハ〟ってのはどう？」

「うん、いい響きだね。エキゾチックで。何か意味があるの？」

褒《ほ》められたことが嬉しかったのか、ハルカリは照れを隠すように「にひひ」と笑った。

「あたしたちの言葉で〝魔女〟って意味さ――」

4

「――〝XOXO《ハグ&キッス》〟」

〝凍った右腕〟の切断面をロロの右腕に宛がい、ネルが凍結の魔法を解く。直後に、その切り口に巻きついたタコ足の吸盤から柔らかな光が溢《あふ》れ、傷口が熱を帯びる。

「……温かくなってきました」

斬《き》られた腕がくっつくという不思議な現象に、そばに立つテレサリサが眉根《まゆね》を寄せた。

「痛くないの？」

「痛いですが、デュベル家では、あらゆる痛みに慣れさせられます。このくらいでしたら」

ロロの言葉にハルカリが笑い、タコ足を離した。

「何だ、そりゃ。ずいぶんと奇特な一族だな」

ロロは腕まくりした右腕を持ち上げ、傷口があったはずの箇所を指でなぞった。血が滲《にじ》んではいるが、斬られた跡すらない。指先は曲がるか、グーパーして確かめた。

「すごい……ちゃんと動きます。ちょっとかじかんでますが」

「おー、これでまた戦えるな？　いつやる？　すぐ？」

ネルもまた、すぐそばで興味津々にロロの右腕を見つめている。その手には、ずっとロロの胸に刺さっていた装飾剣が逆手に握られていた。ネルがロロを復活させた理由は、戦うためだ。〝キャンパスフェローの猟犬〟とのバトルを楽しみにしていたネルだったが――。

「すみません……身体《からだ》がまだちゃんと動かなくて」

ロロには困った顔で断られてしまった。ネルとしても本調子でない黒犬を倒しても意味がないので、機を待つことにする。

一同は、パレードの終わった〈ルシアン通り〉に立っていた。少し離れた歩道の脇には、今もヴィクトリアが寝かされたままだ。辺りはまだ、パレードの片付けをする者たちや、浮かれ足りない者たちで賑わっている。

軒先に吊《つる》された燭台《しよくだい》や、人々が手に提げるランタンが、至るところで灯《とも》っていた。

タコ足を掻《か》き消したハルカリが、足早に去ろうとする。

「それじゃあ行こう、ネル。たぶん町のどこかに、まだあの魔術師《ウイザード》がいる。常に魔法を使ってるお前は見つかりやすいんだ。さっさと町を出るぞ」

「おー。うん」

「……え、ネル？」頷《うなず》いたネルに驚いたのはテレサリサだ。「あなた、海賊になったの？」

ネルはうつむき、ばつが悪そうにもじもじとしている。

「それが……いろいろあってな。〝家族〟が……できたんだ」

「え？　妊娠っ⁉」

「違う！　こいつらの船に乗ることにしたんだ。ということで、すまんな、黒犬」

ネルはテレサリサから、そのそばに立つロロへと視線を移す。

「決闘はまた今度だ。それまでに身体を万全に戻しておけ」

「えーっと……一緒に来てはくれないのですか？」

ロロはネルを見返し、それからハルカリへ視線を移す。

「〝海の魔女〟様も？　力を貸してくれは――」

「断る。なぜあたしがお前を助けなきゃいけない？　お前を治したのは、ネルを手に入れるためだ。この〝海の魔女〟の力が欲しけりゃ――」

「奪いにいくわ。力尽くで」

今度はテレサリサが言葉を遮った。ハルカリは笑った。

「強欲だねえ……。魔女らしい顔になったじゃないか」

「あのっ、頭《かしら》っ」

ロロのそばに立っていたカプチノが、一歩前に出て頭に巻いていたバンダナを脱いだ。

「短い間でしたが、お世話になりましたっ」

「あぁ……？」ハルカリは隣のネルを見る。

「何でこいつは当たり前のように船を降りようとしてるんだ？」

「カプはキャンパスフェローのメイドらしい。黒犬と一緒に帰ろうとしてるんだろう」

「へえ……」

カプチノは深く頭を下げる。

「頭も海賊船も最初は怖かったけど……海での冒険は、いい思い出になった気がします。ありがとうございました！」

「ふうん。まあいいや」と、ハルカリはテレサリサへと向き直った。

「オズだ。あたしたちの船は銃を手に入れるため、〈花咲く島国オズ〉に向かう。あたしの力が欲しけりゃ奪いに来い、〝鏡の魔女〟」

「テレサリサ。私の名前は、魔女じゃない」

「そうかい、じゃああたしは、ハルカリだ」

言ってハルカリはニンマリと、悪い顔で笑った。

「取り返せるもんなら、取り返してみな」

「……ん？　何を？」

ハルカリは背を向けると同時に尾てい骨辺りからタコ足を発生させて、カプチノの腹部に巻きつける。――「こいつを、さ」そして踵《きびす》を返したネルと供に駆けだした。

「……えっ、あ――ちょっ」

「残念だがな、カプゥ。あたしはお前を気に入ってる。よく〝凍った右腕〟を護《まも》ってくれたな？　今回の件でお前の価値は跳ね上がっちまった。船から降ろす気はないよ」

「はあっ!?　やだっ！　降りますっ。降ろしてくださいっ！」

「諦めろ、カプ。〝海の魔女〟は強欲だ。欲しいものは力尽くで手に入れてしまう」

タコ足に吊《つる》されたカプチノを、併走するネルが見上げる。

「私たちと海賊船で歌って、愉快に暮らそう」

「ネル様!? あなた味方してくれるって言ってたのに!」

二人の魔女はカプチノを連れて、夜の〈ルシアン通り〉を去っていった。

「助けて、ロロさんっ! ぎゃぁぁぁあああああっ!」

後にはただ、カプチノの断末魔のような悲鳴が、余韻を残して通りに響くばかりだ。

ロロとテレサリサは、ぽかんとして、その後ろ姿を見送る。

「あ、思い出した。あの子、レーヴェンシュテイン城で燃やされてたメイドの子……?」

テレサリサが精霊エイプリルで助けてあげた、キャンパスフェローのメイドだ。

「何で海賊になってんの……?」

「妙に馴染《なじ》んでましたね……。でも元気そうでよかった」

「……取り返さなくていいの? あなたのとこのメイドでしょ?」

「まだ身体《からだ》がうまく動きません。それにオズに取り返しに来いって言ってましたし、二人の魔女ともまた会うつもりです。カプチノともきっとまた再会できるでしょう」

「あなたがいいのなら、いいけど」

通りにはロロとテレサリサ、二人だけが残される。

歩道の端では、寝かされていたヴィクトリアがむくりと身体を起こしていた。

テレサリサは脇目にロロの横顔を見た。長い間凍りついていたその顔は、まだ青白い。

「……あなたは、蘇《よみがえ》ってよかった？」

「よかった、というと……？」

ロロは深緑色の視線をテレサリサに向けた。

「だって、あなたは……――」

――死にたがってた。

主を失い、国を失ったロロは絶望の淵《ふち》にいた。ただ一つの支えは、主が死ぬ間際に下した命令のみ。七人の魔女を集めるという、その目的を果たすために生きていた。心折れて瀕死の状態にあったロロを、凍結させて生き返らせてしまったのは、こちら側のエゴだ。ロロはそれを望んでいなかったのかもしれない。

テレサリサは、余計なお世話をしてしまったのかもしれない。

紅い瞳が、窺うようにロロを見る。ロロはふと視線を逸《そ》らす。

「……魔女様は、天国ってあると思いますか」

「天国……？」

「死後の世界です。死者が集まってて、もしかしてそこには、ヴァーシアの人たちが言う、神々の住む宮殿があるのかもしれない。そこでは、死者と再会できるかもしれない」

「……行ったの？　死後の世界に」

「……それが、まったく覚えていないんです。よくやったっていう労《ねぎら》いもなければ、何死んでんだって、叱りつける声もなかった。バド様には……会えませんでした。まあ仮死状態だったから、死んだとは言えないのかもしれませんけど——」

ロロはむず痒《がゆ》い顔をして、ぽつりとつぶやく。

「もしかして、死後の世界ってないのかもしれない」

「………」

「ただ……憤りがありました」

「……憤り？」

「ネル様から、事のあらましを聞いたんです。俺の身体《からだ》を巡って、魔術師や海賊と戦ってたって。乱戦してたって。俺もその場にいたのに、俺はそれも覚えてない。ただただ何もせず、凍ってただけだったってのは……悔しいし、情けない」

ふっとテレサリサは小さく笑う。ロロは再び視線を上げた。

「……だから生き返らせてくれて、ありがとうございました。死後の世界を彷徨《さまよ》うよりは、俺はもう少し、ここがいいです。主の命令をまだ遂行していないし、キャンパスフェローを取り戻さなくちゃいけない。死んで置いてかれるくらいなら、殺してでも生きることにします」

そしてテレサリサを横目に見て、まるで冗談のように言う。

「だって俺は、暗殺者《アサシン》ですから」

「………」

テレサリサはつんとそっぽを向いた。

「じゃあもう死なないでね。大変だったんだから」

「……すみません。気をつけます」

「私一人に魔女を集めさせる気？　ムリだからね？　モチベーションもそんなないし」

「せっかく二人目まで集めたのに、減っちゃいましたね……あと六人か。長いなあ」

歩道に座ったままのヴィクトリアが、テレサリサたちを捜して辺りを見渡している。

「カヌレ食べ放題の約束、忘れてないでしょうね？」

「……まさか、そのために生き返らせたのですか？」

「当然でしょ。すごい量食べてやるから、覚悟しててね」

テレサリサはローブのフードを被《かぶ》り、ヴィクトリアのいる方向へ歩きだす。

「……御意」

ロロは一度目を伏せて、足早に去っていくその背中を追い掛けた。

あとがき

歌姫が登場するということで、音楽を描きたいと思いました。雨音や足踏みを使ったストンプ、賛美歌に海賊たちのシーシャンティ、鎮魂歌、そしてダンス。脳内でメロディを考えるのは楽しいけれど、文章でどこまで伝わるものか。ただ書いていて楽しかったです。歌はいいね、歌はいい。

早くも書くことがなくなってしまったので、前巻のあとがき読み返してみましたところ、登場人物がたくさんいて大変、と書かれておりました。そう。今巻も大変だった。後半ですよ。思わぬ大乱戦。テレサリサが「多いわ!」と叫んでいたように思いますが、僕も書きながら薄々感じていたことです。あれ……? 多くない? ちょっと数えてみてもよろしいか。まずテレサリサとヴィクトリア、ネルでしょう? 海賊ブルハ、パニーニ、リンダ、カプチノ。そんで町の司祭《プリースト》ザリ、マテオ、テディ、ウィロー。九使徒からアラジンと帽子屋。そこにロロ。そりゃあ編集さんに電話もいたしましょう。「大変なことになってます。総勢十四人の大乱戦です」

何とか書き終えました。びっくりしました。めっちゃ長い。前巻が、僕の今まで刊行してきたお話の中で最長のページ数でした。もう二度と、こんなにたくさん書くことはあるまい、と思ってたのに超えてきちゃった。原因は何だ。十四人もいるからでしょうよ。

テディが復活するから、本の値段も少し高くなってしまった。すみません。

次巻はもっと薄くしましょう。

そうしたらきっと、続刊に一年も待たせちゃうなんてこともなくなるでしょう。約束しよう、もう待たせない！　大丈夫、プロットはできております。信じられない読者のために、次ページに予告を用意しておきました。ではまた次の巻でお会いしましょう。

もしまた刊行遅れちゃってたら……ツイッターとかでつついてね。

カミツキレイニー

十歳のヘンゼルは、妹思いの優しい兄だった。空腹に心を蝕《むしば》まれるまでは。

森の奥深くにて、兄妹二人きりで迷子になったと気づいた時、ヘンゼルのズボンのポケットの中には、六枚の平たく焼いたパリパリの乾パン――クリスプ・ブレッドが入っていた。

ヘンゼルは、その内の二枚を妹のグレーテルに渡した。グレーテルは七歳を迎えたばかりで身体《からだ》が小さかったから、少しだけ身体の大きな自分が、少しだけ多く食べるべきだと思ったのだ。

グレーテルは森を彷徨《さまよ》い歩きながら、たった二枚のブレッドをすぐに食べきってしまった。もっと欲しいと兄にねだったが、ヘンゼルは、残るブレッドは僕の分だと言って渡さなかった。ブレッドは全部で四枚しかなかったのだから、半分こだと、嘘をついて。

日が落ちて辺りが暗くなると、二人は大木の根元に身を寄せ合った。グレーテルは寒さに背中を丸めながら、ひもじさのあまり、手首に巻いた麻紐《あさひも》のアクセサリーを嚙《か》んでいた。

「……グレーテルたち、悪い子じゃないのにねえ?」

兄にそう問う。〝悪い子は森に捨ててしまうよ〟――村の大人たちは、よくそんな脅し文句を使って子供たちを叱る。森には、子供を食べる魔女が住んでいるらしい。お手伝いをサボったり、言いつけを守らなかったりする子供は、その魔女に食べられてしまうのだそうだ。

閉じた目尻から流れる涙を見て、ヘンゼルはこの妹がひどく不憫《ふびん》に思えて、罪悪感に苦しんだ。どうしてクリスプ・ブレッドを均等に分けてあげなかったのだろう。空腹は判断を誤らせる。

どこからか聞こえてくる野犬の遠吠えに、グレーテルは怯《おび》えていた。

ヘンゼルは、痩せ細った妹の身体を抱き寄せた。

「……明日こそは、森を抜けよう。頑張って村に帰るんだ」


だが翌朝、ヘンゼルが目を覚ました時、グレーテルの姿はどこにもなかった。

辺りを見渡し、妹の名を叫んで捜し回ったが、小鳥のさえずりと木々のざわめきが聞こえるばかりで、返事はない。ヘンゼルの声は、木漏《こも》れ日差す森の中にむなしく木霊した。

声を上げればより体力を消耗する。あまりの空腹で目眩《めまい》がする。何か口にしなければ、きっと倒れてしまうだろう。食べられる木の実か、花か、野ウサギでも見つけられれば最高なのに
──と辺りを見回していたヘンゼルは、地面でバタバタと動いている何かを発見した。

近寄ってみると、それは小さな野鳥である。やった、焼くことができれば食べられるかもしれない。ヘンゼルは膝《ひざ》をついて小鳥を捕まえたが、そいつを見てすぐに眉根《まゆね》を寄せた。

よく見るとそれは、何だか妙な形をしている。半身は確かに翼をバタつかせる小鳥だが、右の翼から尾羽にかけては、小鳥の形をした焼き菓子だ。ザラザラとした手触りにジンジャーの香り。摘《つま》んだだけで、翼の先がパキッと折れてしまった。

気味が悪いが、空腹には勝てなかった。口に含む。確かにこれはクッキーだ。気がつけばへ

ンゼルは、小鳥の、焼き菓子部分にかじりついていた。だが深く口に含んでしまい、その舌が小鳥の生身の部分に到達すると――「げぇ」やっぱりそれは鳥なのであった。唾と一緒に羽根を吐き出す。ジタバタと動く半身の鳥は、焼いて食べられるかもしれないと握ったまま。

顔を上げると、木々の向こうに切り開かれた広い空間があった。そこにはぽつんと一軒家が建っている。テラスのある古い家で、三角屋根の煙突からは煙が立ち上っていた。

まさかこんな森の奥深くに人が住んでいるとは――。助かった、何か食べ物を分けてもらえるかもしれない。ヘンゼルは半身の小鳥を捨てた。木々に囲まれた広場へ出て、足早にその家へと近づいていく。建っているのが不思議なくらいの、ボロボロな家だ。屋根の縁やテラスの支柱、手すりなど、あちこちが欠け落ちている。

ふとヘンゼルは、広場に片方だけ落ちている革靴を見つけ、拾い上げた。靴底がペラペラと取れ掛かっていて、親指の部分に穴が開いている。グレーテルが履いていたものだ。ヘンゼルのお下がりであるこの靴を、ヘンゼル自身が見間違えるはずがない。

グレーテルは、すでにこの家を訪れているのだろうか。何だ、心配して損したとヘンゼルは思った。兄である自分を放って、一人でご馳走に有りついているのかもしれない。そう思うと怒りさえ覚えた。テラスの階段を上がっていく。

近づくと、ますます不思議な家だった。全体的に焼き菓子のような、甘い香りがする。ドアのそばに大きな水瓶があって、中には赤黒い液体が入っている。興味本位に人差し指ですくい、ねばつくそれを嗅《か》いでみる。甘い匂い。水瓶に満たされていたのは、木苺のジャムである。

「……？」

さらにヘンゼルは、落ちていた屋根瓦を拾い上げた。瓦だと思ったそれは、ライ麦のパンだった。まさかと思って辺りを見渡す。支柱も手すりも、欠けている一部は焼き菓子である。

この一軒家は、食べることのできる〝お菓子の家〟だったのだ。

「——……悪く思わないので欲しいのですが、私も食べなくてはいけません」

家の中から女の声がして、ヘンゼルはびくりと肩を跳ねさせた。

テラスを回り込むと窓があって、窓枠に羊皮紙が垂れている。ヘンゼルはそっと羊皮紙を捲り、中を覗《のぞ》いた。そこはキッチンのようだった。火の燃えさかる大きなカマドがあって、その前に女が一人立っている。ヘンゼルはその後ろ姿を見て、魔女かもしれないと、そう思った。彼女はとてもつばの広い三角帽子を被《かぶ》っていた。カマドの前で、木のコップを傾けている。

「ぷは。生き血は実に元気が出ます」

魔女はぐつぐつと煮立つ鍋をかき混ぜながら、独り言をつぶやいていた。

「今夜はご馳走です。お肉なんて何日ぶりでしょう？　涎《よだれ》が出てしまいそうです」

壁際の調理台には、血のついた肉切り包丁や、肉塊の入った桶《おけ》などが置かれていた。「——……お菓子はもう食べ飽きてしまって」

魔女が振り向いたので、ヘンゼルは慌《あわ》てて身を屈めた。そっと目だけを覗かせる。魔女の顔は、帽子のつばに隠れていて見えない。

「さて。これはどうしたものでしょう……」

魔女は、テーブルの上に置かれていたものを、おもむろに摑《つか》み上げた。

ヘンゼルは目を見開く。真っ白なそれは、肘《ひじ》からぶつりと断ち切られた腕であったからだ。

細い手首には、グレーテルがひもじさを紛らわせるために噛《か》んでいた、麻紐《あさひも》のアクセサリーが揺れていた。

「うああっ……！　グレーテル！」

思わず声が出た。ハッと顔を上げた魔女と目が合う。

子供を食べる魔女の話を、ヘンゼルは幼い頃から聞かされている。自分が生まれる前から伝わるおとぎ話だ。だから自然と魔女は老婆だと思っていた。だが視線を合わせたその魔女は、思っていた以上に若い女だった。生き血でその唇が、紅く妖艶《ようえん》に濡れている。

魔女はヘンゼルを見つけて目を細め、ぺろりと一度、舌なめずりをした。

魔女と猟犬

Witch and Hound

– Bad habits –

GAGAGA

ガガガ文庫

魔女と猟犬3

カミツキレイニー

発行　2022年6月22日　初版第1刷発行

発行人　鳥光 裕

編集人　星野博規

編集　濱田廣幸

発行所　株式会社小学館
〒101-8001 東京都千代田区一ツ橋2-3-1
[編集]03-3230-9343　[販売]03-5281-3556

カバー印刷　株式会社美松堂

印刷・製本　図書印刷株式会社

Printed in Japan　ISBN978-4-09-453070-4